¿Dónde están Clarita y Sebastián?

Edith Bonelli - Detective PrivadA, Volume 3

Marcel Pujol

Published by Marcel Pujol, 2023.

¿DÓNDE ESTÁN CLARITA Y SEBASTIÁN?

First edition. July 2, 2023.

Copyright © 2023 Marcel Pujol.

ISBN: 979-8223502302

Written by Marcel Pujol.

A los caídos, los desaparecidos, los presos de consciencia, los que soportaron lo indecible y callaron para salvar a sus camaradas, y a quienes mantuvieron la difusión clandestina de la cultura proscripta durante la última dictadura uruguaya.

Prólogo: la estancia en san josé

Los hermanos volvían casi con las últimas horas del atardecer a paso tranquilo montados en sendos caballos hacia el "casco" de la estancia en el interior profundo del Departamento de San José. Aunque casco quizás fuera mucho decir para una casa algo grande, sí, pero típica del interior del Uruguay, con su techo de chapas, su aljibe como única fuente de agua y sus duchas improvisadas con un recipiente de latón de veinte litros de capacidad que en su extremo inferior tenía un duchero de igual material, y con una piola que activaba el descenso regular del agua.

El propósito de estas estancias, resabio de una época colonial donde el país contaba con una ciudad puerto y el resto del territorio era de origen productivo, más que nada ganadero y en menor parte agrícola, a principios del Siglo XVIII, era albergar a los peones rurales, *gauchos* que cuidaban a caballo el ganado de robos o cultivaban la tierra, produciendo plusvalía para algún estanciero en la capital.

A mediados del Siglo XX, algunos predios cercanos a las mil hectáreas se habían empezado a comercializar como casas de campo para gente de la ciudad con suficiente dinero y con el interés de mantener contacto con la naturaleza en su estado más puro, con unas pocas vacas u ovejas, algunos caballos para pasear por los valles y colinas, y uno o dos peones rurales que vivieran allí todo el año como caseros con un sueldo y mantuvieran todo en orden para que ocasionalmente, algún fin de semana, vinieran sus patrones a intentar contagiar a sus hijos su gusto por la naturaleza alejados del ruido, la luz eléctrica y el agua potable.

Este era el caso de los hermanos, de diez ella y de doce él, que en realidad *amaban* estas pequeñas vacaciones de primavera donde en vez de dos días iban a pasarse allí *nueve días* montando a caballo, arriando vacas, jugando guerras de bostas secas de vaca, comiendo galletas de campaña y pan casero recién horneado, con algún ocasional asado con cuero y "excentricidades" del pueblo más cercano como dulce de membrillo o dulce de leche.

- ¡Qué atardecer, qué lo parió! —rompió el silencio ella, mirando las tonalidades anaranjadas y amarillas de un atardecer que presagiaba una noche no tan fría de primavera

Su hermano, a su costado, estalló en carcajadas ante el exabrupto.

- Si mamá o papá te escuchan hablar así, *en fijo* te ponen en penitencia, *boluda*.

Esta vez fue Clara la que rió abiertamente. Decir improperios entre hermanos, era uno de los más recientes lazos de unión entre ellos. La picardía infantil de lo prohibido por la educación del hogar, les hacía sentirse seguros en *ese, su* mundo de hermanos.

- ¿Vos decís que mamá haya horneado pan casero hoy en el horno de barro durante el día? —preguntó Sebastián, el mayor de los dos.

- Ojalá, mirá. Ando con un hambre como para quinientos. Los refuerzos de salame que nos llevamos en las mochilas para almorzar los tengo por los tobillos, a esta altura.

Su hermano le sonrió con mutuo entendimiento.

- Aparte estamos cenando *tan* tarde. Se cuelgan hablando entre adultos de cosas de la vida, y el guiso o lo que sea termina estando pronto *tardísimo*. Por lo menos si vamos haciendo piso con alguna rodaja de pan con dulce de leche o de membrillo...

El chirrido de una puerta metálica interrumpió la conversación entre Clara y Sebastián. Les bajó a tierra de un golpe de lo que se estaban imaginando, de dónde *mentalmente* estaban, de dónde *soñaban* con poder volver a estar algún día, y les traía a su cruda realidad actual. El sonido del tango que estaba emitiendo Radio Clarín aumentó de volumen al abrirse la puerta. Tenía un doble propósito esto, habían llegado ellos a la conclusión: por un lado tapaba el ruido, los gritos desgarradores, emanados de almas y cuerpos rotos... Por otro lado servía como antesala de lo que vendría a continuación.

Seguía el sonido de las botas militares contra el piso. Había dos opciones solamente, los jóvenes lo sabían, y ambos concentraban sus energías en orar para sus adentros que fuera el más propicio: o bien los pasos seguían de largo, y significaba que los militares venían a traer o a llevarse a *otro* preso clandestino que *no eran* ellos, ubicados en celdas enfrentadas en el pasillo subterráneo, o bien se detenían en *su* puerta... y eso significaba que le tocaba a alguno de ellos.

Las botas se detuvieron en la de ellos.

Clara oyó con horror paralizante cómo su puerta metálica sin rendijas de abría con el *clac-clac* de una llave en la cerradura oxidada, luego la hoja daba paso a la luz mortecina del pasillo, pero que a la joven de quince años le parecía como mirar directo al sol, y sendos pares de brazos musculosos le llevaban a rastras, con destino a lo que ya a esas alturas le parecía más de lo mismo: un pedazo *más* de su ser arrancado, una sesión de tortura *más* sin sentido de las fuerzas gobernantes, un trozo *más* de su inocencia juvenil aplastado para siempre.

En la celda al otro lado del pasillo, Sebastián se forzaba a seguir la actitud que habían acordado seguir entre hermanos: no gritar, no *putear*... Pero eso no incluía no gimotear, no llorar a mares... No sentir que ojalá esta vez le hubiera tocado a él.

CAPÍTULO 1: EL ARTE DE LA ENTREVISTA

¿Où est l'Aéroport? –preguntó el ocupante del asiento junto a la ventana a su acompañante.

- Español, papá –le reconvino su acompañante, del lado del pasillo del vuelo 931AF con destino al Aeropuerto de Carrasco.

El veterano italiano se llevó los dedos al tabique nasal, recordando que las reglas de su jefa e hija adoptiva era que si conocían, aunque sea precariamente, el idioma del país donde les tocaría trabajar, debían usarlo.

- Mi español no está tan pulido últimamente, Edith, pero vale: lo intentaré.

- No sé –dijo ella estirándose, intentando ver por la ventanilla del avión la vista que se desplegaba ante sus ojos, luego que el Capitán les avisara que estaban por arribar al Aeropuerto Internacional de Carrasco en Uruguay-. Yo *veo* las pistas.

- Las pistas sí –protestó el más veterano de la dupla-. Yo decía "el aeropuerto". Tú sabes, donde uno llega y hay controles de aduanas y todo eso.

Ambos estuvieron un rato oteando por la ventanilla del DC10 por un buen rato.

- ¿Serán esos barracones que se ven allí, junto a la torre de control? –supuso la alta treintañera, enfundada en su ropa de viaje habitual: pantalones cargo y musculosa ajustada.

- ¡Esos deben ser los hangares! –protestó el sexagenario, malhumorado-. A poco van y nos piden que nos tiremos en paracaídas, para evitar perder combustible aterrizando.

Edith no pudo sino mirar con cariño la desazón de su padre, llegando a un país latinoamericano que distaba como de la esquina a la luna de los que estaban acostumbrados a embarcar y desembarcar en el Primer Mundo.

- Tranquilo, padre: lo que te prometí allá en Poitiers estará ahí: *es* verano, habrá jóvenes ligeras de ropas...

- ¡¡Pero la *puta madre*!! –estalló Stéfano fuera del principal aeropuerto de Uruguay, cubierto por un gran techo que apenas lograba desviar la lluvia torrencial-. Verano, decían. Chicas con pocas ropas, decían –citó irónico parafraseando los diálogos de los romanos de tiras cómicas de Asterix que ambos amaban.

La dupla de detectives franceses, ella por nacimiento entre las bombas en la Segunda Guerra Mundial, él por elección de vida cuando vio el apoyo popular masivo al movimiento del Duce y decidió *nunca más* volver a su tierra natal, *amaba* las tiras cómicas de Gosinny y Uderzo publicadas entre el 61 y el 79 ambientadas en la Galia colonizada por los Romanos, y estaban expectantes de qué pasaría luego de la muerte de Gosinny en el 77. ¿Uderzo seguiría publicando? De todas formas era su pasatiempos favorito cuando les tocaba recalar por unos días en París, donde "vivían", aunque era más justo decir que allí tenían la oficina y un apartamento que usaban una vez cada tanto, cuando se hacían un hueco entre caso y caso, y no elegían un destino para vacacionar diferente a la Ciudad Luz.

Edith estalló en carcajadas ante la referencia de su padre.

- Te sale *igualito* a cómo yo me lo imagino cuando leo los libros.

Stéfano le sonrió a su vez.

- ¿Cuál es el plan?

- Yo diría que tomar un taxi, registrarnos en el hotel y llamar a Bermúdez para avisarle que le visitaremos esta noche.

- Suena bien –aprobó el sexagenario.

Ya las últimas horas de un atardecer de verano subtropical en el que la lluvia torrencial no había sido la suficiente para bajar la temperatura, pero sí la suficiente para que el agua caída generara un vapor ascendente agobiante, les encontró en el barrio de Punta Gorda, una zona de casas de clase mediana-alta muy prolijas y arregladas. Todas... *excepto* frente a la que se encontraban. La casa de dos plantas más una entrada de garaje subterránea situada en una calle empinada sí parecía de una familia de buenos ingresos, pero el jardín delantero con los pastos crecidos y las plantas mal atendidas parecía indicar descuido y abandono. Por la altura y la cercanía del mar, era de suponer que la planta superior tuviera vista sin obstáculos al Río de la Plata, ancho como un mar.

Edith estaba *nerviosísima* por esta, que iba a ser la primera entrevista que *ella* dirigiría con un cliente. Desde que fundara su agencia a mediados de los sesenta, siempre se había sentido más confortable en el papel de Watson, dejando que fuera Stéfano quien ocupara el papel de Holmes ante la prensa y la opinión pública... Hasta ante los clientes llevaban a cabo este engaño. Esto también le había permitido prosperar hasta ser una de las agencias de detectives más reputadas a nivel mundial, dado el machismo intrínseco asociado a su profesión. Stéfano lucía mejor ante los medios como el detective exótico que resolvía casos de alta gama, y ella en su papel de tímida asistente tomaba notas, pero a la hora de deducir, y sobre todo de la acción, era quien tomaba control de la situación.

- El jardín lo dice *todo* de sus moradores, ¿no? –pensó en voz alta el italiano.

- Sin dudas –estuvo de acuerdo la alta treintañera-. Pobre hombre.

- Recuerdas lo que hablamos, ¿no? Te lo pido por favor: *sé* amable con él. Han desaparecido sus dos hijos a manos de los militares, ¿bien? Estará sensible, estará abatido, pero necesitamos obtener de él los mayores detalles posibles del caso.

- Sí, papá. Te he observado durante *años* haciendo este tipo de entrevistas. Me siento preparada, ¿vale?

- Si tú lo dices...

Hicieron sonar el timbre. Más pronto de lo que esperaban, un hombre entrado en sus cincuenta les abrió. Lucía una bata con motivos orientales, una barba desprolija y entrecana, gafas de montura y ojos vivaces y color miel.

- Edith y Stéfano Bonelli, asumo, ¿es así? Pasad, por favor –hizo ademán para darles ingreso a su casa-. Disculpad el desorden. Últimamente no he estado muy atento a mis quehaceres hogareños.

La alta veterana de guerra y de cientos de casos como detective privada consideró en una rápida pasada de vista por la estancia de pisos de parqué encerados y decoraciones cuidadas más no excesivas que el dueño de casa estaba exagerando. Había visto en su carrera hogares *mucho más* descuidados, pero quizás los estándares a los que estaba acostumbrado su cliente fueran más exigentes de lo normal. Quizás sí había algo de polvillo sobre la mesa de buena madera lustrada que se veía a la izquierda, síntoma de que no estaba en uso hacía tiempo y no había servicio doméstico o dueños de casa encargándose, y lo mismo podía decirse de la repisa sobre el hogar donde reposaban portarretratos familiares, y sí, los restos de comida sobre la mesa ratona entre dos sillones de tres cuerpos enfrentados perpendiculares al hogar denotaban que el que parecía el único morador de la vivienda no estuviera demasiado dedicado al mantenimiento de la misma últimamente, pero Edith había visto peores estados de deterioro.

- ¿Os sirvo algo de beber? Tengo café, agua sin gas, whisky, vino *Chardonnay* y *Coca-Cola* de dieta. Vosotros diréis –ofreció ansioso.

- ¿Qué whisky tiene? –preguntó Stéfano.

- Johnny Walker etiqueta negra. Todavía me quedan algunas botellas de cuando era un autor publicado.

- Me vale. Con dos cubos de hielo, si fuera tan amable.

- Agua sin gas, si puede ser bien fría, o con algunos cubos de hielo, mejor –dijo Edith-. Está como cálido de más este verano uruguayo –sonrió.

- Voy. Ya vengo –dijo el dueño de casa, y partió presuroso hacia la cocina a traer las bebidas, no sin antes llevarse lo que había sobrado de la cena o del almuerzo anteriores sobre la mesa ratona. Volvió a los pocos minutos con un whisky para Stéfano y otro para él, y con una botella de medio litro de agua Salus y un vaso con hielos para Edith.

- En primer lugar –les hizo saber el escritor-. Os agradezco *infinitamente* que hayáis aceptado mi caso. Tener a la Agencia Bonelli siguiendo la pista de mis hijos significa... es... -quien superaba los varios millones de caracteres publicados, repentinamente no hallaba las palabras para expresar la emoción y la esperanza que le embargaba-. Es *el Mundo* para mí –sonrió.

- Me alegra que así lo considere –inició Edith, sabedora sin mirarle que Stéfano estaba evaluándole en esta, la primera entrevista que ella dirigía en toda su carrera juntos-. Vamos al principio: cuénteme cómo fue que se los llevaron –ignoró el pisotón que le propinó el veterano de traje blanco y sombrero panamá a su lado, disimuladamente.

- Bien. Eso fue hace un mes y dos días. Estábamos en casa de noche, de repente fuerzan la puerta, supongo que con un ariete o algo, nos someten, nos ponen con la cara contra el piso. No sé... quizás fueran seis, de buen tamaño, difícil decirlo en esas circunstancias. Iban con ropas de civiles y las caras cubiertas con pasamontañas. Llevaban rifles de repetición todos ellos, y mientras tres de ellos nos mantenían contra el piso parados con una bota sobre la espalda, los otros tres o cuatro ponían la casa patas para arriba, como si buscaran algo –hizo una pausa para serenarse, recordando el trágico evento-. De pronto empezaron a acumular libros en el centro de la sala –señaló un lugar donde el piso de madera lucía el chamuscado que delataba que una fogata se había prendido allí-. Eran *mis* libros, quiero decir, mis copias de autor que guardaba en la biblioteca. Después rociaron un líquido, alcohol azul, supongo, y les prendieron fuego. Yo... yo no podía hacer nada –estuvo a punto de quebrarse el dueño de casa, recordando la escena dantesca.

- Trate de recordar, porque esto es de suma importancia –fue firme Edith-. Necesitamos saber qué es exactamente lo que dijeron los secuestradores.

- Vale –intentó recordar el hombre de cincuenta y algo en la bata con motivos orientales, luego de dar un sorbo a su whisky-. Decía uno, supongo el cabecilla de la banda: "¿Así que te creés muy vivo escribiendo cosas subversivas?" "¿Quién te creés que sos, hijo de puta?" "¿Sabés qué? A estos dos nos los vamos a llevar para que *aprendas, sorete*" –las lágrimas empezaron a aflorarle. Hubo un largo momento que Edith respetó antes de serenarse para poder seguir hablando-. Luego me golpearon con la culata del rifle de asalto y ya no supe más nada. Desperté no sé cuánto tiempo después. Todavía quedaban algunas llamas del fuego que prendieron con mis libros. Supongo que tuve suerte de que el parqué del piso fuera plastificado, o si no hubiera ardido toda la casa conmigo adentro, pero... Clarita y Sebastián ya no estaban.

Edith aprovechó para mirar a su padre mientras el escritor hundía su cara entre las manos. Este, que desde que iniciaran su carrera juntos, era el entrevistador, le hizo un gesto de aprobación, como si quisiera decirle: "Sigue, sigue hija, que vas bien".

- En su mente, pues, no existen dudas que fueron los militares quienes les llevaron, ¿no es así?

- Es decir... No llevaban insignias, pero aquí en Uruguay *no hay* bandas armadas con rifles de asalto que se metan a las casas de la gente a secuestrarles. Entiendo que en otros países pueda haber narco bandas que lo hagan, pero aquí en Uruguay es... demasiado pequeño. Yo lo llamo el país del diminutivo. Si hubiera narco bandas aquí serían narco ban*ditas*, así, en diminutivo, y andarían armados con navajas y quizás entre los seis hubiera *uno* con una pistola de fabricación brasileña, de esas que hay un porcentaje de chances que te exploten en la mano cuando las vas a disparar.

- Entiendo. Luego está el tema de que mencionaron que su obra era subversiva, y en el mensaje que envió a nuestra oficina mencionaba que la dictadura le había proscripto. ¿Es usted o son sus personajes por lo general de izquierda, comunistas, socialistas, anarquistas...?

- ¿*Yo* comunista? –Por un momento recuperó el buen ánimo el uruguayo, que era precisamente la intención de la pregunta de Edith, y no porque creyera que existía tal posibilidad- Pero si yo voté a Wilson las últimas elecciones que hubo, las que nos robaron, los muy hijos de p... -se autocensuró el escritor.

- Hijos de puta, Bermúdez, no se reprima por estar ante nosotros, que en definitiva aquí somos todos adultos y de tanto en tanto maldecimos –le sonrió.

Stéfano tenía ganas de pararse y gritar como si su cuadro favorito de fútbol hubiera anotado un gol en el estadio. *Qué bien lo estás haciendo, hija,* pensó. *Por favor sigue así. No la cagues.*

- Esos hijos de *puta* del Partido Colorado nos robaron las elecciones del 70. Si aparecieron urnas de votación tiradas en los baldíos. Fue... fue un desastre, una *vergüenza* eso. Si Wilson hubiera salido presidente, como todos pensábamos que iba a salir, todo esto de la dictadura hubiera sido distinto. Quizás ni siquiera hubiera habido una.

- Entiendo –Edith intentaba armar el rompecabezas de la historia reciente de un país al que acababa de llegar con las dos piezas de las cien totales que le había dado Bermúdez-. Quizás necesitaré que me ponga un poco más en contexto, porque es nuestra primera vez en su país, y si bien estamos al tanto de la situación actual en América Latina en general, mejor será que nos cuente brevemente sobre la particular de Uruguay, empezando por las elecciones robadas del 70.

- Ah, sí, perdón, ¡qué bestia que soy! Y eso que soy escritor –se excusó el dueño de casa-. El contexto, bien. En Uruguay en toda su historia republicana siempre hubo dos partidos: el Blanco (el mío) y el Colorado. Hace algunas décadas se formó el Partido Socialista, que luego se unió con otros partidos menores nuevos de izquierda y formaron el Frente Amplio, pero convocan a un porcentaje muy menor de la población. En el 70 el candidato de mi partido, Wilson Ferreira Aldunate, era al que todas las encuestas serias daban como ganador, pero el que salió elegido fue el candidato del Partido Colorado, que ¡oh casualidad! Era el partido de gobierno en el momento de las elecciones y controlaba la policía y los militares encargados de custodiar las urnas de votación que algunas luego aparecieron abiertas en los baldíos. Dudo siquiera que legítimamente *haya habido* un conteo de los votos.

- Ya veo. Un golpe de estado en todos los términos, ¿no? Cuando se desconoce el voto popular, digo.

- Mmmsí, y no –dudó el autor-, porque de todas formas *había* una representación proporcional de los partidos en el Parlamento. De hecho *existía* un Parlamento. ¿De dónde salieron los números para determinar cuántos Senadores y Diputados por cada partido? Vaya uno a saber. Pero incluso el Frente Amplio ganó tres de las treinta y tres bancas del Senado.

- Y luego fue en el... 73, si mi memoria no me falla, que se disolvió el Parlamento y los militares tomaron el control.

- ¡Exacto! –premió el locatario-. Pero no fue *tan así* como que de repente un día estamos en democracia y al otro en dictadura. Fue más... *gradual.* Veamos: Uruguay desde el 60 Uruguay ha sido otro terreno más de batalla de la Guerra Fría. *Hay* apoyo encubierto de Moscú y de Washington, a mí que no me vengan con lo contrario. Los cubanos toman el control de la isla y de pronto tenemos movimientos guerrilleros de izquierda en todo el continente. *Acá mismo*, tuvimos a los Tupamaros, pero *mucho antes* de la dictadura ya les habían atrapado y encarcelado. Así que no me vengan los *milicos* a querer justificar que se hicieron con el control del país para "salvarnos" del marxismo. ¡A otro incauto con ese cuento! –tomó un sorbo de whisky para serenarse-. Lo cierto es que muchos años antes de la disolución del Parlamento en el 73 ya se venía planeando el golpe militar, y el partido Colorado o bien colaboró, o bien hizo la vista gorda. Incluso luego del golpe de estado el mismo presidente Bordaberry siguió en el cargo por tres años más, pero luego se ve que a los militares ya no les agradó y pusieron a otro títere, y luego a otro... ¡Un desastre! Pero volviendo a su pregunta, si lo que escribo le parece subversivo al régimen de facto no es porque sea de ideología de izquierda ni mucho menos. Verá: yo no tengo un género fijo para escribir. Igual puede ser un cuento de piratas, el enfrentamiento entre nobles en la Edad Media, una trama en el imperio Maya o un asesinato en las colonias de la Tierra en otros sistemas solares. Pero mis personajes principales suelen ser... *rupturistas*. Es decir: están inconformes con el sistema y o bien tratan de cambiarlo, o bien tratan de hacer su vida *a pesar de* que el contexto les sea desfavorable. Mi personaje principal igual puede ser un liberto en la Montevideo Colonial, enfrentando los prejuicios de la sociedad, o una chica de clase media que aspira a ser la primer Regente mujer en un ambiente medieval.

- Ya. Veo el por qué su estilo no sea del agrado de los militares –entendió Edith.

- Y no. Ni bien se instauró el régimen de facto empezó la censura. Primero contra los medios. Cerraron todos los medios de prensa de izquierda, y luego seguimos los autores. Este sí está en la línea de lo que pensamos –parodió un militar pasando una pila de libros a uno u otro lado-, este no, este sí, Bermúdez no... Y acto seguido retiraron *todos* los libros de los que "no" de las librerías, y prohibieron a las editoriales publicarnos.

- Dejándole a usted sin su único medio de sustento.

- ¡Imagínese! Venimos comiéndonos nuestros ahorros desde hace siete años. Tuvimos que vender la casa de veraneo en Solís, bajamos la categoría del auto, vendimos el barquito que teníamos en el Santa Lucía, tuvimos que pedir una hipoteca sobre esta casa... No le digo que yo ganara en regalías lo que un Stephen King o un Tolkien, pero mis libros eran los de mayor venta aquí en Uruguay y también se vendían en América Latina y en España. De eso... a la nada misma. Cierto que cuando Marta vivía al menos contábamos con sus ingresos como Escribana, pero luego ni eso.

- Eso. Cuénteme de su familia. ¿Cuándo enviudó usted?

- Hace tres años –recordó con amargura-. Un conductor ebrio se pasó con la roja y chocó de costado el coche de mi mujer. Murió al instante –se le vidriaron los ojos al cincuentón-. De alguna forma salimos adelante con los chicos, pero sin ingresos, amedrentados constantemente por las fuerzas del orden... Hasta mis amigos y conocidos se abrieron de nosotros. Éramos como... mercadería vencida, bichos apestados, material radioactivo. No querían estar relacionados con nosotros, ni que la Inteligencia policial o militar les pudiera asociar de ninguna manera con los Bermúdez.

- ¿A los chicos les pasó igual en el colegio?

- No que me lo hayan contado, al menos. Pero vio cómo son los jóvenes: a ellos no se les juzga como a los adultos, y más o menos tienen libertad de vincularse con quien quieran mientras no sean abiertamente de izquierda, porque esos fueron los primeros que empezaron a desaparecer. Pero eso sí: demás está decir que luego de la muerte de mi esposa tuve que sacarlos del Liceo Francés y mandarlos a estudiar al Liceo público número 14. No había forma de que pudiera seguir pagando la cuota sin ningún ingreso. Y por lo mismo por lo que se abrieron de mí mis amigos y conocidos, no me aceptaron en ningún otro empleo. ¡Ni de pistero de estación de servicio conseguí trabajar! Cargando cajones en el Mercado Modelo, capaz, podría haber entrado, pero... Vamos: tengo más de cincuenta años. No hubiera durado, tampoco.

- ¿Tiene usted cierre de fronteras?

- Lo tengo, sí. Encima eso: no nos podemos ir a otro país, si no, ¿sabe cómo lo habríamos hecho? Ja. ¡Hace rato!

- Ya veo –Edith meditó unos segundos por dónde quería seguir la entrevista-. Cuénteme de Clara y Sebastián.

- Ah, sí -reaccionó rápidamente el anfitrión, que de seguro se lo estaba esperando-. Se levantó y tomó de la repisa sobre el hogar algunas fotos y las puso frente a los detectives-. ¿Qué les puedo decir de mis hijos? Sebastián es muy responsable. Nunca le vi salirse de la línea. Es estudioso, amable, *no es* muy buen deportista, pero supongo que tiene a quién salir –sonrió con cariño-. Le gusta tocar la guitarra. De hecho toca muy bien. Siempre fue muy protector de su hermana, desde que eran pequeños. Se quieren mucho los dos. Obvio: a veces se pelean, pero supongo que dentro de lo normal. No son muy de andar en casa, a decir verdad. Desayunamos juntos los tres y luego se van al liceo y yo me quedo escribiendo (en secreto, claro está, a ventanas y cortinas cerradas), y después del liceo, cuando salen al mediodía, a veces vienen a almorzar a casa o a veces ni eso. Se manejaban lo más bien ellos a pie para todos lados, o en el transporte público. Por lo general hasta bien entrada la noche no se los veía por acá, o me llamaban cuando se quedaban a dormir en casa de sus amigos. Yo, mientras Sebastián vaya con Clarita, sé que van a estar bien y que él la va a proteger –volvió a emocionarse el autor-. Bueno, Clara, ¿cómo es Clara? Ella es dos años menor y es mucho más aventurera que Sebastián. Desde chiquita era la que venía con las rodillas raspadas de jugar en el parque, o de jugar al fútbol con los varones en el recreo del colegio. Es... No sé si el término es "alocada", aunque le calzaría perfecto, pero también es una gran lectora. Lo he intentado conversar de vez en cuando con ella, que si quiere dedicarse a escribir cuando sea grande yo le puedo pasar algunos trucos, pero creo que es demasiado orgullosa para admitir que cuando sea grande le gustaría dedicarse a lo que se dedica su papá –no pudo contener una lágrima, y se la secó con un dedo-. Como sea, es mi lectora de prueba favorita. Usted sabe: cuando un escritor termina un manuscrito se lo da a leer a un grupo de lectores de prueba para que le corrijan los errores, o le den sus apreciaciones, porque sabido es que cuando uno lee muchas veces su propia obra, hay errores que se los puede saltar decenas de veces, y un lector con la mirada fresca los encuentra. Claro: le he dado los que ella puede leer de acuerdo con su edad, porque a veces escribo sobre temas más truculentos, más oscuros o adultos –hizo una pausa para recordar con nostalgia a quienes ya hacía más de un mes no tenía a su lado-. No sé qué más les podría decir de ellos.

- Creo que les ha descrito usted bastante bien. Una consulta: he notado que alterna usted entre el castellano y el español Rioplatense, ¿puede ser?

La pregunta de la alta detective sonó como otro gol del cuadro favorito de fútbol de Stéfano a sus oídos. *La pregunta distractora para que el entrevistado salga un poco del estado emocional negativo y se bloquee y ya no sea posible obtener más información de él. ¡Qué bien lo estás haciendo, hijita!*

- Ah, sí –reaccionó el escritor-. Es... deformación profesional, supongo. Verá, acá en Uruguay hablamos de "vos" en lugar de "tú", y de "ustedes" en lugar de "vosotros", y ese tipo de cosas, pero el castellano siempre me pareció más... *elegante* a la hora de escribir. Mis libros, los que escribo en español al menos, los escribo en castellano.

- ¿En qué otros idiomas escribe?

- Francés, algunos, y un par he escrito en inglés, según la temática y la historia. Yo nací en Francia y tenía doce cuando estalló la Segunda Guerra Mundial. Somos de la *Normandie* –pronunció en un francés sin acento, y con cierto orgullo patriótico-. Como sea, mi padre fue *maquis* durante la guerra

–se detuvo pues vio que Edith miraba con una sonrisa a su padre-. ¡Válgame ya! A poco usted también ha sido *maquis* en la Segunda Guerra.

- Lo fui –participó por primera vez en la conversación Stéfano-. ¿Qué iba a hacer un italiano antifascista en esa época, si no? Espere: Normandía, Bermúdez. ¿No me estará diciendo que es usted hijo del "Gallego" Bermúdez?

El escritor sonrió ampliamente.

- Papá *odiaba* ese mote, pero sí: Sebastián Bermúdez era mi padre –nada sino orgullo de hijo se veía en los ojos del escritor-. Odiaba el mote porque él era Asturiano, no Gallego, pero por algún motivo para los extranjeros todos los españoles son Gallegos fuera de fronteras. En fin: a él y a los cuentos que me hacía del tiempo de la *Résistance* le dediqué uno de los libros que escribí en francés. Su nombre es "*Jean ne retournera pas ce soir*", Juan no regresará esta noche –se dio cuenta al instante no sólo de lo tonto de hacer la traducción instantánea del francés al español ante la dupla francesa de detectives, sino que el título había emocionado y no parecía que positivamente al sesentón-. Lo siento, yo no quería...

- Está bien –fue Edith la que contestó, pues Stéfano estaba haciendo un esfuerzo sobrehumano por no ponerse a llorar. Edith le acarició la espalda a su padre para reconfortarle-. Supongo que algunas heridas nunca cierran.

Stéfano sacó un pañuelo del bolsillo de su traje y se enjugó las lágrimas que ya no podía contener. Bermúdez ya no sabía en qué forma disculparse.

- Lo siento. Soy un idiota. Discúlpeme, por favor.

- No, no, está bien –pudo controlarse finalmente el italiano-. Se ve ya desde el título que captó usted lo que significaba ser un *maquis* en esa época: se planeaba una misión, se ejecutaba, pero si todos regresaban o sólo algunos –se alzó de hombros-, dependía de muchos factores.

- ¿Por qué no está usted preso? –cortó a propósito el momento Edith, volviendo al tema principal de la entrevista con su cliente-. He leído que en las dictaduras latinoamericanas que parecen abundar por estos tiempos, los regímenes de derecha lo primero que hacen es llevarse presos a los opositores, o incluso ejecutarles. Eso ya desde el día cero.

- Supongo que porque en *esencia* yo no soy un opositor. Es decir: sí, por supuesto –quiso ser todo lo enfático posible-, me *opongo radicalmente* al régimen dictatorial en todas sus variantes, así en Cuba, la Unión Soviética o

China como aquí en Uruguay o en Latinoamérica. Pero no soy político, ni sindicalista, y mi afiliación al Partido Nacional, que podría considerarse de centro derecha, es bien conocida, con lo que no podría clasificárseme a simple vista como opositor tampoco. Soy sólo... Un escritor cuya obra no agrada a los militares –se alzó de hombros.

- ¿Y en sus libros participan Clara y Sebastián como personajes? –lanzó Edith de improviso.

- ¿Cómo lo sabía? –se sorprendió el uruguayo.

- Muchos escritores lo hacen –sonrió la cuarentona de musculosa-. Es para darle mayor realismo a sus personajes y a los lugares y situaciones que describen. Por ejemplo una casa que conocieron muy bien en la infancia pues pertenecía a sus amigos puede ser utilizada como la escena de un crimen para un policial, o un cazador en los Apalaches puede tener las características físicas y de personalidad de un hijo o un hermano, para darle realismo.

- Pues sí, ha acertado en el clavo. Espere, ¿quiere llevarse algunos libros donde ellos aparecen? Si bien quemaron todo lo que encontraron de mi obra cuando... bueno, como les narré hace un rato, algunos se salvaron, y los de Editorial Planeta tuvieron la deferencia de hacerme llegar en secreto copias de los demás. Tienen *toneladas y toneladas* de obras mías y de otros autores proscriptos almacenadas en sus bodegas, a la espera de que se termine la dictadura y los libros censurados puedan volver a las librerías.

- Sí, por favor, si fuera tan amable.

- Stéfano, ¿le traigo otro whisky? Yo me voy a servir otro.

- Sí, por favor.

- Edith, ¿le traigo más hielos? –ofreció, constatando que los originales se habían derretido pero aún le quedaba bastante agua en la botella.

- Le agradecería, sí.

Emilio partió presto a cumplir con el encargo.

- Esto de los libros lo has hecho para decirme algo a solas, ¿no es así? –le susurró Stéfano, cuando el anfitrión se marchó.

- ¿Eh? No. No-no. *Realmente* quiero saber más de los chicos que estamos buscando, y creo que su padre está en un momento muy emotivo al respecto como para darnos demasiada información que nos sea útil.

- Aaaahhh -entendió Stéfano-, pero verles descriptos como personajes en sus obras, que él escribió en otro momento más... Tranquilo, emocionalmente. Lo pillo. Lo estás haciendo *genial*, hija –dijo con el pecho hinchado de orgullo parental-. ¡Sigue así!

Emilio volvió primero con una pila de libros, que puso de su lado de la mesa ratona y luego lo hizo con una hielera y una pinza, y la botella de Johnny negro. Sirvió el whisky de Stéfano y el propio y le acercó la hielera a Edith.

- Este, "¿Y ahora qué?" creo que es en el que Sebastián y Clara tienen la mayor participación. No son los personajes principales, pero son *bastante* fundamentales para la trama –le extendió la copia a Edith-. Se desarrolla en el Montevideo colonial. Trata de una familia de libertos en Uruguay cuando aquí se abolió la esclavitud, de los desafíos a los que se vieron enfrentados, del rechazo generalizado de la sociedad a tratarles como pares luego de haber sido considerados desde su introducción a las colonias españolas como mano de obra sin paga por lo largo que duraran sus vidas. Clarita y Sebastián se hacen muy amigos de uno de los hijos de esta familia, Omar, y le ayudan en su inserción al sistema educativo, defendiéndole de las burlas y los destratos de los compañeros. En este son los hijos de una familia de exiliados políticos de la persecución y las purgas estalinistas –le dio otra copia-. En estos... tienen papeles menores pero aun así importantes en su momento –le entregó los otros cuatro.

- Se lo agradezco, Bermúdez. ¿Hablaban de política en la cena? Usted y sus hijos, me refiero.

- Hablábamos, sí. Es decir: Ellos tienen muy pocos recuerdos de lo que era vivir en democracia. Sebastián tenía diez y Clara ocho cuando los militares tomaron el poder, entonces a veces hablamos durante la cena de lo que era tener garantías individuales, de que uno elegía a sus representantes ante el Parlamento que hacían las leyes, que era permitido el derecho de reunión y esas cosas, pero de militancia *nada* –fue tajante Emilio-. Les prohibí *terminantemente* que hicieran pintadas, o repartieran volantes o lo que sea. Una cosa es estar en contra del gobierno de facto, y otra muy distinta es arriesgarse a ser arrestados. ¡De eso nada! Y menos que menos siendo hijos míos. Yo ya tengo una diana en la espalda para las fuerzas conjuntas. Cualquier actitud de la parte de ellos con apariencia *izquierdosa* y... -no pudo completar el escritor.

- Entiendo. Cualquier padre hubiera hecho lo mismo en su lugar. Díganos: en la misiva que envió a nuestra oficina, por la que tomamos el caso, mencionaba que tiene pistas que le dan a entender que aún pueden estar con vida.

- Sí. Sí, claro. Verá: Luego de la Segunda Guerra, más precisamente cuando los aliados desembarcaron en Normandía, y luego que retomaran París, mi padre decidió que ya no más. Ya había luchado contra Franco en la Guerra Civil Española, había sido *maquis* contra los Nazis y los *collabo*... Ya Europa había sido escenario de dos guerras masivas en cuarenta años, y él no estaba dispuesto a estar ahí cuando se desarrollara la tercera. Fue entonces que inmigramos a Uruguay. La decepción que se llevó mi padre cuando decidí entrar al Ejército, es in-cal-cu-la-ble –recordó con nostalgia el escritor-, pero en mi mente si estallaba algún otro conflicto, quería ser versado en combate y en armas como lo había sido él, y la milicia parecía lo más indicado, pero luego la disciplina estricta y restrictiva no parecían ser lo mío e ingresé a la Universidad a estudiar letras. Pero lo cierto es que guardo *grandes* amigos de mi tiempo en el Ejército, de esos entrañables, de los que no me han hecho a un lado por el hecho de que ahora mi nombre sea fruta podrida, y uno de ellos es el Abel "Pardo" Suárez. El Pardo siguió en el Ejército hasta nuestros días. Nunca fue muy ambicioso él. Más bien un loquito disipado, pero lo cierto es que actualmente sirve en el Batallón Número 14 de Paracaidistas en Toledo. Pues bien: hace dos semanas, se estaba yendo para su casa luego de su jornada laboral en las cocinas del Batallón, pues allí es donde sirve, cuando llegó una camioneta Indio –hizo una pausa y se dio cuenta de que sus interlocutores no tenían por qué estar al tanto de la referencia-. Las camionetas Indio son unas todo terreno bastante populares en nuestro país, que tienen una caja cerrada que puede albergar hasta a seis ocupantes. Se *rumorea* que son las que usan las fuerzas conjuntas para secuestrar y desaparecer a los civiles que por una razón u otra no cuadran con la línea de pensamiento del actual gobierno. De la camioneta, el Pardo me contó, descendieron hombres encapuchados llevando a dos prisioneros *también* encapuchados. Una era una chica, que maldecía sin cesar, y el otro, algo más alto, le gritaba a través de su capucha: "¡Callate, Clara. Callate!" –hizo una pausa emocionado al borde de las lágrimas-. Para Abel, el "Pardo", no le cabe dudas de que se trataba de Clarita y Sebastián, pues les conoce de chiquitos, pero luego ya no supo más de ellos dentro del batallón. Hay una zona subterránea en el cuartel, donde los de menor rango como mi amigo no acceden. Puede que les tengan retenidos allí.

- Vale. ¿Me puede dar el número de su amigo, Abel Suárez? Puede que necesitemos hablar con él.

- Claro, es de los pocos que me sé de memoria –e hizo una pausa-. ¿No lo va a apuntar? De hecho... ahora que me lo pienso... no ha apuntado usted nada desde que llegó.

- No lo necesita –le hizo saber Stéfano-. Mi hija tiene memoria casi eidética para los datos relacionados con nuestros casos, y digo "casi" porque ella jamás admitiría que le es imposible olvidarse de *un solo dato* que haya visto u oído.

- ¡Ay, papá! Ya te he dicho que memoria eidética es *otra* cosa. Se refiere a la memoria fotográfica de todo lo que has vivido por el resto de tu vida. A mí los datos que ya no me son relevantes, se me van borrando, pero si hay datos que sí uso a menudo, como el teléfono de Thiérry, el de Lussignac, el de Guillaume, cómo fabricar explosivos caseros, la receta de los *Max Calzone* de la abuela u otros tantos, siguen ahí, ni que hablar de cuando estoy en un caso en curso. Yo le llamo simplemente... prestar atención.

- Vale –aceptó el escritor-. El teléfono de mi amigo es 23549 con el prefijo 022 al inicio, porque es del Departamento de Canelones.

- Bien –memorizó la detective-. ¿Cuánto gana usted de regalías por cada libro? –cambió radicalmente el ángulo de conversación Edith, sorbiendo un trago de agua que gracias a la añadidura de los hielos volvía a estar a una temperatura que le aliviara del calor agobiante.

- Ah, sí, claro: les prometí pagarles con las regalías de mi próximo libro, cuando se publicara, o hacerles uno que refleje una de vuestras investigaciones –recordó el escritor-. En promedio, porque por supuesto que algunos se venden mejor que otros, yo diría unos diez mil dólares. Sí, ese sería un buen promedio.

- No es que vayamos a cobrarle nuestros honorarios –aclaró Edith-. Veamos: él combatió a los Nazis en la Segunda Guerra y yo soy antifascista por herencia, pero en todo caso *hay* gastos, y quería tener una idea de cuál sería nuestro presupuesto para no ir a pérdidas.

- Descuide, lo entiendo.

- ¿Me puede recomendar una buena proveeduría náutica?

- Sí, claro. Espere –se alertó el escritor-. ¿Cómo sabía que yo sería capaz de recomendarle una?

- Descuide, que no somos de Investigaciones del gobierno, hombre. Hace un momento mencionó que una de las propiedades que tuvieron que vender ante la desaparición de sus ingresos como escritor fue un barquito, y en la repisa sobre el hogar –señaló sin mirar a su derecha-, hay un portarretratos que ocupa un lugar preponderante donde se muestra un yate deportivo de casco azul, cubierta de madera y cabina de fibra de vidrio de unos treinta pies de eslora, aproximadamente, y unos ocho de manga.

Emilio Bermúdez no podía salir de su pasmo.

- Vaya que es usted buena –apreció-. El *Perséphone* –dijo con nostalgia-. Pasábamos hermosos momentos familiares navegando en él, en contacto con la naturaleza, charlando de nuestras vidas, sin distracciones como la televisión –nuevamente se le nublaron los ojos al recordarse navegando *junto* a su esposa fallecida y a sus hijos desaparecidos-. Maritime Equipment & Gear, le puedo recomendar. Pertenece a John-Michael Rohr. Es la mejor que conozco, en el Puertito del Buceo. No hay cómo perderse: toman la rambla en dirección al centro, y luego de unos cuatro o cinco quilómetros llegan. La proveeduría está en la planta baja del edificio principal de Yacht Club Uruguayo.

- Gracias por el dato. El Director de Liceo 14 donde van sus hijos, ¿qué tan bien le conoce usted? Nos sería útil poder introducir un estudiante en el liceo para recabar información de inteligencia de los compañeros de clase de sus hijos.

- Espere. ¡¿*Ya* tiene un curso de acción?! –no salía de su asombro el escritor.

- Un borrador, llamémosle –respondió la veterana detective, que echaba chispas por los ojos, producto de la rapidez con la que iba trazando un plan.

- Ella es así –intervino Stéfano-. Una vez que se pone a cavilar y a planear, yo ya desistí hace *años* de seguirle el ritmo.

- Es mi mejor amigo de la Facultad de Letras, Ignacio Ponce De León, el Director del Liceo 14. De hecho ese liceo no es ni el más cercano ni el segundo más cercano a mi casa. Cuando tuve que sacar a los chicos del Liceo Francés pues ya no podía pagar la cuota, fui directo con Nacho y le encomendé la educación de mis hijos.

- ¡Excelente! Mejor imposible. ¿Ha radicado usted la denuncia por desaparición ante la Policía?

- Lo he hecho, sí –admitió el escritor-. Por lo que pueda valer –suspiró resignado-. El caso lo tiene el "Departamento" -hizo las comillas en el aire- de Personas Desaparecidas de Jefatura Central, en la esquina de San José y Yi, en el centro, cerca de vuestro hotel. Y he dicho Departamento con tanta ironía y entrecomillado, porque se trata de *un solo* oficial de policía y una asistente, un tal Efraín Gutiérrez es el oficial.

- Lo tengo –memorizó Edith el nuevo dato-. Mire, Emilio, le voy a ser sincera: puede que a esta altura Clara y Sebastián ya no estén con vida. Es una posibilidad que aunque dura debe empezar a sopesar como probable, por lo que haremos todo lo posible para traerles de vuelta con usted, pero en caso contrario, al menos podremos garantizarle saber qué ha sido de ellos con todo lujo de detalles, para ayudarle en un cierre emocional.

El escritor palideció al momento que Edith le hablaba, y Stéfano mismo no podía salir de su asombro.

- Edith, ¿puedes esperarme fuera, por favor? –quiso ser todo lo autoritario que pudo Stéfano.

- ¡¿Pero qué?! ¡¿Yo qué?! –protestó ella.

- Nos vemos fuera –le insistió el sexagenario, con la mirada dura.

Segundos más tarde Edith estaba fuera de la casa de dos plantas más un garaje subterráneo, deseando con todo su ser, ser adicta al tabaco. Notaba que en los consumidores de cigarrillos a veces cuando se encontraban en estados emocionales alterados, sea enojados, acongojados o rabiosos, ponerse el cilindro relleno de tabaco con filtro en uno de sus extremos y encenderlo les hacía bajar las revoluciones, serenarse. Pero no: ella ya había tenido adicciones mucho más fuertes en su vida, y sabía del peligro intrínseco. Se dedicó pues a maldecir a Stéfano por apartarle de su primera entrevista. *¿Quién se cree que es? La Agencia Bonelli fue* **mi** *idea, no la de Stéfano. Soy* **yo** *quien dirijo las investigaciones. ¿Con qué autoridad me ha apartado él de esta conversación?* Estuvo un rato largo para serenarse, mientras Stéfano y Emilio seguían en el interior de la vivienda.

Sólo entonces se pudo percatar de que estaban siendo observados. Desde ventanas de los vecinos iluminadas se podía ver rostros más o menos disimuladamente observando lo que ocurría en esa calle de pendiente pronunciada en Punta Gorda. *Esto no puede ser nada bueno*, se dijo a sí misma. *Si lo que nos dijo Bermúdez es veraz, ya nadie le visita, y de pronto se aparecen dos extranjeros a todas luces, en su casa, y de noche.* Pensó en lo que había estudiado y memorizado de las revistas de Amnistía Internacional y otras tantas a las que estaba suscripta: cuando un régimen dictatorial se instauraba en un país, había, sí, quienes lo repudiaban y actuaban en consecuencia, o simplemente esperaban lo más prudentemente posible a que la tormenta derechista amainara, pero los había también que *apoyaban* el régimen de facto. ¿Cuál de las dos variantes serían los vecinos curiosos que les observaban desde sus apartamentos? ¿Habrían llamado ya a la Policía?

Recibió con alivio el sonido de la puerta a su espalda abriéndose, y vio salir a un Bermúdez bañado en lágrimas, y Stéfano que intentaba reconfortarle con un abrazo. Fue el escritor quien se aproximó a Edith, y le abrazó a su vez.

- Lo entiendo. *Créame* que lo entiendo. Usted ha querido ser sincera conmigo y yo me he quebrado. ¡Suerte, Edith! Por favor encuentre a mis hijos –e ingresó a su hogar.

- ¡Vámonos, papá! Me maldices *luego* por la metida de pata colosal que he cometido allí dentro –le urgió Edith, y desaparecieron hacia la rambla montevideana a paso apresurado, buscando el primer taxi disponible.

CAPÍTULO 2: PREPARATIVOS

Sergio Ramos había sido lanchero desde que tenía uso de razón. Primero había acompañado a su padre cuando salía a pescar, pues de la pesca provenía el sustento de su familia. *Amaba* el Río Uruguay pues en él había crecido y de él había aprendido a extraer su sustento.

Pero todo cambió con la llegada de los militares. La industria peletera en Paysandú, con la anuencia de los militares, empezó a verter sus desechos tóxicos directamente al ancho río, en vez de deshacerse de ellos de manera más responsable, sí, pero también más cara. Eso había terminado con la pesca, y por lo tanto con sus ingresos legítimos. ¿Qué podía hacer un Sanducero en sus cuarenta con bocas que alimentar en casa, y siendo dueño de una lancha pesquera? Dedicarse al contrabando, claro está.

Si uno elegía bien el punto de atraque en la costa argentina para la carga de mercaderías y el punto de arribo del lado uruguayo del río, sus contratantes podían pasar desde alimentos, carne vacuna que no abundaba a veces en las carnicerías uruguayas, y hasta los modernos televisores a color, que tenían mucha demanda. La "carga" de esa durísima noche de invierno sin luna, sin embargo, era de lo más extraña. En vez de las habituales mercaderías, llevaba esta vez a dos hombres de gabardina negra y sombreros de ala ancha. Y lo más extraño de todo aquello es que sus cómplices en la parte argentina para el contrabando le habían pagado el viaje completo por estos dos seres con sus bolsos.

No habían cruzado palabra sus pasajeros ni entre ellos ni con él. Silencio total durante la media hora que llevaba el cruce, sólo alterado por el ruido del motor fuera de borda y el del casco del pesquero de ocho metros de eslora hendiendo las tranquilas aguas del Río Uruguay. Llegados a costas uruguayas, Sergio descendió por la proa con una soga en la mano, tiró de la embarcación hasta que la quilla tocó la arena de la costa y amarró la embarcación al árbol nativo más cercano. Luego ayudó a sus pasajeros a descender.

Se le heló la sangre al sentir el claro sonido de un arma amartillándose a su espalda.

Giró para ver cómo el primero que había descendido le apuntaba directamente al pecho.

- No creo que sea necesario esta vez, Fritz –dijo el que había descendido en segundo lugar al que sostenía el arma, con un claro acento extranjero, quizás alemán, si uno había prestado atención al hombre-. ¿O sí? –esta vez la pregunta iba dirigida al barquero.

- Yo –no sabía cómo reaccionar Ramos-. Yo, yo no vi nada, no sé nada. ¡Me dedico a esto hace siete años, la *puta madre*! –maldijo el uruguayo-. *Sé* cuándo callarme la boca. Yo no trasladé personas hoy, no sé quiénes con, no sé nada de nada, ¿ok?

Los transportados cruzaron miradas, decidiendo si vivía o moría el lanchero.

- Tú decides, Hans –dijo el del revólver-. Pero si abre la boca, primero le matamos a su familia frente a sus ojos y *después* le matamos a él. ¡¿Entendido?!

- Sí, claro, obvio. Eso ni se discute –aceptó el uruguayo, que muy a su pesar se había orinado en los pantalones a raíz del susto de muerte.

Minutos más tarde ambos extranjeros (no alemanes, como habían simulado ser, sino claramente por su conversación en italiano, de origen Calabrés), reían a carcajada abierta por campos uruguayos a la luz de las estrellas.

- Pobre tipo, le hemos dado un susto de muerte.

- Bueno, estamos hablando de un delincuente, ¿no? Un contrabandista. No es precisamente colega de profesión, pero bastante parecido. Cosas así le deben haber pasado en su vida.

- De todos modos, era *esencial* contar con su silencio. De él y de sus contrapartes argentinos, que también amedrentamos.

- ¡*Totalmente* de acuerdo, hermanito! Somos *libres* al fin, y nadie sabe de nosotros en este país. Eso ya es *oro*, ¡oro puro!

- ¿Dónde ahora?

- Esas luces parecen ser de una ciudad. Vamos a buscar un autobús que nos lleve a Montevideo, donde debemos contactar con Caviglia, el contacto que nos dijo padre que podíamos confiar aquí en Uruguay.

Edith esperó pacientemente a que Stéfano descargara todo lo que tenía para descargar del episodio reciente en la casa de su cliente en Punta Gorda. Se había disculpado, había admitido su error, pero de alguna forma el sexagenario italiano necesitaba descargarse antes de volver a ser funcional al caso, y ella le dejó.

- ¿Terminaste, entonces? Porque te recuerdo que hay dos adolescentes que cuentan con nosotros como su última chance de seguir con vida, y el tiempo apremia. ¿bien? La cagué. Sí, la cagué, y no volverá a pasar.

- Sólo recuerda quien es tu audiencia, nada más, hija.

- Vale. Lo haré.

- ¿Cuál es el plan, pues, hija? ¿En *serio* piensas que damos con la talla para liberar a dos presos de conciencia en una dictadura de derecha con política de terrorismo de Estado?

- Una cosa a la vez. Bien. Hoy de noche tienes libre.

- ¡Jo! ¡Me encanta la idea! Hasta me olvidaré de la diferencia horaria y que ahora son las dos de la mañana en Francia y me iré por ahí a romper la noche, como dicen los jóvenes.

- Como quieras, pero no regreses tarde. Mañana a las nueve arrancamos –el mozo interrumpió la conversación para traerles sus platos: *gnocchi* con salsa carbonara para él, chivito al plato para ella.

- ¿Estás segura que puedes con todo eso? –preguntó Stéfano.

- Vamos a comprobarlo –sonrió ella, que había preguntado al mozo, como solía hacer cada vez que pisaba un nuevo país, cuál era el plato más apreciado o de mayor venta en el país, para ampliar su biblioteca culinaria.

Empezaron a comer, pero de tanto en tanto seguían la conversación, entre bocado y bocado.

- Mañana necesitamos conseguir transporte y comunicaciones –comunicó Edith, sus papilas gustativas llenas con la fina carne de vaca cubierta de panceta, jamón y muzzarela, acompañada de un poco de ensalada rusa-. Vamos a estar en movimiento, muchas veces separados, y dejar el recado en el hotel no parece una opción en este caso.

- Entiendo. ¿Por eso la proveeduría náutica?

- ¡Ala, padre! Parece que más de una década juntos te ha afinado la puntería acerca de mis planes.

- Ja-ja. Búrlate si quieres, pero no sé qué alcance puedan tener los VHF para embarcaciones deportivas.

- Lo sabremos mañana. Habría que entrevistar al policía que tiene el caso, a ver qué información le ha sido posible recabar.

- ¿Pasaremos por la Interpol?

- Mmm... no sé —estaba indecisa la jefa de la dupla detectivesca-. ¿Te parece *en serio* dadas las circunstancias, tomar un segundo caso por la recompensa?

- No perdemos nada —dijo Stéfano, agregando otro sobrecito de queso rallado sobre sus *gnocchi* con salsa carbonara-. Algunos son sencillos de resolver, o algunos basta con tener abiertos los ojos y si *justo* te topas con uno de los más buscados...

- Vale. Supongo que como en otros países, la Interpol tendrá su sede en la Jefatura Central, donde voy a ver al tal Efraín Gutiérrez. Te dejo la Interpol. A ti te conocen más que a mí.

- ¿Qué más? A ti *tampoco* te cierra que se hayan llevado a los chicos Bermúdez como escarmiento a su padre, ¿no es así?

- ¡Ni por un segundo! —fue categórica Edith-. ¿Qué sentido tendría? Ya le tienen subyugado, arruinado, comiéndose sus ahorros, imposibilitado de emigrar a otro país... ¿Para *qué rayos* llevarse a sus hijos? ¿Qué ganan? No. Definitivamente aquí hay *otro* motivo. Y estableceremos vigilancia continua sobre el Batallón 14.

- Ah, mi chiquilla aventurera —se mofó el sexagenario del traje blanco-. Vale. Sólo espero que haya un ventilador en nuestro punto de vigilancia.

- También podrías elegir una vestimenta más... veraniega.

- Mi traje y yo somos uno y lo sabes.

- De eso nada, monada. Mañana una de las cosas que vamos a hacer es ir de compras —decidió unilateralmente quien mediaba sus treinta-. Tenemos poco y nada en nuestras valijas para estos calores.

- Ni pienses que voy a andar por ahí de short de baño y camisas floreadas.

- Tampoco exageres. Seguro podemos conseguir unas bermudas formales y algunas camisas sobrias de manga corta.

- Pero mi traje —se quejó el sexagenario-. Es parte de mi presencia, de quien soy.

- No seré yo quien pase calor –se alzó de hombros ella-. Si bien es una pista fría, pues les vieron entrar hace dos semanas, lo de Toledo es la mejor que tenemos por ahora. Llámale instinto o lo que sea, pero *algo* tenemos que encontrar: una forma de entrar, un oficial de alto rango que podamos extorsionar con algún sucio secreto... No sé: *alguna forma* debemos tener de entrar en ese Batallón.

- ¿No te estarás poniendo cada vez más ambiciosa en cuanto a las posibilidades de éxito de nuestra Agencia, hija? Veamos: estamos en un régimen totalitarista, que detiene ilegalmente a ciudadanos con el respaldo del aparato estatal, tenemos, déjame ver cuántos... ¿*Cero* apoyos o contactos locales?

- Hemos estado en situaciones más desventajosas, papá.

- Sí, claro, ¿por ejemplo?

- Costa de Marfil.

Stéfano saboreó un nuevo bocado de su cena mientras recordaba los detalles del caso.

- Sí, Costa de Marfil fue peor, pero aun así este *tiene* sus desafíos, tienes que admitirlo.

- ¡*Vivimos* para eso, papá! –sonrió ampliamente la fundadora de la Agencia Bonelli.

Los tres nativos Calabreses, el local y los que hacía menos de un día habían ingresado ilegalmente al país, se encontraban esa noche de invierno fumando y poniéndose al día de trivialidades luego de la cena que les ofreció su anfitrión. La charla, por supuesto, se daba en la variante Calabresa del italiano.

- ¿Cuándo va a aprender la tía Antonia a no meterse con jóvenes que podrían ser sus hijos?

- Duerme con niños y amanecerás mojado, dice el dicho, ¿no? –digo otro, y los tres rieron con ganas.

Pero finalmente fue el más estilizado, atlético y alto de los hermanos quien cortó el interludio conocido como "charla pequeña" o "charla previa".

- Dime, Enzo: ¿qué tienes para nosotros?

- ¿Quieren que les traiga otro vermut primero?

- Yo sí –afirmó el más fornido de los hermanos, que incluso bajo el sobretodo que llevaba, podía adivinarse que sus brazos no tenían nada que envidiarle a los de un boxeador de pesos pesados.

El anfitrión trajo de dentro de la casa una hielera y lo que restaba de la botella de Martini Bianco. Sirvió una copa a cada uno, y brindaron.

- Bien –inició el dueño de la casa en el modestísimo barrio de La Teja cuyo lujoso interior desentonaba con su modesta fachada, y de hecho con el barrio en sí, formado por casas pertenecientes a la clase obrera montevideana-. Cuando vuestro padre me dijo que podrías llegar a venir por aquí no me lo pude creer. Me dije: Enzo, tus primos no pueden llegar en momento más propicio. Fue como si... ¡Fue un milagro! –sacó el crucifijo de oro que llevaba y lo besó-. Se viene algo grande en este país, y cuando digo grande, me refiero a *gigante*.

- Somos todo oídos, primo –dijo el hermano de rasgos varoniles agradables y una nariz afilada, quien a todas luces era el cerebro operativo.

- Resulta que tengo un contacto en el Ministerio de Economía, un *buen* contacto.

- ¿*Es* de fiar?

- Completamente. Le tenemos en la nómina.

- Sigue.

- Hay un decreto ya redactado que limitará el monto en efectivo que se pueda retirar de los bancos a sólo quinientos dólares al día. Sólo falta la firma del Presidente –vio si sus invitados truhanes le seguían, pero sólo uno parecía hacerlo.

- Eso es bueno. *Muy* bueno para los negocios.

- ¡Exacto! Fue eso mismo lo que yo pensé –estuvo de acuerdo Enzo-. Y ahora no es como antes, que uno podía ir retirando montos de diferentes sucursales bancarias o diferentes bancos. Ahora están todas esas maquinitas que tienen los cajeros, las IBM, donde se fijan en las pantallas si la cuenta tiene fondos, y les dicen los retiros que el cliente ha hecho de otras sucursales con lo cual va a ser *imposible* evadir el Decreto, lo que nos lleva a que...

- Cada *puto* cliente que necesite tener más de quinientos dólares para alguna operación, por decir algo, pagar quince mil dólares para comprarse una lancha, o seis mil dólares un auto usado, o dos o tres mil dólares el alquiler de una casa de veraneo, deberá tener sus ahorros en *efectivo* y en las cajas de seguridad de los bancos.

- Donde ya tienen sus joyas, y sus bonos del tesoro... -le brillaban los ojos al truhan local.

- Hay que elegir bien el blanco —se mesó la barbilla el truhan recién llegado-. Y seleccionar la modalidad con cuidado. Contratar el personal de soporte.

- Eso te lo puedo solucionar, primo. Si vas por la opción túneles, puedo contratar un cuadrilla de la OSE, la empresa de agua y saneamiento local, que por un sueldo estatal igual están haciendo zanjas con picos y palas en pleno invierno con el agua hasta la cintura. Por un... ¿qué será? Cinco o diez por ciento del botín te harán el túnel desde donde quieras hasta donde necesites. Y si vas por la opción asalto directo, tengo matones conocidos, pero esos cobran más. Capaz cinco por ciento cada uno.

- Vamos viendo, Enzo, tranquilos nosotros. *Hay* tiempo para planear.

Edith no podía creer cuando miró su reloj pulsera. *Las tres y media de la madrugada, será de Dios*, maldijo. Y ella despierta como si fuera mediodía. *Claro, en Francia son las siete y media. ¡Malditos husos horarios!* Intentó volver a dormirse, pero el calor reinante en la habitación del hotel no lo hacía fácil. Su cliente se ve que no había tenido dinero suficiente para ubicarles en un hotel cinco estrellas, y el tres estrellas en el que estaban, el Concorde, situado sobre la calle Uruguay, una de las paralelas a la principal avenida del centro, la 18 de Julio, no tenía aire acondicionado en las habitaciones, sino sólo en los lugares comunes como el lobby y el comedor. *¿Quién va a darse cuenta si me voy a dormir con mi manta y una almohada al comedor? ¿Quién va a haber allí a esta hora?*, se vio preguntando una Edith que si bien estaba acostumbrada al cambio de husos horarios por su profesión, sabía que le llevaba uno o dos días adaptarse completamente.

El aire que entraba por la ventana doble abierta de par en par tampoco ayudaba. Era húmedo y cálido. *Ni modo*, decidió, *hora de levantarse*. Miró su imagen demacrada pero aun así joven y atlética en el espejo del baño que compartía con su padre. *¿Te vas a bañar o no te vas a bañar antes de ir a correr?*, preguntó a su imagen especular. *Igual con estos calores te vas a estar dando una ducha de tres a cinco veces por día*, sonrió a sí misma ante la imagen que reflejaba el óvalo.

Hacia las cuatro de la mañana estaba en el vestíbulo con su short y su *top* de correr, sus zapatillas deportivas y el gorro de béisbol en el que guardaba su cabellera rubia para que no le molestara en la actividad que podía decir con orgullo desarrollaba religiosamente a diario por los últimos quince años: correr y pensar. Saludó al pasar al veterano en el mostrador que les vio llegar poco antes de la medianoche luego de cenar fuera, y por el bolígrafo en su mano izquierda y la concentración en algo sobre el mostrador, quizás estuviera completando una revista de crucigramas, probablemente para mantenerse despierto durante su guardia nocturna.

- ¡Espere-espere! –le detuvo el veterano, como si le estuviera advirtiendo de algún peligro inminente, cuando Edith iba a salir del hotel.

- ¿Qué ocurre?

- No puede salir todavía, ¡no es de día! –dijo el empleado del hotel, como si fuera evidente.

- Sí, me doy cuenta –señaló Edith hacia la calle fuera del hotel, donde aún la luz del alumbrado público vertía su luz mortecina sobre las calles.

- Usted no es de por aquí, ¿verdad? –sonrió el alto cincuentón largo.

- No, es verdad: llegamos ayer del exterior.

- Bien, le explico: Sin dudas está al tanto de que hace unos años hay un nuevo régimen, acá en Uruguay.

- Una dictadura militar, sí, estoy al tanto –afirmó Edith.

- Bien. No nos dejan decir la palabra con "D" acá en el hotel, pero supongo que hablamos de eso mismo. La cuestión es que hay leyes y reglamentos que restringen el libre movimiento de las personas, y una de las que más causan problemas a los extranjeros es la prohibición de andar de noche por las calles. Es decir: si uno tiene un Pase Verde como tengo yo, no pasa nada, pero si no tiene un Pase Verde, y justo pasa un patrullero o un jeep de los militares, ahí puede tener un problema si anda por las calles de noche.

- ¿Pase verde? –estaba genuinamente interesada quien instantes antes estaba dispuesta a comenzar su entrenamiento matutino habitual-. Agradecería enormemente que me dé más detalles.

- Mejor se lo muestro –se ofreció servicialmente el funcionario, y fue a buscar el suyo.

Le extendió un pase de cartón que lucía el escudo nacional y la inscripción Poder Ejecutivo sobre la tapa, y dentro había un texto impreso dejando espacios en blanco para completar a mano los datos del portador del documento que autorizaba las salidas nocturnas. Cerraba el precario documento un sello oficial de la Comisaría donde se había expedido y la firma del Comisario.

- ¿Así que sin uno de estos me podrían arrestar en la calle?

- Arrestar, yo no diría, pero sí detenerle para interrogación y hasta llevarla a la Comisaría. Yo tengo uno porque trabajo en el turno de la noche, así que a las ocho salgo del Cerro en ómnibus todas las noches, y acá llego de noche también. Descuide —miró su reloj el veterano funcionario del hotel-. No deben faltar más de treinta o cuarenta minutos para que ya haya luz de día, y ahí podrá salir a correr. Siempre hay una cafetera en el comedor —señaló una puerta que se abría a un lado del lobby-, y los periódicos del día, si desea leer. El desayuno se sirve de siete a once.

- Le agradezco la información —sonrió Edith y resignada fue a tomar una taza de café, mientras ojeaba los periódicos que había junto a la cafetera de cinco litros-. Típico —resopló, pasando las noticias.

Era un ejemplo más de los que había visto por toda América Latina en los últimos años, cuando tomaba casos en regímenes dictatoriales: la sección de política claramente había desaparecido, y había sido reemplazada por la sección de comunicados de las Fuerzas Conjuntas. La sección de deportes (aunque "deportes" era mucho decir para Uruguay, consistía casi pura y exclusivamente de fútbol con algo de turf al final), era *enorme*. Pero eso Edith también ya lo había visto en otros países. *El opio de los pueblos, pan y circo*, pensó. Había fotos de sociedad, en las que infaltablemente había uniformados de gala sosteniendo una copa en la mano en casamientos, fiestas de quince e inauguraciones de empresas junto a los más pudientes, y alguna noticia internacional seleccionada para demostrar la negra garra comunista queriendo extenderse sobre el planeta, y las fuerzas occidentales conteniendo su avance. La sección de necrológicas llamó la atención de la detective: junto a los mensajes póstumos iniciados con la cruz cristiana, también había intercalados otros con la estrella de David. *Algo es algo*, pensó, *al menos estos fascistas locales no son antisemitas también.*

Por fin vio algo de luz diurna filtrándose por las ventanas del salón comedor del hotel y dejó la taza usada en su lugar y los periódicos prolijamente ordenados. Volvió al lobby del hotel.

- ¿Ahora sí se puede? –consultó al recepcionista de la guardia nocturna.

- Ahora sí –confirmó el aludido.

- Gracias, Oscar –sonrió ella, y salió hacia el asfalto en dirección a la rambla montevideana que rodeaba la ciudad bordeando por decenas de kilómetros la costa bañada por el Río de la Plata, tan ancho como un mar.

- ¿Cómo supo mi nombre, si nunca se lo dije? –se asombró el portero una vez que se fuera la huésped del hotel tres estrellas, y luego por instinto miró hacia la solapa de su chaqueta donde estaba escrito su nombre de pila en una placa metálica-. Ah, pero vos también mirá las *boludeces* que preguntás.

Las largas zancadas de la detective caían rítmicamente sobre las baldosas que imitaban de alguna forma el diseño de las de Copacabana en Río de Janeiro, sólo que en este caso estaba en un país que le era desconocido, uno de reducidas dimensiones, excolonia española, cuya rambla era salpicada por el agua marrón del Río de la Plata, tan ancho como un mar. Tanto era así, que sólo en su extremo más naciente podía verse la costa del otro lado, y en su ancho máximo separaba 221 kilómetros las costas argentinas y uruguayas.

El sol no se veía aún, y los paisajes iban deslizándose lateralmente ante la vista de Edith, atenta a no chocar con su casi metro ochenta y contextura musculosa contra posibles obstáculos como montevideanos madrugadores paseando a sus perros o caminando, y adolescentes trasnochados que quizás hubieran pasado las horas de circulación prohibidas bebiendo y bailando dentro de locales nocturnos, y se veían en grupos con las vestimentas y los rostros desalineados seguramente narrándose animadamente lo vivido durante la noche: sus intentos y sus fracasos, sus victorias y sus mentiras de los éxitos obtenidos.

Hacía años la hija de una madre muerta al parirle y un padre biológico que nunca había conocido hasta recientemente sólo para ponerle tras las rejas usaba esta rutina de ejercicio matutino con un doble propósito: por un lado mantenía su estado atlético para las pruebas físicas a las que se veía enfrentada en su día a día, las persecuciones de criminales, los combates cuerpo a cuerpo, reducir en inferioridad numérica a un grupo razonable de oponentes, pero también para poner en orden y reflexionar sobre los datos del caso en el que se encontraba. Eran pocas las ocasiones en las que no se hallaba absorta en un caso, y en esas ocasiones la rutina matutina de ejercicios la usaba para ordenar su vida: dónde se encontraba como persona, el camino que había recorrido, su determinación de insistir en una carrera que parecía casi exclusivamente dedicada al género masculino... de eso tan profundo a detalles tan banales como si había suficiente dinero en la cuenta en París para que su secretaria Christine se cobrara sus honorarios, o si estaba en fecha de enviar sus saludos de cumpleaños a sus amigos y contactos ese día.

No le cerraba *ni por un minuto* que el secuestro de Clara y Sebastián por las Fuerzas Conjuntas, llamadas así por la conjunción de intereses y operaciones de la Policía y los Militares, fuera para "dar una lección" a un escritor censurado por la Dictadura. *Tenía* que haber algo más, ¿pero qué? ¿Se habrían metido los muchachos en algo turbio, quizás? De su propia experiencia juvenil sabía la adicción que causa el uso recreativo de la heroína, y de cómo todo pasa a segundo plano, la familia, los amigos, incluso la seguridad personal, con tal de obtener la siguiente dosis.

La seguridad de un padre de que no estaban en nada raro de nada servía, por lo general. Stéfano en su momento no había sabido ver la causa raíz de su adicción, y sólo lidiaba con las consecuencias: Edith desaparecía del hogar durante días, *semanas* incluso, para volver en estado demacrado buscando algo de estabilidad y mimos de padre. Para eso era esencial ver qué había averiguado o tenía que decir el oficial de Personas Desaparecidas de la Policía Nacional. Si el uniformado se tomaba su trabajo en serio, al menos habría hecho algunas averiguaciones y le podría brindar una perspectiva desapasionada y objetiva de los hechos *reales*.

Pero si no era en drogas, ¿en qué podrían haberse metido los hijos de Emilio Bermúdez? ¿Habrían desobedecido las directivas de su padre y se habrían visto envueltos en militancia anti militar? La opción no parecía descabellada, dada la realidad de su familia siendo económicamente destruida desde el Gobierno. Con cada zancada que le acercaba a un cerro de unos trescientos y algo metros de altura coronado por una fortaleza de la época de las colonias que la amazona de pómulos salientes y ojos y pelo alemanes tenía las firmes intenciones de coronar, Edith estaba más convencida de que sí habían sido los militares quienes les habían raptado, y que el motivo de la captura y la desaparición había sido por algo que *Clara y Sebastián* habían hecho o intentado hacer, *no* por su padre, como les quisieron hacer creer los encapuchados con armas de asalto.

Tengo que saber de primera mano, pensó, *qué hablaban y qué pensaban los chicos antes de desaparecer*. Consultó su reloj pulsera y recordó que Oscar, el portero, terminaba a las 6 su turno. Miró el Cerro de Montevideo a medio ascender con la sensación de una tarea a medias cumplida, pero decidió que era hora de un sprint rápido de vuelta hacia el hotel para informarse con el encargado de mostrador nocturno dónde en esta ciudad que le era desconocida podía contratarse un adolescente o un adulto que pareciera adolescente que pudiera infiltrarse en el Liceo 14 para obtener de primera mano información de inteligencia de *en qué* andaban los jóvenes antes de desaparecer.

CAPÍTULO 3: EFRAÍN GUTIÉRREZ

Deportes. Agua. Pelota.
- Water Polo
- Entretenimiento. Falda al viento.
- Marilyn Monroe.
- Arte y Literatura. Péndulo.
- Foucault.
- Historia. Hasta donde mi vista abarca.
- Alejandro Magno.
- Ciencias y Naturaleza. Penicilina.
- Pasteur.
- Geografía. Francia. Castillos.
- Loire.
- Tiempo –interrumpió Macarena, que a falta de mejor descripción, era la gemela Vidart de la derecha.

Su hermana, en pijamas igual que ella, había llevado el tanteador en una hoja de papel. El relojito de arena de plástico, en realidad de otro juego del que habían sacado las preguntas, tardaba un minuto y fracción en pasar su contenido de la parte superior a la inferior. Carolina, la gemela Vidart de la izquierda, dio su veredicto.

- Veintisiete, la *puta madre* –no salía de su pasmo quien había ido anotando cada respuesta correcta de sus contendientes.

Los hermanos Bermúdez se abrazaron para festejar una nueva victoria en el juego de caja que mejor se les daba, el Trivia contrarreloj en pares, como habían bautizado a la variante del juego de preguntas y respuestas que aún no había llegado a Uruguay, pero dados los viajes de sus familias de posición acomodada al exterior, empezaban a existir en las casas de los alumnos del Liceo Francés. El Trivial Pursuit que no se hizo masivo sino hasta años después, consistía en una caja con cientos de tarjetas que contenían una pregunta de cada categoría: Geografía, Historia, Ciencias y Naturaleza,

Arte y Literatura, Deportes y Pasatiempos, Entretenimiento, y lanzando un dado los dos a seis participantes iban avanzando por un tablero, y juntando "quesitos" triangulares que agregaban a sus fichas cuando contestaban acertadamente la pregunta que les tocara de alguna de las seis categorías.

A Clara y Sebastián les parecía más entretenido tomar unas cuantas tarjetas y jugar en parejas: uno haciendo las preguntas, dando pistas solamente, y el otro adivinando las respuestas, y cada respuesta acertada en un tiempo acotado equivalía a un punto. Como solía suceder, habían arrasado en esta mano con las gemelas Vidart que habían anotado apenas diez puntos en su turno.

- ¿Cómo hacen estos *soretes*? –profirió Macarena, señalando a sus invitados, para deleite de su gemela por escuchar un improperio de esos que se dicen entre pares a los catorce años, en una pijamada con su compañero de clase y la hermana pequeña de éste, en su casa de Carrasco.

- Esa boquita, Maca –le reprendió su gemela cariñosamente.

- Estos *soretes* –respondió Clara-, están conectados.

- Sí, eso ya lo entendimos, pero, a ver: Caro y yo somos gemelas, ¿me explico? Yo sé todo lo que ella piensa, lo que siente, quien le gusta, a quién no se banca en la clase, pero esto... esto que tienen ustedes, es *otro nivel* de conexión.

- Somos los gemelos Bermúdez nacidos con dos años de separación –bromeó Sebastián, y todos rieron.

Las gemelas Vidart eran de los pocos ex compañeros del Liceo Francés con los que Clara y Sebastián aún mantenían contacto a un año de haberse ido de la institución educativa porque su padre viudo ya no les podía pagar la cuota. Y no era por pedantería elitista, ellos lo sabían, que casi todos les habían dejado de hablar. Nunca faltaba un patrullero que les encontrara comiendo y les reconociera, para pasar a proferir en voz alta señalándoles que esos eran los hijos de un *zurdo* subversivo, para avergonzarles a ellos y a sus excompañeros, o móviles de inteligencia policial que les siguieran hasta la casa donde habían quedado para ver una *peli* en la tele con sus amigos, y los uniformados irrumpieran en mitad de la noche pidiendo documentos.

Era normal. La gente no quería problemas con las autoridades, y los Bermúdez parecían un foco de ellos. Las gemelas Vidart, sin embargo, poco les importaba, y sus padres aprobaban esa actitud.

- ¿Pero quién es el gemelo malvado y quién el gemelo bueno? —siguió la broma de su hermano Clara-. Como en las telenovelas. Siempre hay uno bueno y uno malo. Vos sos el bueno, Seba, *obviamente.*

El recuerdo escapista de la prisionera volvió a ser interrumpido, como lo había sido por una cantidad indeterminada de días, semanas o *meses* desde que les arrastraran de su casa, por el chirrido de goznes de la gruesa puerta metálica que presagiaba que algún prisionero clandestino ingresaba o salía, que alguien era llevado a una nueva sesión de tortura despiadada, o volvía de una de ellas.

Hacía un buen rato que los gritos de Sebastián habían dejado de sentirse, y Clara era un manojo de nervios. Que dejara de gritar podía deberse a algo tan simple como que la sesión había terminado para él, y aún sus captores no iban a regresarle, o que esperaban a que despertara luego de desmayarse del dolor para seguir torturándole, hasta algo tan definitivo como... No, Clara prefería ni siquiera *pensar* en esa posibilidad.

Los pasos pesados de las botas militares esta vez se escuchaban junto al sonido de pies arrastrados. *¡Lo traen desmayado, la puta que los parió, milicos HIJOS DE PUTA!*, maldijo para sí misma la menor de los Bermúdez, y los ojos se le llenaron de lágrimas, pero se reprimió de proferir siquiera un sonido como habían acordado que era la mejor opción entre los cautivos separados por dos años de edad, pero unidos por conexiones humanas más allá de lo científicamente explicable.

Otro pacto que habían hecho, era de no hablar de las sesiones de tortura entre ellos, de celda a celda enfrentada, cuando estaban seguros de estar solos. Clara ansiaba con todo su ser que a Sebastián sus cautivos no le hubieran violado como hicieron con ella, como una más de las degradaciones y humillaciones inhumanas a las que le habían sometido. Sabía en carne propia lo que era tener a un ser inmundo dentro de ella, sentirse impotente ante los gemidos grotescos del violador, pero podía elevarse de la situación, *procesarla* de algún modo, y empatizar de que en el caso de su hermano, un varón, esto podía aún ser *más* degradante, si es que eso era posible.

- Necesito que la cantes –se escuchó a Sebastián decir desde la celda al otro lado del pasillo un buen rato después de que los sonidos indicaron que los torturadores les habían dejado solos y habían cerrado la gruesa puerta metálica.

- ¿Estás bien, Seba? –preguntó con la voz quebrada su hermana menor.

- Cantámela, por favor –pidió casi sin fuerzas el mayor de los hermanos.

- Dale. Voy –Clara hizo acopio de fuerzas que no sabía que tenía para cumplir con uno más de sus pactos entre hermanos que les habían mantenido coherentes y sosteniendo con resiliencia lo que había tocado en suerte: cuando uno había llegado al límite, había tocado fondo una vez más, no se hablaba de lo que había pasado, simplemente se le pedía al otro que le cantara una canción de cuna que su madre les cantaba cuando eran pequeños. La joven de quince años entonó con todo el amor que pudo ponerle a su voz, dadas las caóticas circunstancias:

Los pollitos dicen,
Pío, pío, pío
cuando tienen hambre
cuando sienten frío.
La gallina busca,
el maíz y el trigo
les da la comida
y les presta abrigo.
Bajo sus dos alas
acurrucaditos,
hasta el otro día
duermen los pollitos.

La dupla de detectives franceses había decidido pasar del desayuno del hotel basado en bizcochos y café de máquina para caminar las tres calles que les separaban de la avenida principal de la ciudad capital del Uruguay con el fin de obtener algo más de variedad. Encontraron un local de La Pasiva frente a un edificio de ladrillos gigantesco que parecía desaparecer en el cielo de una mañana que por suerte se veía nublada, y quizás con alguna probabilidad de precipitaciones que aliviara el calor agobiante del verano montevideano.

- ¿Estuvo bien tu salida? –quiso saber la hija, y dio un sorbo a su café.

- Bueno. Digamos que tuvo sus altos y sus bajos. Entre sus bajos tengo que mencionar que parece que uno no puede andar libremente por ahí de noche. Me paró un patrullero y me pidió documentos y me preguntó que qué estaba haciendo, como si fuera ilegal andar caminando cerca del Puerto de noche, pero por suerte cuando les mostré mi carné de habilitación de la Interpol les cerró todo y me dejaron seguir.

- Sí, me enteré hoy de madrugada cuando quise salir a correr: la circulación nocturna está restringida para los civiles a no ser que porten un carné verde, un documento de autorización expedido por una Comisaría de Policía.

- Claro, tenemos que conseguirnos uno, quizás.

- Totalmente.

- Qué tan difícil puede ser que haya *pain au chocolat* en una ciudad abierta al turismo como parece ser esta —se quejó el canoso sexagenario, dando un bocado al *croissant* relleno de jamón y queso-. Es poner una barrita de chocolate en una masa suave con azucarado arriba.

- Ay, vamos, papá: ¿en cuántas ciudades donde hemos estado hemos encontrado *pain au chocolat*?

- Madrid, Nueva York, Londres... -esperó encontrar la cuarta, pero no la encontró-. Vale, me rindo: se come lo que se halle donde estemos.

- Vamos a establecer el cronograma para hoy —puso su tono de dirección como era habitual la creadora de la agencia, luego de engullir un bocado del sándwich caliente que había pedido para desayunar, siguiendo su hábito de consultar con el mozo qué era lo que los locatarios más apreciaban o consumían preferentemente en el lugar donde estaban-. ¡Esto está buenísimo! —aprobó-. Oscar, el portero de la noche, me confirmó que las tiendas en la 18 de Julio no abren hasta las diez de la mañana, por lo general.

- ¿Pero estos uruguayos no les interesa vender, acaso?

- Parece que no. Y no hay centros comerciales importantes, como en el primer mundo. Lo que sí hay son galerías de comercios, que por lo general encontraremos aquí sobre la 18 de Julio. Yo no quiero andar pegoteada de calor todo el día, así que vamos a parar a comprar ropas más frescas. Siguiente punto: transporte. Oscar me ha dicho que a diez a doce calles hacia el Obelisco —señaló la dirección-, hay una sucursal importante de Avis, así que ahí conseguiremos nuestra locomoción. Un auto veloz para mí, ojalá haya un Peugeot 504 u otro francés, y una Vespa para ti.

- ¿En *serio*, Edith? ¿Un italiano en una Vespa? —dijo con toda ironía Stéfano-. ¿No quieres también que la maneje mientras como un plato de *spaghetti al pesto* y vaya escuchando una tarantela en mis *walkman*? –completó el sarcasmo el veterano.

Edith no pudo sino estallar en carcajadas ante el enfado de su padre adoptivo por los hechos, sí, pero padre en todos sus términos por la vía del afecto.

- No es por el estereotipo, papá, quédate tranquilo. Si has observado con atención, las Vespa son bastante populares aquí en Uruguay, y además donde vamos a establecer nuestro puesto de vigilancia del Batallón 14 en un pueblo humilde de la zona rural de este país, por lo cual si hubiera dos coches en la casa, llamaría la atención, y no queremos eso, ¿verdad?

- Cierto. ¿Qué más hay en el menú de hoy? Igual –dio un bocado más a su croissant relleno de jamón y queso, y untado de mantequilla-, no está tan mal este producto panificado. Tiene mi aprobación –sonrió el veterano.

- Ya nos ha pasado otras veces: en países colonialistas como Francia, España o Inglaterra la gastronomía se basa en lo históricamente local, mientras que en las excolonias como esta se da la mezcla de los aportes seleccionados de quienes han sido los colonizadores históricos *más* los aportes locales. Como sea: esta hora antes que abran los comercios vamos a darnos una vuelta por la Jefatura Central a dos cuadras de aquí. Yo iré a encontrarme con Efraín Gutiérrez, el oficial a cargo del caso de la denuncia en Personas Desaparecidas, para juntar datos objetivos policiales, y mientras tanto tú vas a la Interpol a buscar los casos con recompensa que puedas encontrar.

- Tiene su lógica, hija: es a *mí* a quien conocen a nivel internacional

- ¡Exacto! Además, si voy yo y me llego a encontrar con Bertrand, por una de esas casualidades de la vida, yo... no respondo por mis actos –fue categórica ella, dando el último bocado al sándwich de pan de miga, untado con manteca en la lado exterior, relleno de jamón y queso, y prensado en una plancha para tostarle por el exterior.

- Ya tienes que dejar atrás esa vieja inquina con Bertrand, hija.

- ¡La dejaré cuando el *hijo de puta* me pida perdón de rodillas por optar por sus *putos* manuales de la Interpol a la hora de intervenir de forma inmediata en Madagascar, en vez de asaltar el complejo donde Koriander retenía ilegalmente y fuera de toda norma internacional a sus rehenes a las que obligaba a prostituirse y a venderse como mercancía de trata de personas, dándole tiempo a los corruptos locales a avisar al mafioso para juntar sus cosas y huir en su helicóptero. ¡*Ahí,* y no antes, es cuando pisaré nuevamente las oficinas de la Interpol!

- Hola, Bertrand —saludó Stéfano en francés al hombre en el traje que se hallaba de espaldas a él, pero por su pelada incipiente y sus desordenados cabellos rubios, había reconocido como el oficial de la Interpol al que su hija se había referido en términos tan agresivos sólo unos momentos atrás, durante el desayuno.

- ¡Stéfano Bonelli! —saludó a su vez efusivamente el oficial de origen francés de la Interpol-. ¿Cuáles son las chances? —intentó abrazarle, pero Stéfano desvió el gesto hacia un saludo de manos formal —Ah-ah-ah. Con que esas tenemos, ¿eh? Aún no me habéis perdonado lo de Madagascar, ¿no es así?

- Algunos menos que otros —fue amargo el del traje blanco.

- Ya veo. Bien. Creo que me lo merezco —evitó seguir con que él sí estaba siguiendo las leyes y reglamentos locales mientras los detectives pretendían entrar a lo John Wayne, a caballo y disparando, a la mansión de un narcotraficante y tratante de personas-. ¿Qué te trae por aquí?

- Los libros de recompensas.

- ¿Nacionales o Internacionales?

- Ambas.

- ¿Ofrecidas directamente por la Interpol o por agencias externas también?

Stéfano se lo pensó por un momento. Las recompensas ofrecidas por la Interpol por información de delincuentes internacionalmente buscados solían ser de montos inferiores a las ofrecidas por otras agencias, como el FBI estadounidense, pero aun así...

- Ambas —decidió finalmente.

- ¿Terrorismo, narcotráfico u otros delitos?

- Espera: ¿Han retirado la trata de personas y la han puesto con "otros delitos"?

- No, no en esa categoría. Hace algunos meses ya los jefes se pusieron de acuerdo en que la trata de personas estaba generalmente asociada al narcotráfico, que las mismas redes delictivas operaban a la par, así pues las juntaron en narcotráfico.

- Ya.

- Si me preguntas, es para recortar personal. Tú sabes: tres departamentos en vez de cuatro, pero allá los jefazos sabrán por qué lo hicieron.

- Vale. Déjame pensar –nuevamente Stéfano, que de la dupla detectivesca era quien más cariño le ponía a que fuera un negocio redituable, sobre todo por las posibilidades de continuidad y de estabilidad que esto les ofrecía, calculó basado en su experiencia de qué montos se estaría hablando. *Terroristas paga más por lo general*, calculó mentalmente, *¿Pero qué terrorista vendría a esconderse a este país, y más con libertades individuales (entre ellas las de circulación) reducidas? Por otro lado los narcotraficantes también pagan bien* -. Narcotráfico y Otros Delitos –tomó la decisión.

- Perfecto. Ya te las traigo. ¿Tienes a mano tu carné de habilitación de la Interpol?

- Nunca salgo de casa sin él –sonrió Stéfano, y le extendió el suyo del bolsillo interior de su chaqueta.

- Vas a tener que renovarlo –le informó Bertrand, tras observarlo.

- ¡Pero si aún no ha expirado!

- No, no es por eso. El Jefe de Interpol Francia ya no es Beauvert. Le han reemplazado luego de vuestra aventura reciente allí en Poitiers.

- No es para menos –entendió Stéfano-. La Corte había operado durante *décadas* en su país y él no se había percatado. Menudo jefe regional.

- Como sea, yo no era tampoco del *Team* Beauvert, si sabes a lo que me refiero, pero su reemplazo, Bernadac, no sé qué rumbo tomará. Sabes lo que dicen: mejor malo conocido, que bueno por conocer. Necesitaréis nuevas autorizaciones.

- Mierda.

- Tranquilo, con esta aún puedo autorizar que fotocopies las fichas que me pediste, y puedo ingresar el pedido para que os gestionen nuevas con la firma de Bernadac. Ah, y yo si fuera vosotros chequearía regularmente que la de Detectives expedida por el Ministerio de Justicia, siga con la firma válida. No sé cuánto pueda durar en el cargo el Ministro Deschamps después de lo de La Redención.

- Seguramente Christine, nuestra secretaria, nos mantendrá informados.

- Sin dudas –dijo el agente, y fue solícito a juntar las fichas que le había pedido Stéfano de dentro de un archivero. Volvió cargando unas doscientas fichas individuales de delincuentes buscados internacionalmente. ¿Sabes cómo operar una fotocopiadora?

- Sí, claro.

- Puedes usar esa –le señaló una junto a una pared de la oficina local de la Interpol que albergaba unos treinta escritorios, la mayoría de ellos desocupados-. Ah, y debes dejar en el frasco junto a la máquina un dólar por cada doce copias que saques, más tres dólares por cada carpeta con elásticos que te lleves.

- ¡¿Ahora nos cobran las fotocopias y las carpetas?! –exclamó indignado el italiano.

- Te dije: recorte de presupuesto –sonrió el agente francés de los cabellos rubios desordenados.

- Como sea –bufó Stéfano-. Ay, Bertrand, te voy a pedir un favorcito más, quizás.

- Sí, claro, dime.

- Hay unos permisos de circulación, unas tarjetas verdes para andar de noche aquí en Uruguay. ¿Será que puedas conseguirnos unas para Edith y para mí?

- Veré qué puedo hacer, pero no prometo nada. Estos uruguayos a veces cooperan con nosotros y a veces no tanto. Voy ahora mismo y te aviso por sí o por no.

Stéfano le vio alejarse presto y pensó para sí: *Al menos está consciente de la reparación que nos debe por lo de Madagascar*, y con una sonrisa se encaminó hacia la Xerox, con la pequeña montaña de expedientes.

- Detective Edith Bonelli –se presentó la alta treintañera en el pequeño mostrador de recepción de la Jefatura Central. Dada la dimensión gigantesca del edificio, esa reducida entrada tenía dos razones de ser: un control de acceso eficaz, y ocultar de la vista de los de afuera lo que ocurría dentro-. Busco al Oficial Efraín Gutiérrez, de Personas Desaparecidas –extendió su carné de habilitación de la Interpol al uniformado.

- Interpol es la entrada de acá al lado –le hizo un gesto.

- No, disculpe –sonrió Edith al alto morochón-, quizás no me expliqué bien. Sólo le enseñaba un documento de identificación.

- Ah. Ah-ah. ¿Y no tiene algún otro? ¿Cédula, pasaporte?

- Traigo mi pasaporte, claro –antes de buscarlo de dentro de su riñonera, advirtió al oficial-. También debo entregarle a usted el arma antes de ingresar, ¿supongo bien?

- Y la licencia de porte de armas.

- Claro –la francesa puso ambos documentos y su revólver 38, luego de quitarle las balas y guardarlas en la riñonera.

- Un segundo –el uniformado tomó nota en el cuaderno de visitantes y puso el arma de Edith en una gaveta numerada, entregándole un papel de ingreso y un número de plástico-. Es por esas escaleras, piso uno y medio, a la derecha están los escritorios de los detectives, pregunte ahí.

- Es usted muy amable –agradeció Edith, y siguió las indicaciones.

Llegó a otro mostrador, que dividía la sección del resto con vidrios esmerilados excepto en una ventanilla donde tras informarle a la oficial a quien visitaba y someterse a un somero cacheo, la uniformada le señaló uno de los escritorios.

El detective de camisa y corbata era lo más parecido a Woody Allen que hubiera visto Edith: nariz pronunciada, gafas redondas, físico escueto y pelos pelirrojos y desordenados. No debería pasar los treinta años de edad, y se encontraba absorto estudiando un expediente. De un golpe de vista la detective pudo apreciar que el suyo era el escritorio más prolijo y organizado de todos: nada fuera de lugar, ni una mota de polvo, y no había un cenicero sobre él, como era el general en los de los demás detectives. Un cartel horizontal negro con caracteres dorados rezaba: "Personas Desaparecidas" y otro perfectamente alineado a su lado "Det. 2da. Efraín Gutiérrez".

- Buen día, oficial –saludó ella, y sólo entonces el aludido levantó su vista de la concentración en los expedientes.

- Buenos días, ¿en qué le puedo ayudar? ¿Busca a alguien?

- Sí, a usted.

- Ah –se sorprendió el oficial de la ley.

- Detective Edith Bonelli, de la Agencia Bonelli –extendió ella la mano.

- Efraín Gutiérrez –tome asiento, por favor, y ella así lo hizo.

Sin esperar a que se lo pidiera, la extranjera extendió sobre el escritorio frente al detective su identificación de Interpol y una tarjeta de negocios de la Agencia. Edith notó un cambio de reacción en el oficial local, como si se hubiera dado cuenta de un detalle importantísimo que había pasado por alto.

- Espere. ¿Agencia Bonelli? ¿No será la Agencia Bonelli de Francia, o sí? —levantó los ojos asombrados ante su visitante.

- La misma.

- La que sale cada dos o tres números en la revista *International Detectives*? —seguía creciendo el asombro del uruguayo.

- ¿Está usted suscripto? Un magazine bastante serio, sí. Son pocas las publicaciones especializadas a las que damos autorización para publicar nuestros casos. Y respondiendo a su pregunta: es la misma agencia.

- ¿La misma Agencia Bonelli que resolvió el caso de la mafia de los diamantes en Johannesburgo, y el robo de las joyas de la Corona en Suecia?

- Alto ahí: Lo de las joyas de la Corona fue oficialmente atribuido al Servicio de Inteligencia Sueco —puntualizó Edith.

- Vienen en *color* las fotos, Bonelli. Recuerdo *claramente* a Stéfano parado sobre el estrado junto al Ministro del Interior de Suecia. ¿Qué hacía ahí, si no era resolver o colaborar en la resolución del caso? —penetró el enjuto hombre con una mirada de inteligencia a la alta detective.

- Fue una colaboración en ese caso —sonrió Edith, agradecida al destino de haber encontrado a un *fan* del trabajo de su Agencia, cosa que no era demasiado frecuente-. Pero si le soy sincera: hubieran tardado *bastante más* en hallar a los ladrones si no hubiéramos intervenido.

- Me cago —se le escapó al Detective, aunque por el volumen sólo Edith había atestiguado esa salida de línea tan poco profesional de un admirador frente a uno de sus héroes máximos y su inspiración inicial para dedicarse al cumplimiento de la ley-. ¿Y qué le trae por aquí? Espere: *no es* Stéfano el único detective de la Agencia Bonelli, ¿estoy entendiendo bien?

- Entiende usted perfectamente. Compartimos las investigaciones con mi padre —quizás exageró un poco la participación de Stéfano en la resolución de los casos, pero no quería dejar mal a su padre adoptivo y colaborador frente a los ojos de un admirador.

- Usted dirá en qué le puedo ayudar —volvió a los asuntos profesionales el extasiado veinteañero.

- Investigamos la desaparición de los jóvenes Bermúdez.

El momento idílico de encuentro con uno de sus ídolos había terminado abruptamente para el uruguayo.

- Uh –sólo pudo expresar de pronto-. Tendría que haberme imaginado que si la Agencia Bonelli se presentaba en el escritorio de Personas Desaparecidas tenía que ser por un caso de alto perfil –todo buen humor o exaltación había desaparecido de su semblante, siendo reemplazado por una sombra de pesar.

- ¿Por "alto perfil" se refiere a quién es su padre, Emilio Bermúdez?

- No. No-no. O sea: sí, *también* por eso. Verá: ¿cómo le explico? –le enseñó la pila de expedientes prolijamente ordenados a su izquierda-. Estos son los casos en curso, y estos –señaló *dos* expedientes a su derecha-, son los casos resueltos, sea porque apareció la persona o porque fueron resueltos. Y esa pila está así de "nutrida" –ironizó, porque mi asistente se tomó tres días de licencia por estudios, y no los archivó todavía. Ay, Paulita. Estudia Ciencias Forenses en la Facultad de Medicina, pero si sigue así de floja con sus obligaciones laborales, la carrera en la policía le va a durar poco. No al menos si depende de un informe positivo de mi parte. Lo justo es justo.

- Entiendo. Los casos se apilan, y sin personal adecuado...

- ¿Adecuado? Ja. Soy *yo sólo* para tomar las denuncias, pedir informes a las diferentes reparticiones, hacer investigación de campo. Yo y mi ser como ayudante.

- Entiendo su situación, y me gustaría que en el futuro tenga usted más personal.

- Sí, ¿yo qué sé? –se rascó la nuca-. No es un buen momento para andar reclamando cosas –señaló con los ojos a su alrededor.

- ¿En Dictadura? Yo tampoco andaría reclamando nada, si fuera usted.

- Ssshhhh. ¡¿Está loca?! –se sobresaltó visiblemente el oficial.

- Perdón –bajó la voz hasta un susurro ella-. La palabra con "D". Mal yo –fingió reconocer Edith, que había lanzado la palabra con toda intención, para ver la reacción de su contraparte.

- ¿Quiere ver los detalles del caso? –retomó un curso más prudente de conversación Efraín.

- Si fuera usted tan amable.

- Bien –Gutiérrez miró sobre su hombro hacia las salas de interrogaciones de vidrios esmerilados a su espalda. La sala dos parecía estar vacía, ya que la puerta estaba abierta-. Si gusta usted acompañarme –le invitó con un gesto, y en un abrir y cerrar de ojos tomó el expediente de los

Gutiérrez de la pila de los casos en curso, una libreta de anotaciones y un bolígrafo. El uruguayo no relajó su expresión sino hasta que estuvieron ambos dentro de la sala, con la puerta cerrada, y se cercioró de que ninguno de sus compañeros estaba mirando en su dirección. La puerta tenía un arenado en el vidrio salvo en una pequeña franja a la altura de la vista de un adulto promedio-. Supongo que aquí podemos hablar libremente. No hay micrófonos ni cámaras.

- ¿Por qué será? –fue sarcástica Edith.

- Claro, ríase todo lo que quiera, pero esto *no es* Francia, por si no lo notó todavía.

- ¿Dice usted con el presupuesto del Primer Mundo? –fingió demencia la detective, aunque sabía *perfectamente* a lo que se refería el oficial de la ley.

- ¡A eso también! Me refiero a para qué poner cámaras y sistemas de grabación en salas donde los interrogatorios... A veces se ponen duros –terminó con amargura.

- ¡Válgame! A poco también torturan aquí mismo en Jefatura Central.

- Le voy a pedir que se ubique, Edith –fue duro el enjuto hombre, tomando asiento a un lado de la mesa. La alta francesa hizo lo propio al otro lado de la mesa, que tenía un gancho soldado para esposar eventualmente al interrogado-. Si sigue en esa línea, voy a tener que pedirle que se retire.

- Me disculpo formalmente, Gutiérrez –fue muy solemne ella-. ¿Para qué la libreta de apuntes y el bolígrafo? Es por si pasa alguien y mira para dentro que parezca que me está tomando declaración, ¿no es así? –le guiñó un ojo.

- Es buena, usted, Bonelli. *Muy* buena –volvió a sonreír el detective local a cargo del caso-. Bien: Clara y Sebastián Bermúdez –recordó los nombres de pila de memoria, antes incluso de abrir el expediente que constaba de unas treinta o cuarenta hojas perfectamente ordenadas y unidas por un gancho en su extremo superior izquierdo-. Desaparecidos de su hogar el 19 de Diciembre próximo pasado.

- ¿Desaparecidos o secuestrados? –interrumpió Edith.

- La carátula del expediente dice "Desaparecidos" –le mostró el detective-. Si lo hubieran caratulado como "Secuestrados", hubiera terminado en *otro* Departamento, no en el mío-, aunque sí es cierto que su padre les denunció como secuestrados –leyó someramente la denuncia de Emilio Bermúdez, que abría el expediente-. Recuerdo que parecía sincero al hablar, pero... usted sabe cómo son los testigos: a veces aportan datos objetivos, pero la mayoría de las veces están bañados de subjetividad.

- Lo sé. Le entrevisté ayer. Fue lo primero que hice al arribar. A mí *también* me pareció sincero, pero debo añadir que hay pruebas *físicas* del secuestro en casa de los Bermúdez: la puerta delantera lucía un golpazo de un elemento contundente como un ariete, y la cerradura estalló y fue mal y precariamente reparada después, y luego estaba el piso del living quemado donde mi cliente dice que los secuestradores quemaron sus libros, más rajaduras en los cristales de los portarretratos consistentes con el relato.

Efraín se mordió el labio inferior hasta casi hacérselo sangrar para evitar lanzar un grito de indignación.

- A mí no me dejaron ir hasta el lugar –bufó, cuando pudo controlarse-. Mi oficial superior me dijo que el informe de los patrulleros que se presentaron era concluyente –y tomó el informe-. Rotura de cerradura, desorden general, por lo tanto fue un robo. El dueño de casa tiene otra historia, por lo que se le recomienda que denuncie la desaparición ante "Personas Desaparecidas" pero no antes de pasadas las 48 horas –resumió todas las palabrejas técnicas del informe-. ¡Ja! También mire *quiénes* fueron los patrulleros –dijo evidentemente más para sí que para la atenta Detective-. Si estos son más *fachos* que Hitler, ¿qué querés también que pongan?

- Vale. Créame que *entiendo* su frustración. No es el primer caso que hemos tomado de desapariciones forzadas en regímenes totalitarios, aunque de esos no encontrará usted la reseña en *International Detectives*, claro está.

Por fin el malhumorado (y con justa razón) Gutiérrez recuperó algo de humor.

- Soy un *boludo*, yo también –se recriminó el enjuto oficial-. ¡*Tan* estúpido, carajo! –su enojo iba en aumento, repasando la información a la luz de la revelación de que Bermúdez *sí* había dicho la realidad objetiva, y a él se le había pasado creerle-. Verá: ¿vio toda esa pila de expedientes en curso en mi escritorio? La gran mayor parte *no son* personas desaparecidas. Es decir: sí hubo alguien que los denunció como tales, pero por lo general son adolescentes, maridos o esposas fugados que o bien luego aparecen, o bien logra confirmarse que se han ido por voluntad propia, y si son adultos y no son un padre o una madre que ha desatendido los deberes inherentes a la patria potestad, no hay ley que les haga volver a sus hogares.

- Entiendo. Y la historia de militares secuestrando no le cuadraba a usted porque...

- ¿Yo qué sé? A esta altura tendría que imponerme a mí mismo una sanción disciplinaria por *imbécil*. No me cerraba por qué se llevarían a los hijos de un escritor proscripto, sí, pero que todos saben que está en la ruina, hundido en un pozo de depresión por estar en la lista negra de las autoridades y por la trágica muerte de su esposa. ¿Qué sentido tendría?

- Quédese tranquilo que no es usted ningún imbécil, Gutiérrez: a mí *tampoco* me cerró que se llevaran a sus hijos como escarmiento por lo que ha escrito –le dijo consoladoramente-. ¿Qué más tiene? ¿Qué ha podido averiguar?

- Bueno, este es de los casos donde sí pude hacer más trabajo de campo. Me *encantan* los libros que escribe Bermúdez –dijo con nostalgia de cuando podía encontrarse su obra en las librerías o en las bibliotecas-, por eso quizás le puse un poco más de cariño que lo habitual para ayudar a encontrar a los jóvenes –iba pasando hojas con los testimonios recabados-. Los compañeros del liceo 14 y los vecinos de Punta Gorda coinciden en que eran chicos tranquilos, que no armaban problemas, muy correctos y educados... ¿Qué más? –seguía pasando las hojas escritas a máquina con algún ocasional apunte hecho a mano con bolígrafo-. Hay algún testimonio divergente, claro, pero por ejemplo, mire esto: "esos hippies sucios y *subversivos* deben estar por ahí armando una guerrilla bolchevique, o drogándose" fue lo que dijo Edith Rosenkratz. Ja, qué coincidencia: Edith. Recuerdo bien a esta pareja. Una pareja de viejitos. Él estaba claramente *lookeado* a lo Pinochet, con el bigote fino y engominado, y ella tenía venas hinchadas en la frente por la indignación y el odio hacia esa familia mientras hablaba. Dudo que sus testimonios puedan ser considerados como válidos. ¡Espere! –se alarmó de pronto el detective uruguayo cuando vio en la cara interior de la cubierta de cartón del expediente un papelito adherido con un clip, que contenía una breve nota redactada a mano –Bonelli, usted tiene que irse en *este mismo* momento, mientras aún pueda hacerlo –le mostró la nota a la alta treintañera.

Efra:

Hay una denuncia de una vecina de los Bermúdez de que ayer de noche vieron a Stéfano Bonelli, ese detective que vos siempre me hablás de sus casos, en la casa de Bermúdez. Están emitiendo una orden de vigilancia sobre él y su acompañante ahora mismo. Te aviso por si llegan a visitarte. CYA, amigo"

- ¿CYA? –fue la única parte que no entendió la detective francesa-. ¿No se escribe con I latina, la agencia estadounidense.

- No *esa* CIA. *Yo sé* quién me escribió esto. Es de Investigaciones, pero es de los *buenos* de Investigaciones –hablaba rápido el uruguayo, que se paró para ver por la rendija hacia el precinto, esperando ver que ya hubiera alguien aproximándose para terminar con su carrera profesional en la Policía-. Es un código entre nosotros: CYA significa *Cover Your Ass*, cubrite el culo.

- Entiendo, me iré –se paró ella también para irse-, pero el expediente... -casi suplicó Edith.

- ¡Ahora no! Le alcanzo una copia en... en una hora en la Confitería La Esmeralda, en Jackson y Canelones. Ahora por favor sígame la corriente –abrió abruptamente la puerta y gritó al primer uniformado que vio con voz de mando-: Oficial, ¿me escolta por favor a ésta *fuera* del edificio? Y asegúrese que *salga*. ¡Ya mismo estoy redactando un pedido para que se le *prohíba* el ingreso a Jefatura!

- Gracias, Efra –le susurró ella sólo para él, y le guiñó un ojo, para luego dar paso a su mejor actuación de ofendida, dejándose arrastrar fuera del edificio por el oficial que le llevaba agarrada del brazo.

Capítulo 4: Toledo

Juan Martín Marquez no se había apuntado para este tipo de tareas, pero era lo que había. Y pagaba bien, sobre todo cuando autorizaban las horas extra para la vigilancia nocturna. Además *odiaba* los viernes, porque su compañero el "Oso" Saroldi trabajaba hasta altas horas de la madrugada de jueves a sábados como guardia de seguridad en Ton-Ton, una *boîte* nocturna en Parque Miramar, por lo que los viernes venía con una o dos horas de sueño a trabajar, y eso se hacía sentir durante el día. Muchas veces, como aquella mañana de verano, el Oso dormía mientras Juan Martín hacía el trabajo de ambos. Y roncaba una cantidad, su compañero, "a cara de perro" como solían decir los uruguayos cuando alguien tenía una actitud desfachatada sin remordimientos.

Ya estaba terminando su segundo café y había optado por semillas de girasol como aperitivo para la vigilancia discreta que le había asignado su oficial superior esa mañana en Jefatura, cuando vio llegar a sus objetivos cerca del mediodía.

- Oso, despertate. ¡Despertate, carajo!

El aludido se cacheteó las mejillas para reaccionar.

- Perdón, me dormí, ¿no?

- ¿*Cuándo* no te me dormís un viernes, Oso? –le reprendió pero con un dejo de afecto su compañero.

- Esto del boliche me está matando, pero viste como es mi mujer: ella es demasiado mujer para mí. ¿Cómo le digo que no nos podemos ir al Caribe de vacaciones con mi sueldo de policía? Ella es una Diosa, y yo... a mí me gusta comer, ¿qué le voy a hacer?

- Es macanuda, María Rosa, dejate de joder. Seguro entendería que se fueran a Marindia de vacaciones en vez de al Caribe. Tu segundo laburo te está matando, amigo.

- La verdad que sí –sonrió el aludido-. ¡Upa, por fin llegaron! –reconoció quien iba en el asiento del copiloto a los huéspedes que ingresaban al Hotel

Concorde en la calle Uruguay a toda prisa, igual que como lucían en la foto de seguridad del Aeropuerto tomada el día anterior, y que iniciaba el expediente que les habían entregado al darles su asignación-. ¿Entramos?

- No, vamos a aguantar acá a ver qué hacen. ¿Te aguantás un rato despierto mientras voy al baño del bar a *mear*? Hace dos horas que estoy meta café.

- Sí, obvio.

Cinco minutos más tarde volvía el Detective de Primera Juan Martín Marquez a ocupar el asiento del piloto del Fiat blanco sin señas ni matrícula oficiales.

- ¿Un taxi del Aeropuerto? —reconoció el vehículo que se estacionaba frente al hotel. A los pocos minutos sus objetivos cargaban sus bolsos y sus maletas en la cajuela del taxi, y se subían al mismo, que arrancaba-. Jodeme que ya se van. ¡Golazo! —festejó el "Oso" Saroldi.

- ¿Se irán, decís vos?

- Pará, Juanma, ¿por qué si no se iban a subir a un taxi del Aeropuerto, con lo caros que salen?

- Sí, ahí tenés un buen punto, pero igual, yo qué sé... -por las dudas vamos a seguirlos hasta que se tomen el avión.

- Como vos quieras, pero después dejame en casa que meto unas horitas de siesta antes de ir a presentar el informe de la tarde a Jefatura. Ja, qué placer poder dormir una siestita entre semana. ¡Qué *culo* tenemos!

El taxi que perseguían había desaparecido tras la esquina hacía casi dos minutos cuando emprendieron la marcha, por lo que Marquez apretó el acelerador, apenas lo suficiente como para ganar terreno, pero no demasiado como para llamar la atención. Siguieron la que sería la ruta lógica para ir hasta el Aeropuerto: virar a la derecha, luego tomar la paralela a Uruguay pero que iba en dirección contraria, *alejándose* del centro de Montevideo, y cerca de Tres Cruces a unas veinte calles pudieron ver el taxi bastantes autos más adelante.

- Los tenemos.

- Vos lo dijiste. Igual mantené la distancia, que esta está marcada como prioritaria, y no podemos *cagarla* —puntualizó Saroldi.

- Ah, sí, ¿no me digas? *Ya sé* lo que es una misión prioritaria, *pelotudo*.

Los Detectives de Investigaciones siguieron por algo más de media hora al taxi del Aeropuerto hasta que llegó a la estación de Partidas. El taxista salió y empezó a bajar las maletas del maletero y a ponerlas sobre la vereda. Un porta-maletas del aeropuerto se acercó servicial a cargarlas en su carrito, y el taxista le extendió un billete como propina.

- Algo está mal... *muy* mal –empezó a ponerse nervioso el más alto y delgado de la dupla.

- ¿Cuándo *mierda* se van a bajar los Bonelli? –estuvo de acuerdo Saroldi-. Vamos, tengo un mal presentimiento –abrió la puerta de su lado.

- No *jodas*, Oso, ¿*en serio* tenés un mal presentimiento, la puta que me parió?

Ambos agentes de la ley llegaron con sus armas desenfundadas apuntando a los lados del asiento trasero del taxi... que se hallaba vacío.

- Usted –increpó el corpulento Saroldi-, ¿dónde están sus pasajeros?

- Yo, espere. No entiendo nada –levantó las manos por instinto el chofer del taxi.

- ¡Los pasajeros que se subieron en el Hotel Concorde, no se haga el *pelotudo*! –fue esta vez Marquez quien habló hecho una fiera al taxista, que no osaba bajar las manos ante los hombres de civil que no se habían presentado como Investigadores de la Policía.

- Se bajaron a las dos cuadras de subirse. Me pagaron el viaje completo más una propina de cincuenta dólares para que les trajera sus maletas y las registrara en el mostrador de Air France. ¿Yo qué hice? –ya era suplicante la voz del conductor de taxi.

- ¡Me cago en la mierda! –profirió Marquez, enfundó su arma, y abrió las maletas.

Estaban vacías, con la sola excepción de una hoja con el logo del Hotel Concorde, que lucía un burdo bosquejo de un dedo mayor levantado en una mano.

- Estamos en el horno, Oso –mostró Marquez a su compañero la hoja.

- ¡¡¡PERO LA REPUTA MADRE QUE ME RECONTRA MIL PARIÓ!!! –Aulló a viva voz el oficial de Investigaciones. Hubiera disparado un tiro al aire, o al pecho del inocente taxista, sólo para sacarse el enojo y la frustración del pecho-. ¡En fijo nos hacen sumario por esta *cagada* que nos mandamos!

- ¿Sumario, Oso? ¡¿En *serio* te preocupan las consecuencias administrativas de este *cagadún* que nos mandamos?! Yo le calculo de dos a diez días de suspensión sin goce de sueldo. ¡De ahí para arriba! —estimó Juan Martín Marquez basado en su pasada experiencia.

- ¿Nos mandarán una temporada al calabozo? —preguntó horrorizado el guardia de seguridad de Ton-Ton y oficial de Investigaciones.

- Yo no lo descartaría.

- Entonces creo que estaría todo: un Peugeot 504 color verde oliva del 79, más una Vespa color crema año 75 —el empleado de la rentadora de autos chequeó que todo estuviera en orden, incluidas las matrículas. En ese momento una asistente vino con un comprobante-. Gracias, Miriam, siguió el empleado-. Pago por adelantado por una semana de los dos vehículos con cheques de viajero, la garantía con la Visa Gold. Listo, está todo. Que los disfruten —entregó con una sonrisa las llaves de los vehículos a la dupla francesa-. Si tienen algún problema, mecánico o de lo que fuera, tienen una calcomanía de Avis con nuestros números.

- ¿Un mapa de rutas y de Montevideo tienen, de cortesía? —consultó Edith.

- Hay uno en todos nuestros vehículos: en la guantera del Peugeot y en el compartimiento del casco de la Vespa.

- Muchas gracias, Héctor, que tenga usted un buen día.

Apresuradamente entre los dos cargaron sus bolsos con sus *reales* pertenencias en el maletero del 504, incluyendo la ropa veraniega que habían adquirido en las tiendas de la calle principal de Montevideo, la 18 de Julio, las herramientas de su oficio que siempre llevaban por si fueran necesarias y se ajustaron los *beepers* que habían contratado en un local de la empresa Bip-Bip Radiomensajes al cinturón, todo *antes* de su actuación de irse del país en el Hotel Concorde.

Edith tomó el mapa de la guantera del auto de fabricación francesa y se puso a estudiarlo mientras Stéfano se ajustaba el casco de moto.

- Primera parada la Embajada Francesa aquí en el centro. Tenemos que avisar que estamos bajo vigilancia de la Policía local sin dar un motivo para estarlo. Luego la proveeduría náutica del Puertito del Buceo —fue memorizando la ruta en cada caso-, luego por Propios hacia el norte hasta

Instrucciones, y –dio vuelta el mapa para pasar del lado "Montevideo" al lado "Uruguay" del mismo-, de ahí a Toledo. Tú sígueme.

- Sí, jefa –sonrió su padre.

José sabía lo que valía su propiedad. No es que fuera la gran cosa, pero *sabía* lo que valía. Desde que su Alcyra partiera (Dios la tuviera en su Gloria), lo único que hacía José cada tarde era mirar el atardecer desde su jardín. Sus arrugas daban a entender que había vivido al menos 70 veranos, y agradecían sus huesos que esa tarde las nubes hubieran contribuido a descender algunos grados el calor agobiante. Tomaba mate de tanto en tanto, y cuando no lo usaba estaba junto al termo sobre una mesita a su costado.

No le asombró que la joven y el veterano repararan en el tosco cartel de madera donde había escrito a tiza: Se vende o se alquila por temporada o fracción.

- Hola, buenas tardes –saludó la joven, que en altura superaba la de un adulto promedio.

- Buenas –se apoyó José en los posa brazos de su silla playera para pararse, y caminó entre las plantas de su jardín hasta el murito que dividía el mismo de la vereda-. ¿Se perdieron?

- No, no nos hemos perdido –sonrió el más veterano de los dos-. De hecho estamos buscando una propiedad como la suya para alquilar.

- Ajá. Bien –fue parco el dueño de casa-. ¿Quieren pasar a verla?

- Sí, sí claro –fue entusiasta la más joven-. Edith Bonelli –se presentó la amazona.

- Stéfano Bonelli –hizo lo propio el más veterano.

- José –saludó con un apretón de manos el dueño de casa. ¿Pasan, entonces?

- Con permiso.

El dueño de la propiedad les mostró la estancia principal, el living-comedor, con una gran ventana a la calle, luego una habitación contigua con una cama de dos plazas, la cocina diferenciada y el humilde baño. Atravesando una puerta de chapa delgada se accedía al patio trasero, de dimensiones algo más generosas que el patio delantero, con una gran higuera en una de las puntas que daba sombra sobre gran parte del patio.

- Tiene agua potable, luz eléctrica y teléfono –informó-, pero el teléfono tiene el cero bloqueado, para que los inquilinos no hagan llamadas que no sean locales.

- Uy, eso puede ser un problema –dijo Edith-, pero podemos llegar a un arreglo de pagarle las llamadas que hagamos.

- Como poderse, se puede –se alzó de hombros José.

- Nos gusta –decidió el sesentón de bermuda formal y camisa sobria de color blanco y manga corta-. ¿Cuánto pide por ella?

- Tres mil dólares por trimestre o fracción.

- ¡¿Cómo?! –reaccionaron al unísono los dos detectives.

- ¿Quiere que se lo anote? Se lo anoto –se ofreció el locatario.

- Yo –no sabía cómo empezar Edith-, yo no sé cuánto valgan las casas en Toledo, pero creo que con ese dinero pagamos una habitación doble de un hotel en el centro de media categoría.

- Entonces hagan eso: alquílense un apartamento en el centro, pero dudo que ese apartamento tenga las vistas que el mío tiene – sonrió con malicia el anciano, y señaló el doble ventanal que daba una vista clara y frontal al Batallón de Paracaidistas número 14 de Toledo.

Un frío de muerte recorrió la espina dorsal de la detective. Le habían dicho sus nombres, sus nombres *reales*. ¿En qué estaban pensando? ¿Desde cuándo eran tan descuidados? ¿Y si se trataba de un colaboracionista? ¿Y si el cartel escrito a tiza disimulado no era sino una trampa de los del propio Batallón?

- Seguro que podemos llegar a un arreglo –suavizó su tono ella. El anciano le miraba detenidamente con ojos inteligentes y celestes, sea de nacimiento o producto de las cataratas-. Lo que no tenemos ahora es ese dinero en efectivo, pero podemos tenerlo el lunes o martes. Le puedo dar cheques de viajero al portador.

- Paso –fue parco el dueño de la vivienda-. ¿O parezco un banco, yo? Yo alquilo efectivo *cash* por adelantado o no alquilo.

- Lo entiendo, créame, pero... es que recién llegamos del exterior y nos gustaría asentarnos unos días antes de empezar la investigación sobre los sistemas agroeconómicos de los entornos rurales de países en vías de desarrollo, que estamos haciendo para la revista mensual de *France Liberté*, no sé si la conoce. Padre, enséñale nuestra tarjeta –Stéfano hizo el ademán de extraer una tarjeta de su bolsillo que *no era* falsa, pero lo que sí era es que ellos fueran reporteros de ese multimedio noticioso francés. Su amigo reportero Gérard Maupassant se las había dado por si alguna vez necesitaban hacerse pasar por reporteros, y las habían utilizado a menudo. Gérard había sido el periodista de la cadena que más cerca cubrió el caso que la dupla detectivesca resolvió de la heredera Bompland, muy sonado a nivel internacional y que develó uno de los mayores casos de corrupción en la extracción de diamantes en Sudáfrica en los setenta. Maupassant siempre estaba dispuesto, si alguien le llamaba al teléfono de la cadena que figuraba en la tarjeta, a respaldar cualquier historia que Edith o Stéfano hubieran necesitado inventarse en el transcurso de un caso.

- No se moleste, joven –detuvo el anciano a Stéfano-. Vamos a ver: voy a ser claro con ustedes, ¿sí? Investigación del entorno rural agroeconómico de no sé qué cornos, ¡las pelotas! Yo *sé* el valor estratégico que tiene mi casa, así que si no van a alquilarla, les voy a pedir que se retiren y me dejen seguir tomando mate en paz.

- ¡Es que *sí* queremos alquilársela, hombre! Es sólo que no tenemos ese dinero que nos pide en efectivo ahora mismo –lucía suplicante Edith-, pero nos urge instalarnos cuanto antes. Por favor comprenda. Mire, podemos hacer esto: ¿están abiertos los bancos a esta hora?

- No, ya cerraron. Cierran a las cinco.

- *Merde* –se le escapó a la detective, en francés-. El lunes, entonces, y de aquí hasta el lunes le pagaremos, déjeme ver: mil dólares al mes que usted cobra serían unos treinta y tres diarios. Le pagaremos *cien* dólares por día hasta que le abonemos los tres mil, iniciando con los primeros tres días, hasta el lunes a esta hora. ¿Le sirve el trato? –sin esperar a que el uruguayo aceptara o rehusara, sacó un delgado fajo de billetes de su bolsillo y le extendió al dueño de la vivienda tres billetes de cien de la divisa norteamericana.

- Mmm... supongo que puedo hacer una excepción –aceptó los billetes-. Y si tiene otro de esos le desbloqueo el cero del teléfono para que puedan hacer llamadas que no sean locales, pero nada de abusos, ¿eh? Que es *carísimo* el tele discado y además luego me va a venir en el recibo y no quiero salir perdiendo.

- Nada de abusos, entendido –aceptó Edith, y estrecharon manos para cerrar el acuerdo verbal-. Bueno, vayan trayendo sus cosas, si quieren, que yo me voy armando el bolsito para ir a pasar una temporada a lo de mi hermana. El jardín trasero tiene un portón de chapa que da a la calle lateral. Pueden entrar el auto por ahí, si quieren.

- Gracias, así lo haremos.

Momentos más tarde los nuevos inquilinos de la vivienda que a juzgar por la astucia encerrada en las palabras del dueño de casa esa *no era* la primera vez que la alquilaba así de cara para fines de vigilancia del cuartel, se encontraban instalados.

- Huele *espantoso* –se quejó Stéfano-. Huele a... encierro, a moho, a... y que me disculpen quienes no tienen otro remedio que terminar allí... Huele a geriátrico.

- Menos quejas, padre –le rezongó Edith, terminando de instalar la potente cámara fotográfica sobre un trípode que llevaban en la mayoría de sus misiones. El largo teleobjetivo les daba una visión clara, y de ser necesario nocturna, de lo que ocurría a ciento cincuenta o hasta doscientos metros de distancia, y la entrada del Batallón estaba a unos escasos cien metros-. Mañana limpiamos, cuando no estemos de turno en la vigilancia. ¿Ya bajaste todo?

- Bajar todo, sí, pero ni pienses que voy a poner nuestras cosas en los cajones de los armarios y la cómoda hasta no limpiar a fondo.

- Mañana lo haremos. ¿Qué hora es? –vio su reloj pulsera y eran apenas las siete y treinta. Ya casi no quedaba luz de día-. ¿Por qué no buscas un almacén o un bar y nos consigues algo de comer? Si tuvieran chivito al plato para mí estaría óptimo.

- ¿Tienes dinero local? No creo que en este pueblito nos acepten dólares, y menos una tarjeta de crédito internacional.

- Creo que sí. Fíjate en mi riñonera. Debe quedar algo de lo que cambié en el aeropuerto.

- Me llevo todo lo que tenías de pesos uruguayos –informó Stéfano-, más algunos dólares. No sé cuánto cuestan las cosas aquí.

- Vale. Espera: el sombrero blanco de ala ancha no, papá.

- *Porca miseria* –maldijo en italiano-. Demasiadas concesiones te estoy haciendo en este caso: *sin* mi traje, *sin* mi sombrero –se fue maldiciendo por lo bajo y en italiano Stéfano.

Una vez que su padre salió a cumplir el encargo logístico para la vigilia, Edith comprobó agradecida que el filtro de visión nocturna de la potente cámara fotográfica profesional no iba a ser necesario para la vigilancia nocturna. Todo el frente del Batallón estaba bien iluminado, y de las ventanas que tenían la luz encendida pues había alguien, se podía ver el interior con claridad con la lente telescópica.

Lo primero que llamó la atención de la vigía a distancia fue que los soldados portaban dos tipos de uniformes. Eso en su experiencia en la Marina no era la primera vez que lo había visto. En Vietnam en el 63, cuando luchó por Francia contra el avance independentista del Viet Cong, los infantes de marina franceses llevaban un uniforme, y los fusileros navales, cuerpo al que pertenecía Edith, llevaba otro uniforme ligeramente distinto. Incluso cuando pasó a liderar una unidad nueva creada *ad hoc* para esa guerra, el Cuerpo de Extracción y Rescate, se les asignó otro uniforme distinto al común de los fusileros, más adaptado a camuflarse en la jungla vietnamita.

Sin embargo el que hubiera dos tipos distintos de uniformes en un batallón que por su nombre tenía una especialización muy clara, el paracaidismo, no tenía mucho sentido. Anotó en su libreta de novedades, donde ella y Stéfano anotarían lo que les pareciera relevante, o los movimientos rutinarios y los insospechados: "Dos tipos de uniformes, indicando dos unidades compartiendo el mismo batallón. ¿Por qué?"

Siguió observando con ojo experto que la gran mayoría, los del uniforme verde oliva y gorra con visera portaban rifles de repetición largos más una automática al cinto, los que montaban guardia, y ningún arma los que estaban dedicados a otras tareas como cortar el pasto, cargar suministros o entrenar, mientras que la otra unidad, menos numerosa, portaba sólo una automática al cinto, uniforme de diseño camuflado y birrete, la clásica boina militar. También estos últimos parecían más fornidos a la vista. Concienzudamente empezó a tomar algunas instantáneas ilustrativas, sin exagerar el número, puesto que luego habría que conseguir más rollos, y revelarlas. *¿Cuánto costará el revelado aquí? De ser muy caro podemos conseguir líquido de revelado, algunas bandejas y revelaremos en el baño.* No sería la primera vez que lo harían, tampoco.

Hacia las ocho en punto ocurrió el primer hecho digno de ser anotado: Un Mercedes verde oliva proviniendo del predio del Batallón se estacionó junto a la entrada principal, y un militar de rango, quizás el Comandante, salió de la misma, siendo saludado en posición de firmes y con la venia por sus subalternos. Edith tomó unas excelentes fotos del jerarca militar. Estaba por subirse al auto que le esperaba cuando salió rápidamente en su persecución otro oficial de rango, quizás su Segundo, con una carpeta. El Comandante le agradeció y quien le había alcanzado la carpeta le despidió con la venia.

Eran las nueve de la noche y aún Stéfano no había regresado. *¿Le marcaré al beeper?* –pensó preocupada Edith. De pronto cayó en la cuenta de que había olvidado preguntarle al dueño de la vivienda el número telefónico del hogar. *Estúpida que soy. Claro: ¡llamas a la central de radiomensajes y qué les dices? Este es un mensaje para el usuario 9234, y el número para que se comunique es el... ¿? Se acercó hacia el teléfono y por fortuna vio que bajo el disco había un papelito cubierto por una tapita de cristal con el que parecía ser el número telefónico.*

- ¡Excelente, José! –premió en voz alta a quien les había alquilado la casa.

De todas maneras no pasó mucho hasta que Stéfano llegó con unas bolsas de nylon que lucían la inscripción "Bar y Parrillada La Estación".

- ¡Papá, *apestas* a alcohol! –se indignó ella.

- Tu callada –le espetó él, depositó las bolsas sobre la mesa, y tomó su libreta de apuntes y un bolígrafo de su bolsillo. Empezó a hacer anotaciones mientras iba recordando los detalles.

- Pero... ¿y esto qué es?

- Ssshhhh, que no me dejas concentrar.

Edith esperó unos pacientes minutos hasta que a Stéfano le pareció que no había más para recordar que valiera la pena ser anotado.

- Listo. ¿Comemos?

- *Muero* de hambre –aprobó Edith, muerta de curiosidad también, relojeando de tanto en tanto el movimiento en el batallón cruzando la calle y un predio de pasto generoso antes del edificio principal - ¿Qué vamos a cenar?

- No hacían chivitos en el único bar que tiene este pueblo de cinco mil habitantes contando los alrededores rurales, así que hice lo que harías tú y pedí lo que fuera el plato más popular o deseado, y se trata de algo que llaman milanesa al pan. Se trata de un lomo de carne pasado por huevo y luego por pan rallado condimentado, frito en una generosa cantidad de aceite, más una porción de papas francesas.

- Creo que les llaman papas fritas en Uruguay.

- Esas –a Stéfano se le notaba en el arrastrar de la lengua que había bebido y no poco, pero se sintió aliviado de que Edith no le juzgara tan rápidamente y le diera su voto inicial de confianza-. Para mí pizza a la pala con muzzarella. Veremos qué tanto han respetado o innovado los cocineros locales la receta italiana, porque lo que sea que fueran esas "milanesas", yo en Milán no vi nada parecido –se alzó de hombros-. Coca común para ti. Lo siento: se les había terminado el agua con o sin gas, y Coca de dieta no tenían.

- Descuida, serán veinte lagartijas más mañana y la bajo. Espera: ¿qué es eso? –señaló otra botella de vidrio de color ligeramente más traslúcido que el contenido original, que Stéfano puso de su lado-. Eso *no es* Coca, ¿no es así?

- Nop. Es vino rosado dulce suelto. Vi las botellas de vino en el anaquel y tenían demasiado polvo y telarañas acumuladas para ser del año. Yo diría que tenían dos o tres años allí, y no me fío de vinos añejos que no hayan sido *hechos* especialmente para ser añejados, no sé si me explico. La mayoría de las veces estarán picados. Lo que sí tenía el cantinero eran unas damajuanas de vidrio invertidas con un dispensador para servir vino suelto. Había clarete y rosado dulce. Pensé que el rosado dulce iba a maridar mejor con la pizza. ¡A comer, pues, hija, que se enfría!

Edith dio el primer mordisco a la milanesa, que sobresalía generosamente del pan tortuga por el que se agarraba. Por suerte aún estaba tibia. Conocía a Stéfano de toda la vida, y sabía que si derivaba a propósito la atención del elefante en la sala, como estaba haciendo ahora, de estar visiblemente alcoholizado en un caso en curso, y más uno de estas características, no era por vergüenza, sino porque *algo* había averiguado en todo el tiempo que estuvo fuera. La primera mitad de la ingesta de alimento fue en silencio, cortado sólo por apreciaciones acerca de la comida.

- ¡Está buenísima esta pizza! –apreció Stéfano.

- ¿Me das un pedacito?

- Grrrr... pero uno sólo, ¿vale?

- ¿Quieres que te corte un poco de milanesa, papá?

- Paso, pero te acepto algunas papas... ¿cómo era?

- Papas fritas.

- Sí, de esas.

Ya a Edith no le cabía duda alguna que Stéfano se había topado con algo grande, pero iba a dejar que lo revelara a su tiempo, como le gustaba hacer.

- ¡Dios mío! Estos uruguayos tienen un problema con las porciones -se echó Stéfano hacia atrás en su silla, y tomó un generoso trago de vino rosado dulce suelto del único bar abierto de Toledo.

- La verdad que sí. Yo tampoco puedo más.

Ambos habían dejado aún una buena parte de su cena sin comer.

- Voy a guardar las sobras en la heladera para picar mañana —se ofreció quien no estaba beodo en la sala de estar, y envolvió los sobrantes en sus bandejas de cartón tapándolos con el papel de envoltorio blanco, pero cuando abrió la heladera para guardarlos, se arrepintió-. Yo creo que aguantarán fuera de la heladera hasta mañana de mañana sin problemas. Va a haber que limpiar, no hay dudas —volvió a sentarse junto a su padre, que tenía los ojos vidriosos por la ingesta continua de alcohol por las últimas tres horas.

- ¿Qué pudiste ver? —fue él quien preguntó primero.

Edith decidió seguirle el juego.

- No mucho, en realidad. Tengo una foto de quien parece ser el Comandante de la unidad y del segundo al mando. Hay dos unidades operando en las instalaciones, con distintos uniformes, armas, y aparentemente asignaciones.

- El Comandante Alberdi es quien dirige el Batallón 14, y su Segundo es el Teniente Delluca —lanzó por fin Stéfano una parte de la información que se estaba guardando para el momento justo.

- Vamos, papá —le animó Edith-. Se te veía desde el momento que entraste por esa puerta que no te habías tardado tanto *sólo* por ir a buscar nuestra cena.

- Ah, no, esa parte sí que es verdad: tardaron un *montón* de tiempo en entregarme el pedido para llevar. Pero bueno... ya que estaba ahí, digamos que... aproveché el tiempo —sonrió cálidamente el sexagenario.

- Vamos, cuéntamelo todo.

- Bueno, voy —sacó su libreta de apuntes en la que había anotado todo antes de olvidarlo apenas había llegado-. Estaban estos muchachos muy *piolas* (creo que así se dice cuando alguien te cae bien, y es simpático contigo, aunque seas un extraño, aquí en Uruguay), Marcos y Esteban. Son cadetes en el Batallón 14. Hace un mes que entraron. Ojo: estos no son fascistas para nada, ¡muy buenos tipos los dos! Son sólo jóvenes del pueblo que vieron la oportunidad de ganarse un sueldo estatal a base de algún entrenamiento básico, y diciendo sí, señor y haciendo ejercicio físico, cortando el pasto y ese tipo de cosas –por el tiempo en que tardó Stéfano en continuar, Edith pensó que se iba a dormir sentado, pero al fin su padre prosiguió-. Está la Tropa, que ellos integran, del Batallón, y luego están los de Inteligencia Militar que tienen su propio barracón y su propia agenda, aparentemente. No se hablan los de Inteligencia con los del batallón.

- ¡Por supuesto! Los del uniforme camuflado y el birrete –entendió de pronto Edith.

- Esos, esos. No entrenan, no cruzan palabras con la Tropa, y por lo general están fuera de vista, por lo que Marco y Esteban deducen que "algo" deben estar haciendo en algún lugar del cuartel. Ellos no saben qué es exactamente, pero creo que tú y yo a esta altura podemos irnos haciendo una idea.

- Una *muy* clara, papá. Sigue. Cuéntame más. ¿Qué historia utilizaste esta vez?

- La del viudo italiano que vino a Uruguay a enterrar las cenizas de su mujer Carlotta en su pueblo natal, y se iba a quedar un tiempo saludando a los familiares políticos.

- ¡Eres un genio, papá! El personaje genera empatía, abre a la conversación de temas trascendentes, es una historia tan común y corriente que no llama la atención. Dime más –estaba cada vez más concentrada en lo que pudiera decirle Stéfano antes que ya le fuera imposible hilvanar una frase con la siguiente dada la necesaria ingesta de alcohol compartida con sus informantes.

- Alberdi es un tipo muy rutinario. Entra a las ocho de la mañana a trabajar, y se va a las ocho de la noche. Es como *muy* católico, va a misa todos los sábados de tarde donde su hijo es cura o algo así, en la parroquia del... -consultó sus notas-, el Stella Maris, en Carrasco. Por lo que los cadetes saben, es un fanático de su trabajo. Su segundo, Delluca, es otro tema: les destrata al estilo militar, como si les estuviera preparando para que invadieran los Brasileños o los Argentinos en cualquier momento: hay entrenamiento físico, avanzar a rastras bajo alambres de púas, y ese tipo de cosas. Marcos y Esteban se alistaron porque pensaban que siendo una Brigada de Paracaidistas iban a subirse a un avión en algún momento, pero de eso todavía nada. El Batallón cuenta con un Hércules en la base de... Perdón, se me mezclan las letras.

- Igual la seguimos mañana, papá.

- No, espera. Acá está. Tienen un Hércules en la base de Boiso Lanza, a unos 20 kilómetros de esta ubicación —repasó sus notas-, pero ellos todavía no califican para saltar. Ah, y dos helicópteros Huey donados por el gobierno estadounidense, que esos sí van y vienen —el sexagenario sintió que los ojos se le cerraban- ¿Seguimos mañana? —se dio por vencido por fin.

- Duérmela, pá. Te levanto a las cuatro para seguir la vigilancia.

- Sí, claro. Hasta mañana, hijita —dijo el italiano, caminando a los tumbos rumbo al único cuarto de la humilde morada.

Nada sino admiración se reflejaba en esos momentos en los ojos de la treintañera detective. *Que descanses, papá,* pensó, y luego le asaltó un pensamiento más urgente: *Voy a necesitar café para aguantar hasta esa hora.*

CAPÍTULO 5: EL ENFERMO IMAGINARIO

Alégrate, hermano. Todo va saliendo de acuerdo con lo planeado –hablaba en tono bajo y en italiano el más guapo de los dos.

El más fornido de los hermanos Calabreses parecía no estar tan optimista al respecto, sentados ambos en una banca en la Ciudad Vieja, corazón histórico de la ciudad de Montevideo, tratando de no lucir *tan* extranjeros, y apenas lográndolo, dados sus marcados rasgos italianos. Los dos fumaban cigarrillos sin filtro, mirando disimuladamente hacia la fachada de la Sede Central de uno de los bancos de capital extranjero más importantes del país.

- La parte de la entrada, sí. La verdad que el *primo* Enzo se lució con el apoyo local, y sólo por el veinticinco por ciento. ¡Mejor imposible!

- Ya sé, ya sé. A ti te preocupa el *después*.

- ¡Exacto! Pongamos que es el día siguiente, estamos en el punto de encuentro. Dividimos el botín y pagamos a todas las partes, nos quedamos con la mitad, que es nuestra parte, y después de ahí: ¿Qué? Este no parece un país donde se puedan licuar o sacar diez o quince millones de dólares así como así. ¿Qué vamos a hacer? ¿Ir a depositarlos al banco de donde los robamos? –sonrió el gigantón, aunque era una sonrisa forzada. Sus gestos denotaban legítima preocupación.

- No vamos a usar las redes locales de lavado, si eso es lo que te preocupa. Se termina el atraco, y chau Enzo y los suyos. Nosotros cargamos lo nuestro en la camioneta y ahí empieza nuestra estrategia de salida.

El apuesto Calabrés vio que su hermano por fin entendía que aunque no se le hubiera participado, el estratega de la dupla *ya tenía* un plan marcado.

- Ya lo tienes todo planeado, ¿eh? –le dio un codazo afectivo que movió unos centímetros en la banca al más alto y delgado de la dupla.

- Planeado, sí, pero aún me falta un pequeño detalle –dejó una pausa teatral, y aunque su fornido hermano le insistió con un gesto a que prosiguiera, prefirió reservárselo para sí mismo por el momento- Déjamelo a mí, hermanito. Todo es cuestión de encontrar la pieza faltante del puzle.

El Peugeot 504 avanzaba a la máxima velocidad permitida por la Ruta 6 en dirección norte.

- ¿Cómo vamos? Cambio –consultó la ocupante del rodado.

- Se te escucha fuerte y claro –se escuchó del otro lado.

- Olvidaste decir "cambio", papá. Cambio –puntualizó ella.

- Ah, sí, cambio. Lo último se sintió con algo de interferencia. Cambio.

- A ti también se te escucha un poco mal. Cambio.

- Ya casi no te recibo. Cambio.

Edith detuvo el rodado a un lado de la carretera, sobre la banquina. Miró el cuentakilómetros del vehículo de fabricación francesa. *Catorce kilómetros de alcance. Nada mal*, sacó la cuenta mentalmente, y observó hacia ambos lados de la precaria carretera nacional que fuera seguro dar la vuelta en "U".

A la vuelta a la casa en Toledo, Edith dejó estacionado el coche verde oliva por la calle lateral, sin entrarlo en el jardín trasero, pues esperaba que la siguiente prueba no le llevara más de veinte o treinta minutos en estar pronta.

El olor a limpio era patente dentro de la modesta morada ubicada frente al Batallón 14, a media mañana.

- Ah, esto ya es *otra* cosa –llenó sus narinas del olor a productos aromatizados de limpieza la atlética detective.

- ¿Cuánto fue el alcance? –quiso saber Stéfano, en cuclillas, limpiando lo mejor posible la heladera General Electric que lucía hongos en todo su interior con un paño húmedo. Ya casi no quedaban hongos, pero le había llevado un buen rato sacárselos.

- Catorce kilómetros garantizados sólo con los Handy. ¿Me das una mano para instalar la antena para la radio base?

- Voy –se dispuso a ayudarle el sexagenario italiano.

Edith fue por su maletín portátil de herramientas que llevaban a todas las misiones. No es que fuera un taller completo de reparaciones o instalaciones, pero tenía lo esencial: sunchos de plástico, pinzas, alicate, destornilladores, llaves de tuercas de la seis a la dieciséis y una llave francesa. La detective se subió primero a un muro lindero con otra propiedad y luego se impulsó con sus brazos hacia la azotea de la vivienda. Agradeció que el techo fuera de planchada de hormigón. Detestaba andar haciendo equilibrio con sus setenta kilos de masa muscular sobre las vigas de madera de soporte de techos de chapa.

- Pásamela –pidió a su padre, y éste le alcanzó la antena de dos metros y medio. Como la mayoría de las casas uruguayas, la propiedad tenía una antena de galvanizado para recibir las ondas de la televisión abierta. Edith adosó la antena de fibra de vidrio a la de la televisión y la ajustó con sunchos plásticos-. ¿Me tiras el cable, 'pá? –atrapó el rollo de cable, ajustó el conector a la antena, y le preguntó a su "asistente de instalaciones"-. Dime si llega hasta la mesa del comedor.

- Voy –el italiano se perdió dentro de la morada, desenrollando el cable. Apareció un momento más tarde-. ¿Lo quieres estético y disimulado, o como venga?

Edith sonrió ampliamente.

- "Como venga" supongo que bastará.

- Vale. Llega sin problemas.

Una vez los dos dentro de la casa, Stéfano le señaló el cable que colgaba del techo, y el cable del equipo VHF en el piso.

- Yo hasta ahí no llego, ni siquiera parado sobre una silla, ya probé.

Edith se paró sobre una silla de madera y ató el cable del VHF que venía desde el techo al de la electricidad que alimentaba la bombilla eléctrica con un suncho y bajó para encender la radio base que habían comprado al apático pero aparentemente eficiente y conocedor de su oficio John-Michael Rohr, dueño de la proveeduría marítima Maritime Equipment & Gear en el Puertito del Buceo.

- Vamos a probar esta belleza –dijo entusiasmada Edith-, y segundos más tarde montaba en el Peugeot rumbo nuevamente hacia el norte por la Ruta 6. Siguió rodando hasta pasados los veinte kilómetros del punto inicial. Sólo entonces decidió hacer el primer intento-. ¿Me copias, pá?

- Fuerte y claro –hubo un espacio-. Ah, sí. Cambio.

- Treinta y cinco kilómetros de rango. Me cago –no se lo podía creer la alta detective. Cada dólar que hemos pagado por este equipo lo vale. Nos lo llevamos para las próximas misiones.

- ¿Ah, sí? –fue escéptico Stéfano-. Dime cómo hacemos para viajar con una antena no plegable de dos metros cincuenta de largo.

- Ah. *Ahí* tienes un buen punto. Veamos cuánto abarcamos —observó sobre el mapa los dos círculos a partir de la ubicación en Toledo de la radio base VHF que había trazado-. Al norte hasta varios pueblos pequeños, pero no parecen interesantes. Al Sur llegamos hasta el Pinar, en la desembocadura del Arroyo Pando sobre el Atlántico, y al Oeste llegamos al Delta del Tigre en la desembocadura del Río Santa Lucía sobre el Río de la Plata. ¡Genial! Mejores equipos que estos creo que sólo se obtienen con los proveedores de la Guardia Costera norteamericana, o con los de la Armada Francesa. Llegamos hasta dos corrientes de agua navegables —parecía fuera de sí la fundadora de la agencia-. ¿Entiendes la ventaja estratégica que esto nos da?

- Entiendo que *algo* le habrás puesto a tu café, porque te juro que no puedo atar cabos de en qué se relacionan los cursos de agua navegables con vigilar un Batallón de paracaidistas en un pueblucho del Interior del Uruguay, pero está claro que *tú sí* le encuentras una relación.

Edith sólo pudo abrazar a su padre con emoción.

Claudia regresaba de casa de sus amigos uno de esos lunes de verano donde uno agradece a Madre Naturaleza que hacia el atardecer haya tenido la decencia de ocultar el sol calcinante bajo el horizonte y haya dejado correr un poco de brisa, aunque sólo fuera para bajar unos pocos grados la temperatura. La casa de sus amigos distaba unos pocos kilómetros, pero su familia no tenía dinero para pagarle el ómnibus. De todos modos ella estaba acostumbrada: ir a la feria era lejos, ir a la escuela era *más* lejos... La casa de sus amigos estaba entre estas dos distancias.

Ya faltaba poco para la visita anual a las cárceles. Una vez al año, el viernes santo, abrían las cárceles militares donde el régimen mantenía a los presos políticos como su padre, un notorio sindicalista metalúrgico que fue de los primeros en ser apresado. Ansiaba tanto ver a su padre esa única vez al año como le entristecía. Nadie se lo decía a sus doce años de edad, pero ella lo sabía: a su padre no le estaban tratando bien allí dentro. Disimulaba como podía la angustia que le causaba ver a su padre demacrado, flaco hasta los huesos, pero le sonreía (creía ella) de forma bastante convincente, y sin dudas con afecto legítimo de hija.

Era peligroso para una niña como ella ir caminando a esas horas por allí, y ya no porque le asaltaran o peor aún. Iba atenta por lo general para esquivar la poca gente que se veía por las calles, y presta a salir corriendo al mínimo atisbo de peligro. No, no era por eso por lo que fuera peligroso. Conocía la ley que prohibía la circulación en horas nocturnas a menos que se contara con una tarjeta verde. Ella portaba su cédula de identidad, y si le detenía un patrullero o un jeep militar, enseguida pedirían informes y sabrían que era la hija de Omar Freire, el sindicalista preso en el Batallón 5 de Artillería. *Ahí* las cosas se pondrían feas para ella, pero sobre todo para su madre.

Cuando dejaron de contar con el ingreso de la construcción de su padre en el 73, con sólo cinco años tuvo que irse a vivir con su madre a la casa de su tía, la hermana de su mamá. La limpieza por horas a la que se dedicaba su madre no les permitía alquilar un lugar propio. Y así y todo se vivía en forma muy humilde en lo de su tía, cerca de los bañados de Carrasco.

Pocos autos circulaban a esas horas por la misma restricción de circulación nocturna, pero en uno de ellos, alguien de mirada libidinosa reparó en sus piernas delgadas y su vestido celeste veraniego mientras terminaba de cruzar el puente sobre el Arroyo Carrasco, por el Camino del mismo nombre.

- Pare por acá –dijo el ocupante del asiento del acompañante a quien iba manejando.

- A la orden –acató el chofer, puso los destellantes y paró a un lado de la calle.

- Voy a echarme una meada –dijo el oficial superior, con una sonrisa cómplice al chofer.

- ¿Lo acompañamos por seguridad o esperamos acá?

- ¿Pero usted es *pelotudo*, Gómez? ¿Cómo me van a acompañar? –se bajó del auto el veterano militar sin decir más.

- Ah, pero a vos te arrancaron verde, ¿no, Julio? –se mofó uno de los militares armados con ametralladores en el asiento trasero-. Agradecé si no te ponen en arresto mañana por la pelotudez que acabás de decir.

- ¿Qué? ¿No estamos asignados a su seguridad?

- ¿Es *en serio* que no te das cuenta? No –se contestó quien había preguntado-. No te das cuenta, está clarito.

Claudia había sentido el auto frenando y sabía que no podía ser nada bueno para ella. Se maldijo por haber estado sólo atenta a los patrulleros de la policía y a los jeeps militares. Si *sabía* que los milicos también iban en autos particulares. Vio la figura que claramente iba en su persecución como una silueta recortada contra las luces de la calle y aceleró el paso hacia el bosque con matorrales que bordeaba el Arroyo Carrasco. Su perseguidor aceleró el paso también.

Era cerca del mediodía cuando Edith pidió a Stéfano que fuera en la Vespa alquilada a hacer las compras para el fin de semana. En ciudades que no están abiertas 24/7, como sería una Nueva York o una Madrid, hacerse de provisiones pasado el sábado al mediodía era una posibilidad incierta, y más hablando de un pueblito del interior del Uruguay de unos cinco mil habitantes, cercano a la capital, sí, pero aun así un pueblito de entorno rural.

Lo primero que hizo una vez que se quedó sola fue hacer algunas llamadas locales. Había una guía telefónica del año pasado junto a la mesita del teléfono. Casi enseguida entendió sus secciones. Las había visto mucho más nutridas en las ciudades que había visitado, pero parecía que la telefonía no estaba extendida a la mayoría de los hogares en Uruguay. Estaban las páginas oficiales, con los teléfonos de los organismos dependientes del Estado, la de particulares ordenados alfabética o por calles y las Clasificadas, las Páginas Amarillas, que listaban por rubro los comercios que pagaban para poner allí su aviso de línea o el destacado. De allí extrajo el número de la EMAD, la Escuela Municipal de Artes Dramáticas, y llamó allí para saber en qué horarios y qué días estaría abierta. Luego averiguó la dirección del Liceo 14 donde estudiaban los jóvenes Bermúdez. Nadie le atendió, pero supuso que quizás no estuviera abierto los sábados. De todas formas con la dirección ya le bastaba. También anotó en su libreta los de armerías, porque eran datos que su memoria "casi eidética" según su padre, descartaría al instante de no anotarlo. También llamó a algunas casas de fotografía. Ya llevaba tres rollos de veinticuatro fotos sacados y por un lado siempre resultaba más económico (y más en un caso donde los gastos correrían por cuenta de la Agencia Bonelli) revelarlos ellos mismos que mandarlos a revelar. Además, se imaginaba la estupefacción de un empleado de una casa de fotografía imprimiendo en papel fotográfico imágenes de vigilancia de autoridades militares. Ferreterías, y más en Toledo, necesitaba saber dónde estaban y en qué horarios abrían: habría que sellar las entradas de luz del baño de su vivienda de alquiler y cubrir la lamparita con papel celofán rojo.

Mientras hacía esto, seguía observando cuando algo que llamara su atención ocurría en el Batallón para poner su ojo en la lente de la cámara con teleobjetivo e iba anotando en la libreta de novedades. *Ojalá contáramos con esos aparatos de vigilancia a distancia que se ven en las películas y te permiten escuchar el sonido de una conversación a la distancia*, se encontró pensando más de una vez, y se anotó mentalmente: *Pediré a Christine cuando hable con ella que averigüe si los hay de verdad o es pura ficción y si es real su rango de alcance.*

El Teniente Delluca era claramente un lamebotas del Comandante Alberdi, decidió, luego de ver las interacciones visibles desde su posición de vigilancia entre los dos. Los gestos corporales de ambos así se lo indicaban. Más que un Segundo al Mando del Batallón parecía un secretario personal que retransmitía las órdenes de Alberdi a los subalternos, con quienes sí mantenía una postura y unos gestos autoritarios visibles. Quizás se desquitara el Teniente de ser una larva ante su superior, imponiendo autoridad a sus subalternos, como había recabado Stéfano de los soldados rasos la noche anterior. *No, Delluca no nos servirá de nada aunque le compremos o le chantajeemos*, decidió Edith. *Nuestro objetivo tiene que ser el Comandante. Él es la llave al Batallón.*

Había otra interacción que Edith le pareció anotar en la libreta de novedades: Había uno de los de Inteligencia Militar de mayor rango que los demás, un hombre de cejas pobladas negras y pelo de igual color engominado, con el bigote que parecía a esta altura reglamentario entre los seguidores más fervientes del régimen dictatorial, que mantenía intercambios frecuentes con Alberdi, sea en su oficina, sea caminando por los amplios jardines de pasto que parecía permanentemente recién cortado y prolijamente ordenado. Sin llegar a parecer por los gestos una conversación entre pares, porque Inteligencia Militar operaba con su propia agenda pero el "dueño" de las instalaciones del Batallón era Alberdi, había un aparentemente un respeto mutuo entre colegas y colaboradores entre los dos. *Nueva nota mental: pedir a Christine que averigüe si hay un curso corto o por videos de lectura de labios*, pensó Edith.

Otra tarea en el medio de la actividad rutinaria de un Batallón del Ejército y las cosas que sí valían una observación más atenta, era revisar el expediente del que el Oficial a cargo de Personas Desaparecidas, Efraín Gutiérrez, le había entregado una copia en confianza, como si se estuvieran pasando información de espías del bando opuesto de la Guerra Fría en la Confitería La Esmeralda.

El resumen de los testimonios de compañeros de liceo y vecinos que había hecho el oficial en la sala de interrogatorios era bastante preciso, pero ella pretendía no sólo repasar todos los detalles y almacenar los más relevantes, sino encontrar *ese dato* que se salía del panorama, como si Van Gogh hubiera firmado uno de sus cuadros con grafiti o un hippy en una plaza fumando marihuana tuviera un diminuto pin con una Esvástica en el cuello de su camisa floreada. Aquello que no correspondiera estar ahí.

Efraín había ordenado minuciosamente primero la denuncia del padre, luego la de los poli-nazis que enviaran a confirmar en el lugar y dieran su veredicto de robo, seguían los testimonios que fue recabando Gutiérrez, mecanografiados y con algunas pocas anotaciones a los lados en distintos colores. Cerraban el expediente dos testimonios hostiles, uno de ellos de los vecinos Rosenkratz. Fue *ahí* donde encontró el dato divergente, el que se salía de cuadro.

"*...además esos mocosos se habían comprado una moto nueva, de esas ruidosas, de las de los repartos, y se iban a cualquier hora indecente. Porque nosotros somos gente de bien, pero esos comunistas de los Bermúdez no respetan nada, no respetan las instituciones, no respetan las horas de descanso de los que trabajamos...*". A lo que Efraín había anotado en letra pequeña, y en lápiz, por si luego se arrepentía y quería borrarlo: "*¿Trabajo? Si son los dos jubilados. Ja.*"

- ¿Y de dónde habéis sacado el dinero para comprar una moto, chicos? —se vio preguntando en voz alta, tomándose el labio inferior con los dedos mayor e índice, en movimientos repetitivos de apretar de fuera hacia el centro, su típico gesto de concentración. *Si está en la ruina,* siguió esa línea de razonamiento. *Además recuerdo que Bermúdez dijo que os manejabais para todos lados a pie o en transporte público. ¿En qué andabais, chicos?* La hipótesis de que se hubieran metido en el tráfico de drogas de pronto no parecía tan alocada. Si pasaban droga y no consumían, por ejemplo en el liceo o en los parques, eso explicaba que nunca estuvieran en casa y también las salidas nocturnas.

Para cuando Stéfano entró cargando lo que parecían pesadas bolsas de la cadena de almacenes Manzanares por la puerta de chapa que daba al jardín trasero y estacionamiento, Edith ya había empezado a repasar y a memorizar algunas de las fichas de delincuentes internacionalmente buscados. Algunas, las que ofrecían mayor recompensa, estaban marcadas como "se considera armado y peligroso", lo que no era otra cosa que la forma sutil y políticamente correcta de la Interpol de indicar a los caza recompensas: nos da igual si nos dan un dato certero del paradero que guíe a su captura o si lo traen en una bolsa plástica. La recompensa se cobra en ambos casos.

- ¿Será que me puedes dar una mano con las compras, hija?

- ¿Eh? –salió de su concentración un momento la detective-. Ah, sí claro. ¿Hay más?

- En el compartimiento del casco de la Vespa.

- Voy –Edith volvió al momento con bolsas pesando unos cuantos kilos de productos cada una en cada mano-. Creo que esto es todo. ¿Será que me puedes hacer el favor de cocinar el almuerzo tú hoy, 'pá?

- Sin problema –siguieron conversando mientras guardaban los productos en las alacenas y la heladera que Stéfano había limpiado a conciencia esa mañana, así como había lavado toda la vajilla-. Pensaba cocinar vermicelli con tuco.

- ¿Tuco?

- No eres la única que se interesa de los hábitos culinarios locales. Es como una salsa pomarola pero incluye carne picada. En la receta que me quería vender el carnicero incluía pulpa de tomate en caja, pero *ni loco* la haría con otra cosa que no fueran tomates frescos. Yo no sé qué conservantes o productos químicos le ponen a las salsas preparadas para que resistan en las góndolas durante meses o años.

- O sea: pomarola más carne picada sería una boloñesa, ¿no es así?

- Más o menos. El "tuco" parece incluir panceta, también, y especias que la boloñesa no lleva.

- Vale, chef. Sigo en lo que estaba. ¿Tardará?

- No, es bastante sencillo. Ya me pongo a ello.

- Te quiero –le dio un beso ella en la mejilla, mientras el veterano se ponía manos a la obra.

Edith volvió al estudio de los expedientes de los más buscados, y de tanto en tanto miraba inquieta su reloj pulsera. Si bien se suponía que el Comandante Alberdi era devoto de su trabajo, por lo que Stéfano había recabado de los soldados rasos los sábados por la tarde el jerarca militar asistía a la misa que daba su hijo en la parroquia del Stella Maris en Carrasco, por lo que en algún momento dejaría el cuartel, y ella pensaba seguirle donde fuera.

Vaya, parece que paga bien ser militar en Uruguay y en dictadura, pensó Edith, viendo la mansión de considerables dimensiones en la Rambla de Carrasco, donde momentos antes había entrado Alberdi, quedando en la puerta dos uniformados con rifles de asalto que llegaron con él en el Mercedes verde oliva de chapas oficiales. Ella había estacionado en la vereda opuesta y algo alejada de la entrada, a tiempo de tomar algunas buenas instantáneas del Comandante llegando y dando un beso a una mujer muy elegantemente vestida de su misma edad, sin dudas su esposa.

La prudencia le indicó que un auto estacionado en la Rambla no tardaría en ser detectado por los militares que hacían guardia en la puerta como sospechoso, y decidió salir de allí. Con cuidado rodeó con el Peugeot las laterales de la mansión, y se percató que no era tan impresionante como lucía desde la rambla. La fachada triplicaba la profundidad total del terreno en la esquina de la Rambla y Andrés Puyol. *Aquí no hay nada más que ver de momento*, decidió, considerando el alto muro que rodeaba la propiedad. Las dos de la tarde. *Habrá venido a almorzar. Hay tiempo.*

- Papá, ¿me copias? Cambio. –estaba deseosa de probar el Handy en una situación real.

- Fuerte y claro. Cambio.

- ¿Todo tranquilo allá por casa? Cambio.

- Nada que reportar, excepto que nuestros amigos parecen más relajados ahora que su padre no está. Cambio.

- Cuando el gato no está, los ratones están de fiesta, dice el dicho, ¿no? Esto está quieto. Creo que averiguaré a qué hora es la misa para ver de qué tiempo dispongo para los otros mandados que tengo que hacer. Cambio.

- Vale. Cuídate. Seguiré con mi lectura del libro de Montevideo colonial. Te quiero –se escuchó que dejaba de pulsar el aparato, y luego volvió-. Cambio y fuera.

- ¡Hola, hermano! ¿Cómo te va?

- ¡Muy Mal!

- ¿Cómo es eso?

- Tengo una debilidad y un decaimiento increíbles.

- ¡Vaya por Dios!

- ¡Ni para hablar tengo fuerzas!

- Venía a proponerte un gran partido para mi sobrina Angélica.

El que yacía en la cama se exaltó de pronto.

- ¡No me hables de esa bribona...! ¡Es una pícara, impertinente y desvergonzada, a la que encerraré en un convento antes de cuarenta y ocho horas!

- ¡Esto va bien! Veo que recuperas las fuerzas y que mi vista te da ánimos. Ya hablaremos de eso luego. Ahora vamos a distraernos; eso te quitará el enojo y dispondrá tu ánimo para lo que tenemos que tratar después. Me he tropezado con una comparsa de gitanos disfrazados de moros que bailan y cantan, y persuadido de que vas a divertirte, lo que vale tanto como una receta de Purgon, la he hecho venir... ¡Vamos!

Un aplauso primero pausado y luego in crescendo se escuchó en la sala vacía de teatro de reducidas dimensiones. Por los gestos de los actores, no se habían percatado que había alguien presenciando el ensayo. Para su tranquilidad, esa persona se hizo visible a la luz de los focos del escenario. Vestía pantalón formal, camisa y corbata, llevaba su cabellera rubia atada en un prolijo moño y se podía ver sus ojos chispeantes y azules tras las gafas de montura.

- *Bravo* –dijo en francés-. *¡Bravo!* -no paraba de aplaudir con fervor-. *Oh, j'aime absolument Jean-Baptiste Poquelin*. Perdón. Me dejé llevar por la emoción –continuó esta vez en español con acento castizo-. Me *encanta* Jean-Baptiste Poquelin, Molière. ¿Cómo es que os dejan interpretar a Molière en plena dictadura? –la pregunta directa de Edith no era para nada inocente. Estaba midiendo las reacciones de los muchachos con sus ropas de calles en el escenario. Consideró con cuidado que no tendría allí problemas con que alguien apoyara el régimen-. En serio. Molière era un rupturista para su época. Iba contra las costumbres rancias y apoyaba la libertad de pensamiento de la juventud. ¿Cómo es que esta obra ha pasado la censura?

Finalmente fue un veterano, quizás el director o profesor, ya que el teatro pertenecía a la Escuela Municipal de Artes Dramáticas, quien habló.

- ¿Y la pregunta viene de...?

- Ah, disculpe. ¿Dónde están mis modales? –Lola Saavedra, productora teatral-. Extendió una tarjeta de negocios que el hombre aceptó desde arriba del escenario, y luego estrecharon manos.

- Ok –dijo el veterano-. Antonio Méndez, mucho gusto –de pronto recordó la pregunta inicial-. Supongo que podemos interpretar las obras de Molière porque hacen reír, y si los censuradores no se ponen a hilar demasiado fino en el contenido *real* de la obra... Pasa por comedia.

- ¿Es usted el Director? Viene bien la obra, por lo que he visto. Yo siempre a Argan me lo había figurado más anciano, pero vista la edad promedio de la compañía, supongo que lo hizo bien el muchacho. Mis felicitaciones.

- ¿Qué la trae por acá? –fue sin rodeos el Director de la EMAD.

- Estoy haciendo *scouting*. Necesito un actor joven para un teatro experimental que quiero producir aquí en Uruguay. Teatro de improvisación. Está de a poco haciéndose popular allí en el Viejo Continente, y pensé que en Sudamérica tendría una buena aceptación del público. No son obras masivas. Son más bien para cincuenta o cien espectadores máximo, pero son muy baratas de producir, lo que las hace rentables... y divertidas, también. ¿Será posible que me permita unos minutos para una pequeña audición? Estoy dispuesta a pagar cincuenta dólares diarios con un mínimo de cinco días a quien quede preseleccionado para el papel. Luego cuando esté más avanzado el proyecto ya hablaremos del *cachet* para la obra en sí.

Se escuchó un rumor entre los estudiantes. Sin dudas de pronto estaban *todos* interesados en obtener aquella oportunidad laboral. El profesor no pudo sino ceder al entusiasmo de los jóvenes.

- De acuerdo, pero que no tarde mucho, ¿sí?

- Vamos allá –subió la "productora teatral" al escenario, y seleccionó a dos candidatos-. Esto es improvisación, ¿vale? Así pues le daré una motivación a cada uno, y a partir de ahí iniciáis el diálogo –y se acercó al oído de un joven alto, de rulos morochos y ojos verdes opacos-. Tú eres un policía infiltrado en un liceo, y quieres sonsacarle a los estudiantes quién vende drogas allí. Eres nuevo para ellos –y luego fue a la otra y le dijo también al oído –tú eres estudiante en un liceo, el chico te atrae aunque es nuevo. Por supuesto *sabes* como todos en el *insti* a quién se le puede comprar algún "porrito", pero desconfías de él porque es nuevo –y ahora para todos-. Y... ¡acción!

Edith se puso muy seria y se llevó el puño al mentón, como si estuviera viendo con ojo artístico profesional la improvisación del muchacho y la muchacha en el escenario, pero en realidad ya había seleccionado al muchacho desde que le vio interpretar al hermano de Argan, el enfermo imaginario que de repente se levantaba de la cama como si tal cosa. Actuaba con una naturalidad y una soltura sorprendentes, lucía apuesto y simpático. ¡Era simplemente *excelente* para la misión que tenía pensado proponerle! *Diablos, voy a tener que hacer dos o tres audiciones más para disimular*, y hablando de disimulo vio su reloj pulsera. *Igual tengo tiempo. La misa no inicia sino hasta las seis.*

CAPÍTULO 6: el paquín y el valerio

E ntre el cura párroco y su ayudante había una diferencia de al menos cincuenta años. El Padre Antonio ya no resistía estar parado durante toda la misa, por lo que Gerardo hijo había tomado la responsabilidad de la misa en la Parroquia del Stella Maris en Carrasco. Quizás el único motivo por el que el Padre Antonio seguía siendo el cura párroco fuera que Gerardo Alberdi (hijo) aún no había terminado su formación como Seminarista, y luego estaba pendiente la aprobación del Obispo de Montevideo.

Como era costumbre en la parroquia, al finalizar la misa, luego del "Podeos ir en paz", tanto el cura párroco como su ayudante se ubicaron a la salida para saludar a los feligreses. El Comandante del Batallón 14 de Paracaidistas de Toledo dejó pasar al grueso de la concurrencia para quedarse un rato más con su hijo sin distracciones. Algunos se habían quedado en la explanada frontal de la antigua parroquia de mediados del siglo XIX y adornos barrocos para conversar y fumar, o sólo para fumar. Una de ellas era una mujer de una densa cabellera atada en moño, traje y gafas de montura, con la mirada perdida en el paisaje, como asimilando las enseñanzas y el sermón recibidos.

- Te felicito, hijito. Cada vez me emociono más con las misas que das –le saludó el Comandante, y le dio un abrazo.

- Bueno, gracias, papá.

- Estamos muy orgullosos con tu vocación de servicio a Dios y a tus prójimos –dijo una emocionada mamá.

- Me alegro que me apoyen.

- ¡*Siempre* te vamos a apoyar, Gerardito! –le sonrió su papá, palmeándole el brazo.

Edith se sentía al borde de las náuseas, sea por estar fingiendo que fumaba cuando no era fumadora para fundirse con el paisaje de los demás concurrentes a la misa, sea por escuchar aquel intercambio inverosímil entre un Seminarista con la que parecía una genuina vocación católica y su padre militar golpista, represor y torturador. Fue rápidamente hasta el auto de alquiler que había dejado a una distancia prudente de la entrada a tiempo de tomar algunas instantáneas, mientras los padres del cura asistente departían sobre vaya uno a saber qué entre ellos y el cura Párroco. *Qué fácil me la pones, fascista. Una sola foto tuya con una amante, una sola revista erótica encontrada en tu escritorio, lo que sea que te encuentre de sucio... y eres mío.*

Héctor tenía nombre de viejo y lo sabía. Bueno, nunca se lo había planteado a sus padres en esos términos, claro está, pero sí les había dicho en alguna ocasión que Héctor era un nombre usual entre una o dos generaciones anteriores a la suya. Como sea, era el hijo de dos duros trabajadores que habían logrado con esfuerzo levantar el quiosco de diarios, revistas, y ramos generales más importante de Pocitos, ya de por sí un barrio de clase media alta y alta sobre la Rambla de Montevideo.

El Paquín, pues así se llamaba el quiosco, había dado de comer a su familia y a Héctor nunca le había faltado nada... quizás sólo un nombre de pila que no fuera común entre hombres de 60 años, mientras él contaba con sólo 22. Ya le restaba un año para recibirse de Contador en la Universidad Católica, una institución terciaria privada entre las más caras del país, pero en secreto sabía que si iba a recibirse, y quizás a trabajar de ello, era *solamente* para dar el gusto a sus padres, que tanto se habían esforzado toda su vida por darle las mejores herramientas académicas para forjarse un futuro profesional que ellos habían tenido que conquistar a base de interminables turnos en el quiosco. Pero la Contabilidad no era lo de él. Su pasión era el teatro. Vivía y respiraba para convertirse algún día en un actor profesional. Soñaba a lo grande: soñaba con la televisión, el teatro en Broadway... ¿Quién sabe? ¿Por qué no Hollywood?

Sin embargo su primer contrato profesional que había ido a cerrar aquella tarde de verano al Café de la Paix sobre la Rambla de Pocitos con una productora extranjera de pronto había tomado otro cariz *completamente* distinto a como se le había planteado originalmente. No sabía cómo reaccionar. Se vio algo invadido en su privacidad porque la alta mujer de cabellos rubios y ya sin sus lentes prosiguió con cuidado.

- Entiendo que puedas tener tus reparos, ahora que sabes de qué se trata el trabajo, y los entiendo, Héctor. Puedo seguir en la búsqueda de un actor que se infiltre en el Liceo donde iban los chicos, pero la verdad es que estoy *muy* necesitada de tener información de inteligencia de primera mano, y conmigo, que les doblo en edad y no puedo pasar por urugua*ya* –hizo su mejor imitación de la pronunciación local de la y griega-, ni aunque me lo proponga, no van a ser tan abiertos.

- Sí... claro –dudaba el joven-. ¿Y se sabe a ciencia cierta quién se los llevó?

- Ey, amigo, que soy buena pero no tanto –Edith notó que por fin había hecho sonreír a su candidato a infiltrado-. Hace tres días y medio que llegué a este país para tomar el caso. Es por eso mismo por lo que necesito saber en qué andaban, qué pensaban, cómo eran ellos de la boca de sus pares, sus compañeros de liceo. Y ahí es donde entras tú.

- Claro. Suena lógico.

- El consenso general, por lo que he hablado con su padre y con los vecinos, es que eran jóvenes tranquilos, estudiosos, cordiales con todo mundo, y sin embargo...

- Podrían haberse metido en algo turbio –entendió el estudiante por partida doble, por complacer a sus padres, y por vocación actoral.

- Es mi punto exactamente –premió la detective-. Y cuanto antes sepa en qué era, si es el caso, antes podré encaminarme en la dirección correcta para recuperarles y devolverles con su padre. Si quieres puedes tomarte tu tiempo para pensártelo, pero te pido que no sea demasiado...

- ¡Estoy dentro! –confirmó interrumpiendo, el aspirante a actor profesional.

- ¿De veras? –se sorprendió quien sabía medir los gestos y las actitudes de las personas hasta casi parecer que les leyera la mente, pero había sido tomada por sorpresa por la facilidad con la que había convencido al apuesto muchacho.

- ¡Claro que sí! ¿Cómo me iba a perder la oportunidad de mi vida de mi primer papel en una improvisación en vivo, y además que me paguen por hacerlo? ¡Ni loco!

- Bueno, pues, enhorabuena, Héctor –estrechó manos con su candidato para cerrar el trato-. El pago será como lo acordado, y te anotaré los detalles de la dirección del liceo y el nombre del Director con el que tienes que presentarte el lunes a las 7.45 –uniendo la acción a la palabra sacó su libreta de apuntes y su pluma, y anotó los datos, pasándoselos-. El Director es nuestro cómplice, pero hasta donde sabemos es el único que sabrá que no eres el primo de los Bermúdez, y que no tienes 17 años.

- ¿El nombre puedo elegírmelo yo? Entiendo si tengo que apellidarme Bermúdez, para dar realismo a la historia...

- Pues claro.

- Hecho. Seré Joaquín Bermúdez.

- ¿Sabes hacer algún acento extranjero? Sería raro que Clara y Sebastián tuvieran un primo viviendo aquí en Uruguay y no lo hubieran mencionado a sus amigos.

- El porteño me sale como nacido, boluda –imitó la versión que parecía cantada del español de la capital de la Argentina.

- ¿Porteño? ¿Y eso de qué país es?

- De Buenos Aires, más precisamente de la zona cercana al Puerto, la de mayor poder adquisitivo, la que estamos acostumbrados los uruguayos a ver y a escuchar porque todos los veranos nos invaden de a decenas de miles haciendo turismo acá.

- ¡Excelente! Seguro servirá. Ten esto –le dio una hoja de papel escrito a manos por ambos lados que llevaba plegada en el bolsillo interno de su chaqueta-. No es mucho, lo sé, pero es lo que por ahora sé de ellos.

- Bastará, supongo. Si soy un primo lejano que no los ve hace muchos años, seguro me puedo inventar el resto, de los juegos que jugábamos de niños, de las vacaciones que nos tomábamos juntos, y eso.

- Ah, y recuerdo que tu misión es *solamente* recabar información, ¿de acuerdo?

- ¿A qué se refiere? ¿Hay algún peligro involucrado? –de pronto le saltaron las alarmas de seguridad personal al uruguayo, y su entusiasmo pareció menguar.

- ¿Por concurrir a un liceo una semana? No, para nada. Pero si llegas a dar con un dato que te parezca que vale la pena seguir o una pista que guíe a algo, *ni se te ocurra* seguirla, te lo pido por favor. Me avisas y lo haré yo. ¿Conoces el funcionamiento de los buscapersonas? –y le enseñó el que portaba a la cintura.

- ¿Ah, los Bip Bip Radiomensajes? –entendió Héctor-. Sí, mis padres tienen los dos.

- Excelente –Edith tomó el papel donde le había escrito los datos del liceo, y agregó el número al que llamar y los códigos de usuario suyo y de su padre-. Este es el mío, y este el de mi padre. Si das con algo que nos pueda ser útil en la investigación, nos mandas el número donde te podamos ubicar y te telefonearemos lo antes posible.

Justo en ese momento vibró el suyo.

- Hablando de Roma –señaló la detective-. ¿Me aguardas un minuto?

- Sí, claro.

Edith se encaminó hacia el mostrador, preguntó cuánto era la cuenta y dejó una generosa propina, para luego pedirle el teléfono de cortesía al encargado, que le señaló un aparato al final del mostrador.

- Dime –dijo sin preámbulos, sabiendo que las cortesías a veces no aplicaban en su trabajo.

- Acaba de llegar otra camioneta Indio, como lo que nos narró Bermúdez que le había dicho su compañero del ejército, el cocinero.

- Abel, el "Pardo" Suárez. Sí. ¿Qué más?

- Unos operativos con pasamontañas han bajado a tres encapuchados y los tienen parados frente a la entrada del Batallón. ¡Qué hijos de puta! Ni siquiera se cubren un poco. Ah, ¿y a qué no sabes quién está dirigiendo el ritual de humillación inicial en persona?

- ¡Joder! Sí que era devoto de su trabajo nuestro fascista Alberdi. ¿Un sábado por la noche deja de lado a su familia para ir a dirigir la entrada a las mazmorras de insurgentes? Vale. ¿Estás tomando buenas fotos de todo?

- Las mejores... supongo. Lo sabremos cuando las revelemos. Ah, y se está terminando este rollo de fotos y tenemos uno más, nada más, de treinta y seis.

- ¡Me cago! –lanzó Edith-. Tendríamos que haber comprado más en el aeropuerto.

- ¿Pero cómo íbamos a saber los detalles antes siquiera de hablar con el cliente? A veces me da la impresión que te sobre exiges, hijita.

- Déjame ver qué puedo hacer para conseguir rollos adicionales –y de pronto desvió su mirada al joven que estaba concentrado leyendo la información de Clara y Sebastián que Edith había apuntado de antemano en una hoja para dársela-. Creo que sé dónde puedo conseguirlos. Te quiero, papá. Me queda una entrevista y voy para ahí a relevarte. Llevo la cena de algún bar abierto. ¿Alguna preferencia?

- Hoy creo que me excederé. ¿Te partes un pollo al espiedo con papas al plomo conmigo?

- ¡Por supuesto!

Y luego ya de vuelta a la mesa, miró su reloj y decidió no sentarse.

- Nos falta arreglar el pago por adelantado por los cinco días iniciales -le entregó disimuladamente al joven los dólares que tenía separados en su bolsillo izquierdo-. Disculpa que te deje así de improviso, pero ha surgido algo, y aún tengo una reunión cerca de aquí que completar antes de volver a la base de operaciones. ¿Me marcas al beeper si tienes alguna pregunta adicional? Ya dejé paga la cuenta.

- Sí, claro. No hay problema.

- Una consulta: ¿queda lejos el quiosco de tus padres? ¿Estará abierto a esta hora?

- El Paquín abre 24/7 –dijo con cierto orgullo familiar el aspirante a actor profesional-. No sé qué sentido tiene con esto de las restricciones de circulación de noche, pero también es cierto que siempre hay algún patrullero o alguien con tarjeta verde necesitando algo a todas horas. ¿Y si queda lejos? Justo en la vereda de enfrente, en la esquina.

- ¡Excelente! ¿Tienen rollos para cámara de fotos?

- ¡Siempre! –sonrió el joven.

- ¿Entonces está usted *seguro*, pero *muy seguro* de que eran Clara y Sebastián quienes fueron ingresados en el Batallón 14 aquella noche, ¿es así?

- Mire señora –parecía ofendido con la pregunta el cocinero regular del Batallón 14 y *planchero* de viernes y sábados a la noche en el Valerio, a sólo siete cuadras del Café de la Paix donde la detective había tenido su reunión anterior un momento antes. El robusto cocinero dio una nueva pitada a su cigarro para serenarse, en el breve momento de descanso que le había dado su patrón de sus tareas de cocinar hamburguesas, chivitos y otras tantas minutas, para hablar con la detective-. Yo a los *gurises* los conozco desde la cuna. El "loco" Emilio y yo somos como uña y carne desde el Ejército. De hecho yo soy el padrino de Clarita. ¿Le parece que los iba a tener ahí, a cinco metros, y no los iba a reconocer? Me chupa *un huevo* que estuvieran encapuchados. ¡Yo *sé* que eran ellos los que habían traído!

- Vale, vale. No se enoje conmigo, por favor. Sólo trato de juntar todos los hechos y todos los datos lo más precisos y objetivos posibles para dar con su paradero.

El "Pardo" Suárez no pudo sino emocionarse hasta las lágrimas, que primero trató limpiar con su mano, pero luego decidió que era imposible contener.

- ¿Los *va* a encontrar, verdad, a los gurises?

- Abel. Somos buenos en lo que hacemos, en nuestra Agencia. Créame que si hay alguna chance, aunque sea *la más pequeña* de traerles con vida, lo haremos –reconfortó al hombretón aferrando su hombro con fuerza.

- Yo... yo no sé qué haría si les pasa algo –sollozaba el hombretón en su uniforme de cocinero de bar.

- Lo entiendo, créame –esta vez Edith abrazó al ancho militar y cocinero al que le llevaba unos centímetros de altura.

- Yo *sé* que están vivos, m'hija –fue muy sincero el cincuentón-. Lo sé *acá* –y se golpeó el pecho con su enorme puño-. *Sabría* si les hubiera pasado algo.

- Mi amigo –le sonrió Edith afectuosamente-. Créame que soy *muy consciente* de los lazos afectivos entre las personas que se quieren y de la conexión más allá de lo explicable científicamente que esto genera. Si usted *siente* que siguen con vida, es porque lo están.

- Abel, por favor, estamos hasta las manos –interrumpió el momento emotivo el dueño del bar, que había salido a la vereda pensando en su negocio más que en el momento de descanso de su planchero.

- Ya voy, ya voy –dijo sin voltear a verle Suárez.

- Vaya, Abel, vaya. Ya me ha dado usted valiosísima información para mi investigación, se lo puedo asegurar.

El cocinero abrazó a la alta detective extranjera con emoción, y enjugándose las lágrimas con las mangas del uniforme, retornó a su trabajo.

- ¡¡¿¿CÓMO QUE NO PUEDE DARME MÁS DE QUINIENTOS DÓLARES??!! –estalló en un grito que atrajo las miradas de todos los empleados y clientes en la sucursal principal del Crédit Suisse en Montevideo ese lunes a las 13.05, y que llevó a algunos de los guardias de seguridad a llevar la mano al estuche que contenía su arma de reglamento-. ¡¿Vio siquiera *cuánto* tengo de saldo en mi cuenta?! –le espetó a la empleada bancaria tras el mostrador con la mirada encendida quien claramente era extranjera y turista, por su porte y vestimenta. Vio que la afro descendiente le asentía tímidamente, y le mostraba un cartel visible a los clientes en la mampara de acrílico que separaba los cajeros de los clientes. Edith lo leyó someramente-. ¡Quiero hablar con su encargado *DE INMEDIATO*! –se serenó pero quizás sólo para no seguir atrayendo la atención de los guardias de seguridad como una posible amenaza-. Si fuera tan amable –agregó.

- Puedo pedirle a mi encargado que venga –tragó saliva la cajera-, pero me temo que la respuesta de él va a ser la misma que la mía. El Decreto 187 barra 80 parece claro respecto al límite diario para retirar dinero –volvió a señalar el comunicado que lucía a la vista de los clientes-. No creo que él pueda hacer o decir algo más de lo que ya hice o le dije a usted.

Un caballero de traje de sastre a medida y mirada penetrante observaba divertido desde el lado del cliente en un escritorio de los ejecutivos de cuenta la escena, desatendiendo por un momento lo que le estaba diciendo el empleado bancario que le atendía.

- ¿Me disculpa un momento? –pidió por cortesía al funcionario del Crédit Suisse, y se paró, ajustándose el impecable traje.

- Sí, claro. Seguimos después.

Caminó hacia la alterada cliente que había llamado la atención de todos con su ataque.

- ¿Me acompaña fuera mientras me fumo un cigarro? –le pidió, con un marcado acento extranjero, europeo sin dudas, a la foránea.

- ¿Qué? –no podía creer el atrevimiento la alta mujer de rasgos germanos.

- Creo que puedo llegar a tener una solución para su problema –susurró, sólo para ella-, y me gustaría discutirla con usted en privado. ¿Me acompaña? –señaló hacia la salida.

Los ojos caucásicos de ella se clavaron en los seductores ojos penetrantes de él por un momento, y decidió internamente: *¿Qué mierda? Igual en este banco no parece que puedan solucionar mi problema momentáneo de liquidez. ¿Habrá una sucursal del JP Morgan Chase en este maldito país?*

El europeo de tez trigueña encendió un cigarrillo Camel Trophy e invitó uno a la clienta enojada, que lo rechazó.

- Un Decreto de Ley bien enojoso, este, ¿no es así?

- Al grano, señor...

- Cammarota, Attilio Cammarota, para servirle –le adelantó la mano.

- Muller, Olga Muller –hizo lo propio la dama.

- ¿Alsacia-Lorena?

- Sí, desgraciadamente luego de la guerra *dentro* de territorio francés.

- Resulta que estoy aquí atendiendo negocios como intermediario que incluyen, pero no están limitados a, la instalación en el país de empresas off-shore del viejo continente, y sucede que estoy en posición de cierto capital en efectivo que mis empleadores me han autorizado a posicionar, invertir, usted sabe... Mientras den el margen de retorno esperado, puedo disponer de él a mi buen saber y entender.

- Ya. Es usted un prestamista –reconoció la también europea-. ¿Cuánto cobra de interés?

- Qué directa –sonrió el hombre en el traje-. Veinte por ciento mensual, dependiendo del capital del que se hable, por supuesto, y del riesgo que esto implique. Si le pide usted a un cajero que le dé un estado de cuenta para saber si el préstamo tendrá respaldo, le podré poner en sus manos el dinero en efectivo en poco tiempo. ¿De cuánto estamos hablando?

- Quince mil dólares.

- No hay problema con esa cifra –pitó una vez más en su Camel Trophy el apuesto galán-. Pero –sonrió nuevamente, de una forma encantadora-. Si tiene usted el respaldo monetario en su cuenta, y esto es sólo un problema de... liquidez en efectivo temporal debido a la situación de un país emergente con políticas bancarias restrictivas, puedo hasta llegar a hacer una excepción con usted. Del veinte por ciento habitual, le cobraré a usted... *cero*. Eso sí y sólo sí acepta usted aparecer cinco veces conmigo en eventos seleccionados esta semana.

- ¿¿¡¡Pero usted está loco, o qué droga ha probado??!! –estalló la mujer-. ¡¿Parezco acaso una dama de compañía?!

- No y... no nuevamente –volvió a sonreír encantadoramente-. Le explico, señora. Mi profesión exige un gran monto de diplomacia y otro tanto de relaciones públicas para facilitar los negocios de mis empleadores. Para ello debo asistir a eventos, buscar contactos, entablar conversaciones de las que puedan surgir negocios e inversiones, y yo soy... ¿cómo ponerlo en palabras? Me muevo *mucho* alrededor del mundo, y no he podido en mi vida entablar una relación seria con ninguna mujer. Y en el mundo de los negocios, lamentablemente, aún en nuestros días, un caballero acompañado por una mujer de su porte y belleza, luce mejor y más respetable que uno que va a un banquete o a una gala sin alguien que le acompañe. Es como si los ojos tradicionalistas y conservadores pensaran: "si este hombre de negocios no tiene alguien que valga la pena a su lado, quizás no tenga mucho para ofrecernos para el capital que tenemos ocioso y queremos invertir". No sé si me explico –se alzó de hombros el galán.

- Perfectamente, Attilio –sonrió aliviada la mujer de rasgos marcadamente germánicos-. ¿Entonces usted me da el capital que necesito ahora para hacer una compra que tengo sí o sí que hacer en efectivo hoy, y a cambio tengo que aparecer a su lado en cinco ocasiones en esta semana en eventos, *sin* contacto físico, claro está, y le devuelvo su capital sin intereses... cuándo?

- En los primeros treinta días estaría bien –confirmó el prestamista confeso, y supuesto "hombre de negocios".

- No veo que haya problema en ello. Ya verá el saldo de mi cuenta cuando lo pida en el mostrador. Tengo con creces con qué cubrirlo –meditó un momento la extranjera-. Vale. Es un trato. No tengo una agenda muy cargada esta semana. Pero los límites son claros, ¿estamos de acuerdo?

- ¡Por supuesto! Negocios son negocios –estrecharon las manos para sellar el acuerdo-. Ahora si me permite, le necesitaría para el primer evento que es acompañarme a abrir un cofre-fort en un banco *que no sea este* para depositar unas acciones de empresas off-shore que no tengo fe a las cajas fuertes de las suites del Victoria Plaza donde me quedo para que tengan a buen recaudo –y le hizo un gesto galante señalando la puerta del banco.

- ¿Y por qué este no? –quiso saber la también extranjera.

- He dejado mi maletín junto al escritorio donde estaba sentado hace unos diez minutos ya y dígame: ¿usted ve que los guardias de seguridad se hayan alertado, que haya aquí móviles de policías y del escuadrón antibombas, por si acaso mi maletín contuviera una?

- Nada del estilo –confirmó ella, mirando la tranquilidad y el movimiento habitual dentro del banco desde la vereda.

- Pues eso mismo. ¿Mire si en la casa matriz del Crédit Suisse en Suiza, o en Manhattan, uno iba a poder dejar un maletín desatendido y nadie se iba a percatar, con todo lo que ha estado ocurriendo con los atentados terroristas en Palestina o en general en Medio Oriente? *Nunca* dejarían pasar ese detalle.

Así pues: ¿me acompañaría usted a recoger el maletín y luego nos vamos a ese que está allí enfrente, el Lloyds TSB?

- Después de usted –sonrió ella.

CAPÍTULO 7: ES AHORA O NUNCA

Era domingo al mediodía y Edith despertó al sentir a Stéfano entrar a la habitación. Había decidido que usaría su técnica usual de dormir durante un caso: poniendo una manta sobre el piso, vestida, con sólo una almohada para su cabeza y su 38 bajo la almohada. Sintió los pasos del sexagenario apenas entró.

- ¿Qué hora es? –preguntó aún adormilada, ya que tenía aún la visión borrosa.

- Ya casi es el mediodía, hija.

- Ah, bien. ¿Algo interesante desde que te desperté?

- Aburridísimo, si te soy sincero. Luego del ingreso de los tres jóvenes ayer, el cuartel parece haber retomado su ritmo de "el gato no está, los ratones están de fiesta". Nadie hace la gran cosa allí. Vi que anotaste en el cuaderno de novedades que un helicóptero despegó a las 4.30 desde el helipuerto tras el cuartel, ¿correcto?

- Un Bell Hu-1, un "Huey" de la Guerra de Vietnam, sí. Si no vemos salir en estos días a los prisioneros que son ingresados, tendremos que asumir que o bien siguen ahí, o les han matado y enterrado en el predio del cuartel discretamente, o se los llevan hacia *otro lado* en helicóptero.

- No se me ocurre una cuarta opción –tuvo que admitir su padre-. Ah, y ya te va tocando cocinar, ¿no?

- Vale –por fin se incorporó Edith-. ¿Qué te gustaría almorzar?

- Ayer el carnicero cuando le pregunté acerca del tuco, me dijo que lo que más se comía en Uruguay era algo llamado asado. Intentó describírmelo, pero la verdad –se alzó de hombros-. No le entendí. Parece como una *barbeque* estadounidense, pero tiene sus variaciones.

- Le preguntaré al carnicero... y llevaré mi libreta de apuntes por si acaso –sonrió cálidamente a su padre, cuando ambos sabían que no era necesario.

Cuando Edith llegó con las compras se percató que esa mañana, como había hecho religiosamente durante más de una década, no había hecho su rutina matinal de ejercicios, más que nada correr, pero intercalado con flexiones, abdominales y sentadillas, pero tenía que reconocer que las vigilias 24/7 como la que estaban llevando a cabo desgastaban y no poco el físico pero también la mente. Dejó las bolsas con los ingredientes sobre la mesada y fue con los tres atados de leña de monte criollo hacia el fondo, buscando lo que el carnicero le había descrito como un "parrillero".

Encontró "algo", seguramente debía ser eso: una H de metro treinta de altura, construida con bloques con una pared no muy alta detrás y a los costados, sobre la que descansaba una parrilla de hierro apoyada sobre cuatro ladrillos para separarla un palmo del piso. Por el óxido en la parrilla y los restos de grasa adheridos a las varillas de hierro de vaya uno a saber cuántos años de asados, a Edith le pareció simplemente un riesgo sanitario comer lo que fuera apoyado allí, pero el carnicero sólo le dijo que la "limpieza" consistía en prender una hoja de periódico, quemar las varillas, y luego con otra hoja frotar enérgicamente la parte superior de las mismas, donde se apoyaría la carne. *Es decir que estaremos comiendo carne sazonada con sal, especias, óxido de hierro, restos de grasa dejada a la buena de los elementos durante años, y tinta de periódico. Vale, lo que no te mata te hace fuerte* –pensó con optimismo.

El resultado, horas más tardes, había sido supremo. Ya sólo la última porción de la tira de asado, la que parecía casi consistir exclusivamente en grasa, huesos, y una finísima línea de carne de difícil extracción, descansaba sobre la parrilla, junto a un fuego agonizante.

- Me quito el sombrero por estos uruguayos. Es... ¡magnífica esta forma de asar la carne! ¿Has notado cómo se adhiere el humo del fuego, y el que sube de las gotas de carne y grasa cuando tocan las brasas debajo, e impregna la carne? Maravilloso –apreció Stéfano.

Edith por cortesía evitó mencionar los otros ingredientes, el óxido de las varillas, la grasa de asados históricos y la tinta de periódico, pero estaba de acuerdo con el veredicto general.

- Una delicia, la verdad. ¿Y la ensalada *criolla*, como me ha quedado de sazón?

- La justa y necesaria, como a mí me gusta. Es fácil de hacer, ¿no?

- Lo más simple del mundo. Tomas en proporciones iguales tomate, morrones verdes y rojos (si consigues amarillos también), cebolla y choclo en lata, los picas en cubitos lo más pequeños posibles, mezclas y sazonas.

- No puedo más, la verdad. Dime por favor que sí me toca siesta hoy. Es domingo, hija –casi suplicó Stéfano-. Además he estado de guardia desde que me despertaste seis y media hasta que me llamaste a comer.

- Puedes y debes, 'pa –le sonrió con afecto-. Creo que me prepararé una jarra de café y empezaré a leer algunos de los libros de Bermúdez, para irme acercando a conocer cómo son mental y afectivamente los chicos. ¿Has terminado ya el de la Montevideo Colonial?

- Me queda aún un poco. Si lo tomas, guarda mi marcador.

- No, da igual, elegiré algún otro.

Hacia el anochecer, la detective francesa, ávida lectora, había avanzado más de la mitad del libro "Crónicas de la Disidencia – La historia de los Kolokoff", el libro que narraba las peripecias y las desventuras de una familia contraria en lo íntimo al régimen estalinista, intentando a la vez evadir las purgas del régimen totalitario, y emigrar hacia cualquier otro lugar del mundo donde a uno no le asesinaran o peor por pensar distinto al Gobierno.

Había extraído algunas conclusiones interesantes de su lectura. Por un lado, y en su opinión experta y desapasionada, Bermúdez tendría que haber sido directamente *fusilado* el día que asumió el régimen militar en su país. Cada día vivido luego del golpe del 73 había sido un regalo para él. Sus ideas plasmadas en rica mas no sobrecargada y sí emotiva prosa denotaban una oposición *acérrima* hacia regímenes totalitaristas y antidemocráticos, muy alineados con los de ella misma. Pero la oposición de los personajes principales en este caso no era directa, no era de accionar, era más bien de ocultarse y pensar distinto, intentando hacer lo mejor para sus hijos en un ambiente hostil al libre-pensamiento.

Por otro lado, las acciones y diálogos de los *alter ego* de los chicos, Sonya e Ivan Kolokoff, empezaban a armarle a Edith el perfil psicológico de los chicos. Había que quitar del medio, por supuesto, el hecho de que era su padre, con amor paterno, quien les describía, pero Clara y Sebastián parecían encajar en la conexión que Edith años antes, durante un caso de matanza de caballos de competición para cobrar el seguro, había etiquetado como "Simbiosis fraterna perfecta", a falta de mejor término.

Se trataba de la retroalimentación entre hermanos donde uno de ellos carecía de capacidades, aptitudes o talentos que el otro sí tenía, y el otro hermano le pasaba lo mismo en el sentido contrario. No era un vínculo tóxico, como si uno no pudiera sobrevivir sin el otro. Era más bien una retroalimentación emocional y hasta práctica en temas tan simples como que uno es mejor en matemáticas y el otro en lengua y se ayudan mutuamente, hasta cosas tan complejas como que uno se hunde en la desesperación ante el más mínimo contratiempo y el otro tiene un enfoque más pragmático de la vida.

En el caso de los chicos Bermúdez, Sebastián parecía actuar como freno a la impulsividad de Clara, como diciendo: "Mira, comparto tu sentir acerca de este tema, pero quizás podamos planificarlo mejor para que resulte", mientras a Clara aportaba la creatividad en las soluciones, el "pensar fuera de la caja" que Sebastián, bastante más estructurado mentalmente, carecía. Y ambos parecían buscar en el otro el deseo de compartir sus secretos y las cosas que uno sí se animaba pero no sabía cómo implementar, en el caso de Clara, y otro las actividades o planes que proyectaba pero no se animaba a llevar a cabo, en el caso de Sebastián.

Sólo espero que les hayan encerrado juntos –deseó sinceramente Edith-, *o que al menos puedan comunicarse de alguna forma. Eso, al menos, les ayudará a mantenerse mentalmente coherentes... si es que aún siguen con vida.*

- No, esto no puede estar pasando –no salía del pasmo Edith, desde el asiento de acompañante del Peugeot 504 alquilado.

- Espera, Edith. Es demasiado peligroso.

- ¡Y un cuerno, papá! ¿Es que no lo ves? ¡Es ahora o nunca! –giró para tomar la cámara Nikon profesional en su estuche con correa-. Vamos, vamos –hablaba Edith al semáforo en rojo que les separaba algo menos de cien metros del Mercedes detenido con los destellantes junto a Camino Carrasco, al otro lado del puente-. ¿A quién se le ocurre poner un semáforo tan largo cuya única justificación debe ser la salida de ese frigorífico que está cerrado a estas horas?

Por fin cambió a verde.

- Dime qué quieres que haga –supo Stéfano que cuando se le encendía así la mirada así a su hija no había nada ni nadie que pudiera detenerle en su propósito, mientras iniciaba lentamente la marcha.

- Acelera un poco más, y cuando yo te diga frenas-aceleras-frenas-aceleras, simulando una falla mecánica. ¡Ahora! –ordenó cuando pasaban junto al Mercedes verde oliva de placas oficiales.

Stéfano inició la maniobra de simulación de falla mecánica que ya habían utilizado varias veces en sus casos.

- Tú dirás –consultó con Edith.

- Alto total... ahora.

Stéfano clavó los frenos y el Peugeot se detuvo en seco.

- Acelera a fondo cuando yo te lo diga –pidió Edith, extendió el brazo sobre Stéfano para manipular la palanca que abría el capote y salió rauda del auto.

Observó que había logrado llamar la atención de los militares, pues ya el chofer al menos había descendido del vehículo. Luego se abrió una de las puertas laterales traseras. Edith levantó el capot del 504, lo fijó con la varilla y buscó a tientas lo que necesitaba encontrar. Siempre que existía la posibilidad en sus casos, intentaba alquilar automóviles franceses de las marcas Renault o Peugeot, pues la mecánica le era harto conocida. Citroën estaba fuera de discusión pues la mecánica le parecía endeble y poco fiable. Tomó el mangón principal de agua con la izquierda, y con la navaja plegable que sacó de su bolsillo en la derecha seccionó las tres cuartas partes de la goma y el líquido que refrigeraba el motor empezó a caer bajando por partes calientes del motor 1.9 litros hacia el pavimento. Ya dos militares, uno de ellos armado con un rifle de asalto, habían recorrido la mitad de la distancia que separaba los dos autos. El del rifle de asalto llevaba el índice de su mano derecha en el gatillo, y el chofer tenía su mano izquierda en la pistola que llevaba al cinto. Los atentados tupamaros contra militares aún estaban frescos en la memoria de los soldados del ejército uruguayo, y cualquier precaución les parecía poca hasta tener una idea clara de lo que estaba pasando.

Edith miró con ojos grandes a Stéfano por el costado del capot abierto, y el chofer comenzó a acelerar con vehemencia, como si eso en algún escenario posible fuera a arreglar una falla mecánica. El efecto deseado no se hizo esperar. Primero unas pocas volutas de humo comenzaron a subir desde el compartimiento del motor, luego más, y más, hasta convertirse en una densa humareda.

Stéfano descendió del vehículo, azotó la puerta contra su marco, y sin prestar atención a los militares que ya casi les alcanzaban empezó a imprecar y a vociferar en italiano, maldiciendo al vehículo, a la madre del constructor de este, y a las tres generaciones anteriores. Edith pensó con alivio que la baja sutil de la temperatura ese lunes por la noche, le había permitido a Stéfano usar el traje blanco que tanto amaba, con sus múltiples bolsillos, en uno de los cuales estaba el pasaporte falso italiano de buena confección a nombre de Giovanni Rossi, pero con la foto de Stéfano.

La detective esperó a que Stéfano intentara "hacerse entender" por los militares que le pidieron documentación, y se pusieron a asistirle en "reparar" el auto para desaparecer de escena, internándose sigilosamente en el bosque con arbustos lindero al Arroyo Carrasco.

Claudia no entendía lo que estaba pasando. No del todo, al menos. Sí sentía el dolor, sí la impotencia y las ganas de *morirse* ahí mismo. Lo percibía todo: el aroma mezclado del entorno silvestre, pero mucho más cercano la rancia conjunción de cigarrillo y colonia de afeitar de su agresor. Ya había dejado de gritar pidiendo auxilio, y sólo lloraba. Percibía sus lágrimas correr por sus mejillas a mares. Los jadeos del violador sobre su rostro le caían como bofetadas. Sentía las ramitas y las hojas en su espalda, el dolor en su pelvis, la sensación de asfixia provocada por los noventa kilos de peso sobre sus pulmones de apenas doce años, sumado al antebrazo del *cerdo* en uniforme militar sobre su cuello para someterle. Y no sabía del todo lo que estaba ocurriendo porque su madre, algo mentecata, consideraba a Claudia aún muy chiquita, a sus doce años, para tener "la charla" de introducción a la educación sexual.

El flash de una cámara a la derecha de ella y a la izquierda de él parecía tan fuera de lugar como si un plato volador extraterrestre aterrizara sobre un campo de fútbol en la final de una copa del mundo entre las selecciones finalistas de Brasil y Alemania. Luego otro flash, y otro, y uno más.

Lo siguiente que el violador sintió fue una bota militar de punta metálica impactando violentamente en sus costillas, y sus noventa kilos de peso siendo desplazados por el violento golpe hacia el costado, y hacia *fuera* de la niña violada. Se vio otro flash de la cámara Nikon profesional, y otro más, que luego de reveladas mostrarían una niña de piel muy pálida y vestido veraniego de color celeste con sus partes púdicas al aire, surcada de moretones y cortes, y a un Comandante del Batallón 14 de Paracaidistas de Toledo con una cara mezcla de espanto, alerta y sorpresa, también con su pene al aire, intentando torpemente extraer la pistola de su estuche al cinto.

Edith no esperó a que Alberdi sacara su arma. Siguió pateando y rompiendo y fisurando huesos con sus patadas, incluidas una buena cantidad dirigidas a los genitales del jerarca militar, mientras seguía sacando fotos. Tardó un momento en serenarse lo suficiente para dejar de agredir al agresor con sus piernas, mientras tomaba fotos con sus manos.

- Niña, no te voy a preguntar si estás bien, porque *sé* por experiencia propia que tú *no* lo estás –giró hacia Claudia, la hija de un prisionero de conciencia de la dictadura y una empleada doméstica-. Sólo dime: ¿estás en condiciones de salir caminando de aquí? –vio que la amoreteada niña no reaccionaba. Entonces decidió dirigir toda la ira de la que era capaz al Comandante Gerardo Alberdi-. ¡¡SATISFECHO, HIJO DE PUTA?! –le pateó la rodilla contra el suelo, y se escuchó un sonoro "crac"-. Mira, infeliz, poco hombre, *escoria* de ser humano Gerardo Alberdi. Esto es lo que va a pasar: ahora vendrán tus esbirros –le arrebató con un ágil movimiento el arma de su estuche- y les dirás que te asaltó una banda de ladrones, te robó tu billetera y se dio a la fuga dejándote así, que tú les disparaste en su huida pero crees que no le has acertado, ¿me entiendes? –el militar asintió aterrado-. Luego te contactaré y te diré *qué* quiero que hagas por estas fotos. Y he dicho *qué* –cada palabra era filosa como una katana de la boca de la ex fusilera naval-, y no *cuánto*, aunque puede haber un cuánto involucrado. ¿He sido clara? –nuevamente el pálido como cadáver asintió-. ¿Sabes acaso, cerebrito militar *reducidísimo*, lo que es una bóveda de datos? ¡¿LO SABES?! –aplastó el pene del militar contra el piso con su bota y Alberdi aulló de dolor-. Es un lugar en Suiza donde gente como yo guarda los secretos que desean que sean divulgados si uno no llama cada diez días para dar una clave específica que sólo *yo* conozco. En el sobre que mandaré mañana a primera hora por correo expreso irán los negativos de estas fotos más algunas instantáneas forenses de esta niña, más rastros que hayas dejado en ella, más el testimonio filmado de ella y el mío, todo pronto para ser entregado a tu señora esposa, tan católica apostólica romana que ella es, para tu hijo el aspirante a cura y tu superior jerárquico, ¡¿me entiendes lo que te estoy diciendo?! –nuevamente el militar golpista sólo pudo asentir. Edith apuntó a la cara surcada de cortes hasta ser casi irreconocible del jerarca del Ejército Uruguayo-. ¿Por otro lado, por qué no te mato aquí y ahora? ¿Tú qué dices? –preguntó a la víctima de la violación cobarde de un ser borracho de poder dictatorial-. ¿Lo mato o no lo mato?

- ¡Matalo! –reaccionó por fin Claudia.

- Podría, ¿verdad? –Edith amartilló la pistola arrebatada al cerdo. Hubo un tenso momento de silencio sólo cortado por los sonidos de la naturaleza-. Pero, ¿sabes qué, niña? Este *infeliz* nos sirve más a las dos vivo que muerto. Verá, Gerardo "poco hombre" Alberdi. Su vida como la conocía: ha terminado. El poder que creía tener: fin. Su persona, su Batallón 14 de Paracaidistas en Toledo, su *vida misma*, me pertenecen ahora. ¡¿HE-SIDO-CLARA?! –Gerardo asintió, sintiendo que se había orinado encima-. ¡¡¡EN VOZ ALTA, PEDAZO DE UN HIJO DE SIETE MIL PUTAS!!!

- Sí. Sí ha sido clara.

Edith extrajo su grabadora portátil del bolsillo de su pantalón y oprimió el botón de Stop.

- Bien, creo que eso ha sido todo –y sonriendo con malevolencia al Comandante, le dijo-. Igual usted puede haber caído inconsciente por las lesiones luego de disparar torpemente a los ladrones en su huida –y noqueó al militar golpeándole con su propia arma.

Acto seguido disparó una vez al aire, y luego de unos segundos vació el cargador disparando aleatoriamente a los árboles y a la maleza circundante.

- Bien, creo que hemos terminado por aquí, niña. Vámonos.

- No lo mataste –constató la pequeña de piel pálida, sentada aferrándose las piernas en el piso.

- Vale. Estás en shock. Lo entiendo. Ven y deja que te cargue –Edith tiró el arma al piso y se dispuso a cargar a la pequeña sobre su hombro.

- No. Dejá. Puedo sola –se puso de pie Claudia, y juntas se internaron en la espesura de la noche, en dirección *opuesta* a Camino Carrasco, desde donde empezaban a escucharse voces y pasos de botas militares buscando a su Comandante.

CAPÍTULO 8: PRONÓSTICO RESERVADO

A la vista resultaban una pareja muy atractiva. Aún en la plenitud de sus vidas y de sus físicos, pero a la vez con el brillo en la mirada que quienes tienen ya algo vivido en su haber y le han sacado el jugo a las experiencias. En el Mercado del Puerto, donde estaban, no destacaban por algo en particular del resto, ya que esta zona y más en verano era frecuentada por toda clase de turistas, la mayoría argentinos y brasileños, es cierto, pero también los había europeos como eran claramente ellos.

- Gracias por acudir puntualmente a la cita, Olga –dijo él, cuando el mozo se retiró luego de traerles sus cafés con las masitas de cortesía.

- Aquí me citó usted para darme el dinero que me prestará, ¿no es así? Es decir: o venía o me quedaba sin los quince mil dólares.

- Ah, sí, también está eso –sonrió encantadoramente él, y extrajo disimuladamente un sobre del bolsillo interno de su saco, que le pasó por debajo de la mesa a ella.

Olga Muller lo abrió sobre su regazo y observó su contenido para asegurarse que efectivamente fuera el monto aproximado que ella necesitaba. Lo guardó casi de inmediato en su cartera.

- ¿No lo contará? –preguntó él.

- Luego en el hotel.

- ¿En qué hotel se queda, a propósito?

- No veo en qué le ayudaría a ubicarme que le dé el nombre del hotel. Ya me dio un busca personas para contactar conmigo, ¿cierto?

- Sí, por supuesto.

- ¿No estará usted coqueteando conmigo, o sí, Attilio?

- No, yo, eh, para nada.

Por un momento ambos europeos, él claramente italiano, de una tez bruna muy seductora, ella de origen germánico evidente, se midieron con la mirada, como si estuvieran dialogando. Eran miradas inteligentes las de ambos, y realmente tenían capacidades superiores al promedio. Ella, por ejemplo, tenía una visión periférica muy entrenada y estaba buscando disimuladamente el o los cómplices del prestamista entre la gente, tratando de que no se viera en sus gestos que si esto era un engaño para secuestrarle, estaba pronta para salir huyendo a la carrera. Él por su lado, mientras le miraba como embelesado, escuchaba con disimulo la conversación de la mesa a su espalda, donde un grupo de empleados bancarios habían ido a tomar algo juntos luego de finalizado su horario laboral. También apreciaba qué bien le había venido la aparición de aquella dama bien parecida para sus planes, y adelantaba mentalmente cuánto pagaría más de intereses el monto de su próxima operación, si en un plazo fijo en Bahamas, o en bonos del tesoro de Brasil.

- ¿Y qué hace usted para vivir, Olga, si no es mucha la información que le pregunto? Recuerde que esta es la segunda salida de cinco que le pedí, y puede durar tan poco como el tiempo que tardemos en tomarnos el café, o tanto como usted quiera.

- Vaya, es usted un gran detallista en cuanto a los negocios, Attilio. Si parece que hubiéramos firmado un contrato de cientos de páginas frente a abogados a la salida del banco.

- Tengo por política adherirme a la palabra dada –le sonrió él.

- ¿Qué hago yo? Pinto.

- ¿Pinta? ¿Y *vive* de eso? Debe ser usted muy buena.

- ¿Vivir de eso? Sí, como no. ¡Ojalá así fuera! Pues, nada: voy por el mundo buscando inspiración para mis óleos. Me considero bastante buena, y de hecho mis cuadros se venden a buen precio, pero pintar es más bien como un hobby remunerado. No me da para vivir, y menos para viajar. Mi padre me dejó una buena herencia. Él tenía una metalúrgica cuando la guerra. Con la fabricación de repuestos para los camiones y los tanques alemanes digamos que... le fue bien.

- Estar en el momento justo con el oficio adecuado suele ser rentable, ¿no es así?

- ¡Vaya si lo fue! En el verano del 44 los bombardeos aliados hicieron volar la acerería, por suerte sin víctimas, pero a esa altura ya mi padre había hecho una buena fortuna y nos fugamos a España, esperando que terminara la guerra. Yo nací en Madrid, pero a los diez ya mis padres decidieron que era seguro volver a nuestra casa en Metz.

- Vaya historia de vida –se admiró el italiano-. De ahí habla usted así de bien el castellano –entendió.

- ¿Qué hay de usted? Algo me dijo de a qué se dedicaba, pero fue muy vago al respecto, creo que a propósito, ¿no?

- Recién nos conocíamos, Olga. Bien, no veo por qué no contarle un poco más. Soy asesor financiero para un holding suizo-italiano, no puedo divulgar a quién me refiero, pero digamos que mis jefes están interesados en adquirir algunos frigoríficos y empresas laneras en este país. Mi trabajo consiste en facilitar la intermediación, investigar la solidez financiera de las industrias a adquirir, acercar a las partes...

- En corto, es usted lobista, ¿he acertado?

- Y además de bella, inteligente –apreció él.

- Bueno, gracias –se ruborizó ella, más acostumbrada a que los galanes alabaran su belleza física, su estilo y elegancia, antes que lo que realmente deseaba cultivar, que era lo que llevaba dentro de la cabeza.

- Olga, si por mí fuera estiraría este momento con usted eternamente, pero si me disculpa, debo continuar mis indagaciones para mis jefes. Hay *otros* holding competidores interesados en adquirir las mismas propiedades, y quien llegue primero y con la oferta y las condiciones adecuadas se lo queda, ¿me explico?

- Claramente. Yo me quedaré aquí a buscar inspiración para mis lienzos. Ha sido un gusto, Attilio –le estiró la mano ella para estrechársela, pero él la giró para besarle galantemente la mano, con una sonrisa.

Stéfano ingresó el martes cerca del mediodía al Hospital Militar que abarcaba por varias calles a cada lado las Avenidas Centenario y Ocho de Octubre con la excusa de preguntar si podía pagar una sesión de diálisis particular, sin ser socio. Su español era exageradamente torpe, con un gran acento italiano y mezclando palabras en italiano a propósito. Necesitaba el mayor tiempo posible estar en el cubículo del mostrador de entrada, donde se veían colgadas en las paredes planillas y más planillas, algunas con las salas ocupadas y los nombres de los pacientes, otras directamente con los datos médicos y de cuidados y dosis de pacientes en particular.

- Se lo reitero una vez más, señor, y por favor intente entenderme esta vez –ya la amabilidad y la paciencia habían abandonado los modales de la nurse-. Este es el Hospital Militar, y sólo se trata a militares y sus familiares. ¿Es usted militar?

- *Soy* retirado militar –inició Stéfano.

- ¡¿De qué Ejército?!

- Del Italiano.

- Ay, Dios –se exasperó la nurse-. Aquí sólo se trata a militares y familiares de militares del Ejército *Uruguayo*. Ahora, si me permite, tengo trabajo que hacer. ¡Buen día! –dio por finalizada la conversación la profesional de la salud.

Stéfano decidió "darse por vencido" en su intento de hacerse atender en ese hospital con visible enfado, y se fue imprecando en italiano por lo bajo. De todos modos, ya tenía el dato que necesitaba: En una de las planillas colgadas en la pared, bajo el título "PISO 2", uno de los renglones llenados a mano lucía "Alberdi", con un asterisco al comienzo del renglón, como resaltándolo de alguna manera, sin dudas para que se le diera un trato preferencial, y también ayudando a Stéfano a ubicarlo.

No había podido ver el número de sala, por lo que se fue a recorrer el segundo piso. Su excusa esta vez sería buscar el baño. Un soldado con su rifle de asalto, sin embargo, cortaba el paso a la segunda planta. Stéfano observó las insignias en el uniforme que Edith le había hecho memorizarse apenas empezaron la vigilancia.

- El baño, Cabo Primero –dijo muy seco al oficial, intentando que no se notara su acento extranjero.

- Por ahí tiene uno, Señor –saludó y se puso firme el soldado, cayendo en la trampa de pensar que estaba frente a un jerarca militar retirado.

- Descanse –siguió el italiano en el traje blanco, y pasó junto al militar. No le costó mucho adivinar en qué sala tenían a Alberdi, ya que dos soldados armados con rifles custodiaban la entrada de una sala amplia y bien iluminada con ventanas sobre la Avenida Ocho de Octubre.

Por un momento el sexagenario detective temió haber ido demasiado lejos. Estaba con el mismo traje que la noche anterior, y si los custodios hubieran sido los mismos, le hubieran reconocido y ahí estaría en un serio problema. Sin embargo los custodios *no eran* los mismos. Había dos motivos que se le ocurrían a Stéfano: por un lado cuando se pone custodia las 24 horas del día a un jerarca militar, los turnos rotan, y el de la mañana no necesariamente coincide con el de la noche. Por otro lado, se le antojaba insólito que hubieran dejado a cargo de Alberdi a los mismos soldados que dejaron que apalearan casi hasta la muerte a su custodiado la noche anterior en los Bañados de Carrasco. Entró al baño que el Cabo Primero le había indicado, y unos minutos más tardes desanduvo sus pasos hacia la salida. Ya tenía la información que necesitaba.

Como si estuviera recorriendo las vitrinas de la acera de enfrente al nosocomio militar, ubicó un hotel de cinco plantas en una posición visual ventajosa de la habitación. Calculó la altura del segundo piso del hospital, y decidió que necesitaría una habitación en el cuarto piso del hotel para tener una posición ventajosa. Por fortuna el hotel estaba casi desocupado. Era normal en verano: la ocupación hotelera era casi del cien por ciento en Punta del Este y en otros balnearios de la Costa Atlántica, pero en la capital, Montevideo, la ocupación era magrísima. Luego de obtener las llaves fue a recorrer una de las principales arterias de la ciudad en busca de una casa de fotografía. Encontró una sucursal de Foto Martín a unas seis calles hacia el centro. Mil quinientos dólares pagó por el equipo que necesitaba y le dolió en el bolsillo, ya que era él el más cuidadoso con la relación entre el dinero cobrado a los clientes y los gastos del caso, más teniendo en cuenta que lo que cobrarían en este caso sería cero. *Ojalá encontremos alguno de los buscados por Interpol, porque con este gasto ya vamos más de cinco mil dólares, y no llevamos ni una semana siquiera.*

Edith esperó a que Claudia saliera de la ducha. Ya la noche anterior se había bañado, luego de las fotos forenses que con tacto y dulzura le había explicado a la niña que eran necesarias para hundir a su violador, y se había puesto una remera de ella que le quedaba como camisón. Edith guardó el vestido y la ropa interior en una bolsa de muestras, ya que iría a la bóveda como prueba del delito, y además para que la pequeña no viera nunca más en su vida aquellas prendas.

Por la mañana del martes, luego de su religiosa rutina de ejercicios, fue a la primera tienda que vivo abierta y compró dos mudas de ropas calculando la talla de la niña, calzado deportivo y ropa interior.

- ¿Te quedó bien la ropa que te compré? –le preguntó desde fuera del baño, luego que hacía unos minutos ya no se escuchaba el sonido de la ducha.

- Sí, muchas gracias. Los championes creo que son un talle más grandes, pero andan bien.

Salió del baño en ese momento.

- Podemos ir a la tienda a cambiar de talle los *championes* –copió el término local para referirse al calzado deportivo.

- No, igual el pie me va a crecer. Así me duran más tiempo.

- Ven. Siéntate aquí, por favor –pidió con cariño la detective–. ¿Puedo cepillarte el pelo? –la pálida joven asintió, y siguieron conversando mientras Edith cepillaba amorosamente a su huésped de 12 años.

- ¿Qué hacen ustedes acá? –Claudia señaló hacia la potente cámara con su largo teleobjetivo montado sobre un trípode.

- Vigilamos el cuartel. Al cuartel y a su Comandante –se maldijo al instante internamente por haber mencionado al violador-. Somos detectives, mi padre y yo.

La ex fusilera naval vio en los ojos de la pequeña el proceso mental que estaba haciendo, reflejado en un espejo donde apenas se distinguía algo, tan viejo y derruido estaba.

- Por eso estabas anoche cuando... -no pudo terminar.

Edith dejó de cepillar la cabellera y cambió de posición, poniéndose de rodillas en el piso, frente a frente con Claudia.

- Lo que te pasó es una *mierda*, Claudia. Nadie *jamás* tendría que pasar por lo que pasaste, pero no estás sola. Yo estaré contigo el tiempo que sea necesario y te ayudaré a superarlo.

- ¿Superarlo? ¿*Cómo* se supera esto? –largó a llorar la víctima de la cobarde violación.

La treintañera le abrazó maternalmente y dejó que llorara por un rato sobre su hombro. Retomó el consuelo cuando vio que ella solita, por fuerza y temple propios, había logrado contenerse. Le secó las lágrimas de las mejillas con sus manos.

- Se logra, Claudia. Lleva un tiempo, pero se logra. Nunca se olvida, te voy a ser sincera. Yo misma fui violada a los catorce años. Me metí en zonas turbias y con gente aún *más* turbia buscando drogas, y me violaron entre tres –alzó los hombros la detective-, así que sé lo que significa esa experiencia, puedes estar segura. Pero veamos el lado amable de esto, porque te aseguro que lo tiene. Por un lado ese *monstruo* recibió lo que se merecía con creces. Tengo a mi padre investigando en qué estado se encuentra, y si va a vivir, cosa que espero, porque le necesitamos con vida como palanca.

- ¿Palanca? ¿Qué me querés decir con eso? No te entiendo –fue muy sincera la niña.

- Palanca es como ventaja sobre alguien. En este momento contamos con información y evidencia fotográfica y forense para *hundir* al infeliz. De divulgar lo que tenemos, arruinaríamos no sólo su familia, sino también su carrera. Por más golpistas que sean, y te lo digo por experiencia personal, los militares tienen su sentido retorcido y conservador de la ética. En la mente militar está bien visto destratar a los subordinados, reprimir y hasta torturar a los opositores, pero lo que este *monstruo* te hizo anoche –negó con la cabeza-. Le pondrían de patitas en la calle, y todo lo que ha robado durante la dictadura se lo arrebatarían. Si decidiéramos divulgar las fotos, quedaría de patitas en la calle… literalmente. Entonces vamos a usar esa ventaja, esa palanca, para obtener de él lo que queramos.

- ¿Cualquier cosa?

- Lo que sea. ¿Qué? ¿Tienes algo en mente que te gustaría obtener de los militares? Tira, a ver si está dentro de las posibilidades –sonrió cómplicemente la detective.

- Mi papá. Está preso desde que empezó la dictadura en el Batallón Quinto de Artillería.

- ¿Por qué le apresaron?

- Era sindicalista. Uno de los más altos cargos del Sindicato de metalúrgicos, el UNTMRA.

- ¿Fue guerrillero? ¿Tomó las armas contra los golpistas?

- No, ¿qué va? Sólo era sindicalista. Lo agarraron en una manifestación y desde entonces lo tienen ahí. Lo están matando de hambre en prisión –recordó con angustia la última vez que le habían permitido visitarle, el viernes santo del año anterior.

- Considéralo hecho. Tu papá saldrá libre en breve –confirmó Edith, estimando que estaría al alcance de la jerarquía de Alberdi liberar a un preso de conciencia.

- ¿En serio?

- Definitivamente –quiso ser categórica ella.

Su beeper sonó en ese momento. Vio el número.

- Tengo que llamar a mi padre, disculpa –se excusó, y discó el teléfono que aparecía en la pantallita led-. Hola, papá. Dime –inició la conversación en francés, pues no quería que la niña con ella se enterara de quién estaban hablando.

- Tengo ojos sobre el objetivo.

- ¡¿YA?!

- Algún día voy a creer que me estás subestimando con esos comentarios. ¿Qué me mandaste a hacer? ¿Me fue fácil porque soy bueno en lo que hago? Quizás.

- Oh, vamos, falso ofendido. Si sabes que eres *excelente* en lo que haces. ¿Y qué se ve?

- Está con vida, eso ya es bueno.

- Bien.

- Pero no consciente. Está *muy* vendado, tiene yeso en la pierna izquierda, el antebrazo derecho y en el tórax. Tiene una vía por la que le pasan suero y alguna otra cosilla, quizás algún sedante o nutrientes, porque está dormido.

- ¡Mierda! No podremos utilizarle en varios días.

- No parece. Le tienen fuertemente custodiado. Hay guardias armados apostados fuera de su habitación y también en los accesos al piso.

- Era de esperarse.

- Dentro están sólo su esposa y su hijo, ambos rezando aparentemente, pasando las cuentas de sus rosarios.

- Ay, Dios –soltó Edith, notando la ironía de que pidieran por la recuperación de *ese monstruo* a Dios-. ¿Alguien más?

- Sólo enfermeras y un doctor, por lo que he visto.

- Y sí. Por acá el segundo, el Teniente Delluca, parece nerviosísimo, como no sabiendo qué hacer ahora que papi-Comandante no está.

- Ese imbécil –estuvo de acuerdo Stéfano-. Sin ser doctor y así a simple vista, te diría que justo ahora el estado de salud del paciente es de "Pronóstico Reservado" ¿Quieres que me acerque al doctor, quizás cuando salga de su turno, y le soborne, o le encañone con el revólver, para sacarle cuál es el diagnóstico?

- Mmm... no. Quizás por ahora no, aunque cuando recupere la conciencia tenemos que saber de primera mano cuándo va a poder volver al Batallón.

- Entiendo. ¿Alguna otra tarea aparte de vigilar y pedir servicio al cuarto?

- ¿Te parece poco lo que ya estás haciendo?

- Bah, facilísimo. ¿Cómo está la pequeña?

- Aguantando –la conversación seguía siempre en francés-. *Saldrá* de esta... creo. Parece fuerte de espíritu.

- Mejor. Mejor, pobrecilla.

- Te dejo, 'pa. Tengo una cantidad de fotos que revelar en el baño.

- Anda, ve. Estamos en contacto.

- ¿Hablás francés? –le consultó Claudia apenas cortó.

A Edith le recorrió un frío por la columna vertebral. *¡Mierda! No era la idea que entendieras lo que estábamos hablando, al menos de este lado de la comunicación.*

- Somos franceses, mi padre y yo. Bueno, él es italiano de nacimiento, pero vivió casi toda su vida adulta en Francia. ¿Tú lo hablas?

- No, ¿qué va? Pero sonaba a francés lo que decías, vos sabés, con el "Grrrr" ese que hacen, como si les picara la garganta, y estuvieran carraspeando para aclarársela.

- Ah, pero mira quién se mofa de nuestro idioma, la pequeña urugua*ya* –le devolvió la broma Edith, y por primera vez desde que llegara al refugio temporal, eran ambas las que sonreían.

Le dolía todo a Sebastián, le dolía el hambre, le dolían los golpes y las torturas recibidas, el aire inusualmente helado que entraba por puerta lateral abierta del helicóptero que hacía algo más de una hora había despegado desde donde fuera que les retuvieran hacia quién sabe qué otro destino. Le dolían las muñecas, amarradas firmemente a la espalda, los huesos de su trasero sobre el piso metálico de la aeronave, pero sobre todo le dolía y *fuertemente* no estar seguro si Clara iba con él. A mitad de lo que le parecía que podría ser la noche, porque le habían arrastrado de la celda encapuchado, le sacaron del encierro clandestino y subterráneo hacia el aire fresco, sin mediar palabra, como solían hacer sus brutos captores. Ya desde que estuvo al aire libre pudo sentir el claro sonido de las aspas de un helicóptero al que le subieron a los prepos, como si tratara de un saco de papas.

Intentó evadirse de la sensación que le agobiaba de no saber si su hermana estaba con él o no calculando cuál podría ser la velocidad de crucero de un helicóptero, y multiplicarlo por el tiempo que llevarían volando, aproximadamente una hora. *¿Estaremos por Rivera?*, consideró como posible. *Artigas, capaz. ¿O no? ¿Estaremos yendo para Argentina?*

- ¡Agua, por favor! –pidió Clara en un grito, por sobre el ruido infernal de la máquina voladora de combate.

El alivio que sintió Sebastián al saber que Clara estaba con él fue *inconmensurable*. Por otro lado, y conociéndola, estaba seguro que no se iba a someter al escarnio o a una nueva golpiza sólo para pedir agua, aunque la necesitara. Ella estaba anunciando su presencia de esa forma a su hermano, en el caso que les estuvieran trasladando juntos, y sin dudas estaba esperando que él hiciera lo mismo.

- ¡Sí, por favor! Tenemos sed –dijo a su vez Sebastián.

- Agua, quieren. Ja –se mofó uno de los brutos-. Abrí la boca, vos, putita –insultó y abofeteó a Clara-. Abrí la boca que justo tengo ganas de mear y me servís como wáter.

Los colegas del militar premiaron el destrato a la prisionera con unas sonoras carcajadas. Otro decidió subir la apuesta en el insulto y el destrato.

- Ahí abajo está *lleno* de agua. ¿Y si los tiramos y toman toda el agua que quieran?

Hubo una nueva ronda de carcajadas.

- No, estos no –retomó la seriedad una voz-. Estos van para...

Sebastián entendió que el que estaba hablando había hecho algún tipo de gesto o seña para completar la oración.

- Ah, no, 'ta- 'ta. Entonces no, no los tiramos –acató el subalterno.

- François, mi amor, ¿cómo te va? –saludó Edith a quien había levantado el tubo del teléfono al otro lado del Atlántico.

- ¿Eres tú, mi reina? ¿Tan pronto?

- Si te molesto, corto –fingió estar ofendida la detective.

- Ay, ya no soportas ni una bromita, corazón –se sintió reír al otro lado a su interlocutor-. Es que nunca me llamas tan seguido.

- Reproches, reproches.

- Ni el más pequeño, ternurita. Dime: ¿cómo te fue con lo del cubierto aquel de hace un par de semanas?

- Resolviste el caso, prácticamente.

- No embromes. ¡Jean-Julien, escucha! –gritó de una sala a la otra a su pareja-. ¡Edith dice que hemos resuelto el caso con tu dibujo del cubierto aquel!

Algo indistinto se escuchó de fondo, y François rio sonoramente.

- Dice que igual ya podrías irnos pagando por el uso de nuestras ayudas a tus casos.

- Podría... y *no* lo haré. Arruinaría nuestra amistad.

- *Obvio* que era una chanza, amorosa. Cuéntame: ¿de qué símbolo se trata esta vez?

- No, increíblemente, no se trata de un símbolo esta vez.

- Oh.

- Ah, antes que me olvide, ¿a qué hora es vuestra boda en Ámsterdam el 26 de abril?

- Envié la invitación formal a tu oficina, quédate tranquila. ¿Estarás, verdad?

- Como si algo o alguien me lo pudiera impedir.

- Entonces si me confirmas y antes de pasar al asunto de tu llamada tengo que hacerte un pedido, amiga.

- Acepto.

- ¡Pero si ni siquiera me has dejado pedirte lo que te iba a pedir!

- ¿Que sea tu madrina de bodas? Acepto, François. ¡*Obvio* que Acepto!

La detective tuvo que esperar a que su interlocutor al otro lado del océano, experto en heráldica y Profesor en la Sorbona de la temática, además de consultor reputado a nivel mundial en el área, parara de llorar por la emoción.

- Lo significa *todo* para mí, Edith. En serio.

- Tranquilo, tranquilo. Ahora, escucha. Necesito de tu ayuda en algo más.

- Sí, claro. Dime.

- Tú en el ámbito académico estás acostumbrado a tratar con sudamericanos, más específicamente del Río de la Plata, quiero decir: uruguayos y argentinos, ¿es verdad?

- Y cada vez en más cantidad. Los que han podido huir de los regímenes totalitaristas vienen cada vez en mayor número y como pueden se instalan aquí en Francia.

- Bien. Necesito si puedes averiguarme con estos contactos de un alojamiento lo más barato posible para un adulto en sus cincuenta y dos adolescentes pero que sea lo más económico posible en París, te estaría sumamente agradecida.

- ¿Y no quieres ponerme la grabación en cinta que inicia: "Tu misión, Jim, si decides aceptarla..."? ¿Alojamiento barato en París? ¿Es en *serio*?

- Puede ser cualquier cosa: albergues, pensiones, pisos compartidos, ¡lo que sea! Mis clientes estarán huyendo de la dictadura, y una manta en el piso les bastará, al menos al inicio. El padre de familia está en condiciones de trabajar y aceptará lo que sea: trapeando pasillos de la Universidad o limpiando retretes en el metro. Los jóvenes, el mayor de ella casi cumple 18. Podrá trabajar en un McDonald's o algo. *Tiene* que ser en París, porque ahí es donde tienen las sedes centrales las Editoriales más conocidas. Te blanqueo esto: mi cliente es Emilio Bermúdez.

- ¡¿El que escribió *Jean ne retournera pas ce soir*?!

- ¿Le conoces?

- ¡*Excelente* libro! De hecho tengo una copia en mi biblioteca.

- El mismo.

- Bien, veré lo que te puedo conseguir.

- Otra cosa, François, pero esto ya es más delicado.

- Dispara, amiga.

- Quizás alguno de tus contactos haya sido, antes de poder emigrar, preso de la dictadura.

- Puede. Debo averiguar, pero no me parece una posibilidad remota.

- Necesitaría, si puedes ponerme en contacto con alguno de ellos, que me den detalles de los métodos de prisión clandestina, de sometimiento a las torturas, y eso.

- ¡Guau! Es como *mucha* información.

- Lo sé, y por eso te dije que era un tema sensible.

- Descuida, Edith. Veré qué te puedo averiguar.

- Te *adoro*, François.

- Y yo a ti, mi bella.

Claudia miraba divertida la conversación entre su salvadora y alguien que hablaba en francés.

- Grrrr, Grrrr, Grrrr –parodió el tono del idioma francés la niña uruguaya, y estalló en carcajadas.

Edith no pudo sino sonreír ante la broma.

- ¿Qué se te antoja cenar?

- 'Fa, no sé –estuvo un rato pensándoselo Claudia-. ¿Tenés plata? Porque yo *algo* sé cocinar, pero no sé si tenés los ingredientes.

Edith fue hacia la heladera, donde bajo un imán con la forma de un limón, había atrapado el menú del único bar de Toledo que tenía reparto a domicilio.

- Tomá, elegí lo que quieras –dijo a la pequeña, entregándole el menú.

- Opa-opa. ¿Ahora hablás en uruguayo, de vos, en voz de tú?

- Estoy practicando –le quiñó un ojo cómplice la detective de rasgos arios y guaraníes mezclados.

Casi habían terminado la cena de bar, y para tranquilidad de Edith, Claudia parecía haber retomado el apetito, luego de casi ni tocar el almuerzo, cuando su beeper sonó. Por el número, supo que no podía ser el de su padre, apostado en el hotel vigilando la evolución de Alberdi. Sólo dos personas más tenían su localizador: el Sargento Efraín Gutiérrez y el estudiante de teatro que había contratado para infiltrarse en el Liceo 14 donde estudiaban los jóvenes Bermúdez. Llamó al número y fue este último quien atendió.

- Hola –se escuchó la voz adormilada del joven actor.

- Hola, ¿Héctor? ¿Te tomé por sorpresa y estabas durmiendo? El servicio de radiomensajes me acaba de enviar tu número.

- ¿Eh? ¿Qué? ¿Estaba durmiendo? –empezó a monologar-. No sé. ¿Estaba? Creo que no. No, me dicen por acá que no –terminó su incoherente alocución.

- Vale. ¿Qué es, entonces? ¿Has bebido?

- Sí, pero un poquito nomás, ¿eh? Compartimos unos vinos sueltos con los compañeros de clase, pero sólo un poquito, nomás.

- Entiendo, lo has hecho para encajar, ¿no es así?

- Algo... algo así.

- Por como arrastras la lengua, yo diría que más bien fue más que "un poquito nomás".

- No, no. No es eso. Tengo buena tolerancia al alcohol, se le juro. Fue esa marihuana que trajo para fumar Lara, la morocha esa que está que se parte.

- ¿Héctor, podemos ser un poco más profesionales, por favor? –le reconvino Edith, que ya se estaba exasperando al notar que no había nada útil para su investigación en aquella conversación.

- Sí, sí, perdón. No quise ofenderla a usted, ni a Lara, que es una chica muy simpática. Bueno, la cuestión es que la marihuana que trajo Lara, que está *buenísima* (aclaro, antes que se me enoje: ahora me estoy refiriendo a la marihuana, no a Lara). Bah, Lara *también* está buenísima, pero como ella es menor y yo no, me daría cosita hacer algún avance. En fin... ¿qué le estaba diciendo?

- Me hablabas de la marihuana que trajo Lara.

- Ah, sí, eso. Eso. Lara es muy amiga de Sebastián, y fue él, Sebastián, el que se la dio.

- Espera. Alto ahí: se la dio o se la vendió.

- Déjeme hacer memoria.

Ay, Dios, pensó Edith. *Por fin un dato de utilidad y tengo que extraerlo de una mente drogada.*

- Se la consiguió –logró recordar Héctor–. Así me dijo: esta me la consiguió Sebastián.

- O sea que actuó como intermediario. Vamos bien.

- Bien está esta marihuana que fumamos. ¡Madre mía! No puedo decir que haya sido mi primera vez fumándome un porro. Es decir: estudio teatro, no sé si me explico. Pero esta era... 'Pá. ¡Mamita querida! ¡*Cómo* pegaba! No era como esa porquería paraguaya que te venden por ahí.

- Drogas de calidad. ¡Excelente dato, Héctor! ¿Y de casualidad has averiguado con quién la obtenía Sebastián?

- Ppppsssí, pero no se lo voy a decir –algo alertó en el silencio que siguió que su contratante no iba a seguirle el chiste–. Es broma. Es broma. ¡*Claro* que se lo voy a decir! ¿Tiene para anotar?

- Tengo –mintió Edith, sabedora que un dato así de importante entraría en la categoría de los que *no* se olvidaría ni aunque le asestara varios ganchos potentes un boxeador de los pesos pesados, provocándole un derrame cerebral.

- El "Corchito" Umpiérrez fue el que le vendió la marihuana a Sebastián. Pará-pará. ¿Cómo era el nombre? Casi me descubren cuando me puse a preguntar por el nombre de pila, pero quédese tranquila que disimulé bien.

Era... era... Nicolás. Ahí va: Nicolás "El Corchito" Umpiérrez, del Liceo Francés. ¿Sabía que antes de ir al 14 Sebastián y Clara iban al Liceo Francés?

- Lo sabía, sí.

- Usted es buena, ¿eh? Muy *muy* buena. No sé qué más puedo decirle. ¿Quiere que averigüe la dirección de este Corchito, o que le vaya a comprar un poco...

- ¡Ni se te ocurra! –cortó y fue enfática Edith-. Estás haciendo una gran labor, Héctor. Si yo fuera de la Academia, desde ya estaría barajando tu nombre para un Oscar.

- Sí, claro. *Algún día* un uruguayo va a ganar un Oscar, ¿cómo no?

- Sebastián, ¿sigues ahí? –soltó Edith luego de un momento de silencio del otro lado.

- ¿Sigo? ¿O no sigo? ¿Pienso y luego existo? ¿Existo y luego pienso? ¿Cómo era? ¡Ah, no! Pero era *luego* con el significado de "entonces", no de "después". Se me entreveran las citas. Perdón.

- Duérmela, Héctor. Ya has cumplido una gran labor por hoy. Ah, y tómate un par de aspirinas antes de acostarte. Ayudarán con la resaca mañana.

- Un par de aspirinas. Dormir. Resaca. Dele. Quedamos así.

Apenas colgó, Edith sabía a quién tenía que llamar. Marcó el teléfono que se había memorizado luego del breve encuentro en la Confitería La Esmeralda.

- Diga –le atendió una voz.

- Efraín, soy Edith. Edith Bonelli. Disculpe la hora. ¿Le interrumpo?

- ¡Bonelli! –se sobresaltó el Detective de Personas Desaparecidas al otro lado, y a punto estuvo de tirar el tubo-. No, ¿qué va? ¿Cómo me iba a molestar? Estaba cenando, pero hoy no estaba muy de ánimos para cocinar y me hice unos fideos con manteca y queso, nomás. Dígame: ¿averiguó algo de los Bermúdez?

- Puede. Tengo una pista que creo que es buena, pero necesito que me averigüe usted una dirección, si no fuera mucha molestia.

- Ni un poco. Déjeme que agarro algo para escribir –y luego de unos segundos-. Cuénteme.

- Nicolás Umpiérrez. Le apodan "el Corchito". Estudia o al menos estudió hasta hace dos años en el Liceo Francés, edad aproximada 17 años.

- ¿Ex compañero del mayor, de Sebastián Bermúdez? —entendió de inmediato el enjuto hombre de pelos desordenados y gafas de montura, en su departamento en el complejo Euskal Erria, en Malvín Norte, mientras el plato a medio terminar de fideos con manteca y queso se le iba enfriando.

- Así parece. Es una pista no muy sólida, pero creo que es una que vale la pena ser seguida.

- Entiendo. Esto debe estar en los de la categoría A —dijo más para sí mismo que para la detective.

- No entiendo. ¿Qué es la categoría A?

- Ah, perdón. Cierto. Lo dije y no lo pensé, ¿no? Los ciudadanos este gobierno los "clasifica" en categorías, como si fueran castas. Los de categoría A son la clase alta. Por lo general adhieren al Estado, no dan problemas, aportan sus impuestos, generan empleos en sus fábricas o emprendimientos agropecuarios. Luego seguimos los Categoría B, trabajadores, no dan problemas, pero llegan con lo justo a fin de mes y finalmente los Categoría C. Ahí entran tanto los peligrosos como los pobres. Todos en una misma bolsa.

- Entiendo su razonamiento: Liceo Francés significa casi por defecto Categoría A.

- ¡Exacto! Empiezo a buscarle esa dirección mañana mismo. ¿Hay algo más? Porque se me enfrían los fideos.

- No, claro. Eso es todo. Muchas gracias por su cooperación, Efraín.

- ¿Está loca? ¿Yo ayudando a la Agencia Bonelli en la resolución de un caso? Si mi madre viviera, pucha. ¡Qué orgullosa estaría!

- De seguro lo estaría —confirmó Edith-. Que tenga usted buena noche, y buen provecho.

- Muchas gracias. Hasta luego.

Claudia mojó una de sus últimas papas fritas en la mayonesa, y miró con expresión divertida a Edith, que terminaba su segunda llamada que interrumpió la cena en la casa de Toledo.

- ¿Vos no parás, no? —le preguntó a la alta detective francesa.

- Cuando estoy en un caso, pues... no. A veces tengo mis momentos de relax, donde me voy a alguna playa a leer algún libro bajo una sombrilla, pero son unos pocos días al año. Por lo general estoy en este estado: activa al mil por cien.

- Y lo bien que hacés. ¿Así que estás buscando a un Sebastián, que puede haberse metido en un trato de drogas que salió mal?

- Mejor come tus papas y no preguntes, Claudia –le sonrió Edith, y le acarició el cabello con ternura.

CAPÍTULO 9: EL PEOR DE LOS ESCENARIOS

Como la mayoría de las transacciones de la época, la venta del Acquarius había sido un negocio entre hombres. Entre hombres habían acordado encontrarse en horario bancario en la Casa Central del Banco la Caja Obrera. El hombre que compraba fue acompañado hacia el sótano por el oficial de cuentas y por un guardia armado de seguridad, y sólo cuando se encontró solo en la sala que contenía los cofre-fort, abrió el suyo y extrajo lo acordado como pago: 25 mil dólares en efectivo y 50 mil dólares en bonos del tesoro de los Estados Unidos.

Cuando regresó con el hombre que vendía, el oficial de cuentas del banco les facilitó un privado para que cerraran las formalidades: la firma del boleto de compra-venta de la embarcación ante las escribanas de los dos, el pago acordado, y el documento de transferencia del seguro del yate deportivo del anterior al nuevo dueño. Ya sólo quedaba ir al Puerto del Buceo a hacer la entrega física de la propiedad flotante.

Llegaron cerca de las dos de la tarde al estacionamiento frente a un edificio cincuentenario de seis pisos de altura en su estructura central que se ensanchaba en sus dos pisos inferiores solamente. El hombre comprador señaló al hombre vendedor hacia una dama de un impecable traje púrpura de dos piezas y sombrero a tono. Ambos fueron hacia allí. Ella estaba con la mirada perdida en la rampa por donde bajaban y subían del agua las embarcaciones a vela de diferentes tamaños y algunas a motor sobre tráileres, ayudadas en alguna ocasión por un tractor.

- Querida –saludó el nuevo dueño del Acquarius-. Espero no haberte hecho esperar demasiado.

Ella volteó y le saludó afectuosamente en ambas mejillas, a la manera europea.

- No, para nada. Hace poco me dejó el taxi aquí. Además la vista es agradable, cielo.

Attilio sonrió ampliamente.

- Te presento a Damián Aramberry. Es a quien le compre el yate. Damián, ella es Olga, mi... bueno.

- ¿Novia? –aventuró ella, y se dirigió al expropietario del Acquarius-. Verá: no nos gusta ponernos títulos. Es *tan* anticuado. Vamos viendo sobre la marcha.

- Qué modernos son los europeos –sonrió el empresario-. Un gusto y un placer –sonrió Aramberry-. Si les parece bien, vamos a ver la preciosura que acaban de comprar y les explico algunos detalles para tener en cuenta.

- Después de usted –aceptó Attilio, y se dirigieron los tres por un muelle hasta casi la cabecera.

El barco tendría unos veinte años de construido, hecho en madera, su casco pintado de azul marino, y parecía encontrarse en un impecable estado de mantenimiento.

- Acabo de comprarme otro en Buenos Aires, un Baader. Ahí lo tienen –les mostró otra embarcación en un muelle paralelo-, y por más afecto que le tenga a este barco, no puedo pagar dos amarras, dos mantenimientos, dos marineros, ¿me explico?

- Perfectamente –entendió el elegante comprador en un traje de sastre.

- Vengan. Les muestro –inició el recorrido Damián, luego de ayudar a subirse a los nuevos propietarios-. Esta es la tapa donde se rellenan los tanques de agua, y esta la de combustible Diesel. Tiene una a cada lado, porque tiene dos motores. Los tanques de agua están unidos, para que no hagan contrapeso sobre una de las bandas, pero los de combustible no. Vaya uno a saber por qué los construyen así -se alzó de hombros-. El agua la pueden rellenar de las mangueras que hay en los muelles, y el combustible piden en la Capatacía del club que se lo recarguen, y vienen los muchachos hasta acá con los tanques de 200 litros, y llenan con una bomba. Ustedes le dicen cuántos litros quieren y ellos lo hacen. Bien. Bajando estas escaleras tienen la cabina interna. Pasen, pasen.

Minutos más tarde el empresario estrechaba las manos de los nuevos dueños luego de entregarles las llaves y dejarles anotado el teléfono de su marinero de confianza y del Astillero Rosendo donde solía hacerle el mantenimiento.

- ¿Le gustan los barcos, Olga? –preguntó Attilio cuando se encontraron a solas.

- ¡Ni un poco! Soy criatura terrestre, ¿qué le puedo decir? Me marea un *montón* el mar. Aquí en el puerto, amarrados, y sin oleajes, quizás le puedo tomar una copa de champagne sobre el barco, pero navegando... tendría que estar muy desesperada para aceptar un paseo.

- Y pensar los lienzos que se está perdiendo pintar inspirados por la vida en el mar.

- Yo no sé qué le ven, le soy sincera: *todo* se mueve, no hay una nevera decente para enfriar las bebidas, la comida está a la temperatura ambiente, hay olores de todas clases, de mar, y luego... Por ejemplo: una vez hace mucho tiempo acompañé a mis padres a pescar en una embarcación de más o menos este tamaño. ¿A quién se le ocurre sumar a la experiencia ya de por sí nauseabunda el olor de la carnada que se utiliza, más el del pescado que van capturando los pescadores, que se depositan en baldes con agua para mantenerse frescos? Creo que esa vez debo haber vomitado las entrañas por la baranda.

- Es usted muy graciosa, Olga –reconoció Attilio, una vez que terminó de reír ante la anécdota que si bien narraba un mal recuerdo, por la forma en que era narrada, ambos tenían que admitir que era graciosa, sí, pero a la distancia-. ¿Le compenso por el mal momento en una embarcación amarrada en un muelle con un almuerzo en el restaurant del Yatch Club Uruguayo que hay aquí en el puerto? He oído que su cocina es de primer nivel.

- ¡*Muero* de hambre! Mire a la hora que me cita, usted también –sonrió ella.

Casi una hora más tarde estaban tomando un café en la sobremesa del restaurante ubicado en la primera planta del edificio central del Yatch Club Uruguayo, con vistas a la bahía en parte natural, pero protegida por ambos lados por sendas escolleras del Puerto del Buceo.

- ¿Qué le pareció la comida de este lugar? –quiso saber él.

- Bueno, como para calificarla de "primer nivel" –hizo un gesto significativo ella.

- Recuerde que estamos en Uruguay –sonrió él.

- Bueno, sí. Para tratarse de este país y por lo que he probado, está *muy bien* este restaurante −Olga nunca había sido, sea por educación o por configuración mental, guardarse algo que deseaba saber para sí misma-. ¿De qué va todo esto, Attilio? Es decir: es usted muy simpático y galante, yo he aceptado un trato verbal en el que usted no me cobra intereses por prestarme 15 mil dólares así de la nada, y yo a cambio he aceptado cinco salidas con usted, de la que esta es la tercera, pero... ¿Qué gana usted?

- ¿Además de su grata compañía? −él no podía ser más encantador ni aunque se lo propusiera.

- En *serio*, le pido por favor −fue directa ella.

- Bien. No veo inconveniente en decírselo. Si bien le considero a usted atractiva y un excelente partido, hay... *otros* motivos de carácter profesional que me han hecho proponerle a usted este acuerdo que tenemos. Ser "lobista", como me ha descrito usted, y yo prefiero definirlo como una intermediación de negocios entre partes que desean tomar contacto pero no saben cómo, implica y en gran medida la reputación del o de los individuos que acercan a las partes.

- Vale. Tiene sentido.

- Aquí en Uruguay, por lo que he averiguado, la cantidad de propietarios de yates es muy reducida. Se limita a una élite de quizás doscientas o trescientas embarcaciones. Los que *pueden* tienen yates deportivos, no los que quieren.

- Le sigo. Pertenecer, de alguna forma, a esa élite, le hace ver antes los tomadores de decisiones con los que estará contactando como un par. Tiene todo el sentido del mundo. Ahora bien: ¿dónde entro yo?

- Yo −por primera vez desde que se conocían, notaba que el italiano de origen dudaba en cómo plantear algo-. ¿Conoce el dicho "todo gran hombre tiene detrás una gran mujer"?

- Lo conozco, y me parece súper-sexista. ¿Por qué "detrás" y no "a su lado"?

- Sí, el dicho podría mejorarse, estamos de acuerdo en eso, pero en la *esencia* lo que quiere decir es: si un hombre es lo suficientemente digno y de valía para merecer el amor de una gran mujer, quizás sea digno como persona, y en mi caso como hombre de negocios, ¿me explico? Si ante los ojos que nos están viendo hoy aquí, por ejemplo, que no son pocos, y tienen todos una billetera bien gorda, se lo puedo asegurar, le miran a usted y pueden apreciar su belleza natural, su elegancia, su porte, y al menos *suponen* que yo le he conquistado, que es usted mi pareja o algo así, quizás la próxima vez que me vean tenga yo por ese motivo un prestigio implícito, una ventaja comercial.

- ¿Todo se trata de negocios para usted, Attilio? –le sonrió ella con entendimiento.

- ¿Y qué hay de la parte donde le retraté a usted como poseedora de una belleza natural, un porte distinguido y una elegancia sin par? –puntualizó el intermediador financiero.

- Bah, eso ya me lo han dicho alguna vez.

- ¡Pero soy sincero al respecto!

- *Sé* que lo es, Attilio, pero le aclaro para que no haya malentendidos en nuestros restantes dos encuentros: me parece usted atento, galante, y *muy* guapo, pero... no es mi estilo. Verá: no hay nada malo con usted. Es que desde chica me moví siempre en la clase alta, y usted representa *todo lo que odio* de ella: el interés por el dinero y nada más, la competencia por sobrepasar y pisar cabezas de rivales con tal de obtener un beneficio económico... Si usted obtiene esos tratos que le han encomendado cerrar con los frigoríficos y las laneras, será tras haber pisoteado sin escrúpulos a sus rivales comerciales. Sin dudas prevalecerá por ser usted más listo, pero a mí me conquista más un... guitarrista callejero cantando sus canciones originales por una propina en el estuche abierto de su guitarra, o un amante con el corazón destrozado a punto de saltar de un puente, o el obrero de una fábrica que vuelve a su casa agotado físicamente, casi ni saborea su cena, y al otro día debe retomar su labor, pero en el fondo de su corazón desea ser un alpinista, o un actor de cine.

- Los perdedores y los soñadores –entendió Attilio, muy a su pesar.

- Algo así –reconoció la Alsaciana-. ¿Es usted amante del cine?

- Bastante.

- Pongámoslo en estos términos: usted es Conan, o James Bond, mientras a mí me seduce un Taxi Driver o un Al Pacino en *Cruising*, no sé si me explico.

- No pudo hacer su punto más claro –sonrió Attilio.

- Aun así –le reconfortó ella-, me divierte esta puesta en escena. ¿Qué sigue?

- Cena de gala en el Club de Golf, este viernes a las 8 de la noche.
- Ahí estaré –y para seguir con la actuación, le acarició con lo que parecía afecto la mejilla.

Hay quienes dicen que existe un limbo entre la inconsciencia y la conciencia para quienes vuelven a abrir los ojos luego de estar varios días en coma, o anestesiados, o ambos. Lo primero que entra es la luz. Los ojos han estado cerrados por varios días, y hay veces en que las lagañas los han pegado, pero no era el caso del paciente de la habitación 208 del Hospital militar. Los cuidados de las enfermeras habían incluido en este caso limpiarle los ojos en cada turno. Lo segundo que ocurre es que las primeras formas que se perciben son difusas. El músculo ocular es como si *tardara* en hacer foco en las formas hasta que se vuelven definidas.

Sigue a esto un período de desorientación del paciente. Corren por su torrente sanguíneo drogas que le han estabilizado pero también han amortiguado el dolor que de otra forma por puro instinto sin control central de la parte consciente del cerebro hubieran hecho que el cuerpo se retorciera y las suturas o los yesos dejaran de cumplir su cometido, que es hacer, básicamente, que el cuerpo sane por sí solo. En este período es común que el paciente no recuerde cómo se llama, ni por qué está en esa sala... Ni siquiera parece recordar por un momento quiénes son los que están junto a él.

En este estado se encontraba Gerardo Alberdi: viendo a una mujer de unos sesenta años, muy arreglada y maquillada, y a un sacerdote que le resultaba familiar, pero no sabía de dónde exactamente.

Es en ese punto donde, para ponerlo en términos de fines del siglo XX, y adelantándonos al momento donde esto ocurría en el nosocomio sito en la intersección de las Avenidas Centenario y Ocho de Octubre en la Ciudad de Montevideo, capital de la República Oriental del Uruguay, se daba la conexión entre el hardware y el software. Ese momento mágico donde los engramas de memoria alojados en la cabeza del paciente, hacían el interfaz con su espíritu, con su ser, y de repente todo empezaba a cobrar sentido. La sexagenaria era su esposa en únicas nupcias, María Auxiliadora, y el sacerdote en sotana de la Iglesia Católica Apostólica Romana predominante en Uruguay, era su único hijo, Gerardo (hijo), que quizás considerara que si estaba en su hábito católico de aspirante a miembro permanente y certificado de la curia, sus plegarias por la salud de su padre llegarían más lejos, o para ser más precisos, más *cerca* de los oídos del Creador.

Ambos lloraban.

- Mi amor, ¿estás bien? –preguntó su esposa.

- ¡Gracias al Señor Todopoderoso! –lanzó con vehemencia su hijo, también bañado en lágrimas, como si la intervención divina de un Dios omnipresente y bondadoso hubiera tenido algo que ver, aunque sea en lo más ínfimo, con la vuelta al mundo de los conscientes de un militar que había utilizado sus privilegios de rango y el poder implícito de ser un Comandante del Ejército Uruguayo en plena dictadura apoyada y financiada por el gobierno de los Estados Unidos, que se había sentido lo suficientemente "poderoso" como para violar a una niña en los Bañados de Carrasco.

Las primeras palabras del Comandante del Batallón Número 14 de Paracaidistas en Toledo fueron ininteligibles, claro está. Ese es *otro* efecto lateral de la anestesia que le habían agregado al suero durante días: no se le entendía nada. Tardó unos cuantos minutos en modular sus palabras para que alguien en la sala le entendiera.

- Estoy bien. Estoy bien.

Entretanto, los soldados apostados que hacían guardia en la puerta habían dado aviso al Médico tratante, que se había hecho presente junto a una enfermera.

- Gerardo. Hola. Soy el Doctor Garibaldi. Mire a la linterna, por favor –le apuntó a los ojos, y a falta de algo mejor que hacer, el jerarca militar siguió la luz-. ¡Excelente! La respuesta ocular es buena –la enfermera anotó en la planilla-. ¿Sabe dónde se encuentra? ¿Sabe lo que pasó?

El aparato conectado por electrodos a su corazón mostró el stress que estaba sufriendo en ese momento el militar. Las pulsaciones por minuto se elevaban.

- Me acuerdo, sí –confirmó. Ya la "descarga" de la información previa a caer inconsciente era total-. Me asaltaron... pasando el puente sobre el Arroyo Carrasco. Eran muchos. Atiné a disparar, pero no sé si herí a alguno –era muy cuidadoso con sus palabras, pero los ojos feroces de quien le había dejado en ese estado y las advertencias que le había hecho antes de noquearle las tenía *bien* presentes.

- Eso fue lo que me comunicaron sus subalternos, Comandante –confirmó el Doctor-. Había vaciado su cargador, pero no hay señales de los delincuentes. Lo encontraron muy malherido, con varios huesos rotos y órganos comprometidos, pero por fortuna llegaron a tiempo para que pudiéramos estabilizarle.

- ¿Cuánto tiempo pasó? ¿Qué día estamos?

- A usted lo trajeron el lunes de noche, y estamos a jueves.

- Bien –sólo dijo el militar, y pasó la vista por los allí presentes, y por la sala-. Es el hospital militar, ¿no? –el Comandante no estaba acostumbrado a tener dolencias y en general gozaba de muy buena salud, por lo que la pregunta se basaba en una simple deducción lógica.

- Así es.

De pronto un sobre color manila sellado con las familiares palabras CONFIDENCIAL y la indicación de que era sólo para sus ojos, captó la atención del militar. No era la tipografía ni los logos habituales en comunicaciones del Ejército, Alberdi lo sabía, pero *alguien* le había puesto mucho esmero en que así lo pareciera.

- Alcánceme ese sobre, por favor –pidió a la enfermera-. ¿A esta cama se le puede levantar un poco el respaldo?

- Sí, claro, ya lo ayudo.

- Gerardo, mi amor –participó por fin su esposa-. No te vas a poner a trabajar ahora, ¿o sí?

- Es sólo este sobre –abrió el lacrado y extrajo una hoja escrita a máquina. Comenzó a leerla intentando no revelar por su expresión la tensión que le abarcaba, y se veía reflejada en el aumento de sus pulsaciones a cada línea en el monitor cardíaco.

Buenos días, dormilón. Veo que no le maté. Qué mal, o qué bien. Aún no me decido, pero las fotos en este sobre son sólo una muestra de lo que tengo. Por supuesto para cuando lea esto hay copias de todo que ya partieron por correo expreso a la bóveda en Suiza, con instrucciones de ser entregadas en mano a su esposa devota de Dios, su hijo el aspirante a cura y su superior jerárquico, el General Álvarez, que va a misa los domingos religiosamente en la Iglesia Matriz con el Obispo de Montevideo.

Qué retorcida cabecita la de los militares, ¿no? Parece que en su sistema ético maridan bien el "idos en paz" y abrazar al feligrés de al lado luego de la misa con torturar y desaparecer a militantes de izquierda, pero ¿maridará igual de bien con violar a una niña de 12 años en los bañados de Carrasco y ser apaleado hasta casi la muerte por una mujer que ni siquiera necesitó sus puños para hacerlo? Supongo que tendremos que esperar a que el General tenga las pruebas en su poder para averiguarlo.

Ah, y he destinado que los negativos, así como una copia del testimonio grabada de la niña, muestras forenses, coño: hasta el vestido que llevaba, sean enviados a la cadena de noticias France Liberté, que como sabrá, o lo más probable es que lo ignore, son enemigos declarados de todos los sistemas totalitaristas, con especial énfasis en los últimos años en las dictaduras latinoamericanas. ¿Se imagina su manicito arrugado siendo noticia central en la cadena? Supongo que lo pixelarán de algún modo, igual que la cara de la niña, pero la suya...

Si cada diez días no escuchan en la bóveda la palabra clave de mis labios, todo esto pasará, así es que como se habrá dado cuenta: ¡le tengo a usted tomado por los huevos, grandísimo hijo de puta!

Una palabra, un gesto, una ceja fuera de lugar que a mí no me guste, y daré la orden de inmediato que se cumpla todo lo que le he dicho.

Ahora necesito que DE INMEDIATO se presente usted en su Batallón y que dé aviso que les visitará la Baronesa Krunnenberg y que debe ser recibida con honores de Estado. Esa seré yo, obviamente, y ahí empezaré a impartirle órdenes que usted y todos bajo su mando comenzarán a ejecutar sin chistar, ¿me ha entendido? Ahora levántese, COBARDE MALNACIDO, me da igual que tenga que llevarse el suero con usted, pero dispone de tres horas a partir de abrir este sobre para llegar a su oficina y ponerse lo que pueda de su uniforme sobre todo ese yeso. ¿Qué pasa? No le veo moverse. Ah, sí: le hemos estado y le seguiremos vigilando de cerca.

Tres horas, o su vida tal como la conocía se acaba.

- Gerardo, necesito que se calme. Enfermera, prepare diez centímetros cúbicos...

Las palabras llegaban entre nubes de confusión, de ira, de sentirse irremediable e irrevocablemente perdido, a los oídos del militar. Con las manos temblorosas guardó la carta y extrajo sólo un poco de la primera foto en tamaño A4, lo suficiente para ver de qué se trataba.

- ¡Saque esa jeringa de mi vista! —ordenó a la enfermera, que se detuvo en seco-. Me voy de acá. ¡Ahora!

- No, usted no se puede ir... -inició el galeno.

- ¡Guardias! –gritó Gerardo, y de inmediato un alto y fornido efectivo militar se hizo presente en la sala-. ¡Arrésteme a este y tráigame a *otro* Doctor que me firme el alta!

- De inmediato, Comandante.

- No, no va a ser necesario. Por favor –suplicó el Doctor.

- El alta, ¡ahora! –aulló al médico, que salió presto a cumplir los requisitos burocráticos necesarios. La enfermera atinó a salir detrás, pero el jerarca militar le dijo muy seco-: Usted no, señorita. Necesito que me suministre calmantes, ¡y de los buenos! Y que me prepare pastillas o lo que sea para llevarme.

- Claro. Le preguntaré al Doctor las dosis.

- No le pregunte nada, no sea tonta. Usted ya debe saber qué se le puede dar a alguien en mi estado para soportar el dolor.

- Sí, sí claro. Ya voy a buscárselos.

- Sargento.

- Ordene, Comandante.

- Nos vamos para el cuartel apenas me puedan ayudar a ponerme el uniforme, y avise a Delluca que esté allá para recibirme.

- A la orden, Comandante –el uniformado salió presto a cumplir el encargo.

- Papá, por favor explicanos, ¿qué pasó? ¿Qué había en el sobre? –quiso saber su preocupado hijo, en su sotana religiosa.

- Mi vida, no podés ir a trabajar en este estado. Decinos algo. Me estás preocupando –suplicó algún otro dato su esposa.

Alberdi no contestó ni a uno ni a otro, y empezó a sacarse la vía por la que le había bajado suero y medicinas durante tres días y las vendas que pudo. Supo apenas intentó bajarse de la cama que no podría hacerlo por sus propios medios.

- Guardias –otro uniformado se presentó-. Deje su arma y ayúdeme a ir hasta el baño. Le voy a pedir una mano para ayudarme a afeitar y a adecentarme un poco.

- A la orden, Comandante.

- Sí, así es, hace un rato se despertó –confirmó Stéfano al teléfono, observando por la cámara con lente telescópica desde la habitación del hotel al otro lado de la Avenida Ocho de Octubre.

- Necesito que seas más preciso, papá. ¿Cuánto hace desde que abrió el sobre?

- Seis minutos treinta y tres segundos, y contando –dijo el sexagenario detective, tras consultar el cronómetro.

- Igual no necesitaba los segundos.

- Si vamos a ser precisos, pues seamos precisos.

- Vale, y dime: ¿está reaccionando como lo esperábamos?

- Digamos que parece estarse tomando en serio lo de las tres horas.

- ¡Genial! ¿Le sigues hasta el Batallón?

- Sí, claro.

Stéfano empezó a juntar sus cosas y bajó a la recepción para hacer el *check out*. Se había informado previamente cuál era la salida y entrada de ambulancias del Hospital Militar, pues no consideraba que al jerarca pudieran montarle en un auto con tanto yeso. Para cuando la ambulancia con custodia militar salió, ya el italiano estaba con el motor encendido de un nuevo coche de alquiler, dispuesto a seguirles a la distancia.

Edith despertó de golpe. Se había quedado dormida sobre la mesa, en la vigilancia a distancia que ya llevaba cinco días en Toledo, desde la casita precaria frente al Batallón 14 de Paracaidistas. *¿Fue un disparo lo que me despertó?*, se preguntó. No podía estar segura. Llovía torrencialmente fuera. Tardó unos segundos en orientarse. Stéfano no había pasado allí la noche del martes ni esa, la del miércoles para el jueves. Miró la hora en su reloj pulsera: las 3 y 15 de la madrugada. La hora de las brujas. Claudia dormía en la cama doble de la única habitación. *Igual puede haber sido un trueno*, intentó tranquilizarse. Un estampido en medio de la noche frente a un Batallón donde sabían que tenían a disidentes y otros presos de consciencia secuestrados sólo podían ser malas noticias. Un nuevo estampido se escuchó, y esta vez Edith no albergaba dudas acerca del origen, ni del tipo de sonido.

- ¡Malditos! –su cerebro se puso a organizar sus acciones impulsado por la adrenalina en su torrente sanguíneo. *Las balas adicionales, la crema de camuflaje, la gorra, los binoculares,* pensaba mientras accionaba, tratando de no despertar a la niña.

Dos minutos más tarde estaba con su melena rubia dentro de la gorra negra de lana, su rostro totalmente cubierto por una pasta mezcla de tonos negros y verdes oscuros similar a la que había usado en Vietnam. *Vietnam,* se maldecía, mientras emprendía la carrera bajo la lluvia torrencial, *has perdido el toque, Edith.* No era infrecuente sino casi la descripción del puesto de la Brigada de Extracción y Rescate de los Fusileros Navales a la que perteneció por dos años, pasarse días y semanas en la jungla vietnamita, sobre la que el gobierno francés tenía reclamos coloniales, y los vietnamitas tenían reclamos de soberanía. El sueño era en espacios de tiempo contados en minutos, y se estaba atento a cualquier sonido que alertara la presencia enemiga acercándose. *En Vietnam ya estarías muerta,* seguía recriminándose mientras corría a toda la velocidad que sus largas piernas le permitían.

Un nuevo disparo se escuchó.

No puedo creer que les estén ejecutando a escasos cientos de metros de las casas de los habitantes de este pueblo. ¡Hijos de puta! Por otro lado tenía sentido que lo hicieran al cubierto de la tormenta, que por un lado amortiguaba los sonidos de los disparos, y por el otro hacía que nadie en su sano juicio estuviera por ahí caminando, disfrutando el fresco de la noche. En sus corridas matinales desde que estaban allí, y no por casualidad, había recorrido varias veces todo el perímetro del Batallón 14, buscando vulnerabilidades, pero sobre todo puestos de observación. Para su rutina de ejercicio había decidido enfundar su melena rubia dentro de una gorra de lana negra, a pesar del calor, y usar ropas de entrenamiento holgadas. Sabía que una mujer con su físico y la melena blonda al viento llamaría demasiado la atención. En cambio, así vestida, podía pasar por un aspirante a futbolista o un militar convencido que salieran a correr temprano a la mañana para mantenerse en forma.

El sitio más vulnerable para la observación a distancia que presentaba el interior del complejo de decenas de hectáreas era por un camino de tierra estrecho que bordeaba el Batallón por su extremo sur, y actuaba de separación entre el tejido de alambre de tres metros de alto coronado por alambres de púa y un bosque de altos eucaliptos. Edith ya pasaba las caballerizas visibles por la ruta seis cuando sonó un nuevo disparo, esta vez a su izquierda. *Esto no puede estar pasando,* se horrorizó. *¡No ahora! Todo lo que hemos avanzado, y ha sido para nada.* Ya tenían una pista firme de en qué podían haberse involucrado los jóvenes Bermúdez que hubiera sido una causa más plausible que la de la represalia militar contra un escritor proscripto y arruinado, aportado por un valiente estudiante de teatro que habían infiltrado en el liceo al que asistían Clara y Sebastián, un detective aliado de Personas Desaparecidas de la policía buscándoles la dirección del presunto *dealer*, tenían a un Comandante del complejo militar que era el último lugar donde se vio con vida a los hijos de Emilio Bermúdez en su bolsillo, o al menos así esperaban que sucediera, cuando se despertara del coma y leyera la carta chantajista y viera las copias de las fotos, Edith tenía un esbozo bastante acabado del plan de escape que utilizaría para ocultar a los Bermúdez una vez que les hubieran extraído (si es que lo hacían). Incluso tenían... Pero el peor escenario posible, el que no llegaran a encontrar a Clara y Sebastián con vida, y sólo pudieran llevar el consuelo de un cierre doloroso a su padre, pero un cierre al fin, parecía estar ocurriendo en aquel preciso momento.

¿Por qué tantos disparos?, se cuestionó Edith, mientras trepaba con agilidad las ramas de un centenario eucalipto. *¿A cuántos están ejecutando allí dentro?* Por fin llegó a la altura que necesitaba y se "acomodó" con cierta dificultad, entre dos gruesas ramas, para dejar libres sus manos. Tomó los binoculares que eran una de las herramientas más preciadas (y también más caras) de su oficio. Los había conseguido con un contacto en el Ejército de Brasil, un oficial de rango que supo ser su cliente cuando la mafia local del narcotráfico había secuestrado a su esposa, y Edith le recuperó con vida, y con quien habían seguido luego una "amistad", por llamarlo de alguna manera, a distancia. La producción de armamento de Brasil representaba un porcentaje importante de su industria manufacturera, y sólo la quinta parte era para su uso en Brasil. La mayor parte se exportaba a países del primer mundo, incluidos los Estados Unidos. Podía decirse con tino que Edith tenía en sus manos los binoculares de uso militar más avanzados del mundo.

Pudo localizar en una plaza interna el origen de los disparos. El dantesco espectáculo parecía extraído de las páginas mismas de la publicación de Amnistía Internacional, tristemente repetido en las últimas décadas, a pesar de las denuncias de las ONG y de los exiliados organizados de la sociedad civil, que habían visto en primera persona o incluso en carne propia la crueldad de la "guerra civil" interna, con un bando representado por el gobierno de facto, y otro por la sociedad presa de la dictadura. Dos de los prisioneros, sus ojos vendados, su boca silenciada por mordazas, sus manos atadas a la espalda, estaban de rodillas. El tercero yacía boca abajo con la cara hundida en el barro.

El oficial que Edith había reconocido como el Jefe de Inteligencia Militar del destacamento se paseaba con su automática en la mano, mientras otros cuatro de igual uniforme montaban guardia a la vez que "disfrutaban" del espectáculo. La detective francesa por fin entendió la cantidad de los disparos: uno de los dos prisioneros aún con vida, el de la derecha tenía una camisa blanca, y se podían ver en sus dos brazos manchas de sangre que se iban extendiendo. *¡Les estás torturando por diversión antes de rematarles, maldito sádico hijo de puta!* Al menos gracias a la precisión que le brindaban sus binoculares, podía descartar que el prisionero de la camisa blanca fuera uno de los chicos. Su complexión era robusta, su barba tupida y sus pelos largos y desordenados. Además rondaba los cuarenta. En cuanto al otro que aún estaba de rodillas no podía estar segura que *no* fuera Sebastián. La complexión coincidía, y el cadáver boca abajo podría tratarse de Clara.

Aún a esa distancia y bajo la lluvia torrencial, podía verse que el joven lloraba a mares, mientras el barbudo cuarentón intentaba mantener un poco la dignidad lo que fuera posible, aunque lucía desgastado y con un hilo de vida debido a las heridas de bala en ambos brazos. Luego el Jefe de Inteligencia le remató de un balazo en la sien. Por instinto quizás y sabiéndose muerto, el joven se arrojó sobre el cuerpo sin vida del cuarentón de camisa blanca que yacía ahora boca abajo en el barro del patio interior del Batallón 14. Era como si quisiera abrazar el cadáver, pero con sus manos atadas a la espalda, el resultado era patético o desgarrador, de acuerdo con cuál fuera la sensibilidad de los la presenciaban, si de los ejecutores, o los de la detective encaramada sobre las ramas de un eucalipto.

No, no puede ser Sebastián, consideró con frialdad, y de inmediato se maldijo el alivio temporal que esto le generó. *Ese que acaban de matar es el padre, o a lo sumo el tío del joven, y Emilio Bermúdez no mencionó que tuviera hermanos.* Incluso a la distancia podía escucharse que el Jefe de Inteligencia, que ahora había levantado de los pelos al muchacho, le gritaba algo, y le señalaba el cuerpo sin vida del veterano, y luego el del otro cadáver, y le apuntaba a la cabeza al único de los tres prisioneros que seguía con vida. El joven usó la proximidad a la cara del ejecutor para hacer su último acto de estupidez, o de valor, nuevamente según quién fuera el observador, y le escupió la cara al militar.

La respuesta no se hizo esperar: el efectivo militar comenzó a golpear con su arma el rostro del joven. Sangre y más sangre comenzó a brotar de los golpes, mientras con la otra mano el infame le sostenía la cabeza por los pelos. Cuando le soltó, el cuerpo del joven cayó boca abajo en el barro, uniéndose a los otros dos. Como si no le hubiera alcanzado al *cerdo* para desquitarse por el escupitajo recibido, siguió pateando la cabeza del muchacho una y otra vez, y una más. Finalmente, y como si existiera la mínima chance de que el delgado muchacho hubiera sobrevivido, le remató con un tiro a la cabeza.

- Eso ha sido todo, para bien o para mal –se dijo Edith, pero necesitaba cerciorarse de algo más.

Esperó pacientemente mientras veía a los soldados traer una carretilla, cargar el primer cadáver y llevárselo. Un momento más tarde hicieron lo mismo con el cuerpo del último de los prisioneros en quedar con vida, y Edith afinó su vista lo más que pudo para observar todo el detalle que pudiera apreciar del tercer cuerpo, el que ya estaba tendido boca abajo en el barro cuando ella pudo llegar a su puesto de observación.

Era un varón, y uno muy joven. Quizás no llegara a los 13 o 14 años de edad. La detective suspiró aliviada, y todo el camino de vuelta hasta la casa alquilada se maldecía internamente por ello. No eran Clara y Sebastián los ejecutados, ¡pero era *personas*, maldita sea! Quizás un padre y sus dos hijos, ejecutados cobardemente por vaya uno a saber qué "crímenes" o qué actos considerados sediciosos les hubieran sido imputados. Le pareció razonable que fueran los mismos tres que habían sido traídos la noche del sábado, cuando el Comandante Alberdi, ahora yaciendo sin conocimiento en una cama del Hospital Militar, había vuelto a su "trabajo" fuera del horario de oficina para dar la primera ronda de humillación a los recién llegados al sitio de cautiverio clandestino. *Debo verificar con las fotos del sábado*, estaba pensando, cuando abrió la puerta y encontró a Claudia levantada. *Maldición*, se dijo.

- Hola Clau –intentó darle naturalidad a una escena que nada de natural tenía: una mujer alta y atlética en ropas completamente negras, chorreando agua sobre la entrada, su pelo oculto por un gorro de lana negro y su rostro camuflado por maquillaje militar, con unos binoculares gigantes colgados al cuello-. ¿Qué haces a estas horas levantada?

- Los disparos me despertaron −dijo, al borde de la palidez extrema previa al desmayo-. ¿Estás bien? −preguntó, con una lágrima rodándole por la mejilla.

Edith por fin entendió la situación. Ya era lamentable y descorazonador que una niña de 12 años supiera distinguir entre un trueno y el sonido de un disparo a la distancia, pero en los pocos días que habían pasado desde que le rescatara de los Bañados de Carrasco, se había forjado un vínculo, una *conexión* entre las dos, y era sensato pensar que la chiquilla uniera el sonido de los disparos y la ausencia de la detective con, nuevamente, el peor de los escenarios posibles.

- Sí, estoy bien, quédate tranquila −confirmó, y al ver que ella corría a abrazarle plantó una rodilla en el piso para abrazar a la pequeña a la misma altura −Ya, ya, no llores. Soy una chica dura. No me dañarán con tanta facilidad −Claudia tardó un buen rato en desahogar en lágrimas la angustia que había sufrido, pero por fin se recompuso-. Mírate, te he mojado toda la remera-camisón-. Vamos a hacer esto: yo estoy, ¿cómo dicen aquí en este país? *Cagada* de frío −y vio que el improperio a la uruguaya por fin hizo sonreír a la pequeña-. Así pues me daré una ducha de agua caliente y tú puedes cambiarte. Luego haremos chocolate caliente y me acompañarás a vigilar un rato, ¿vale?

- Yo lo voy preparando, si querés. Decime dónde está la cocoa, nomás.

- Ah-ah. Nada de cocoa. Vamos a hacer chocolate caliente de *verdad*. Tengo barras de chocolate amargo y leche. Yo lo preparo. Tú sólo cámbiate. Creo que quedan algunos bizcochos que sobraron de hoy de mañana, ¿no es así? Aunque se hayan puesto un poco duros, los mojaremos en el chocolate para ablandarlos, y quedan riquísimos.

- Ay, qué rico −se relamió la niña.

Un momento más tarde habían vuelto a la observación a distancia, mientras ambas saboreaban en silencio el chocolate caliente y los biscochos remojados. Edith anotó los detalles de la ejecución en el cuaderno de novedades. Le costó encontrar las fotos del sábado por la noche entre los cientos que llevaban tomadas y reveladas en el cuarto oscuro improvisado (el baño), pero por fin pudo confirmar que las complexiones de los prisioneros traídos coincidían con las de los ejecutados.

- ¿Cómo sabes distinguir el sonido de un disparo del de un trueno? –quiso saber Edith.

- ¿Yo qué sé? Allá donde vivimos, Carrasco Norte, hay chorros...

- ¿Chorros?

- Ladrones.

- Vale.

- Por ejemplo: de noche no se puede dejar la ropa colgada de la cuerda, porque igual vienen, te saltan el murito y te la roban, entonces se lava y se cuelga de mañana, y si no te da con el sol para que se seque, te jodés y tenés que guardarla adentro de la casa y volver a colgarla al otro día. Y así con todo. No podés andar con plata encima. Llevás lo justo y necesario para tomarte el ómnibus y poco más.

- Entiendo. Y en un barrio de esas características suelen escucharse disparos de noche.

- Sí, ¡y hasta de día! Hay banditas rivales, y después están los *milicos* que cuando se les descuelga un huevo y vienen por alguna denuncia, o para poner un poco de orden, se escuchan disparos también.

- Eres bastante mal habladita para ser tan pequeña, ¿no te parece?

- ¿*Yo*? Tendrías que escuchar a mis hermanos. Son unos auténticos... ¿cómo es que le dicen los españoles? *Resumideros*, cuando hablan –imitó el acento castizo.

Y nuevamente esa risa sanadora les hizo olvidar por un momento la angustia de haberse imaginado por un agónico momento el peor de los escenarios posibles.

CAPÍTULO 10: PODRÍAS HABER SIDO TÚ

Viernes por la tarde. Fuera: un calor bochornoso y abrazador. Dentro de la enorme sucursal central del Lloyds TSB Bank en Uruguay en el casco histórico de Montevideo devenido en centro del circuito financiero y sede de la mayoría de las oficinas públicas, un aire acondicionado reparador ayudaba a secar el sudor que uno traía de la calle, no importa si uno viniera de playera, short de baño y ojotas, que a propósito no estaba permitida vestimenta *tan* informal dentro de la institución.

La velada de la noche anterior había estado bien, dentro de lo pactado. Un *vermissage* en el Club de Golf, donde algo así como doscientos adinerados fueron invitados a la exposición de Madelon Channel, que por lo visto era una de las artistas plásticas más distinguidas del Uruguay. Y había estado dentro de lo pactado porque Attilio nuevamente fue muy cortés en todo momento, y le había presentado a la élite de la aristocracia montevideana allí reunida como su novia, a los efectos pura y exclusivamente de hacer el lobby que sus empleadores le habían mandado a hacer en Uruguay.

Con una copa de champaña cada uno en la mano, la hija del industrial metalúrgico alemán que se hizo rico durante la Segunda Guerra fabricando piezas de repuesto para los tanques y los camiones nazis, y devenida en ciudadana del mundo y artista plástica evaluaba el trabajo de su colega local.

- Me gusta cómo trabaja las sombras. Le da cierta oscuridad a la obra, ¿no te parece? Cierto aire de *misterio*.

- Yo lo que veo es una cabaña en los bosques, pero si tú lo dices –se alzó de hombros Attilio.

Olga le sonrió, pero continuó con su evaluación.

- De todas formas me parece un poco *burda* su técnica, le pone poco esmero al detalle. Fíjate aquí, y aquí –señaló-. Aquí se le corrieron los verdes más allá de donde los quería y lo tapó con negro. Ja. Novata. A mí me llega a pasar eso con uno de mis cuadros y lo tiro y empiezo de nuevo. Quizás sea parecida a ti, *mi amor* –siguió la charada, aunque estaban suficientemente lejos de otras personas que pudieran escucharles.

- ¿A mí? Yo el único dibujo que sé hacer es el del "ahorcado", y desde niño no juego.

- Mira que eres simpático, ¿eh? Yo me refería a que claramente es una artista sobrevalorada. Para exponer en un lugar así de elegante uno esperaría ver un nivel de excelente para arriba, y esta Madelon Channel, que obviamente es un pomposo nombre artístico es... un grado arriba de mediocre. Si está exponiendo aquí es porque conoce a "alguien", o es esposa o amante de algún ricachón o una celebridad, ¿sabes a lo que me refiero?

- Los contactos a veces lo son todo, te entiendo perfectamente la semblanza que has hecho con mi trabajo. ¿Te ha gustado la velada, aunque detestes a quien expone?

- La velada ha estado bien, pero terminaré cenando algo en el hotel cuando me dejes, porque estos bocadillos no dan ni para empezar a hablar.

- Pues ha sido un gusto estar en tan buena compañía –le dio un beso en la mejilla el italiano de impecable traje, siempre tan galante-. Creo que hemos terminado aquí. Ya he hecho los contactos que vine a hacer, repartí las tarjetas de negocios que tenía que repartir. Si te parece bien, vamos yendo para tu hotel.

Sí, la velada de ayer ha estado bien, pensaba Olga mientras un oficial de cuentas les acompañaba hasta la bóveda subterránea donde tras unas gruesas rejas abiertas a distancia desde la sala de control de videocámaras, se accedía a la sala de las cajas de seguridad. *¿En esto gasta la quinta salida acordada, un viernes por la tarde?* De todas formas, tenía que reconocer que el lunes el apuesto italiano le había sacado de un apuro al prestarle los quince mil dólares que el nuevo Decreto uruguayo le impedía sacar de su cuenta en montos mayores a los quinientos dólares diarios, y le estaba agradecida por ello, pero el copete del vermissage de la noche anterior, rematado con la cena en el restaurante del Victoria Plaza que ella pagó, no daba para que le invitara a subir a su habitación. Era muy apuesto y galante el lobista, tenía que reconocerlo, pero trabajaba para un sistema de acumulación excesiva de capital y de poder que Olga despreciaba, aunque (tenía que admitirlo) se hubiera visto beneficiada por el hecho de no tener que haber trabajado un día en su vida por ese mismo sistema, y haberse podido dedicar al arte.

Como sea, ya casi su vinculación con Attilio había terminado, y luego restaría solamente que el ocasional prestamista le anotara sus coordenadas bancarias y un teléfono de contacto para que ella le confirmara la transferencia por la devolución de los fondos prestados.

- No entiendo: ¿abres una caja fuerte para guardar un Rolex de oro?

- Vale cerca de cincuenta mil dólares este modelo en particular –puntualizó Attilio Cammarota-, y este fin de semana me iré a hacer recorrida de bares y boîtes nocturnas para festejar el éxito obtenido. Ya casi estoy a nada de lograr que firmen los empresarios.

- Pues me alegro que hayas tenido éxito en tu emprendimiento. También entiendo que ir tomando por ahí, de bar en bar, con un semejante reloj es un riesgo.

- Mejor ser prevenido.

- ¿Qué son esos golpecitos? –pidió ella de pronto silencio al italiano.

- Ah, ¿tú también los oyes?

- Sí, son como *tenues*, ¿no? Suena a que hubiera una obra cerca.

- Hay una grande a unas cuadras de aquí. La vi de pasada el otro día –aseguró él-. Han levantado toda una calle y están trabajando con maquinaria pesada. Debe ser eso lo que se escucha.

- Probablemente sea eso.

La cadete de la Academia Militar de Poitiers llegó a toda prisa hasta la oficina de telecomunicaciones. Aun jadeando le dijo a la recepcionista.

- Buen día, soy Laetitia Bonelli. Me han informado que tengo una llamada.

- Cabina dos, cadete –le indicó la encargada, y pasó la llamada.

- Hola, ¿quién es? –preguntó ansiosa cuando se encontró dentro de la cabina.

Una voz del otro lado del Atlántico le contestó.

- Soy yo, hija.

- ¡¿Mamá?! –no salía de su asombro la joven y alta cadete, quien a pesar de tener catorce años llegaba casi al metro setenta de altura-. ¿Ha pasado algo? ¿El abuelo está bien?

No era para menos su sorpresa. Desde que su madre le internara allí tres semanas atrás, era la primera noticia que tenía de ella.

- Sí, sí. El abuelo está bien. Quería saber cómo la vas llevando.

- ¿Yo? Es decir: me tiraste aquí para desentenderte de mi educación y de mi vida hasta que sea mayor de edad, pero salvando eso –fue cáustica y directa la adolescente.

- Laetitia, ya hemos hablado de esto...

- Lo sé, lo sé –hubo un momento en que ambas respetaron el silencio de la otra-. Era necesario para desintoxicarme y todo eso.

- ¿Y cómo la vas llevando con ese tema?

- Digamos: la primera semana fue la más dura. Varias veces me atraparon tratando de huir del predio, pero creo que... no sé... es decir: si me preguntas si me picaría en este mismo momento, ¡obvio que lo haría! Pero estoy resistiendo bien, mamá, y el intenso entrenamiento físico ayuda a descargar esas... mierdas, que antes las "viajaba" por ponerlo de alguna manera.

- Te entiendo perfectamente. Si te sirve de consuelo, yo pasé por lo mismo a tu edad.

- Lo sé. Me lo has contado. Y dime: ¿por dónde andan el abuelo y tú? ¿Siguen en Poitiers?

- No, qué va. Hemos aceptado un caso en Uruguay, no sé si te suena de algo, es un país pequeño, en Sudamérica...

- ¡¿Uruguay?! ¿Y has ido ya al Estado Centenario?

- ¿El qué? Mira, Laet, estamos aquí trabajando, no de turismo como para ir a ver un partido de fútbol o de lo que sea que se juegue en ese estadio.

- No, mamá. No me entiendes. Estás en el lugar donde se jugó la primer Copa del Mundo de fútbol, donde ganó el anfitrión, y esa primera final del mundo se jugó en el Estadio Centenario. Debes visitarlo antes de irte de ese país. Mándame unas fotos por correo, si puedes.

- Mira tú, mi hija la gran fan del fútbol.

- A la fuerza, casi te diría. A mí me va mucho más el rugby, pero aquí todos mis compañeros del pelotón de instrucción (la gran mayoría hombres, por supuesto), viven y sueñan con el fútbol en sus ratos libres, hablan de fútbol, que el último partido, y los pases de este año, que si Maradona va a jugar en el próximo Mundial dentro de dos años. Fútbol, fútbol, y más fútbol. Incluso he participado en los partidos que organizan los fines de semana, y parece según mis compañeros todavía me falta bastante destreza con la pelota, pero tengo un tranque potente. Creo que significa que sé parar con eficiencia a un rival que avanza hacia mi arco, por lo que juego casi siempre de defensa.

- Vaya, hija. ¿Entonces dices que si tengo que elegir entre un museo, un edificio histórico o el Estadio Centenario, no hay dudas de donde debería ir?

- Mamá: el Estadio Centenario *es* un museo, o para ser más precisos tienen allí un museo histórico del fútbol, y *es* a todas luces un edificio histórico. No me lo puedo creer. Cuando les diga que mi madre me telefoneó desde el país ganador de las copas del mundo del 30 y del 50, se van a querer morir. El *Maracanazo* del 50, con goles de Gighia y Schiafino, la mudez en que se vieron sumidos los doscientos mil espectadores locatarios que veían cómo una victoria mundialista segura se les escapaba de las manos. ¡No me lo puedo creer, te juro!

- Me alegro que te haya dado tema de conversación con tus colegas. Y dime, a propósito, ¿cómo te tratan?

- Bueno, veamos. Creo que esto de la incorporación de las mujeres a las filas militares aún les sienta raro a ellos. Somos tres solamente en la unidad. Yo creo que nos tratan con respeto, sí, pero como si fuéramos un varón más.

- Es lógico.

- Igual, bien. No me puedo quejar.

- ¿Te sientes a gusto? ¿Ya no me odias tanto por haberte internado allí?

- Mamá, veamos. No quiero pelear contigo a la distancia. Quizás tengamos que hablar esto en persona algún día.

- Laetitia, ya te lo he dicho...

- Sí-sí, todo el rollo de que no te creías capaz de criarme, y por eso crecí con el *imbécil* de mi padre, y luego que tu trabajo es muy riesgoso, y que no puedes acarrearme por todo el mundo por el peligro implícito y bla-bla-bla. ¿Quieres que te sea sincera? Yo pienso que no son más que excusas para desentenderte de una responsabilidad que adquiriste al traerme al mundo.

Hubo un momento de silencio a ambos lados del Atlántico que ambas respetaron. Era definitivo: se *debían* esa charla mano a mano.

- Quizás en un futuro cercano, Laet. Podría cambiar sutilmente de rubro y dedicarme a la asesoría en seguridad, o aceptar sólo casos de desfalcos y fraude financiero, que son menos riesgosos, pero aun así tendrías que estar dispuesta a viajar frecuentemente, y tus estudios académicos se verían afectados.

- Como si me fuera a servir de algo algún día saber cuatro o cinco ciudades de cada país de Europa, o cómo resolver una ecuación de segundo grado, bah.

- *Todo* conocimiento sirve, Laet. Y si no terminas el liceo tampoco podrás ingresar a la Universidad.

- *Más* conocimiento inservible. ¿Me ves acaso a mí de pediatra, o de arqueóloga? ¡Por favor!

- Bueno, quizás la carrera militar te siente mejor. Se te ve motivada, al menos. Cuando te bajaste del helicóptero de tu padre estabas... apagada. Tus ojos eran inexpresivos.

- ¡Como para no estar así! Tú le conociste, ¿cierto? Es decir: estuviste casada con él. Sabes de la persona de la que estamos hablando, y de lo que él considera "divertido" para una vacaciones familiares, su moralina constante. ¡Me estaba arruinando como persona, mamá! Esto, en cambio... Es más el ambiente que me gusta: en contacto con la naturaleza, rodeada de gente que sí se preocupa por ti (vale, es como parte integral del entrenamiento, pero aun así casi todos están aquí por vocación de servicio), y que se preocupan por ti por lo que eres, no por los ceros que tu padre tenga en su cuenta bancaria. El entrenamiento físico y mental es de primera, también, te lo debo reconocer. ¿Sabes qué deporte jugaba yo en el colegio privado pupilo donde me mandaba mi padre? Jockey sobre césped, mamá. Jockey, ¿puedes creer? ¡Joder! Eso sí, en cualquier momento me tomo a golpes de puño con alguien la próxima vez que me vengan con la heroína local, su "Juana de Arco" y todo eso. No te sorprenda que la próxima vez que vengas al batallón haya una estatua de bronce tuya, mamá.

Edith no pudo contener la risa.

- No es culpa mía que me vean así. Yo sólo hacía mi trabajo.

- Sí, ya, pero... mira que se ponen *densos* con tanta idolatría hacia tu persona. Sobre todo los instructores –e imitó el tono de los Sargentos de entrenamiento-. ¡Bonelli, tu madre podía hacer cien flexiones sin que se le cayera una gota y tú no puedes ni con treinta! ¡Bonelli, tu madre completaba este circuito en cuarenta minutos y tú vas más de una hora y no has llegado! ¡Bonelli, tu madre volaba con su capa y rescataba personas de los rascacielos!

–al otro lado de la línea, en Sudamérica, su madre no podía parar de reír-. Por ponerlo en otros términos: ser tu hija en la Academia donde hiciste el servicio militar ha probado ser más una carga hasta ahora, que un beneficio. Yo esperaría que en el almuerzo al menos me dieran doble postre por ser tu hija, pero has puesto la vara demasiado alta, mamá.

- ¡*Siempre* te hacen eso en el entrenamiento, Laet! Es parte de la formación mental.

- Lo sé, lo sé. No decirte que lo haces bien para que te esfuerces más. Lo entiendo. Ah, y antes que se me olvide. Disculpa, ¿tienes tiempo? Capaz que estoy hablando demasiado.

- ¿Para hablar con mi hija? *Siempre* lo tengo.

- Vale –intentó ocultar la emoción la joven cadete. Quería hacerle sufrir algo más a su madre por el hecho de abandonarla desde los dos hasta los catorce años-. La semana pasada ha habido una serie de talleres vocacionales, por así decirlo. Han venido desde las tres ramas de las Fuerzas Armadas a hacernos presentaciones de las diferentes armas y especializaciones. Creo que los Fusileros Navales ofrecen el programa que más me tienta. Cuando me gradúe de la Academia, claro está.

- Copiona.

- ¡Copiona un *cuerno*! Mira si iba a querer parecerme a ti, madre abandónica. Por lo que entendí el entrenamiento tanto físico como mental es de los más exigentes de las tres ramas, y además me gusta el mar. Dos más dos es cuatro.

- Es cierto, te puedo decir por experiencia que lo es.

- A eso súmale que están proyectando en breve incluir como especialización una capacitación parecida a la de los Seals norteamericanos, esa donde por un mes te hacen soportar lo insoportable, incluida una semana donde no se duerme, se comen sobras de la basura en cuestión de segundos por solo alimento, y te someten a una exigencia física y mental *intolerables* que hacen desistir a las tres cuartas partes de los participantes antes de terminarla. ¿Te imaginas a tu hija convirtiéndose en la primera Seal francesa graduada?

- Bueno, quizás la genética te favorecería, en todo caso, para ser la primera en algo.

- ¡No te puedo creer que aproveches para auto elogiarte, mamá! Esto te coloco en un nivel Dios de la pedantería.

- Que te estaba bromeando, Laetitia, que no era en serio –le aseguró Edith-. Pues me alegro en todo caso que hayas encontrado tu lugar en el ambiente militar. Estoy muy orgullosa de ti, hija –fue frontal y sincera la detective treintañera.

- Sí, tan orgullosa como para abandonarme todos estos años. Pero dejemos eso para más adelante, para cuando podamos tener esa "charla". Cuéntame, ¿qué te ha llevado al Uruguay? ¿Qué caso sigues? Espera. ¿No es un poco demasiado *tarde* allí? Si mal no recuerdo de mis lecciones de Geografía, ¡deben ser allí como las cuatro de la mañana!

- Las cinco, en realidad, ¿y viste cuando te comentaba que *todo* conocimiento es útil? Utilizan aquí el horario de verano, pero sí: *es* temprano. Y entenderás que no pueda darte datos específicos del caso.

- ¡Ay, mamá! Soy una persona criteriosa. Una cosa es que vaya con el *chisme* a mis compañeros de que he hablado con mi madre que está en Uruguay, sede de los campeones del mundo de fútbol de 1930 y 1950, y otra *muy distinta* es que les revele cualquier dato que me comentes, más si tiene que ver con unos de tus casos.

Edith tardó unos segundos en pensárselo. Por un lado, la intuición de su hija había dado *justo* en el clavo de por qué le estaba llamando. Por el otro, dudaba en si participarle o no de algún detalle de la investigación que estaban llevando a cabo ella y Stéfano.

- ¿Prometes quedártelo sólo para ti?

- Soy una tumba. Cuéntamelo todo –demostró una vez más su ansiedad heredada la reciente cadete de la Academia Militar con sede en Poitiers.

- Vale. Estoy siguiendo un caso de desaparición forzada de dos adolescentes, de quince y diecisiete años, hijos de un escritor proscripto por la dictadura militar local.

Hubo un silencio incómodo, pero Laetitia pudo intuir por los sonidos al otro lado de la línea que su progenitora estaba a punto de perder el temple.

- Te sigo. ¿Qué posibilidades hay de encontrarles con vida?

- Nada indica que hayan muerto aún.

- ¿Pero? –intuyó la adolescente que casi alcanzaba el metro setenta de altura a la edad de catorce.

- Las posibilidades se estrechan, Laet. Hace unas horas creí que les había perdido para siempre –Edith hallaba difícil continuar hablando-. Disculpa. No debería compartir esto contigo.

- Vale, mamá. Te entiendo. ¡Ay, Dios! Te *juro* que te entiendo –no sabía cómo consolar a su madre a la distancia de miles de kilómetros-. Ellos tienen quince y diecisiete años, yo catorce....

- ¡¡PODRÍAS HABER SIDO TÚ!! –soltó Edith, y ya no pudo reprimir echarse a llorar abiertamente.

- Mamá. Mamá. No he sido yo esta vez, pero *créeme* que entiendo tu punto.

- Y ahora estoy albergando en la casa desde donde hacemos vigilancia a distancia con Stéfano a una niña de doce años que he rescatado de una situación... *horrenda*, de algo a lo que ninguna niña, o mujer, o *persona* debería ser sometida...

A Laetitia se le hizo un nudo en la garganta, y nuevamente optó por hacer de tripas corazón para evitar ponerse a llorar junto a la mujer que le había traído al mundo.

- Y nuevamente esa niña *también* podría haber sido yo –entendió con amargura-. Por suerte ellos te tienen a ti, mamá, velando por su bienestar.

- Sí, pero... ¿y si no llego a tiempo? ¡*NO ES JUSTO*!

- No, no lo es. Y te voy a ser sincera al respecto: *admiro* lo que tú haces. ¿Que me gustaría pasar más tiempo contigo, llegar a conocerte mejor? ¡Por supuesto que sí! ¡Eres mi madre, coño! Pero puedo esperar, ¿vale? Es un aporte valioso el que haces a la sociedad, y yo estoy bien aquí. Te *juro* que lo estoy. Por mí no tienes que preocuparte. Ya habrá oportunidad de vernos y conocernos un poco mejor.

- ¿Siguen teniendo el receso de primavera?

- *Ansío* que llegue, sí. Lo siguen teniendo.

- Vale –intentaba recomponerse Edith-. Vamos a hacer esto: tú dime un lugar del planisferio donde te gustaría ir, y allí pasaremos las vacaciones juntas, con el abuelo.

- ¿*Cualquier* lugar?

- El que tú decidas.

- Listo. El Tíbet –decidió la adolescente.

- ¡¿En serio?! Pensé que quizás podríamos hacer algo de playa, pero el Tibet me súper vale. Es uno de mis pendientes, te puedo decir.

- Mío también. ¿Te imaginas a mi padre sacándole del Caribe o las Maldivas como destino de vacaciones? ¡Ni en un millón de años!

- El Tibet será. Te quiero, Laet.

- Y yo a ti, mamá.

El remise se detuvo a la entrada del Batallón 14. El conductor sudaba como testigo falso. La pasajera no. El soldado se acercó a la ventanilla del chofer, pero fue el vidrio eléctrico de la parte trasera el que se abrió.

- La Baronesa Krunnenberg para el Comandante Alberdi –anunció, y vio cómo al soldado de guardia se le dilataban las pupilas como si fuera el mismísimo Conde Drácula el que había arribado.

No hubo chequeo de documentos, no hubo revisión del vehículo. Los recién arribados podían llevar igual doscientos kilos de explosivo plástico en el maletero listo para detonar y no les hubieran revisado. Con un gesto enérgico el que se había acercado indicó a otro soldado que abriera la barrera y les dejaron pasar. La pasajera cerró el vidrio eléctrico de su lado y le dijo al chofer:

- Le dije, Morales. Esto es un paseo por el campo.

- ¿Cómo hizo? –quiso saber el chofer de alquiler.

- Contactos, Morales. Usted tranquilo. Nada le pasará. Sólo haga lo que hace habitualmente cuando espera a un cliente. Fúmese un cigarrillo o lustre el auto, y en breve volveré y me dejará en la vía sobre la ruta 6 donde le pedí que me pase a buscar.

- Entendido.

Para cuando bajó la dama en el vestido elegante y las gafas oscuras ya el propio Teniente Delluca estaba esperándole en posición de firmes, como si el mismísimo Presidente de la República se hubiera apersonado en el Batallón 14 de Paracaidistas de Toledo. Le ofreció la mano cortésmente para ayudarle a bajar, pero la elegante mujer con aires de princesa nórdica la rechazó.

- El Comandante Alberdi la espera.

- *Le* espera –corrigió autoritariamente la recién llegada.

- Ah, sí, claro. Le espera. Pase usted por aquí, por favor –e hizo una reverencia hasta casi la altura de su propia cintura.

Los soldados no osaban siquiera mirar en su dirección. *Vaya, ¿quién les habrá dicho a sus subordinados que soy, este imbécil?*, pensaba la recién llegada ante tanta pleitesía demostrada por todo el personal con el que se iba cruzando. *Si a duras penas soy una chantajista medio-tiempo. Parece que la misiva ha surtido el efecto deseado.* Pasando por varios corredores y algunos tramos de escaleras llegaron hasta un despacho de mayor distinción al general del Batallón, pero aun así observando en la decoración la austeridad militar que se veía en el resto del Batallón. Pasaron por una oficina de recepción, en la que en el escritorio a la derecha lucía la placa Teniente Máximo Delluca, y siguieron por una doble puerta más importante hacia el despacho del Comandante del Batallón. Una enfermera estaba administrando calmante con una jeringa inyectada directamente a la bolsa de suero junto a la máxima autoridad del regimiento, enyesado su brazo izquierdo y su pierna derecha, así como su tronco, sentado sobre la silla de ruedas.

- Déjennos −ordenó marcialmente Alberdi, y tanto Delluca como la enfermera se fueron, cerrando la puerta detrás.

- No debería venir a trabajar en ese estado, Gerardo −le soltó irónicamente Edith, provocadora de todas y cada una de las lesiones.

- Ja. Ja. Mire cómo me río −fue cáustico el jerarca militar-. Llegué en el plazo que me había dado, ¿no?

- Se tardó dos minutos más de lo necesario, pero parece que aquí en Uruguay la puntualidad no es tan bien vista como en otros países, así que *eso* se lo voy a dejar pasar. Lo otro, sin embargo... -se quitó las gafas la detective, revelando sus ojos claros llenos de furia.

- Escuche, podemos llegar a un...

La francesa le cortó lo que fuera que iba a decir con un gesto autoritario.

- ¿A un arreglo? −contenía las ganas de seguirlo golpeando como había empezado a hacerlo en los Bañados de Carrasco-. ¿Se escucha a través de esas puertas? −señaló por las que acababa de entrar.

- Son a prueba de sonido −confirmó el Comandante Alberdi.

- ¡¡¡UN ARREGLO, MI CULO!!! −bramó ella-. ¡¿O tiene acaso en los calabozos aquí abajo una máquina del tiempo para volver atrás y devolverle la virginidad a esa niña, *imbécil de mierda*?!

En un ágil movimiento pasó hacia el otro lado del escritorio y sin más pateó la pierna enyesada del militar. Él aulló de dolor, pero como había asegurado momentos antes, nadie vino a socorrerle, pues ningún sonido podía escucharse desde fuera.

- Vale, lo siento por su pierna, pero tenía que asegurarme que esas puertas *realmente* fueran a prueba de sonido. Tardará un poco más en sanar, eso es todo —se acomodó la talla de su vestido e intentó serenarse, pues de nada le servía el militar si no cumplía con lo que ella quería de él, y en caso de desmayarse por el dolor, eso no ocurriría-. No habrá arreglo, Gerardo. Si vio usted películas donde la víctima de un chantaje le da una suma a quien le chantajea a cambio de los negativos, eso es *cine*, y esto es la vida real, ¿comprendido? —y vio que él nada contestó, aun intentando manejar las punzadas de dolor por la patada-. ¡¿COMPRENDIDO, POCO HOMBRE?!

- Sí, sí-sí —asintió él.

- Bien, como le expresaba hace un momento —comenzó a caminar por la habitación-, esto es la vida real, excremento de la naturaleza. Y cuando alguien como yo está en posesión de información gráfica, audiovisual y forense como la que poseo, y que puede arruinar su *patética* vida al punto de querer quitársela para dejar de sufrir, eso me convierte casi por definición en su ama y señora, ¿me explico? Soy —se acercó hasta estar frente a frente-, en todos los términos, su due-ña. Usted me *per-te-ne-ce* escoria, ¿me ha entendido?

- Sí —confirmó el jerarca, aterrado.

- Bien. Es decir que si yo le digo: salte. Usted preguntará ¿qué tan alto? No ahora, claramente, en ese estado, pero no sea literal, me refiero al sentido figurado. Si yo le digo: abra la boca y cómase ese pene, usted preguntará ¿qué tan profundo? ¿Me sigue? —vio que Alberdi sólo asentía con la cabeza- Primero vayamos a lo monetario. *Sí* hay un dinero involucrado. Verá, ayer al mediodía salió por FedEx desde el Aeropuerto de Carrasco el paquete con el vestido celeste de su *víctima*, las fotos que le he enviado y otras más, pruebas forenses que he practicado en el cuerpo de la niña, su confesión filmada, mi testimonio como agente de la ley autorizado por Interpol, etc., etc. Todo se encuentra rumbo a la Bóveda en Suiza. Si quiere le doy el número de rastreo para que lo confirme.

- No será necesario.

- Bien, porque lo tengo memorizado, se lo puedo dar, si desea. ¿Lo apunta?

- Le digo que no será necesario.

- Vale. La Bóveda *tiene* un nombre, que no se lo daré, aunque puede averiguarlo usted con sus contactos de Inteligencia Militar. Es... como si fuera un banco, en Suiza, sólo que no conserva dinero, lingotes de oro ni joyas, conserva *información*. ¿Qué información? De la que a alguien como yo le conviene tener guardada a buen recaudo, y a alguien como usted le conviene que nunca se haga pública. Iniciaron su actividad a principio de la Segunda Guerra Mundial, y deben tener guardada información del paradero de varios jerarcas nazis, estoy segura, pero yo no juzgo a un proveedor de servicios por sus orígenes –descartó con un gesto-. Como sea. La bóveda *tiene* un costo, y será *usted* quien lo pague. Setecientos dólares al mes. Aquí tiene la cuenta a la que debe girar todos los meses –sacó una tarjeta de su cartera con las coordenadas bancarias y la puso sobre el escritorio-.

- ¡Es un *dineral* setecientos dólares al mes!

- Cuidado, Gerardito, cui-da-do –le advirtió-. Yo *he estado* en su casa en la Rambla de Carrasco y Andrés Puyol y debe valer por arriba del millón de dólares, así que no juegue conmigo, ¿de acuerdo? *Sé* cuánto roban usted y sus amigos fascistas del Estado Uruguayo, así que si ve que la dictadura no va a durar tanto, robe más rápido y en mayor cantidad, hombre, para cubrirse por los próximos años de cuota de la Bóveda.

- De acuerdo. Así será.

- Antes del diez de cada mes, por favor, y no se atrase que esto no es una renta de un apartamento. No le enviaré una notificación de desalojo. Se atrasa *un solo día* y la información que poseo... usted sabe: su esposa, su hijo el que quiere ser cura, su superior jerárquico, las oficinas de France Liberté... Todo lo que he descrito en la nota que le dejé con las fotos en el Hospital Militar. Ah, y otra cosa. No le va a servir de nada ordenar interceptar toda la correspondencia que llegue al Uruguay, si eso fuera posible, porque la Bóveda se maneja con valijas diplomáticas y sobornos, y personal en cada punto del planeta para hacer las entregas *en mano* a sus destinatarios. Y que no me llegue a pasar nada a mí, Gerardo, Dios no lo permita. ¿Cree usted en Dios? –vio que el militar asentía-. No llegan a escuchar al teléfono la palabra clave de mi voz cada diez días y toda la información que tengo allí guardada sale disparada hacia sus lugares de destino, así que récele a su Dios por mi buena salud, y hasta por mi garganta. ¿Se da cuenta que si el día llega y yo estoy afónica no podré dar la palabra clave?

- Le puedo poner escolta de seguridad.

- ¿Cómo la que tenía usted en lo Bañados de Carrasco? –se mofó la detective-. Paso, gracias. Ya ve de qué le sirvió a usted, patética excusa de ser humano. No me haga enojar más de lo que estoy, ¿sí? Que he tenido unos días para serenarme, y por el bien de nuestros asuntos espero que siga así –respiró hondo Edith-. Ya sé, desgracia para el uniforme –puso todo el desprecio que pudo en sus palabras-, que ahora le tengo tomado por los huevos, *larva*, y con esto también a su Batallón, y que sus efectivos ahora responderán a *mi* orden para lo que necesite, y que su puto Batallón, sus dos helicópteros y hasta el Hércules que tiene en Boiso Lanza me pertenecen, pero no es lo que necesito de usted justo ahora.

- ¿Y qué necesita?

- La lista y las fichas de los prisioneros clandestinos que tiene presos y bajo tortura aquí en el Batallón. Ah-ah. No lo niegue o me puede venir una afonía que me dure once días.

- Está en esa caja fuerte –señaló hacia una Arcas Grüber empotrada en la pared de generosas dimensiones-, pero se abre a doble llave. Delluca tiene la otra.

- ¿Y entonces? ¿A qué espera? Llame a su perrito faldero y pídale que se la traiga y que luego vuelva a irse.

- Delluca –habló Alberdi por el intercomunicador-. Necesito que venga un segundo.

El Teniente se presentó de inmediato.

- Ordene, Comandante.

- Déjeme su llave de la caja fuerte y retírese.

- Sí, Señor –cumplió el oficial, se quitó una cadena con la llave que llevaba colgada al cuello y se retiró, cerrando la puerta.

- Si uno le dice "ve y busca ese palito", o "rueda", "saluda", "da la patita", él va y lo hace, ¿no es así?

Alberdi ignoró la ironía, tomó su propia llave de un cajón del escritorio e intentó patéticamente mover la silla de ruedas con sólo su mano izquierda hacia la caja fuerte.

- Oh, déjeme que le ayude, pobrecito –se burló Edith, y empujó la silla del convaleciente. Tomó ambas llaves que le había dado el Comandante y las giró al mismo tiempo. Dentro había *otra* puerta blindada con un teclado-. ¿La clave?

- 26031973.

- ¿La fecha del golpe de estado? Ah, caramba. ¡Qué evidente! Igual podría ponerle 12345678 y sería igual de segura –abrió la bóveda-. Había documentos de todo tipo, carpetas, dinero y algunos lingotes de oro-. Lindos lingotes. Quizás otro día se los robe. ¿Qué estoy buscando aquí?

- La carpeta celeste, la que está arriba a la derecha.

- ¿La que dice "Stock"? –y vio que el otro asentía-. Vaya degradación del ser humano ya desde su portada –hizo lo posible por no seguir lastimando a quien se había levantado tan sólo horas atrás de un coma inducido por fármacos-. Vamos a ver qué tenemos aquí –llevó la carpeta hasta el escritorio de Alberdi dejándole frente a la caja fuerte, de espaldas a ella.

Como pudo, el Comandante giró la silla lentamente para quedar de frente a su chantajista. Edith pasó una tras otra las fichas de los prisioneros fingiendo que se interesaba en los cargos que se les imputaba, la información de inteligencia de su domicilio, sus actividades, sus familiares. Buscaba algo muy específico en esa carpeta, pero a medida que pasaba las hojas, las fotos de Clara y Sebastián no aparecían. De pronto se detuvo, y una expresión helada le surcó la espina. Vio las dos siguientes fichas y se dio cuenta que eran las de los hijos del hombre robusto de barba y camisa blanca de la noche anterior. Separó las tres fichas, y las puso a un lado de la carpeta.

- Estas tres ya las puede ir sacando. Estos prisioneros ya no están "en stock".

- ¡¿Cómo?! –no daba crédito Alberdi.

- El come-mierdas ese, el oficial de Inteligencia Militar que anda de uniforme camuflado, les mató ayer en el patio interno y se los llevó en carretilla, quizás para enterrarles, lo más probable.

- Yo... yo... no sabía. Acabo literalmente de llegar del hospital. ¿Cómo es que *usted* lo sabe?

- Me pagan por saber. ¿Si no cómo hubiera sabido yo dónde encontrarle más vulnerable, como le encontré el lunes? –mintió Edith, ya que no quería que el Comandante supiera *qué tan* cerca le tenía vigilado. Finalizó de pasar las fichas y allí *no estaban* Clara y Sebastián-. Los otros, los que han estado aquí encerrados y ya no están. ¿Dónde están sus fichas? –exigió-. Y no me diga que en la carpeta de Salidas de Caja.

- Exportaciones –corrigió Alberdi-. La carpeta beige.

Edith caminó rápidamente hacia la caja fuerte abierta, tomó la carpeta y la llevó para abrirla sobre el escritorio del Comandante del Batallón. Esta era una carpeta *considerablemente* más voluminosa, como era de esperarse. Casi dejó caer su impostación autoritaria y chantajista cuando abrió la tapa y la primera ficha era la de Clara Bermúdez. Devoró la información lo más rápido que pudo, como si no hubiera encontrado *justo* lo que había estado buscando. La siguiente era la de Sebastián. Siguió pasando las demás fichas con igual cadencia.

- En la casilla de destino, ¿qué significa PEN?

- Poder Ejecutivo Nacional. Son los prisioneros que se ponen a disposición de la justicia regular. Por lo general son liberados a los pocos días sin más preguntas.

- Y sin derecho a reclamo alguno, puedo imaginar. Destino PM sería pena de muerte, ¿no?

- Pena máxima. Son los ejecutados aquí en el Batallón.

- Ya. ¿Y A.O.? ¿Qué significan esas siglas como destino?

Alberdi tardó en contestar, y esto no pasó inadvertido a Edith, que giró hacia él con la mirada encendida como brasas del infierno.

- ¡¿QUÉ *PUTAS* SIGNIFICA A.O.?!

- Automotoras Orletti –finalmente soltó el Comandante-. Es un centro de detención aliado en Argentina.

- ¿Por qué tardó en contestar, *tarado*? ¿Qué hay en Automotoras Orletti? Hable ahora o le juro...

- Los que van ahí no vuelven.

Edith estaba destrozada por dentro. Según las fichas de Clara y Sebastián, habían sido trasladados a las Automotoras Orletti hacía dos días, el martes casi a medianoche. Si chequeaba el cuaderno de novedades, sin dudas coincidiría con alguno de los despegues del helicóptero desde el helipuerto del Batallón. No podía creer que *nuevamente* estuviera por perder a los jóvenes. Definitivamente *debía* cerciorarse si aún estaban vivos en Argentina... o si irremediablemente había llegado tarde. Creyó haber ocultado lo suficiente sus sentimientos haciendo pasar ante el Comandante como que estaba pensando.

- Digamos que usted quiere saber si algún prisionero trasladado a Orletti sigue con vida, y de ser así, si puede ser trasladado de vuelta a su Batallón, Alberdi, ¿cómo haría?

- La decisión de traslado internacional no viene de nosotros, sino de Inteligencia Militar.

- Yo no le pregunté quién toma la decisión.

- Si me dejara terminar.

- Adelante.

- Son ellos los que mantienen el vínculo con otras naciones aliadas. La cadena de mando indica que debería pedir la información al Jefe de Inteligencia asentado en mi Batallón, él a su superior jerárquico, quien telefonearía a su par en la Argentina, y éste al Jefe de Inteligencia de Orletti.

- Eso involucraría entonces a cuatro personas más que lo sabrían –pensó en voz alta y se arrepintió Edith, aunque por la reacción del Comandante, ya intuía qué es lo que estaba queriendo obtener allí la detective.

- Al menos cuatro. Si no delegan, y si no hay que dejar el mensaje pues no se hayan disponibles, porque es toda información que se habla por teléfono solamente, como podrá entender.

- ¿Y no hay una forma más *directa* de saberlo?

- ¿Dice por ejemplo como si supiera el teléfono de Orletti y llamara para preguntar?

- Por ejemplo.

- No revelarán la información a nadie que no haya seguido la cadena de mando, me temo. Además hacerlo siguiéndola levantará dudas. ¿Por qué si un subversivo se manda a Orletti, se intenta que vuelva para atrás? No se me ocurre qué motivo podría dar yo, que en principio no tengo nada que ver con la decisión de traslado.

- Entiendo. ¿Y aquí hacen lo mismo, reciben prisioneros del exterior?

- Alguno recibimos, sí.

- Y les matan y les desaparecen aquí en el Batallón, entiendo –siguió el razonamiento Edith, forzándose a permanecer fría e impersonal ante los horrores de los crímenes de lesa humanidad que estaba discutiendo-. ¿Y cuántos días transcurren entre que un prisionero es recibido para ejecutarle y que se cumple la ejecución?

- Eso depende de los preparativos que haya que hacer.

- Explíqueme un poco más del proceso.

- Esto lo sé yo sólo porque es *mi* Batallón el que se utiliza, pero *no* porque sea parte ni de la decisión de la ejecución.

- Vamos, Poncio Pilatos, deje de lavarse las manos y explíqueme, que estoy genuinamente interesada –Edith se sentó sobre el escritorio.

- Aquí en el Batallón se está construyendo una cancha de básquetbol y una de frontón.

- Ay, mi madre. Cuánta frialdad –se le escapó a la detective, intuyendo hacia dónde iba el Comandante.

- A medida que existe la necesidad de desaparecer un cuerpo, se cava una fosa en la tierra, se le tira cal viva al cuerpo, se tapa, se aplana la tierra, y luego se construye una nueva sección de hormigón arriba. La demora entonces depende de que haya personal para trabajar de noche, que los materiales estén, la cal, el cemento Portland, la arena, el pedregullo, las varillas de hierro y los herreros para trabajarla. Si no hay, hay que pedir y esperar el pedido de la barraca, y así pueden pasar varios días, más de una semana, incluso.

- Ya veo.

- Otros se tiran desde un helicóptero o un avión al Río de la Plata con piedras atadas, pero esto no es la solución más eficiente.

- Porque los cadáveres se pudren, el tobillo al que estaba atado el bloque de cemento se arranca del resto del cuerpo, y el cadáver flota hasta las playas. Entiendo.

- Luego la fecha de ejecución depende de la discreción del Jefe local de Inteligencia. El de acá prefiere las noches de lluvia, por ejemplo.

- Lo sé. Ayer llovió. Esas fichas que le separé de la carpeta de Stock son de ellos –Edith entendió que Alberdi *genuinamente* estaba tratando de ayudarle ahora que se sabía sometido a su dominio, como si con cada cosa que decía el mensaje implícito fuera "quizás aún encuentre con vida a los que está buscando".

- Por último la discreción de Inteligencia de la fecha de ejecución depende de lo que entienden que se podría haber hecho *diferente*, o que se podría haber hecho *de más* que no se hizo en el país de origen.

- Como por ejemplo si se trata de una prisionera bonita, que los locales quieran violarle unos días más antes de matarle, ¿no?

- No, no. Bueno... sí, *también* eso. Me refiero es que hay casos claros: un Montonero argentino que se recibe aquí, o un Tupamaro que se manda para Argentina son casos clarísimos, pero si no fuera un guerrillero y se tratara de un político... ahí la cosa cambiaría. Son subversivos de alto perfil. A veces la discrecionalidad del Jefe local de Inteligencia puede dar que prefieran mantenerlos con vida. Y si tiene reparos fundados, puede elevar sus dudas a través de la cadena de mando que ya le describí.

- Se explicó usted bien. Déjeme pensar qué haré en este caso. Bien —decidió—. Creo que hemos terminado aquí —se puso en pie—. Ah, y algo más: necesito que sea puesto en libertad un prisionero del Batallón 5 de Infantería. El plazo que le doy es mañana viernes a la tarde. ¿Puede hacerlo?

- Tendría que hacer algunos llamados, y mover influencias...

- No está dándome largas, ¿no? —fue amenazante Edith.

- ¡Estaba *pensando* en voz alta, por el amor de Cristo! —suplicó el jerarca militar—. Pero sí. Supongo que puede hacerse.

- Mañana por la tarde el sindicalista del UNTMRA Omar Freire será liberado —Edith pasó junto a la silla de ruedas del maltrecho Comandante, tomó de la caja fuerte abierta un fajo de billetes de cien dólares, y lo puso sobre el escritorio. Habría un total de diez mil dólares en el montón—. Usted se asegurará de darle este dinero al liberado, *sin* preguntas, *sin* aparecer *nunca más* en una lista negra de las Fuerzas Conjuntas, *sin* arrestos de ahora en más, y con sus papeles claros para volver a trabajar en lo que sabe hacer. ¡¿He sido clara?!

- Cristalina. Así se hará.

- Una cosa más que tengo que verificar —volvió a la caja fuerte y tomó algunos pasaportes que le llamaron la atención cuando fue a retirar los billetes. Examinó un par de ellos acercándose a la ventana, para tener mejor luz—. ¿Estos los hacen aquí en el Batallón, o los mandan a fabricar a otra parte? Porque *no son* legítimos, claro está.

- Tenemos un centro de documentación en el Batallón.

- Bien. Le enviaré fotos carné en un sobre y los nombres que quiero para sus portadores, y me los hará fabricar *ipso facto*, ¿estamos claros?

- Clarísimos.

- No es lo que se diga de excelente calidad, pero supongo que pasarán algún control aduanero no tan exigente, alguno en la frontera con Brasil, quizás.

- Supongo que sí.

- Ahora sí hemos terminado —Edith colocó todo en su lugar, dejando solamente las tres fichas de los asesinados la noche anterior sobre el escritorio, y el fajo de billetes en uno de los cajones. Luego cerró la caja fuerte y se encaminó hacia la puerta-. Hora de empezar a gritar órdenes a sus subalternos en mi nombre. Estaremos en contacto, *mierdita, subhumano.*

Sin más, abrió la puerta y se dirigió a la salida donde le esperaba el remise de alquiler que había contratado. A su espalda empezaba a escuchar las órdenes dadas a los gritos por el Comandante a su secretario y segundo al mando, el Teniente Delluca. *Automotoras Orletti*, pensaba Edith cuando el remise le dejó a escasas diez cuadras del Batallón, sobre las vías del tren. *Tengo que llamar a François a ver si tuvo suerte.*

CAPÍTULO 11: LARGA DISTANCIA INTERNACIONAL

Departamento de Personas Desaparecidas, Oficial Efraín Gutiérrez, ¿en qué le puedo ayudar?

- Hola Efra. Soy yo, Edith.

- ¡¿Está loca?! ¿Cómo me va a llamar *acá*?

- El tiempo apremia, Efraín. Necesito un dato fundamental para el caso. ¿Las llamadas como estas, a través de la centralita de Jefatura Central, son grabadas?

- No. No-no. Sólo las que se hacen al 109, el teléfono de emergencias policiales, se graban.

- Entonces estamos en una línea segura, ¿no?

- Supongo, sí. Dígame.

- La noche que desaparecieron los Bermúdez, tengo la plena certeza de que iban en una moto, pero no llegaron con esa moto a su casa, ¿me sigue?

- Por supuesto.

- ¿Si la moto hubiera sido abandonada por ahí, la noche que les raptaron, figuraría como robada, encontrada, o algo?

- Figuraría como abandonada. Si alguien hubiera hecho una denuncia de una moto abandonada, sería reportada al Departamento de Hurtos y Rapiñas.

- ¿Tiene acceso a esos registros?

- De hecho puedo ver el archivero desde donde estoy. Este salón donde vino usted a contactarme la primera vez incluye escritorios de todos los delitos menores. Deme un segundo que *ya* se lo busco.

Hubo un momento no muy largo de silencio hasta que el Oficial Umpiérrez tomó nuevamente el aparato. Creo que lo tengo. En los tres días siguientes a la denuncia de Desaparición de Clara y Sebastián hay... ocho denuncias de motos encontradas. ¿Tiene dónde anotar las direcciones?

- Dígame –afirmó Edith, quien para la ocasión *sí* iba a anotar los datos de una ciudad que le era por completo desconocida hasta la semana anterior –lo tengo –confirmó cuando finalizó de anotar las direcciones –¿Y consiguió el dato que le pedí, el de la dirección del "Corchito" Umpiérrez, alumno del Liceo Francés, ex – compañero de liceo de Sebastián Umpiérrez?

- Sí, lo tengo por acá –se escuchó un ruido de papeles, mientras el enjuto Oficial revisaba su agenda personal. Va... -por algún motivo el oficial a cargo del Departamento de Personas Desaparecidas no llegó a completar la frase-. ¡Pero la *puta madre que me recontra mil parió*! ¿*Cómo* lo supo?

- Soy buena en lo que hago. ¿Cuál es la dirección?

- La moto fue denunciada como abandonada al mediodía siguiente a la desaparición de los Bermúdez, en la estación ANCAP de Arocena y Gabriel Otero, a una cuadra y media de la dirección registrada del "Corchito" Umpiérrez. Si me permite una pregunta meramente profesional: ¿Cómo *carajo* hace?

- Observo. Analizo. Busco patrones –contestó Edith, como si de algo obvio se tratara.

- Anote la dirección de Umpiérrez –se la pasó, y se saludaron sin más-. ¡Es brillante! –pensó en voz alta Efraín una vez que cortaron la comunicación.

Clara y Sebastián aguardaban en las escalinatas de una antigua importadora devenida en propiedad abandonada puesta en alquiler en la intersección de las calles Uruguay y Río Branco. La noche parecía ser clemente con los jóvenes que habían dicho a su padre que pernoctarían en casa de amigos, pero la necesidad de la búsqueda que les llevaba a violar las normas restrictivas de circulación nocturna, les había conducido a apostarse a escasos metros de una joyería en la acera de enfrente.

- ¿Vos decís que el dato que nos dio el "Tonga" sea bueno? –preguntó sinceramente Sebastián a su hermana.

- Estaba muy convencido él, ¿no? –quiso ser la optimista de la dupla Clara-. Si hay alguien en Montevideo que tenga lo que queremos, *debe* ser él.

- ¿Y si no es? ¿Y si pasa la policía y nos ve acá? ¿Qué hacemos? Porque *ni pienses* que voy a empezar a chuponearte para disimular como en las películas.

- ¡Puaj! ¡Qué asco, Seba! No, ni en *pedo*. Llegado el caso, nos hacemos los *sin hogar* y que vengan a avisarnos que el espacio público no puede usarse como dormitorio, y ahí arrancamos resignados para el refugio más cercano.

- ¿Qué trajimos para cenar, hoy?

- Me encanta esa pregunta, Clarita, porque justo ahora tenía el estómago pegado a la espalda. Mirá: ¿Te acordás que ayer papá hizo churrascos?

- Jodéme que sobró –no lo podía creer la menor de los Bermúdez.

- Churrascos, unos panes tortuga, lechuga, tomate y mayonesa, y tenemos… ¡*Voilà*! –anunció triunfal Sebastián, sacando los refuerzos de carne de vaca (cada vez más rara en el hogar paterno), envueltos en una bolsa de *nylon*.

- ¡Chivitos al pan, me cago! –se sorprendió Clara-. 'Tá. Están fríos. Capaz que después hago el reclamo al bar, pero te luciste, *Bro*.

No pasó ni un cuarto de hora desde que los hermanos terminaron su improvisada cena nocturna de vigilancia cuando vieron salir a su objetivo de la joyería.

- Ahí está. Mirá –señaló Clara al hombre de traje gris oscuro que emergía del local de empeño de joyería que lucía entre otros carteles "Compro ORO", en letras plenamente visibles. Caminaba con la ayuda de un bastón de madera oscura y mango de metal, y se dirigía a un BMW último modelo estacionado a escasos metros del local de empeño y venta de joyas.

- Yo a ese lo ubico de algún lugar, Clarita. ¿De *dónde* lo ubico?

- Vos sabés que a mí me da la misma sensación, ¿no? ¿De dónde saco esa cara?

Una figura humana les tapó la vista del automóvil. Tardaron en decidirse los hermanos qué era lo que más apestaba del hombre de barba larga y desprolija y vestido en harapos, acarreando como podía una chata rodando sobre rulemanes con lo que serían sus magras "pertenencias".

- Bó, ¿qué hacen acá? Este es *mi* lugar. ¡Es *mío*! ¡Se van a la mierda o acá se arma! –les amenazó.

- Sí, sí, tranquilo, buen hombre –intentó serenarle Sebastián, mientras sentía el potente motor Diesel del BMW encenderse-. Ya nos íbamos. Estábamos sentados acá, nomás.

- Ah, más les vale. Porque si no acá se arma. Vamos, vamos. ¡Rajando del culo, pendejos!

Clara y Sebastián vieron con desazón cómo el BMW se perdía pasando a su costado hacia 18 de Julio, y luego doblaba hacia la izquierda, sabedores de que el inconveniente con el hombre sin hogar les había retrasado lo suficiente para que les fuera imposible llegar hasta la moto y seguirle.

- Bueno, por lo menos sabemos dónde encontrarlo –quiso ser la optimista de la dupla Clara, nuevamente.

- Sí, pero... ¿qué conexión puede haber entre el "Tonga" que se junta con sus primos, que venden drogas en el Marconi, con un joyero o dueño de una casa de empeño de la calle Uruguay... con nosotros? Porque vos estás segura-segura de que vos a ese tipo lo conocés, ¿no?

- ¡Clarísimo! Lo que no sé es de *dónde* lo ubico.

- Igual yo. ¿Qué haremos? ¿Decís que nos vamos para casa y le decimos a papá que se suspendió la pijamada en lo de Matías?

- Yo quiero dormir en mi cama, Seba, no sé vos. *Ni pienses* que vamos a andar dando vueltas al *pedo* por ahí hasta que amanezca.

La puerta principal de la humilde casa con un pequeño jardín al frente y uno más amplio al fondo se abrió para revelar una elegante silueta femenina en pulcro traje, y con un distinguido tocado que pasó absolutamente desapercibida por los ocupantes que se encontraban como intentando hipnotizarse mutuamente, sentados a una mesa, cada uno con una carta en la mano, otra dada vuelta con la cara hacia arriba y aplastada por un mazo.

- No tienes nada. Estás alardeando –afirmó adivinando el sexagenario, mirando fijamente a su oponente.

- ¿Ah, sí? ¿*Tan* seguro estás, Stéfano? Capaz que tengo, capaz que no. ¿Qué vas a hacer? ¿Vas a tirar o vas a gritar?

- *Re*-truco –elevó la apuesta el detective nacido en Italia.

- Quiero-vale-cuatro –lanzó como si de una sola palabra fuera la niña.

- ¡Quiero! –aceptó la nueva elevación de la apuesta Stéfano, calculando que si no lo hacía y cedía los tres puntos por abandono, de todas formas perdería la partida.

- Escuchá –le explicó Claudia-. Cuando estoy a tres de ganar, si vos aceptás porque si te vas perdés, se dice "Quiero obligado" –le guiñó un ojo.

- Ah, vale –aceptó Stéfano, y corrigió-. Quiero obligado.

Inesperadamente Claudia mojó su pulgar en la boca, se pasó el pulgar por la frente, y bajó la cabeza hasta la mesa para pegarse en la frente la carta que tenía boca abajo: era el dos de oro, palo de la baraja española que coincidía con el de la carta boca arriba bajo el mazo, el cinco de oro.

- No −no salía de su asombro Stéfano-, y enseñó el cuatro de oros, la *segunda* carta más alta de las 40 de la baraja en esa mano, que lo había envalentonado para subir la apuesta de puntos-. Por *tercera vez* me has ganado. Yo creo que haces trampas, pequeñaja.

Claudia no podía contener su júbilo. Reía, festejaba, se mofaba amigablemente del perdedor. Edith le contemplaba maravillada. *Qué bueno que hayamos podido hacerte volver del lugar donde estabas, pequeña. ¡Bien por ti!*

- ¿Qué querías, Stéfano? ¿Aprender a jugar al truco y ganarle a una veterana del truco como yo? De a poquito, macho, que el truco lleva *años* aprender a jugarlo bien.

- Hola −saludó por fin Edith, una vez que el hipnotismo entre los jugadores de barajas le dio un espacio.

- Apalalalá −quedó muda de asombro la niña rescatada, contemplando el espectáculo más digno de una pasarela de un desfile de modas que de una casucha en Toledo.

- *Grand bleu* −se le escapó a Stéfano en francés-. Si no fueras mi hija, te juro que te pediría en matrimonio *ahora mismo*.

- Mira que eres tonto, papá.

Claudia se paró y empezó a rodearla, observando el modelito, la elegancia, la combinación, lo pulcro del contexto en general, sumado a la belleza natural sin maquillaje de su portadora.

- Pero qué elegancia la de Francia −dijo muy seria, y enseguida los tres se pusieron a reír-. ¿Qué? No lo estoy inventando. Se *dice* acá en Uruguay, por la rima. ¿Sacan? ¿Elegancia, Francia? Claro, sólo que esta vez... tiene un doble sentido.

Siguieron las risas.

- ¿Qué estaban jugando? −quiso saber Edith.

- Al Truco −respondió Stéfano-. Es una suerte de póquer autóctono de Uruguay.

- También se juega en Argentina −puntualizó Claudia.

- Sí, pero en Argentina no se juega con "muestra" −reconvino Stéfano-. Este me parece más complejo e interesante. Lo cierto es que como en el póquer, gana el que mejor oculta a su o *sus* oponentes, porque puede jugarse en parejas, las cartas que tiene. Uno puede alardear que tiene las grandes cartas y en realidad no tiene nada, o viceversa, de acuerdo con lo que le convenga en cada caso.

- Lo pillo.

- Sí, y también tiene un poco, o *bastante* de estrategia –siguió Claudia–, porque gana el mejor de tres manos y se lleva los puntos que se apostaron, así que hay que medir con mucho cuidado qué carta se juega primera, cuál segunda, y así.

- Y hay un poco de suerte involucrada, en las cartas que te tocan –terminó Stéfano.

- Vaya-vaya, papá. Así que en un juego donde gana quién sabe ocultar mejor al otro lo que tiene y muestra sólo lo que quiere que el otro quiere que vea, donde es *fundamental* la estrategia, y donde la suerte tiene una parte... no sé a qué oficio o profesión me parece que esto casi *es* como la descripción del puesto –se mofó aunque cariñosamente–, ¿pierdes por tres veces consecutivas con una niña?

- Escucháme, Edith –salió en la defensa del detective la niña–. El Truco necesita *práctica*, ¿sí?

- Que estaba bromeando, Clau –sonrió ampliamente Edith, y justo en ese momento vibró su *beeper*. Miró el número y no tenía dudas de quién podía ser. Discó un número en el teléfono sobre la mesita–. Escucho... ajá... bien... entendido –y colgó–. Bueno, Claudia: te tengo malas y buenas noticias.

- Las malas primero, *siempre* –se puso muy seria la joven uruguaya.

- Las malas primero, pues. No podremos tenerte más con nosotros. Stéfano y yo tenemos que seguir otros rumbos y otras pistas, por lo que necesitamos regresarte a tu hogar.

- OK –dijo muy a su pesar Claudia, que había disfrutado su estancia con Edith, a quien ya definitivamente tenía en alta estima a pesar de haberla conocido hacía unos días, y a Stéfano, que su intuición de pequeña le decía que se trataba de una gran persona, y hubiera disfrutado pasar más tiempo con él–. Esas son las malas. Tienen que seguir una pista que los guíe a los Bermúdez, y les parece que podría ser una carga, ¿no?

- No una carga, Clau, pero sí un riesgo. Nosotros somos adultos y sabemos a lo que nos enfrentamos en nuestro trabajo, pero tú... Tú tienes una vida por delante más larga que la nuestra, por ponerlo de alguna manera –intentó ser comprensiva Edith.

- Está bien. Vuelvo a casa, no hay problema.

- Bueno, ahora la buena: a tu padre lo liberan mañana a las tres de la tarde, y *tú* vas a estar ahí.

La reacción de Claudia fue *in crescendo* del pasmo total a una pequeña sonrisa, luego una más amplia, hasta que se le inundaron los ojos de lágrimas. Corrió a abrazar por la cintura a Edith, y poco le importó manchar con sus lágrimas el impecable traje de diseñador. La detective le abrazó con afecto, y esperó a que la liberación de emociones cediera a un estado donde la conversación o los detalles pudieran darse, pero fue Claudia la que rompió el silencio sólo interrumpido por su llanto de alegría y emoción.

- ¡Te quiero, madrina! ¡La *puta que me parió*, te adoro!

Edith le siguió la corriente con lo de "madrina", pero cuando los ánimos se calmaron lo suficiente, se sintió en la necesidad de aclarar que quizás esa fuera la última vez que se vieran, para no generar falsas expectativas con la niña que ya había sufrido lo que nadie *nunca* debería sufrir.

- Me has llamado "madrina". No sé por qué. ¿Te recuerdo a alguien? —se puso a la altura de los ojos de la joven.

- Sí *sabés* lo que es una madrina, ¿no? ¿O son todos musulmanes o ateos en Francia?

- Los hay en Francia, pero yo soy jesuita, y Stéfano agnóstico, pero igual *sabemos* a lo que te refieres.

- Bien, la madrina y el padrino son los adultos que según la tradición católica están para vos cuando tus padres ya no pueden estar, ¿no? ¿Y quién estuvo para mí cuando mis padres no pudieron estar? —un nuevo rapto de emoción y lágrimas incontenibles invadió el ser de la pequeña.

- Ya. Entiendo tu punto y acepto el honor, Ahijada —Edith le confortó cariñosamente mientras la pequeña se desahogaba-. Tu padre no regresará con las manos vacías luego de estar ausente del hogar por fuerza por siete años. Traerá a casa un dinerillo que sus captores le entregarán a modo de resarcimiento por el encarcelamiento injusto y las penurias que sin dudas le habrán hecho pasar en cautiverio. No es ni *remotamente* lo que le corresponde, pero por algo se empieza. Y tendrá su ficha limpia, por lo que podrá volver a trabajar en el oficio que desempeñaba antes de caer en manos de los militares.

- ¿Cómo lo hacés? –se enjugó las lágrimas, y se limpió los mocos resultantes de tal descarga emocional con la manga la joven.

- ¿A qué te refieres?

- Como hacés para que... no sé cómo decirlo... ¿Cómo hacés para que no te importe un *carajo* lo que le pase a los demás? Porque Clara y Sebastián, vaya y pase, son tu caso, pero... ¿y yo? ¿Yo qué tengo que ver?

- Ah, *esa* parte –tardó un momento en pensar la mejor respuesta la detective-. Verás: el mundo de los adultos *es* cruel. Cuando uno es niño piensa que todo el mundo es bueno, y que lo que uno ve en casa, que papá y mamá te quieren, se puede por analogía extrapolar a todo el mundo. ¡Y una mierda! El "mundo" suele ser todo lo contrario: la gente compite contra ti, si puede se aprovecha, forjas amistades y alianzas con otros, sí, pero a veces esas alianzas se rompen, tratas de encajar, a veces lo logras y a veces no, y de pronto... festejas tu cumpleaños número 25 y te has vuelto un cínico o una cínica irredimible, sin vuelta atrás. Ya todo te importan un corno, y sólo buscas la manera de pasar por este mundo con la mayor cantidad de victorias posibles y la menor cantidad de derrotas –a Edith le salía fluido pues había ensayado varias veces para sí misma para la eventualidad de que tuviera esta *misma* conversación con Laetitia, que en algún momento estaba segura que iba a tener-. Pactas, festejas, te decepcionas, y *vuelves* a decepcionarte, y así en un círculo tóxico hasta que te mueres.

- Sí, pero está claro que eso a *vos* no te pasó, madri...

- Podés llamarme como quieras, Claudia –le sonrió Edith.

- 'Tá. A vos *claramente* no te pasó. Sos una adulta "diferente", ¿me explico lo que quiero decir?

- Sé por dónde vas. Supongo que en mi historia de vida se dieron circunstancias que hicieron que *sí* me importaran los demás, que *sí* me afectara el sufrimiento ajeno, no sé. No voy tanto a terapia como debería para tener una respuesta precisa y elaborada–volvió a dedicarle a su "ahijada" una cálida sonrisa.

- ¿Terapia? No te veo para estar acostada en un diván contándole tus problemas a un psicólogo.

- Falta no me hace, te puedo asegurar. Si sólo tuviera tiempo y fuerza de espíritu... –fue sincera Edith.

- Sí, pero así y todo acá estás, ¿no? Y elegiste una profesión donde salvás personas, done lo que vos hacés *sí hace* una diferencia.

- Lo sé. Ten claro que *entiendo* el efecto positivo que mi actividad y la de Stéfano tienen en las personas –la aludida asintió-, pero a veces no llegamos a tiempo, o a veces lo que remediamos, lo que *emparchamos*, no llega a cubrir ni la *mínima parte* de lo que fue roto por otros hijos de puta. Mira tu padre, por ejemplo: encarcelado siete años por... ¿qué, exactamente? ¿Por pedir medidas de seguridad laboral para los empleados metalúrgicos? ¿Por hacer un paro o una huelga para que se reconocieran y se pagaran las horas extra? ¿Y eso qué tiene que ver con retenerle preso por *siete años*, viendo un día al año a la vez cómo su hija crecía junto a una madre que se deslomaba por darle una educación y una manutención dignas limpiando los inodoros de sus patrones? Si vuelve a casa con algún dinero y el expediente limpio es una *mínima* redención de lo que tendría que haber sido –Edith estaba entre decepcionada de lo poco que en realidad la agencia que ella había fundado podía hacer, y los pequeños logros (de acuerdo con sus estándares) que hubiera sido el objetivo de ella alcanzar en algunos casos-. Un momento –Edith quería cambiar el ángulo de la conversación hacia terrenos menos amargos-. ¿Es decir que mientras yo me metía en la boca del lobo aquí estaban jugando a las cartas? –puso los brazos en jarra.

- Te vigilé hasta que me di cuenta por los gestos corporales de los militares que te recibieron, por la reverencia del Teniente Delluca que casi le hace caer de bruces y por los tuyos y los de Alberdi en la oficina que tenías la situación bajo control, y sólo entonces seguimos jugando.

- Hicisteis bien, y además os estaba bromeando, claro está –sonrió ampliamente-. ¿Lista para volver a casa y mañana ir a buscar a tu padre?

- ¡Obvio! –fue enfática la niña.

- Necesito que llames a Bermúdez y le propongas encontraros a unas calles de su casa, lejos de las miradas indiscretas (y aparentemente delatoras en algunos casos), de sus vecinos. Deberá llevarte dos fotos carné de él y de sus hijos y su agenda telefónica. Necesito que te dé el contacto de alguien que él conozca que pueda alquilarnos un barco para este fin de semana. Estamos hablando de un yate deportivo, a motor, uno de buen porte, capaz de cruzar sin problemas el Río de la Plata hasta Buenos Aires. Él es un apasionado de la náutica deportiva, seguro tiene varios para sugerirte. Cuando tengas el contacto, necesito que vayas a algún bar y pidas para usar el teléfono, me avisas el número del bar al *busca*, y te llamaré desde donde esté. Después de eso intentaré ir directo con quien alquile el barco. Necesito solucionar eso, de ser posible *hoy mismo*. Tenemos poco tiempo.

- Entendido.

Stéfano iba tomando nota en su libreta, pues a diferencia de Edith, confiaba más en sus apuntes que en su memoria, y un detalle, aunque fuera uno pequeño, eso lo sabía por experiencia, podía hacer que lo que fuera que estaba tramando su hija fracasara, como si en lugar de un barco a motor averiguara por uno a vela, o si en lugar de uno deportivo fuera un pesquero.

- Yo iré a dejar a Claudia con su madre y luego me espera otra vigilia distinta, hasta que me pases el dato, y quizás después. No me esperes para cenar si no llego.

- No hay problema. ¿Luego de lo de Bermúdez y de pasarte el dato, qué hago?

- Ah, esta parte te va a encantar –le brillaban los ojos a Edith-. Debes volver al batallón con las fotos carné y *ordenarle* a Alberdi que mande a hacer dos pasaportes falsos para cada uno de los Bermúdez, con diferentes nombres, tú invéntatelos, pero que sean padre e hijos, claro está.

- ¿De veras *puedo* entrar a ese Batallón pateando escritorios y subestimando a todo fascista que se me cruce? –Stéfano recibió la noticia como si Edith le estuviera ofreciendo volver al final de la Italia fascista y ser el encargado de patear la silla bajos los pies de Mussolini para dejarle colgando hasta morir por ahorcamiento, o hasta que la turba enardecida le desmembrara, lo que fuera que matara primero al tirano.

- Tampoco te pases, ¿eh? –advirtió Edith.

- No, claro, disfrute pero con medida –aceptó su padre y socio.

- Tú di las palabras clave, que vienes de parte de la Baronesa Krunnenberg, y se te abrirán todas las puertas.

- Vale –anotó él-. ¿Con una o dos "n", Krunnenberg?

- ¿Es coña, no?

- Te estaba... ¿Cómo es que se dice, Claudia?

- Tomando de los pelos. Le estuve enseñando algunos términos uruguayos.

- Eso.

- Vale. ¿Llamó alguien?

- François llamó apenas te habías ido, pero como no ibas a estar ubicable por un rato en ningún teléfono, no te avisé al *busca*.

- ¡Increíble! Cómo se dan a veces esas conexiones, casualidades, o cómo quieras llamarle. Justo cuando salí del cuartel estaba pensando en la información que le había pedido y en cuánto la estaba necesitando en este momento. Pero pues nada: no me resisto a tener suerte de vez en cuanto. Forma parte de nuestro trabajo... y del truco, también −sonrió a los dos−. Si entendí bien en las mismas proporciones, quizás un cinco o un diez por ciento del éxito −guiñó un ojo a su nueva ahijada por decisión de la niña.

- ¿Es todo? −quiso saber Stéfano, yendo a buscar su sombrero de ala ancha del perchero.

- Sí, ve yendo. En su estado y todo, no creo que Alberdi deje de cumplir su horario. Así que creo que te quedan −consultó su reloj pulsera−, dos horas y media para encontrarle en el Batallón. Después ya será más difícil ubicarle si va para su casa o vuelve al hospital.

- En camino −salió el sexagenario por la puerta de atrás.

La niña había visto toda la conversación fascinada.

- Pucha, me acabo de dar cuenta que quiero ser investigadora cuando sea grande. ¡Parece divertidísimo!

- No me quejo −aceptó Edith−, aunque tiene sus altas y bajas. En fin, debo hacer unas llamadas y luego salimos para tu casa, ¿te parece bien?

- Súper.

A Guillaume le sorprendió que sonara el teléfono de su casa a esas horas de la noche. Fuera nevaba copiosamente y junto al hogar con el fuego encendido era el lugar perfecto para estar de sobremesa con una copa de vino y la última edición de "*Guns Illustrated*" que le había llegado por correo esa mañana. De los escasos sobrevivientes del 47° Batallón de Infantería Blindada, era de los pocos que había seguido en el Ejército por varios años más, hasta que a los 35 se vio ya muy viejo para eso, e intentó probar suerte en el área privada. Ahora dirigía una pequeña compañía de asesoría en seguridad en Poitiers y no podía quejarse de cómo le iba.

Si bien se mantenía por su profesión y por vocación propias en excelente estado atlético, le puso de mal humor tener que quitarse la manta que le cubría las piernas, dejar en la mesita la revista abierta en la página que estaba leyendo junto a la copa de vino, y caminar hasta el teléfono. *Al menos hice bien en comprarme un cable largo*, pensó y sólo cuando estuvo de nuevo sentado al sofá y con la manta sobre las piernas atendió. *Más vale que sea importante*, pensó con enfado.

- Hola, ¿quién es y por qué llama a esta hora?
- Hola, bombón. Soy yo.
- ¿Edith? –reconoció la voz de la detective con la que había colaborado hacía unas semanas en un asalto clandestino, y que era la persona a la que él debía no haber muerto en la jungla vietnamita a la edad de 25-. ¿De *verdad* eres tú?
- ¿Quién más te llamaría a estas horas?
- Si tú supieras –fanfarroneó el alto y musculoso exsoldado.
- Ah, sí, claro, guapetón de alta demanda. ¿Te pillo en algo?
- Algo, sí, estaba haciendo el amor con mi novia, pero igual luego acabo.
- Mira que eres *cerdo* –rió Edith.
- Tú dirás, querida. ¿En qué te puedo ayudar? –puso su tono profesional Guillaume.
- ¿No puedo llamarte sólo porque sí?
- ¿A estas horas de la noche y vaya uno a saber de qué parte del mundo, más conociendo tu profesión? Son pocas las chances.
- Es verdad –Edith estuvo pensando un momento cómo planteárselo-. Necesito tu ayuda, Guillaume. No sé a quién más acudir.
- Claro, ¿de qué se trata?
Edith le dio los detalles.
- Ajá. Entiendo. Eso descartaría a mi personal. No puedo pedirles de buena fe que me asistan, ni por una compensación extra. Eso deja a los muchachos y a mí, nada más. ¿Crees que seremos suficientes?
- ¿Cómo? ¡¿*Todos* vosotros?! ¿Y me lo aseguras así sin preguntarles siquiera?
- A ver. ¿Cómo lo pongo en términos amables? ¿Qué piensas que me puedan dar como excusa cuando les llame? Me imagino a Ralph diciéndome: "Uy, qué lástima, tú sabes que tengo que corregir exámenes de mis alumnos *justo* este fin de semana", o a Pipin diciéndome "¿No puede ser el *próximo* fin de semana? Tengo el balance de un cliente que entregar el lunes". ¡Vamos, no seas tonta! Te reitero lo que te dije en tu casa en Poitiers: ¡Eres nuestra

puta Juana de Arco, por todos los santos! –escuchó que su salvadora se había quebrado del otro lado por la emoción-. Edith, escucha: entiendo tus reparos y tu consideración acerca de que la gente tiene sus vidas, pero para empezar, si *aún estamos* con vida, te lo debemos a ti, pura y exclusivamente.

- Gracias. ¡Muchas gracias, Guillaume! –se enjugó los lágrimas Edith al otro lado del Océano Atlántico-. ¿Tienes para anotar? Te pasaré el teléfono de Christine, nuestra secretaria. Le encargaré que haga los arreglos.

- Me lo pasaste ya en la Ceremonia del Rescate, ¿recuerdas?

- Ah, sí, claro. Te quiero, Guillaume.

- Y yo a ti. Cuídate, que el apoyo va en camino.

- ¿Estás bien, madrina? –se preocupó Claudia, que no había entendido una palabra de la conversación en francés, pero había visto cómo ésta había afectado a la detective.

- Sí, estoy bien, sí –le confirmó-. Es que a veces la lealtad de alguna gente le emociona a uno hasta las lágrimas.

- Si alguien es leal contigo, capaz que es porque te *ganaste* su lealtad, ¿no?

- Supongo que sí. Tres llamadas más y salimos.

Christine atendió antes de que sonara por segunda vez. Hacía años que la secretaria de la Agencia Bonelli se había habituado por compensaciones salariales extra a empatar sus horarios con los del huso en el que estuvieran tomando un caso los detectives, y para ella las diez de la noche en París eran las cinco de la tarde de su horario laboral. Igual ya estaba por irse, pero aceptó cumplir el encargo de hacer los arreglos... a cambio, claro está, de cobrarse las horas extra que esto le insumiera.

- Van dos y faltan dos.

- Dale.

- ¿Tú cuando tienes varias cosas para hacer, empiezas por la más fácil o la más difícil?

- La más difícil, *siempre* –contestó la niña sin dudar.

- Tú sabes que yo hago al revés. Empiezo por la más fácil y termino por la más difícil.

- ¿Y la más fácil ya te hizo llorar? ¡Pucha! No quiero saber cómo va a ser la más difícil.

- Eso está por verse –discó un nuevo número internacional, también de Paris, que estaba entre los trescientos números telefónicos que se sabía de memoria-. Hola, encanto, ¿cómo va todo? Me avisó papá que me llamaste.

- Sh, sh, sh –dijo su interlocutor, evidentemente no a la detective, sino a las voces que se escuchaban de fondo a los gritos y a las carcajadas-. ¡Es ella! –les participó, y de inmediato la conversación de fondo cesó-. Hola, amor de mi vida. Disculpa el barullo, es que junté a mis amigos argentinos aquí en casa para pasarte los datos que necesitabas, y ver si necesitabas algún dato ocasional. Aprovechamos la ocasión para hacer una "comilona" –dijo esta palabra solamente en un español con marcado acento francés-. Es como llaman los rioplatenses a juntarse con amigos y comer como si no hubiera un mañana. Lógicamente ellos hubieran preferido un asado...

- Comimos con Stéfano el otro día. Extraña tradición culinaria, ¿eh?

- Ni que lo digas. Tuvieron que contentarse con el horno eléctrico nuevo que compré en vez de la "parrilla". Ay, no sabes cómo se puso Jean-Julien cuando le dieron los detalles de cómo querían hacer la carne al horno con papas y boniatos. Echaba espuma por la boca.

- ¡Tampoco exageres! –se escuchó de fondo la voz del prometido de François, seguido de una risa de los argentinos allí reunidos-. Pero tranquila: le aseguré que ya mañana yo limpiaría el desastre.

- Me imagino.

- Ay, Edith. Ojalá tuviéramos esta llamada desde mi oficina en la *Sorbonne*. Allí te pondría en altavoz, pero en fin: supongo que tendré que oficiar de interlocutor con la audiencia. Tengo aquí a ocho argentinos emigrados que huyeron del golpe de estado en su país, todos colegas o alumnos míos, dispuestos a ayudarte. Ya te averiguamos acerca de alojamientos "baratos", por así decirlo, para inmigrantes. No es lo que se diga el Ritz, pero al menos es un comienzo. Hay desde cuatro mil francos al mes, si aceptan tener un baño grande compartido con varias duchas e inodoros por piso.

- Ay, París y sus precios –se quejó pero muy medidamente Edith-. Supongo que estará bien para iniciar.

- Bien, ¿qué más necesitas saber?

Edith dudó un poco pues no sabía cómo plantearlo. Supuso que no existía una forma "suave" de hacerlo.

- Pregúntales si tienen conocimiento de las Automotoras Orletti.

El anfitrión repitió la pregunta a la audiencia. Fue como si la línea se hubiera cortado de pronto, tal era el efecto que causó entre los reunidos al otro lado del océano. No había siquiera susurros. Edith entendió por esta reacción que *sí sabían* de qué se trataba, sea por haber estado allí, o de oídas, por alguno que tuvo la suerte de ser llevado al centro de tortura y luego liberado, como los que en el Batallón 14 de Paracaidistas habían sido liberados con destino PEN, para ser entregados a la justicia civil que los liberaría días después *con* golpes y señales evidentes de tortura en sus cuerpos, *con* un recuerdo atroz que cargarían por el resto de sus vidas, pero *sin* derecho a reclamo alguno ya que la llamada "justicia" había sido administrada con el aval del Estado.

- Hola, soy Carlos. Es un gusto –saludó uno de los invitados ahora al teléfono, con un francés de marcado acento extranjero.

- Hola Carlos. Mi nombre es Edith y estoy intentando rescatar a dos jóvenes uruguayos de las Automotoras Orletti. Entiendo que si tomó el teléfono es porque usted estuvo allí o conoce a alguien que estuvo allí encerrado.

- Soy un sobreviviente de Orletti –dijo con esfuerzo el hombre de voz rasposa del lado europeo de la línea.

- Agradezco su valentía, Carlos. No le pondría en contacto con esa parte de su pasado que estoy convencida usted hubiera preferido enterrar si no fuera de vida o muerte.

- Sí, entiendo, está bien –sollozaba el hombre-. ¿Podemos seguir esta conversación en español? –cambió de pronto el idioma el argentino.

- Si quiere hábleme usted en español, no tengo problema –le contestó la investigadora en francés-, pero de este lado de la línea será mejor que yo no lo haga, porque estoy con una niña de doce años que prefiero que quede al margen de los detalles.

- Claro, está bien.

El argentino pasó un buen rato describiéndole su experiencia de primera mano del horror vivido en el centro de prisión, tortura y ejecución clandestino en el barrio de La Floresta, en la ciudad de Buenos Aires. Edith le dejó desahogarse, y se sentía culpable de aguar la velada que uno de sus mejores amigos había organizado como excusa para estar allí para ayudarle en su caso, ya que consideraba poco probable que luego de tal descarga emocional de uno de los comensales, pudieran sentarse tan tranquilamente a disfrutar una cena compartida, aunque del espíritu y la fortaleza humanas para reponerse de eventos trágicos, todo puede esperarse.

- Lamento traerle a la mente esos recuerdos, Carlos. *De veras* lo siento, pero estoy intentando recuperar a dos jóvenes de allí, de 15 y 17 años, uruguayos ellos, y si tengo alguna *mínima* chance de hacerlo, depende de la información que usted me pueda dar.

- Entiendo. ¿Qué necesita saber?

Claudia observó azorada cómo Edith iba hasta el cuarto y volvía con una escuadra graduada, un lápiz y una goma y dibujaba lo que parecía los planos de un edificio, a medida que hablaba con su interlocutor. De tanto en tanto borraba lo que había hecho y volvía a dibujarlo, y preguntaba una y otra vez para estar segura de a qué pensaba enfrentarse.

- Nuevamente, Carlos: agradezco su valentía de haberse enfrentado a estos duros recuerdos, pero sepa que gracias a su información, quizás, y sólo quizás, logre rescatar con vida a dos jóvenes que no merecen morir a manos de los fascistas.

- Ojalá tenga suerte, Edith. Le deseo lo mejor.

Su amigo tomó el aparato.

- Ay, madre mía. Esto va a estar difícil de levantar –quiso poner ánimos positivos al ambiente de velorio en que se había su apartamento François.

- Tu colega o alumno, amigo: dile que es un *héroe*, y que le haré saber a través de ti si la información que me brindó y el mal trago que le hice pasar llevan a que mis objetivos hayan sido rescatados con vida.

- Se lo haré saber.

- Te quiero, amigo.

- Y yo a ti.

- Ah, 'tá. Es multi-rubro, lo tuyo, ya veo –comentó Claudia una vez que Edith colgó el tubo-. Ahora también parece que sos Arquitecta.

- Ayuda tener nociones de dibujo técnico a veces –sonrió la detective-. Ahora la llamada más difícil.

- Vamos, vos podés –le alentó la niña, palmeándole el hombro.

Edith tuvo que buscar el número en la lista de clientes que llevaban en el bolso por si acaso. El número de Fabrizzio *no era* uno de los trescientos números que la detective se sabía de memoria, y era por un buen motivo: en todos sus años como investigadora, el caso del militar de la Fuerza Aérea Brasileña fue una de las pocas ocasiones en las que había sido engañada en su buena fe, y había llegado a Río de Janeiro para encontrarse con que había datos clave que le habían sido ocultados por su cliente al contratarle. Datos clave que hubieran hecho que de plano hubiera rechazado el caso, pero una vez corrido el velo de la mentira, y llegado a la esencia del problema a resolver, el lado *humano* del caso fue lo que le hizo quedarse a resolverlo.

- Buenas tardes –fue seca en sus modales Edith, cuando al tercer número discado, fue la voz de su excliente quien contestó.

- Hola. ¿Quién habla?

- Edith Bonelli.

Hubo un silencio prolongado del otro lado de la línea. Esta vez quien llamaba y quien había atendido se encontraban en el mismo huso horario.

- Hola –dudó el militar-. No esperaba recibir una llamada de usted después de tanto tiempo.

- ¿Cómo está su señora? Eloísa, se llama, si mal no recuerdo, ¿no es así? –Edith fue directa al punto.

- ¿Qué quiere, Bonelli? –fue cáustico el militar.

- ¡Resarcimiento, Fabrizzio, *eso* es lo que quiero!

- ¿Y de qué tipo?

Claudia observó cómo la conversación, esta vez en español del lado uruguayo de la línea, iba subiendo de tono y se ponía agresiva, con su madrina por elección tensando los rasgos.

- ¿Primero puede contestarme por favor *cómo carajos* está su señora esposa?

- Sé a dónde apunta, Bonelli, y Eloísa está bien, embarazada de nuestro segundo hijo. Ahora: ¡¿qué quiere?!

- Quiero que cierre los ojos y visualice el rostro de su primogénito. Su nombre, ¿cuál es?

- Thiago.

- Bien. Quiero que piense en *Thiago* abrazándole después de salir del colegio, a *Thiago* sonriéndole mientras usted le hamaca en la plaza, caminando con *Thiago* buscando conchas marinas por la playa. ¡Ahora quiero que visualice la última vez que hizo el amor con Eloísa, pero no de las veces comunes y corrientes, de rutina en las parejas, sino la última vez que fue *mágico*, que fue *memorable* para la pareja. ¡¿Lo visualizas, Fabrizzio?!

- ¡¡BASTA, EDITH!! –el brasileño jadeaba de furia al otro lado de la línea-.

- Fabrizzio –suavizó su tono a propósito la detective francesa-. Si le estoy llamando es porque necesito un favor personal que sólo alguien en su posición puede cumplir –y le detalló específicamente de qué se trataba la ayuda que estaba necesitando, con todo lujo de detalles.

- ¡¡PERO ESO ES IMPOSIBLE!!

- ¿Sabe *QUÉ* era imposible en su momento, Fabrizzio? *Imposible* era rescatar a Eloísa de manos de los capos de la droga locales. *Imposible* era sacarla de las favelas donde le retenían. *Imposible* era que alguna vez usted volviera a verle con vida. *Imposible* era que usted hubiera conocido alguna vez a Thiago, y que estuviera esperando a su segundo hijo. Ahora, haga un acto de conciencia, y dígame que lo que le estoy planteando es un pedido *imposible* de cumplir.

Pasaron *muchos* minutos, que la detective había prepagado al propietario de la morada temporal en efectivo y en moneda norteamericana, antes que del lado brasileño de la línea se escuchara la respuesta:

- Tendrá lo que me ha pedido, Edith.

- Gracias, Fabrizzio. Odiaría *sinceramente* que esta fuera la última conversación que tengamos, ¿pero *sí* me entiende que el mismo empeño y la misma dedicación que le puse en su momento a rescatar a Eloísa y traerle de vuelta con usted es la que estoy empleando para rescatar a dos adolescentes que no hicieron nada malo, pero que están por circunstancias que les son ajenas en la lista de "próximos a ser ejecutados", ¿no es así?

- Lo entiendo, Edith. Y créame que me gustaría mantener el contacto con usted para futuras colaboraciones. Tendrá lo que necesita.

- 'Fá. Esa estuvo brava, Madrina.

- La verdad que sí. ¿Vamos para casa?

- ¡Vamos!

CAPÍTULO 12: INTERROGATORIO

Clara y Sebastián habían agotado ya los álbumes familiares de fotos. No había pistas allí de *dónde* conocían al hombre del bastón que emergió de la joyería en la intersección de las calles Uruguay y Río Branco.

- 'Tá, entonces familiar o amigo de la familia no es —resumió sus pesquisas hasta el momento Clara, observando desparramados a su alrededor docenas de álbumes de fotos-. Si no estaría por lo menos en *alguna* foto de *algún* cumpleaños, ¿no? O en las fotos de casamiento de mamá y papá.

- No, no está —se pellizcó los pocos pelos de la prolija barba que llevaba Sebastián-. Si no por lo menos en *alguna* foto aparecería, ¿no? ¿Estás segura que estos son *todos* los álbumes de fotos que tenemos?

- Y sí. No hay más.

- Bue', vamos a juntar —dijo el mayor de los hermanos, y se dispusieron a juntar todos los álbumes con logos de las diferentes marcas de rollos de fotos y de casas de fotografía como Foto Martín donde en fojas transparentes se guardaban los recuerdos en papel fotográfico, una mirando para cada lado, a modo de libro-. Pero si no es amigo de la familia ni familiar directo o lejano, ¿de dónde lo conocemos?

- ¿No será una de esas caras comunes, como las modelos que están de moda, que todas tienen ojos de gato recién levantado de la siesta?

- Mirá que sos pelotuda, Cla —rieron juntos un momento los hermanos-. No, pero ahí podemos tener una pista, ¿ves? ¿Qué tal si no lo tenemos visto porque sea cercano a nosotros sino porque sea alguien *realmente* conocido. Suponete esto: nos cruzamos por la calle a Cacho de la Cruz, o a Cristina Morán, mismo Luis Cubilla.

- ¿Luis qué?

- Ay, por favor, el jugador de fútbol. ¿Cómo no lo vas a conocer?

- Ah, sí, ahora que lo decís, pero no lo tengo de cara, la verdad. De nombre sí, obvio. Las pelotas Cubilla, para hacer goles de maravilla —citó el slogan arraigado a fuerza de repetición en los canales de televisión de la publicidad-. Igual te *entiendo* el punto.

- Para mí puede venir por ahí que nos suene conocido. Capaz que si lo tenemos de otro ámbito, pero lo vemos fuera de un set de televisión, o de una cancha de fútbol, nos cuesta asociar la cara con la persona.

- ¿Y qué hacemos? ¿Nos ponemos a ver la tele y a leer los diarios hasta morir? –desesperó Clara.

- Hay *otras* formas de ver famosos.

Como uno sólo, conectados por ese entendimiento que da el conocimiento, la cercanía, el cariño mutuo, o la combinación de los tres factores, pareció como si de pronto estuvieran pensando en lo mismo.

- Yo las revistas –quiso primeriar Clara-. No quiero andarme ensuciando los dedos.

- Dale, yo agarro los diarios.

Fueron hasta la biblioteca y cada uno se trajo un montón de diarios o revistas para revisar, y empezaron a hacerlo con minuciosidad sentados al piso, apoyando los materiales sobre ambos lados de la mesa ratona junto al hogar, como si en una biblioteca pública se encontraran. Sintieron los pasos de su padre subiendo desde el garaje. Se miraron alarmados, como el can que es atrapado queriendo entrar a la casa, cuando siempre se le enseñó que su lugar es en el jardín o en el parrillero.

- Te toca, Seba. No vamos a andar guardando todo esto. No nos da el tiempo –apuró Clara.

- Pero yo soy *espantoso* mintiendo.

- Genial. Ahora llamame mentirosa.

- Prefiero pensar que sos creativa –sonrió-. Dale. Voy yo.

Emilio Bermúdez venía con el termo abajo del brazo y el mate en la mano. Lucía su bata de estar entre casa y abajo llevaba vestimenta deportiva.

- ¿En qué andan, chiquilines?

- Nada, acá estudiando –le quitó importancia Sebastián.

- ¿Estudiando diarios y revistas?

- Ajá.

- Pero ustedes están en años distintos. Me muero si estás dejando que Seba te ayude con los deberes, Clarita –sonrió esperanzado el escritor de presenciar por una vez en su vida colaboración académica entre hermanos.

- No, ¿qué va? —se mofó Clara-. Es que en el liceo es la semana de los sesenta y los setenta en Uruguay. Están pidiendo que en todas las clases hagamos un ensayo de una personalidad uruguaya, un conocido, un actor o deportista, mismo un político, o un músico, y averigüemos de su vida, de su carrera y todo eso.

- ¿De un escritor famoso no? —sonrió el barbudo progenitor.

- ¡Ay, papá! —empezó Sebastián, y cómo si hubiera sido una misma frase saltando de una cabeza a la otra completó Clara.

- Ojo no te venga un pico de *egolina* en sangre —completó ella.

- Ja-ja. Estaba jodiendo. Mirá si les van a aceptar un ensayo de mí. Aparte... bueno, ustedes saben.

- Sí, obvio. ¿En qué andabas, 'pá? —le preguntó su hijo mayor, una vez pasado el momento tenso para él de ocultarle en qué *realmente* andaban los dos.

- Estaba con ese libro que estoy escribiendo, el que todavía no tiene título.

- ¿Y cómo vas? —le preguntó Clara.

- La historia viene buena. Bah, ya se los comenté, del Proyecto Cuna de la CIA, el que reclutaba a bebés para someterlos a entrenamiento exhaustivo desde recién nacidos para convertirlos en espías y asesinos perfectos, después uno se reviraba por el condicionamiento y mataba gente desde una azotea, y cancelaban el proyecto como lo cancelan en la CIA, no sé si me explico —pasó su índice por el cuello-, y después un grupo de ellos escapaba a ser asesinado y se vengaban contra el Gobierno de los Estados Unidos. Pero...-instintivamente fue a cebarse un mate, pero recordó que por eso mismo había subido hasta la planta principal, porque se le había acabado el agua caliente-. No sé. Quiero introducirle el elemento fantástico, algo del estilo Moorcock.

Sebastián miró a Clara, para ver si sabía de qué estaba hablando su padre, porque él era más de las películas y las series. La lectora avezada era su hermana.

- ¿Y cómo vas a hacer para mezclar Dioses encarnados, demonios y elementales con una trama de la CIA? —preguntó ella.

- *Ahí* está el punto, precisamente. No sé cómo. Tal vez racionalizándolo. Veámoslo de esta manera. ¿Se acuerdan lo que hablamos de materia y antimateria, no? —ambos asintieron-. ¿Y si existiera la forma de juntarlas pero no a lo bruto, que todo explota, sino en cantidades controladas, como si fuera la llave del gas de la cocina? Se me ocurren fisuras provocadas a propósito en la red espacio-temporal, conexión entre planos o algo por el estilo, creadas por "invocadores" –hizo las comillas con la mano-, que dejaran pasar una cantidad poderosa de energía o de entidades extra-planares pero sin que vuele todo a la mierda.

- ´Pá. ¿Qué le pusiste al mate, viejo? –bromeó Sebastián.

- Estás de vivo, Sebita. *Viejos* los trapos –sonrió el barbudo escritor-. No sé. Algo se me ocurrirá. No los jodo más –giró para ir a la cocina.

- Está loco, ¿no? –susurró Clara a su hermano.

- Así lo conocimos, y así lo queremos –ambos sonrieron, y siguieron con la búsqueda de ese rostro que les resultaba familiar.

Horas más tarde, ya casi llegando a la hora de la cena, seguían sin pistas. Habían terminado todo el material gráfico razonable de la casa, y parte del *no* razonable. Habían incluso buscado en los libros de historia del Uruguay, como si al lado del retrato de Artigas fueran a encontrar parado al hombre del bastón y el traje gris. Pero quizás un político o una persona pública nacional de los cincuenta o los sesenta... pero tampoco.

- No puedo más de la espalda –se quejó ella. Hacía algo más de cuatro horas, casi de inmediato luego de volver del liceo, almorzar con su padre y hacer sus deberes, sentados en el piso, con el material que revisaban apoyado sobre la mesa ratona.

- Yo no sé por qué no acercamos los sillones. Te digo que si vamos al campeonato de boludos ganamos por goleada.

- ¿Qué plata tenemos, Seba?

- Quinientos ochenta y cinco dólares, después de lo último que cambié –informó quien llevaba las cuentas de la dupla.

- ¡Falta un *montón*!

- Sí, ya sé. Menos de tres mil dólares no creo que nos cobren, y estoy estimando por lo *bajísimo*. Para mí es el doble o el triple –suspiró desesperanzado el alto adolescente con algunos pocos pelos de barba en la pera.

- ¿Y si pedís más "producto", o como sea que quieras llamarlo, para distribuir?

- No es *tan así*, Clara. El Corchito me entrega lo que puede, yo lo vendo y hacemos unos mangos, pero no puedo pedirle más.

- ¿No podés o no *querés*? Por ahí si te consigue más vamos juntando plata más rápido. ¡Yo te ayudo a distribuirla, boludo!

- No tengo tanta confianza con él, m'hija. Por suerte me da lo que me da y podemos ir juntando. ¿Y si te lo cargás vos? A la novia le daría más.

- 'Tas loco, Sebastián, mirá si le voy a entrar a ese arrogante. Igual te digo: no sé si no sos *vos* más de su tipo, más que yo.

- ¿Vos me estás hablando en serio? Cada semana tiene una mina distinta el Corchito.

- ¿Y eso qué tiene que ver? Por ahí lo hace para tapar. No sería el primero.

- Dejá –prefirió dejar esa línea de pensamiento Sebastián, por juzgarla improductiva-. Cuando nos falten 300 o 400 dólares podemos vender la moto y ahí llegamos, pero para eso tenemos que dar con este tipo y saber cuánto nos cobra.

Ambos quedaron pensativos por un momento. Fue finalmente Sebastián el que rompió el silencio. *Algo*, evidentemente, se le había ocurrido.

- ¿Y si lo estamos tomando por el ángulo que *no es*?

- No te entiendo. Explayate un poco, porfa.

- Estamos los dos *segurísimos* que lo conocemos de algún lado, ¿no? –vio que su hermana asentía-. Capaz que tendríamos que analizar en qué *ámbitos* vos y yo coincidimos. Por decir algo: en los cumpleaños y eventos familiares. Ahí ya vimos todas las fotos habidas y por haber y el tipo no aparece.

- Descartado, entonces. Lo que sería exposición a la cultura general como celebridades o figuras que todos los uruguayos reconocemos del estilo políticos, futbolistas y todo eso, descartado también –fue tajante Clara-. ¿Dónde más coincidimos vos y yo?

- ¿Y si fuera alguien del Liceo Francés? –se le ocurrió de pronto a Sebastián. Lo tiró como dentro del contexto de la lluvia de ideas, pero poco a poco la idea no le pareció tan alocada-. Y si fuera de *ahí* de donde lo conocemos.

- Las fotos de las fiestas de fin de año del liceo. ¡Esas no las revisamos! –Clara salió disparada escaleras arriba. Si bien tenían cuartos separados, se tenían bastante confianza como para conocer con bastante certeza dónde cada uno guardaba cada cosa.

Bajó un instante después con una pila de anuarios escolares y Liceales. Los repartió entre ella y su hermano, de acuerdo con qué clase se tratara. La búsqueda esta vez iba a ser rápida, lo sabían. No estaban buscando a un compañero de clase. Estaban buscando entre los *padres* de sus compañeros de clase, en la clásica foto anual donde posaban ante el fotógrafo los alumnos que habían completado el año escolar o liceal acompañados de su familia directa. Finalmente fue Sebastián quien encontró al hombre del bastón.

- No te puedo creer –no salía de su asombro-. ¡Lo encontré! ¡Encontré al hijo de puta!

Clara se puso de pie de un salto, golpeándose la rodilla contra el filo de la mesa ratona y apenas sintiéndolo. Fue hacia el lado de la mesa de Sebastián. No había dudas. ¡Era el hombre del bastón!

- ¡¡PERO ME CAGO EN LA MIERDA!! –gritó ella espontáneamente-. ¡*Tan cerca* que no lo podíamos ver! –entendió de repente.

- ¡El lenguaje, Clarita! –se sintió a su padre rezongarle desde el garaje-. Ah, y hoy es miércoles, así que te toca cocinar a vos –le recordó.

- Sí, ya estaba en eso –mintió la menor de los Bermúdez, que también era la más capaz de hacerlo, pero sólo con fines de ocultar a sus seres queridos verdades y realidades incómodas o que pensaba que podían herirles-. ¿Y ahora que sabemos quién es exactamente, qué hacemos, Seba?

- No sé. Dejame pensar en algo.

- ¿Él no cumple por estas fechas, o estoy confundida yo?

- Dejame ver mi agenda, pero creo que sí.

- ¡No te puedo creer, Seba! ¡Es pan comido, esto! Si es su padre, estamos *ahí* de lograr lo que queríamos.

Los hermanos se abrazaron con emoción por un largo momento. Incluso, aunque no lo reconocieron frente al otro, ambos estaban llorando por la emoción. Su investigación finalmente había dado frutos, y estos eran propicios a sus planes. No lo sabían y no lo podían saber en su momento, pero esa misma investigación, esos *mismos* planes... les guiarían a su perdición... y no dentro de tanto tiempo.

Alberto estaba esperando que sonara el timbre, por lo que no tardó demasiado en atender. La voz al teléfono no había sido muy detallista respecto a qué era específicamente lo que necesitaba de él, pero siendo un hombre de negocios, veía una oportunidad y decidió darle la dirección a la desconocida para que le visitara.

- Asumo que es usted Alberto Pujol, ¿es correcto? —afirmó la mujer que llegaba al metro setenta y cinco de altura, y su musculosa permitía ver el esfuerzo puesto en trabajar sus brazos para estar a la altura de una atleta olímpica.

- Eso dice en mi cédula, sí.

- Como le dije al teléfono, necesito alquilarle su barco este fin de semana.

- ¿Usted es la turista francesa, entonces?

- La misma —Edith le extendió una tarjeta de negocios falsa donde figuraba el número *real* de su oficina en París, pero un nombre de fantasía y un puesto fantasma que su secretaria Christine sabría confirmar en caso de ser necesario.

- ¿Y a través de *quién* se enteró que yo a veces alquilo el Horizonte?

- De un conocido suyo, o *ex* conocido, no sabría decirle: Emilio Bermúdez.

El rostro del nauta deportivo mutó de repente. La cordialidad aunque medida inicial se vio opacada por la duda y un aire de preocupación.

- ¿Y si la hacés pasar, mi amor? —se escuchó una voz dulce y femenina desde dentro de la casa.

Él giró desde el rellano de la entrada.

- Pero dice que viene de parte de Emilio.

- Por eso mismo —insistió la voz de la mujer desde dentro.

Renuente, el dueño de casa le hizo un gesto a Edith para que pasara. El living era amplio y tenía una *moquete* color vino tinto. Un amplio sillón en L blanco enfrentaba hacia la calle un amplio ventanal enterizo y en su otro sector un hogar de dimensiones generosas, ahora apagado, claro está, por el verano. Una mujer de cabello castaño llovido y mirada dulce, cercana a los cuarenta, sostenía un bebé de año y fracción sobre el regazo. El pequeño tenía los cabellos casi albinos, y tomaba del biberón aún con los ojos cerrados. La detective francesa notó que por la fisonomía de la dueña de casa, quizás hubiera un tercer niño o niña Pujol en camino, pero por precaución prefirió no hacer mención del respecto. Algunas veces un vientre más abultado de lo normal era producto del buen comer, y no de la gestación de un infante.

- Si mantenemos el volumen ameno y bajito, Alen se va a dormir igual –aclaró la dueña de casa-. Me llamo Ana. ¿Cómo se llama usted?

- Edith Bonelli, mucho gusto.

La detective saludó con un gesto y una sonrisa, ya que estrechar manos parecía no ser acorde a la situación. Otro niño pequeño jugaba con autos de colección Majorette sobre la alfombra, imaginando quién sabe qué historias o aventuras estarían teniendo los autos y sus conductores.

- Marcel, hay visita –le reconvino su madre.

- Pipito –se sumó su padre-. ¿Podés saludar a la visita?

- Ah, hola –miró un segundo el aludido a la alta detective, y siguió con sus juegos- Tome asiento, por favor –invitó Albert, sentándose junto a su esposa-. Normalmente cuando alquilo el barco a extranjeros, tengo que ser *yo* quien lo pilotee.

- Entiendo el cuidado que le pone a su yate, Pujol, pero soy Fusilera Naval de la Armada Francesa, retirada ahora. He pilotado lanchas y buques militares de hasta ciento quince pies de eslora. No creo que un yate deportivo represente un desafío para mí. ¿Qué motores tiene?

- Dos General Motors en línea modelo 371, de doscientos caballos cada uno.

- Sonará como los *Greyhound* americanos, entonces –sonrió Edith.

- O como los de la Onda de acá –entendió el dueño de la embarcación, haciendo la referencia a la principal empresa uruguaya de transporte de pasajeros que usaba los mismos motores americanos-. ¿Brevet tiene?

- Brevet A, expedido por la Prefectura de Niza –le mostró el documento que llevaba en su billetera. La detective ya venía preparada para tal contingencia, y este documento *sí* era verdadero.

- Me dijo por teléfono que tiene ganas de explorar los humedales del Santa Lucía –dijo el dueño de casa, analizando más por curiosidad patriótica que por chequear que su barco estuviera en buenas manos el Brevet expedido en idioma francés, tierra que le vio nacer en 1949 en la región de Gers, pero de la que no guardaba gran parte del idioma, ya que sus padres le trajeron a Uruguay a la edad de siete.

- Un amigo cercano mío, Gérard Maupassant, que escribe para *France Liberté*, me lo recomendó de la vez que estuvo aquí en Uruguay. Parece un ecosistema *único* para explorar y disfrutar. ¿El Horizonte cuenta con un bote de goma con motor?

- Tiene, sí. El motor es de diez caballos, pero funciona bien.

- ¡Excelente, pues!

- El parte de salida en la Prefectura de Santiago Vázquez, ¿*sabe* darlo?

- No creo que sea un problema. Es bastante internacional, ¿no? Además me he adelantado y he dado aviso al Prefecto Nacional Naval, Lema, que estaré recorriendo el Santa Lucía.

- ¡¿Habló con Lema?! —no salía de su asombro el dueño del Horizonte, como si la francesa le hubiera mencionado que tomó un té con Dios para charlar de la vida.

- Hace un momento le avisé a través de un contacto en común.

- Se ve que usted tiene más contactos que yo —no salía de su asombro el uruguayo-francés-. Está bien. *Puedo* alquilárselo. Sólo falta ver el tema del pago.

- ¿Tres mil dólares por alquilárselo del viernes de tarde al lunes de tarde estará bien? —ofreció Edith.

- Está bien, sí —puso su mejor cara de póker el empresario uruguayo, sabedor de que la tarifa *duplicaba*, al menos, lo que podía sacar por el alquiler de su embarcación en Punta del Este, el principal balneario uruguayo, y en plena temporada, que por circunstancias de su trabajo, esta vez no iba a ser el destino de las vacaciones familiares de *todo* el verano, como solía ser, sino sólo desde el primero de febrero.

Edith sacó los fajos de billetes de cien dólares de su bolsillo, prolijamente ordenados de a mil, y le dio tres. Con un estrechar de manos, cerraron el trato.

- Una cosa más: ¿la embarcación cuenta con cartas náuticas?

- Tiene, sí. Las cartas náuticas completas están en un armario sobre los sillones del living interno, cartas del Santa Lucía y del Río de la Plata. Intente, si tiene que trazar la ruta en el mapa, acordarse de borrar lo que dibuje con el lápiz.

- Así lo haré —aseguró la detective.

- Mándele mis saludos a Emilio —agregó la madre de dos hijos y uno o una que llevaba en el vientre.

- Así lo haré cuando le vea.

Nicolás volvía tarde a su casa. Se había gastado lo que le quedaba de su mesada y aún faltaban *varios días* para terminar el mes. Tendría que pedirle a su padre dinero adicional, pero la noche *realmente* lo había valido. Había sido de esas noches mágicas donde todo sale bien. Juntarse para estudiar, luego el cine, la cena, el paseo por la rambla... Faltó el beso, nomás. Pero ya llegaría. Nico tenía el perfil más de ir directamente al asunto en sus citas, o como se dice en Uruguay "ir a los bifes", pero con esta persona necesitaba todos los pasos previos, y por primera vez podía decirse a sí mismo que lo estaba disfrutando.

Caminaba pasada la medianoche por Gabriel Otero volviendo a su casa. Hasta *eso* había tenido que relegar. Cuando acompañó a Valen hasta su casa y se habían despedido con un beso en la mejilla y un abrazo tierno pero con el mensaje corporal de "hasta ahí", revisó en su billetera y no le quedaba dinero para un taxi, así pues regresó desde Pocitos en ómnibus. Poco le importaba, el muchachito de cara de niño encantador y anchos brazos caminaba como pisando nubes, proyectando desde ya la próxima salida, con una sonrisa en la boca.

Sin embargo, tendría que hablar con su padre para que le habilitara más dinero y tendría que someterse al sermón de siempre de que "Vos tenés que ser más cuidadoso con lo que gastás", y "Vos tenés que aprender a administrarte mejor, para eso están las mesadas", pasando por el "¿Qué va a pasar cuando yo ya no esté y te quedes con todo?"

Su flujo de dinero había mermado desde que perdiera contacto con Sebastián. El dinero que le entraba por la venta de droga de su buen amigo y ex compañero del Liceo Francés había desaparecido cuando él se hizo humo. Ya no le había vuelto a ver, y las evasivas que le daba el padre de su amigo eran poco creíbles. Sebastián le había confiado que la economía de su casa estaba en caída libre. ¿De dónde había sacado su padre el dinero necesario para mandarlos tanto tiempo de viaje al exterior?

Casi le atropella el coche verde que se cruzó en su camino de forma abrupta, clavando los frenos.

- Opa, opa, ¿y si tenemos más cuidado, capaz? –increpó al conductor del automóvil, y la adrenalina le fue subiendo. No era muy alto, Nicolás "Corchito" Umpiérrez, pero casi siempre que había tenido que irse a las manos, había tenido las de ganar.

Quizás el gimnasio completo que había montado su padre en la casa que ambos compartían, de generosas dimensiones, en Carrasco, tuviera algo que ver con la sólida constitución del joven. El conductor bajó apenas se detuvo el auto y las primeras alarmas le sonaron a Nicolás: el conductor llevaba un pasa-montañas e iba completamente vestido de negro. Le apuntó con un revólver. Segunda alarma.

- Pero, pero. ¿Qué es esto? ¿Yo qué hice? –no salía de su asombro el estudiante liceal.

El que le apuntaba rodeó el auto y le empujó violentamente contra el mismo. En cuestión de segundos y sin decirle una sola palabra, le hizo poner las manos sobre el techo del coche, le abrió las piernas y procedió a esposarle las manos tras la espalda.

- Por favor. ¡Yo no hice nada! Me está confundiendo con otra... -fue lo último que alcanzó a decir antes que la figura que movía los miembros del joven como si de un muñeco de acción se tratara, tal era la fuerza bruta empleada, siguió con la captura del joven poniéndole una tira de cinta pato que le cortó el habla, y le puso una bolsa de tela negra sobre la cabeza. Tercer alarma.

Nicolás, aterrado, imaginó lo que venía a continuación y luchó con todas sus fuerzas, se resistió y forcejeó, pero era claro que su oponente era más fuerte y estaba mejor entrenado. No pudo evitar que le forzaran dentro del maletero. Apenas podía respirar, ya que lo hacía sólo por la nariz, y tras el esfuerzo físico del forcejeo, sumado a la sensación de encierro de apenas caber en la cajuela, y lo que le decía su imaginación de hacia *dónde* le estaba llevando el secuestrador que aumentaba las pulsaciones de su corazón, el joven no tardó en darse cuenta que su prioridad en ese momento era, increíblemente, serenarse. Estaba quedándose sin oxígeno. *Calmate, Nico, calmate*, se dijo a sí mismo. *Esto es un error y cuando el pelotudo este se dé cuenta que agarró al tipo equivocado, me va a dejar ir.*

Ya se le había borrado Valen y la cita mágica, Sebastián y la incertidumbre de qué le habría pasado que hacía tiempo no le veía, el sermón de su padre... Por instinto de supervivencia, estaba concentrado en el aquí y el ahora. Intentaba adivinar por los sonidos amortiguados del exterior dónde se encontraba, o por qué calles iban tomando. Era imposible. Luego de unos minutos, el automóvil se salió de la calle hacia un terreno más irregular.

Al conductor-secuestrador parecía no importarle el vehículo y primaba la velocidad. Los amortiguadores hacían lo que podían con el terreno irregular, pero el joven en el baúl botó una y otra vez dentro, hasta que el coche se detuvo con una frenada.

El conductor no había apagado el vehículo. Cuarta alama. Así de violenta y contundentemente como le había forzado dentro del maletero, el secuestrador le sacó del mismo, y le llevó hasta situarle frente a los focos del vehículo, de rodillas. Sólo entonces le retiró la bolsa de tela negra de la cabeza. Los focos del coche le cegaron. No podía distinguir más que una silueta frente a él. Con violencia le retiró la cinta pato de la boca.

- Te voy a interrogar, *Corchito*, y depende de tus respuestas y de si éstas me gustan o no, que te vayas de aquí con vida o te encuentren con una bala en la cabeza mañana... o pasado. ¡¿He sido clara?!

- Pero... pero... -no salía de su asombro el joven-. ¿Usted es una mujer?

La respuesta de su agresora, su género ahora revelado al hablarle, no se hizo esperar. Le dobló hacia adelante con un puntapié en el abdomen. Así como había caído, la secuestradora le levantó por los pelos hasta dejarle nuevamente de rodillas.

- No me entendiste, parece: esto *no es* un interrogatorio bilateral. Aquí hago *yo* las preguntas, y tú te dedicas a *responder*. ¿Me has entendido, imbécil?

- Sí, sí-sí –pudo apenas balbucear el arrodillado.

- Bien. Te diré algunos nombres y me dirás si les conoces –sacó una hoja de papel de su bolsillo y comenzó a decir algunos nombres, que parecían serles desconocidos al secuestrado, hasta que por fin reconoció uno.

- ¡Ese! *Ese* lo conozco.

- ¿Cuál es su relación con él?

- Fuimos compañeros de liceo.

- ¿El Liceo Francés?

- Sí. Ya no va más hace unos años, pero seguimos viéndonos con Sebastián.

- Ajá. Ya veo. Elabore un poco más qué tipo de relación tiene con él.

Nicolás le parecía *tan bizarro* que le preguntaran acerca de la relación con su amigo que justo antes del secuestro estaba en sus pensamientos, que tardó un momento en responder. También quería pensar de prisa qué podía decirle a la mujer que le apuntaba, y qué le convenía ocultar. Esto le valió que la mujer le aferraba por detrás con su brazo, y le pusiera la punta del revólver en la nuca.

- Reglas básicas del interrogatorio, muchacho: si el interrogado duda o tarda en contestar, es porque está elaborando una mentira o seleccionando qué le quiere hacer saber al interrogador y qué planea ocultarle, y ya te he dicho que si no me gustan tus respuestas... ¿Sabes que a esta distancia y en este ángulo, tendré que limpiar pedazos de seso y de cráneo tuyos del capó del coche?

- Por favor, si esto es por dinero... -comenzó a suplicar el joven.

- Sí, sí, ya sé que tu padre tiene y podría pagar un rescate. Lo sé. ¿Crees acaso que me importa? Me iré apenas termine con mis preguntas, sea que tú quedes vivo, o *muerto* aquí, por lo tanto te conviene que tus respuestas me agraden. ¡Habla de una vez! –se levantó y volvió a pararse frente al joven-. Quiero los detalles de tu relación con Sebastián Bermúdez.

- Éramos compañeros de liceo, como le dije. Con el tiempo desarrollamos una amistad. Éramos buenos amigos, ¿qué sé yo? Venía a casa de vez en cuando, o nos encontrábamos por ahí para charlar.

- Ajá. ¿Y fue a petición de él o fuiste tú el que le propuso agregarle a tu red de narcotráfico?

- ¡¿Que qué?! –estalló el muchachote-. ¡Yo *no soy* un narcotraficante!

- ¿Ah, no? ¿Niegas acaso que le suministrabas droga a Sebastián para que él distribuyera? ¿Eso no es la *definición misma* de narcotráfico? ¿Qué pasó? ¿Algo salió mal, Sebastián se salió de la línea y por eso tuviste que desaparecerle, usando las conexiones de tu padre con los militares?

- Yo... ¿Sebastián está desaparecido? –de todo lo que había escuchado, esto fue lo más preocupante, y aparentemente, lo más inverosímil, y vio que la mujer del pasamontañas no reaccionaba de inmediato. Se ve que su genuina ignorancia del hecho le había tomado por sorpresa-. Entiendo lo que me dijo de no preguntar, pero: ¿Sebastián está desaparecido?

- ¿Cuándo le viste por última vez? –Edith estaba midiendo hasta dónde sabía su interrogado y si le estaba ocultando información el fornido aunque no muy alto muchachote.

- Eso fue... en mi cumpleaños. El 16 de diciembre. Me dio un alegrón bárbaro que viniera. Hacía un par de años que no venía. Nos veíamos, sí, pero esquivaba mis cumpleaños. Yo sabía por qué era.

- Dime.

- Su padre estaba arruinado, y después de la muerte de su madre, *peor*, y él se sentía mal de venir a mi cumpleaños sin un regalo que le pareciera estar a la altura de la casa donde vivo, y de la plata de mi padre. Yo siempre le dije que eso era una *boludez*, que yo quería que en mi cumpleaños estuviera la gente que yo quiero, y que me importaba un corno que me trajeran o no un regalo, pero él lo veía diferente, yo qué sé.

- Vale. Cuéntame ahora del tema de las drogas, que no quieres llamar "narcotráfico". ¿Cómo prefieres llamarlo? ¿Distribución remunerada de droga en forma ilegal?

- Sí, qué graciosa. La droga se la saco a mi padre, que tiene de más.

- ¿Entonces el narcotraficante es él?

- ¡Nada que ver! ¿De dónde sacó todos esos bolazos?

- Contesta y punto –fue firme la detective francesa.

- Se la manda todos los meses por *courrier* el Estado de Quebec. Él vivió muchos años allá, se fue de chico con sus padres. Ahí conoció a mi madre, obtuvo la ciudadanía y es beneficiario del sistema de salud.

- ¿Tiene algún problema crónico de salud?

- Hernia múltiple de disco. No es operable, no con un riesgo importante de dejarlo paralítico de por vida, entonces para aliviar los dolores el sistema de salud *Quebequois* le manda marihuana medicinal todos los meses.

- Y tú le robas una parte –entendió Edith de pronto.

- ¡No necesita *todo* lo que le mandan! Con la mitad ya tira bien todo el mes. Yo la busco del courrier, saco la mitad del envío, y con Sebastián se nos ocurrió la idea de lucrar con eso, ¿me explico? Vamos a medias con lo que se gana de la distribución que hago yo y él también, y solucionamos la casi nula plata que su padre le puede dar, y yo complemento la mesada que me da mi padre que no me da para lo que *realmente* me gustaría gastar en salidas. A mí me gusta dos por tres invitar una ronda de cervezas a mis amigos, o salir con alguien, como hoy salí, y ser yo quien pague.

- Vale –Edith empezó a caminar nerviosa frente al muchacho. No parecía estar mintiendo, y una vez que ella aflojó el *acting* de "empieza a hablar, maldito hijo de perra, o te mato aquí mismo", su interrogado había empezado a soltar la lengua con más fluidez, y a darle información valiosa. Pero de todas formas tenía la sensación de que el Corchito Umpiérrez tenía *algo* que ver con la desaparición de los Bermúdez-. Cuéntame de tu padre: ¿en qué tan buenos términos está con los militares?

- ¿Mi papá? ¿Yo qué sé? Si me pregunta si se frecuenta con militares, sí se frecuenta. Yo dos por tres los veo en los asados de tal o cual grupo de amigos, los del Club de Golf, las muestras de arte y esas cosas, también vienen algunos *capangas*, Generales y todo eso a su cumpleaños, y charla y charla, mi viejo, con ellos, pero yo trato de evitarlos. Si me pregunta mi opinión: yo prefiero que un censor no esté parado en la puerta del liceo para ver si tenés el pelo que no toque el cuello de la camisa, o si llevaste la corbata. Y ni hablemos de los que te paran de noche para pedirte la tarjeta verde.

- Entiendo: la dictadura militar interfiere en tu look y en tus salidas –ironizó la alta detective-. Volvamos a la noche de tu cumpleaños, mejor. ¿Cómo estaban Clara y Sebastián? ¿Qué hicieron?

- Ahora que lo dice, estaban como "raros". O sea: yo estaba súper-contesto que Seba hubiera venido, y a Clara la quiero como una hermana, pero... no sé cómo explicarlo.

- No parecían estar disfrutando y departiendo con los demás, ¿cierto?

- ¡Exacto!

- Dime, Nicolás: ¿les viste conversar con tu padre?

- ¡¿Cómo lo sabe?!

- Llevo *años* en esto.

- Sí, de hecho *sí* los vi conversando con mi viejo. Al principio parecía una charla amena, de lo más normal, pero después mi padre cambió totalmente la expresión. Fue como si algo que le dijeron le molestó, y un momento después se fue a su escritorio, y Clara y Sebastián se quedaron un rato más y después se fueron también. ¡Pah! –por fin entendió el muchachote. ¿Dice que ellos no estaban ahí para festejar mi cumpleaños, y que sólo iban a hablar con mi padre?

- Yo creo que puede que Clara y Sebastián *sí* quisieran estar contigo esa noche, pero *necesitaban* por otro lado, algo de tu padre. Cuéntame: ¿qué hace él para vivir?

- Es joyero. Bah, es dueño de una joyería y casa de empeño de alhajas. Algunas las vende de los que las empeñaron cuando vence el plazo de 90 días, otras las refunde para hacer anillos, cadenas y ese tipo de cosas. Se dedica a eso.

- Y eso le permite vivir en una casa de millón, millón y medio de dólares.

- ¡¿Estuvo en nuestra casa, también?!

- Oye, niño, ¿volvemos a la parte donde te aclaraba *quién* hacía las preguntas aquí?

- Está bien. Está bien. Mi padre peleó en la Segunda Guerra y recibe una pensión de veterano de guerra del Gobierno de Canadá vitalicia porque lo hirieron en Normandía, la bala le jodió la columna y con los años derivó en la hernia de disco que lo obliga a caminar de bastón. Con esa pensión yo creo que ya le daría para vivir bien. Lo de la joyería es un extra. Aparte somos él y yo solos –se alzó de hombros el muchacho.

- ¿Dónde le puedo encontrar a esta hora? Porque pasé por tu casa antes de abordarte y estaban todas las luces apagadas. ¿Se duerme temprano?

- No, ¿qué va? Todo lo contrario: entre semana llega a la joyería cuando casi están por cerrar, revisa los números con el encargado, y después se queda ahí hasta altas horas de la noche. A casa creo que no debe llegar nunca antes de las 3 o 4 de la mañana. Yo no sabría decirle la hora exacta, porque a menos que haya salido, estoy dormido, obvio.

- Necesito la dirección de la joyería.

- ¿Qué le va a hacer? –se alarmó el estudiante del Liceo Francés.

- Hablar con él. Lo siento, pero no puede demorar nuestra conversación.

- Está bien. Se lo digo. Es fácil: Uruguay y Río Branco.

- Vale. Ahora, Nicolás, te voy a quitar las esposas, pero luego de dormirte, ¿me entiendes?

- Pero... ¿y ahora por qué?

- Verás: *ahora* tú estás cooperando conmigo, y entenderás que yo *no* te he secuestrado, *nunca* has estado aquí conmigo, esta conversación *nunca* ocurrió, y todo lo demás. ¿Estamos claros en eso?

- Obvio.

- Pero... *alguna cosa* sé de cómo funciona la mente, y puede que dentro de unos minutos cuando yo me vaya y te encuentres libre, mientras te ubiques dónde estás, y empieces a caminar hacia tu casa, empieces a temer por la seguridad de tu padre, y de lo que yo pueda hacerle, o en qué consistirá exactamente mi interrogatorio, ¿ves por dónde voy?

- Me tiene que dormir para que no pueda aunque quiera avisarle a mi padre que va para ahí, ¿es eso?

- ¡Exactamente! –Edith ya venía preparada para esta contingencia. Trajo del bolso en el asiento del acompañante un frasco que destapó y con el que embebió un paño-. Ahora respira profundo, niño, y hasta mañana.

El cloroformo no tardó en surtir efecto. Edith ayudó a amortiguar la caída del muchachote sobre la arena de la playa cercana a la desembocadura del Arroyo Carrasco sobre el Río de la Plata, le quitó las esposas y estimó que estaba a una distancia segura de la ribera como para que la marea, aún si subiera, no llegara hasta el joven.

Minutos más tardes ya había vuelto a circular sobre la Rambla de Carrasco, luego de haber memorizado la ruta más eficaz hasta la intersección de las calles Uruguay y Río Branco. *Maldición*, se reprendía una y otra vez. *Lo entendí todo al revés. ¡Tenía al Umpiérrez equivocado!*

Capítulo 13: EL HORIZONTE

Habían entrado a la Casa Central del Lloyds Bank cerca de las cuatro de la tarde del día viernes tratando de no llamar la atención. De a poco se habían ido colando en los corredores destinados a los funcionarios del banco. Todo iba de acuerdo con lo planeado. El siguiente paso era el ingreso de las armas y de los chalecos antibalas. Para esto contaron con la complicidad de la empresa a cargo del transporte blindado de valores. El vehículo se detuvo en la puerta, y cuatro guardias de Prosegur se bajaron del vehículo auxiliar que seguía al blincado con sus escopetas y sus chalecos de kevlar, brindando un perímetro de seguridad para los otros guardias que venían dentro del camión con los valores.

Pero esta vez *no había* billetes, monedas u otros valores en las bolsas cerradas con candado. Esta vez había todo lo necesario para armar y proteger a los ocho que se habían ido colando antes en el banco. Ya casi todo estaba en su sitio. Sólo faltaban las alarmas volumétricas. A las cinco cerraban las oficinas del banco al público, y a las seis se iba el último funcionario. Era necesario que para cuando se retirara el último que podría estar circulando por la planta o las oficinas, cuando las alarmas volumétricas estuvieran activadas, los ocho operativos se encontraran en el único recinto del banco que por razones obvias *no* tenía cámaras, y cuyas alarmas podían desactivarse si uno tenía un ingeniero en electrónica en el equipo: la sala de los cofres de seguridad.

- Juanma, creo que nos clavaron acá como parte del castigo por lo del lunes –susurró en forma apenas audible el operativo de amplias dimensiones para el que el chaleco de seguridad le quedaba casi como una escarapela en el amplio pecho.

- Oso, escuchame –respondió el aludido en igual tono-. ¿Qué preferís, esto o la oficina de archivos? ¿La cagamos el lunes? La *re*-cagamos. Fuimos unos *vejigas* nivel Dios cuando perdimos a los *franchutes*. Vos llamáme optimista, pero yo esta sentada acá la veo como una oportunidad de redimirnos, *no* como un castigo.

- Si vos decís –se resignó el "Oso"-. Igual la suspensión de Detectives de Investigaciones y bajarnos a Detectives Grado 2 no tuve mejor idea que contárselo a María Rosa. ¿Para qué? Se puso como una fiera. Las cosas están espesas en casa. Si antes no podía llevarla al Caribe, con lo que gano ahora voy a tener suerte de alquilar algo en Solymar, y una semana, como máximo.

Otro de los ocho operativos fuertemente armados y enchalecados se acercó a la posición de los que sostenían esta charla en susurros. Era el que estaba a cargo, y eso que no pertenecía a la Policía Nacional, sino a la Interpol.

- Vosotros los uruguayos se os complica guardar silencio, ¿no es así? –les amonestó Bertrand, con un marcado acento francés-. Además, *"franchute"*, ¿no es un término un tanto despectivo hacia los nacidos en Francia?

- ¿Al menos es *buena* la pista? –no se excusó el alto y guapo Juan Martín Marquez.

- Es entre muy y cien por ciento fiable. La única duda es si ocurrirá esta madrugada o la madrugada del viernes que viene, pero estamos en el lugar indicado para atraparles.

- Si usted lo dice –se alzó de hombros el recientemente degradado Detective-. ¿Y está seguro que el informante pidió específicamente que estuviéramos aquí nosotros dos?

- Por nombre y apellido.

- La pucha –sólo pudo articular el "Oso".

No hubo más conversación, y hacia la medianoche ya habían "cenado" por llamarlo de alguna manera, unos emparedados y una botella de agua mineral que también habían sido cuidadosamente embalados dentro de los bolsos en los que habían ingresado el equipo táctico. Hacia las doce treinta fue prístinamente claro para los dos detectives, el Investigador de la Interpol y los cinco coraceros con sus ropas camufladas, sus dobles chalecos y sus cascos con visera el *motivo* por el cual aquella guardia debía ser silenciosa. Los inconfundibles golpes en la pared se hacían cada vez más audibles.

Taladros industriales de alta capacidad y mazos de 10 kilos de hierro en sus puntas se alternaban para derribar el último escollo que le faltaba a los atracadores para ingresar a la sala de las cajas fuertes particulares. La tensión de los ocho operativos policiales y de Interpol dentro podía masticarse en el aire. Todos los seguros habían sido quitados y los cargadores chequeados. Los músculos estaban en tensión. La adrenalina llenaba los torrentes sanguíneos como si de dentro de la pared fuera a emerger un dinosaurio o un dragón contra el cual cualquier poder de fuego fuera insuficiente. Todos miraban alternativamente a la pared de la que empezaba a descascararse la pintura, a caer polvillo a medida que el concreto empezaba a ceder ante los embates de las herramientas pesadas de construcción, usadas en este caso para la *destrucción*, y a Bertrand, el oficial francés de la Interpol y jefe del operativo.

Bertrand sabía que debían actuar en el momento justo, o perderían la ventana de oportunidad. Segundos *antes* de lo necesario, y los atracadores podrían volver por el túnel excavado del que sí tenían el punto de egreso (la sala en la que se encontraban), pero no el punto de ingreso. Si daba la orden segundos después, los boqueteros ya podrían verles y abrir fuego, poniendo en riesgo las vidas de los oficiales. El francés juzgaba poco probable que cuando pudiera acceder una persona por el boquete que ahora tenía el tamaño de un puño lo hiciera empuñando un arma. Los primeros serían los que abrieran la entrada, y portarían herramientas de construcción. Si había delincuentes armados, entrarían en segundo lugar. Lo indeterminado de su número *también* le preocupaba. Por las dimensiones de la habitación, sumado a la isla central compuesta por una mesa de fino mármol en el cual los clientes que usaban el servicio de cofre-fort apoyaban las cajas y retiraban o ponían nuevos valores dentro, hacía que con ocho operativos ya casi la habitación estuviera completa, y los atracadores podían venir en cualquier número entre seis y *veinte*.

El primer torso apareció. Bertrand dio la orden gestual acordada. Los dos fornidos coraceros a ambos lados del boquete tiraron del cuerpo primer atracador hacia dentro de la habitación como si de un saco de papas se tratara. Los otros tres coraceros hicieron confluir las haces de luz de las linternas adosadas a sus escopetas hacia dentro del túnel, a la vez que Juan Martín Marquez, quien había sido designado en el operativo para llevar la voz cantante, gritó:

- ¡¡POLICÍA, LAS MANOS DONDE LAS PODAMOS VER!! ¡¡¡AHORA!!! –y por unos segundos no hubo indicaciones de acatamiento de los delincuentes dentro del túnel- ¡¡CUENTO TRES Y TIRAMOS LAS

GRANADAS PARA ADENTRO DEL TÚNEL!! ¡¡CORACEROS, GRANADAS LISTAS, UNO... DOS...

- ¡Nos rendimos, nos rendimos, no disparen! −se escuchó una voz desde varios metros *dentro* del túnel, como si formara parte de la retaguardia-. ¡*Merda*!

Bertrand sonrió satisfecho al notar el acento claramente italiano, y si uno podía basarse en su experiencia, Calabrés.

- ¡Salgan de a uno, despacito! Tranquilos y nadie sale herido hoy. Y si alguno se le ocurre volver por donde vino las granadas las vamos a tirar igual, así que vamos. Salen de a uno con las manos en alto. ¡Ahora!

Minutos más tarde doce delincuentes habían emergido por el boquete y habían sido reducidos y esposados con las manos a la espalda.

- ¿Tiramos las granadas por las dudas? −consultó el alto y guapo Detective al jefe del operativo.

- No va a ser necesario −sonrió el francés aludido-. Los cabecillas están acá. ¿Muchachos, me levantan a estos dos? −pidió a los coraceros, y con eficiencia los miembros de las fuerzas de choque de la Policía Nacional levantaron a un delgado y alto hombre y a otro más fornido y retacón-. Raúl y Darío Fischetti. Quedan ustedes arrestados en nombre de la Interpol por una lista de atracos internacionales que no traje conmigo, pero que con gusto les leeré cuando lleguemos a Jefatura Central. Marquez, puede llamar a la caballería.

- Aquí Marquez −habló por la radio que llevaba al cinto-. Los tenemos. Manden los refuerzos.

Minutos más tarde los doce arrestados salían por la puerta principal del banco que daba a la calle Cerrito, donde la noche se había hecho de día por la cantidad de móviles policiales, los focos de camiones blindados de la Guardia de Coraceros, y focos adicionales a batería apuntando hacia los atrapados.

- ¡¿Quién fue?! −le gritó antes de que le metieran dentro de la camioneta blindada Raúl Fischetti, jefe e ideólogo del atraco, dirigiéndose a Bertrand-. ¡¿Quién *coño* nos delató?!

- Ja −sonrió triunfante el oficial francés de la Interpol-. Como si le fuera a decir. Lleváoslos, muchachos. A Jefatura Central sin escalas.

Ernest Gutfraind se encontraba concentrado en su tarea. Bajo la lente de aumento sostenida a un soporte que contaba también con un potente foco, sus manos se movían con la precisión de un cirujano operando el cerebro de un niño. Por fortuna la bala recibida más de tres décadas atrás *sólo* le había lesionado la columna, pero su motricidad fina estaba intacta. Era *clave* para su profesión. Sin ella no estaría dirigiendo un negocio próspero, a la vez que recibía *dobles* ingresos de parte del Gobierno: uno por sus actividades legales para el Banco Central, el otro ya no tan "legal", pero al menos lo hacía para quienes retenían el poder del Gobierno Central.

Repasó otra vez más cada trazo, cada línea, cada ondulación, cada sello en la placa matriz y estuvo satisfecho con el resultado. Cargó la matriz en la imprenta, verificó el estado de tinta y comenzó a imprimir. Tenía para una media hora hasta que estuvieran todos los ejemplares impresos, así que decidió dedicarse al *otro* encargo pendiente. Apenas tomó asiento tras su escritorio sintió el inconfundible "clic" de un arma amartillándose. Dirigió su vista hacia la portadora, que con el sigilo de un ladrón profesional y vestida de igual manera se había colado en su comercio, burlando las cerraduras, y se encontraba apuntándole en su propia oficina, en el sótano de la joyería que tenía en la esquina de Uruguay y Río Branco, en el centro de Montevideo.

- Ernesto Umpiérrez –sólo dijo Edith, y cambió contra sus propias normas de hablar en el idioma local en sus investigaciones, si lo conocía, al idioma francés nativo para ella, y que sospechaba que el cincuentañero al que apuntaba sabía hablar mejor que el español-, ¿o Ernest Gutfraind, debería decir, como se le conoce en otros ámbitos? Usted y yo tenemos que hablar.

- ¿Y usted quién *putas* es?

- ¿Yo? Soy la que tiene el arma apuntándole y quien viene a hacerle preguntas, y usted es quien va a responderlas. Las manos sobre el escritorio, si fuera tan amable.

- Está bien. Vamos a tomarnos esto con calma –inició el dueño de la joyería y tienda de empeño de alhajas, y lo siguiente que pudo sentirse fue el ¡¡¡PAUM!!! de un disparo salido del arma que pendía bajo el escritorio en un soporte móvil, dándole la opción de apuntar.

La bala atravesó de lado a lado el muslo izquierdo de Edith. La mezcla del dolor lacerante y lo inesperado del disparo agresor hizo errar el tiro de respuesta de Edith, que sólo rozó el brazo izquierdo del hombre del traje azul. Gutfraind se puso de pie con la ayuda de su bastón, y cuando estaba a sólo unos pasos de la detective y ex fusilera naval que yacía en un mar de dolor en el piso, tiró del mango de su bastón para revelar una hoja de sesenta centímetros oculta en el bastón de madera, listo para asestarle el golpe mortal a la intrusa.

¡¡¡PAUM!!! sonó el disparo de la 38 Smith & Wesson de Edith, justo a tiempo, destinada, o eso había intentado ella, a un punto no vital pero sí debilitante, y rodó por el piso para evitar la afilada hoja mortal, que se estrelló contra el piso, seguido por el cuerpo del veterano de la Segunda Guerra Mundial que estuvo en el desembarco aliado del Día D.

El cuerpo de Ernest Gutfraind sonó sordo al impactar contra el piso.

- ¡¡NO!! ¡¿Qué he hecho?! —no salía de su asombro la alta blonda, mezcla genética de arios y guaraníes.

Dio vuelta para ponerle boca arriba el cuerpo de Ernesto Umpiérrez o Ernest Gutfraind, según qué documento de identidad o qué ficha uno consultara.

El herido respiraba con dificultad. Una mancha carmesí se extendía a la altura de su pulmón izquierdo, extendiéndose a cada segundo que pasaba.

- ¡No era mi intención, se lo juro! —estaba al punto de la desesperación Edith-. Usted me atacó, yo contraataqué, pero no quería que esto terminara así.

- Tranquila, desconocida, tranquila —intentó confortar en francés a la intrusa-. Ya todo terminará pronto.

- ¡¡NO!! ¡*Puedo* llamarle una ambulancia! ¡Quizás lleguen a tiempo!

El dueño del comercio de empeño de joyas y joyería sito en la intersección de Uruguay y Río Branco parecía en paz consigo mismo, en paz con todo lo que esta vida le hubiera podido brindar. Sus pupilas azules miraban de tanto en tanto a Edith, pero por lo general apuntaban al vacío del que no se vuelve, el del pasaje a la próxima vida, si es que la hubiera.

- Vino a preguntarme algo, yo me sentí invadido, vulnerable, y le ataqué. *Mi* error de juicio. Usted actuó en defensa propia. No tiene la culpa.

- Pero yo debería haber sido más precisa en mis movimientos, en mis acciones —Edith por fin entendió que no había vuelta atrás, las lágrimas de arrepentimiento rodándole por las mejillas.

- Ahora ya está. No se mortifique. Dígame, porque no creo poder mantenerme consciente por mucho más tiempo: ¿qué venía a preguntarme?

Edith enjugó sus lágrimas pues sabía que de la información que pudiera extraerle al *ser humano* que había asesinado, aun cuando su corazón aún latiera y enviara mensajes inteligibles a su cerebro, dependía que dos jóvenes en Automotoras Orletti, en Argentina, vivieran o no.

- ¿Por qué Clara y Sebastián Bermúdez? ¿*Qué* hicieron ellos?

Ernest tardó un momento en contestar. Sin dudas estaba haciendo acopio de lo que le quedaba de consciencia en este plano de existencia para colaborar en lo que pudiera con "algo" que pudiera servir a su asesina para reparar *algo del mal* que él había causado.

- Porque *sabían* –sólo pudo balbucear, entre chorros de sangre que le manaban de la boca al joyero/veterano de la Segunda Guerra/padre protector y proveedor de un joven que a partir de esa noche se sabría huérfano, una vez que despertara del sopor causado por el cloroformo, en la desembocadura del Arroyo Carrasco sobre el Río de la Plata.

El corazón del lisiado de guerra, devenido en criminal internacionalmente buscado, se había detenido.

- ¡¡¡¡¡NNNNNOOOOOO!!!! –bramó Edith, y enajenada empezó a patear cada estante, escritorio, cajón y útil de oficina que pudo encontrar. Tardó un largo momento en serenarse. El quincuagenario del traje azul yacía inmóvil en el piso, un charco de sangre extendiéndose a partir de la herida de bala que *ella* le había provocado. Con su 38 aún en la mano, lo único que pudo hacer por incontables minutos fue... llorar.

- Este no puede ser el fin del camino –se halló hablando consigo misma en voz alta. ¿Quién podría saber cuánto tiempo habría pasado? *Clara y Sebastián aún pueden estar vivos, y te necesitan, Edith*, se reconvino a sí misma.

Examinó la habitación al detalle. Lo primero que le llamó la atención fue que el ruido que había sentido todo el tiempo, el de la imprenta Gromberg 370, había cesado. Examinó al detalle la hoja más recientemente impresa que estaba en la bandeja de salida. Por un momento intentó serenarse e interpretar las palabras en español que estaba leyendo. Luego una mínima, incluso *ínfima* chispa de esperanza, se encendió en su cerebro. Como enajenada comenzó a contar hoja por hoja el número de impresiones de la vieja pero aún funcional imprenta.

- ¡Claro! –por fin entendió, dialogando consigo misma-. ¡*Esto* es lo que habían descubierto Clara y Sebastián! –Empezó a hurgar en las gavetas del escritorio del dueño del comercio y ahora occiso. Por fin halló bajo un doble fondo oculto quizás para un amateur, pero no para una detective de su trayectoria, unos documentos de manufactura *tan profesional*, que ni el más experto podría diferenciar de un documento auténtico-. ¡¡LA *PUTA* QUE ME PARIÓ!! –lanzó a los cuatro vientos.

La consciencia era algo que sabía que no podría mantener por mucho tiempo. Se quitó el jersey de lana fina que llevaba y se lo ató firmemente amortiguando la salida de sangre de la herida en el muslo izquierdo. Tomó en un bolso que encontró en la habitación algunos de los documentos fraguados que encontró en el compartimento oculto en una de las gavetas del escritorios y un par de las impresiones que habían sido hechas en la Gromberg 370 que aún conservaban el calor de la impresión reciente y se dio a la fuga. Al salir, con las llaves incautadas del cadáver del dueño del local, cerró la puerta con ellas y partió la llave dentro de una patada. *Eso les demorará el lunes, cuando los empleados intenten entrar*, se consoló, y rengueando llegó al Peugeot 504 de alquiler, rumbo a Toledo.

- Necesito sutura y luego suero, 'pá –lanzó Edith entrando por la puerta trasera de la casa de alquiler en Toledo, agarrándose el jersey que había amortiguado bastante la salida de sangre, pero no lo suficiente.

- Voy por lo necesario –se levantó de prisa Stéfano, que no era la primera vez que tenía que emparchar a su hija para mantenerle con vida hasta llegar a un centro hospitalario adecuado.

Llevaban en su equipaje por regla general suero, antibióticos líquidos y en cápsulas, elementos de sutura, pinzas asépticas para extraer balas, algodón, gazas, desinfectante, leuco y todo lo necesario para una intervención del estilo de la que se necesitaba en ese momento. Cuando Stéfano regresó Edith estaba en ropa interior de la cintura para abajo, con su pierna izquierda apoyada en otra silla, y a su lado había una botella de agua mineral Salus que la detective tomaba como si volviera de una semana de caminar por el desierto. El sexagenario italiano tiraba chorros intermitentes de desinfectante sobre la herida, por un lado para limpiar, y por el otro para definir cuál era el punto exacto a suturar.

- ¿Quieres anestesia?
- ¿Tienes que preguntarlo *siempre*? ¡No, papá!

- Tenía que preguntarlo —se alzó de hombros el ex maquis-. ¿Estás segura? ¿Ni siquiera local? —su hija adoptiva le miró de forma furibunda, como si fuera un joven de quince años a quien su madre le pregunta por décima vez si le ayudaba a atarse los cordones-. Vale, tú decides.

Stéfano comenzó a suturar la entrada de la bala, del lado anterior de la pierna. Para cuando terminara, Edith tendría que tenderse en el piso boca abajo, para que el italiano pudiera cerrar el agujero de salida de la bala, en la parte posterior del muslo.

- Debes ser el único ser en este planeta que bebe agua mientras le cosen una herida. Si fuera una película de guerra o de espías, el herido estaría tomando whiskey o vodka, depende de qué bloque de la Guerra Fría la filmara.

- El agua es para hidratar. He perdido líquido, y debo reponerlo, y bien lo sabes.

- Por este lado creo que ya está —observó el costurero su obra, y cortó el hilo de sutura. Ahora el agujero de salida.

- ¡Espera! Necesito verificar algo contigo antes —a Edith sólo su increíble fuerza de voluntad le mantenía consciente. Había perdido mucha sangre y sabía que no tardaría en quedar en manos del destino y de su padre que le quería como si de un órgano vital de su ser se tratara, y lo daría todo por no dejarle morir-. ¿Los pasaportes del Batallón?

- Los tengo.

- ¿Lo que le pedimos al Prefecto Lema que esté pronto en Santiago Vázquez?

- Listo, también. ¿O piensas que tienes de socio a un amateur?

- ¿Bermúdez?

- Nos estará esperando en el muelle.

- *Temprano*, levántame, por favor. Necesitamos estar saliendo lo antes posible de Santiago Vázquez. ¡*No podemos* llegar tarde! No nos puede pasar como con las hermanas Araújo en Chile. Otra vez *no* —lanzó con amargura en la voz, y casi el resto de conciencia que le quedaba.

- Las Araújo eran activistas de Allende, y eran de una familia muy modesta. Este caso es *muy* distinto. Los jóvenes Bermúdez son prisioneros de alto perfil, ya te lo he dicho.

- Bien, traje un bolso... -quiso decir Edith, pero la consciencia le dejó.

Stéfano amortiguó la caída, y cubriendo su precioso traje blanco favorito de sangre, guió el cuerpo de su hija para acostarle boca abajo en el piso de la modesta vivienda de Toledo, sólo para recomenzar su labor de limpiar, identificar dónde era necesario cerrar el tejido, y suturar. Cuando terminó estaba exhausto como si hubiera corrido una maratón. Trajo un perchero de pie que encontró en la vivienda cerca para sostener el suero que hizo circular por una vía que también traían en su maletín de "primeros" auxilios en sus misiones dentro del cuerpo de su hija. Chequeó el pulso. Era la una cuarenta de la madrugada del viernes para el sábado. El pulso era débil, pero regular.

- Algún día tienes que parar, Edith –dijo a su hija, aunque sabía que ésta no podía escucharle-. No puedes salvar a *todos* –el veterano de una guerra mundial, la segunda, e incontables casos siguiendo los pasos de su amada hija, sabiéndose impotente más allá de lo que ya había hecho, no pudo hacer otra cosa que llorar.

Emilio no podía contener sus nervios. El mensaje de Stéfano no había dejado lugar a dudas de dónde tenía que presentarse y a qué hora, pero no había detallado el *por qué*.

Vio los faros de un coche llegando a la base de la pequeña escollera del puerto fluvial para embarcaciones deportivas de Santiago Vázquez. No era demasiado extensa, pero la costa por un lado y una isla cubierta de césped por el otro daban a este canal natural la protección suficiente que complementaba la escueta escollera. El vehículo se detuvo de forma abrupta, y Stéfano que iba conduciendo descendió rápidamente.

- Ayúdeme con Edith –le pidió.

Sólo entonces Bermúdez pudo observar que en el asiento trasero viajaba acostada Edith, y por su semblante, estaba *lejos* de encontrarse bien. Una vía estaba clavada en su brazo izquierdo y la bolsa de suero al otro extremo estaba atada al agarra-manos del lado izquierdo, dándole la suficiente altura para que su contenido cayera por gravedad.

- ¿Qué le pasó?

- Ahora estamos cortos de tiempo. Tenemos que zarpar cuanto antes. Yo le despertaré y necesito que le ayude a subir a ese bote –señaló Stéfano, mientras sacaba del maletín de "primeros" auxilios una jeringa ya preparada y en su envase hermético.

Con la pericia que dan los años de enfrentarse a situaciones como aquellas como parte de su día a día en la profesión que ella había elegido y él había acompañado, el veterano le quitó el aire a la jeringa e introdujo su contenido en la válvula auxiliar de la vía, para que llegara más directo al torrente sanguíneo, en comparación con ser inyectada en la bolsa de suero.

- Vamos, Edith, reacciona –le cacheteó suavemente las mejillas.

La alta veterana de guerra abrió poco a poco los ojos y comenzó a orientarse.

- Estamos en el Puerto de Santa Lucía. El bote está aquí como lo pedimos. Voy a avisar a la Prefectura que lo vinimos a buscar. Emilio: Necesito que le ayude a subir al bote, y rápido. Es preciso que no le vean en este estado o levantaremos sospechas.

- Sí, claro. Venga, tómeme por el hombro. Ahí está. Pequeños pasos, no hay apuro. ¿Cuál es el bote? –preguntó Emilio a Stéfano, que ya empezaba a alejarse hacia la pequeña sede de la autoridad nacional de las aguas de Uruguay en aquel pequeño puerto.

- El gris grande, el de Prefectura.

Emilio no podía salir de su asombro, pero no creía haber escuchado mal: Stéfano parecía muy seguro respecto a las indicaciones que le había dado. Con cuidado ayudó a depositar a la tambaleante detective dentro de la embarcación de goma de 24 pies de eslora, unos ocho metros, y motor fuera de borda Yamaha de 40 caballos de fuerza. Había varias bolsas y bultos que ocupaban casi la mitad de la parte interna de la embarcación. Esperó pacientemente junto a una Edith que apenas podía mantener los ojos abiertos.

- ¿Qué le pasó? –Emilio sabía un poco por sentido común, otro poco por las averiguaciones que había hecho para sus libros, que un paciente en el estado calamitoso de la detective privada, *había* que darle charla.

- Gajes del oficio, Emilio. Nada grave, no se preocupe. No estoy *tan mal* como parezco. Es que para acelerar la recuperación mi padre me ha suministrado calmantes, antibióticos y anestésicos potentes, por eso se me traba un poco la lengua cuando hablo –sonrió. Parecía beoda, aunque no lo estuviera.

- ¿Pero *va* a estar bien?

- No es mi primer rodeo, como dicen los norteamericanos.

Stéfano llegó en ese momento con los bolsos que traían en el maletero que podía cargar.

- Ya casi estamos.

- ¿Quiere que le ayude?

- No-no. Estoy bien. Un viaje más y estamos listos.

Minutos más tarde Stéfano se subió e intentó en vano hacer arrancar el motor fuera de borda que impulsaba la embarcación.

- Déjeme que le ayude −se ofreció el escritor uruguayo, y experimentado nauta deportivo. En dos intentos tirando del cordel, hizo rugir el motor-. ¿Dónde vamos?

- No tengo foto ni descripción exacta, pero el buque que alquilamos se llama Horizonte.

- ¿Pujol les *alquiló* el Horizonte, al final?

- Sí, por un precio razonable.

- ¡Guau! Hace *años* que no navego en ese barco. Desde que... ¿Pero para qué contárselos otra vez?

- ¿Se siente usted capaz de navegarlo? −le preguntó en un hilo de voz Edith-. En condiciones normales yo misma podría, pero... puede que toda la droga legal que ha puesto mi padre en mi cuerpo haga que mi precisión al timón y en el trazado de la ruta sea un poco... errática −hizo un gesto con su mano como si se tratara de la ruta de un beodo tratando de caminar en línea recta.

- Cuente conmigo para eso −aseguró el padre de los adolescentes desaparecidos, sin saber exactamente hacia dónde debería guiar el Explorador Baader de 1947 de casco y cubierta de madera, que había reconocido como uno de los más importantes de la cincuentena de embarcaciones amarradas a las boyas del Puerto Náutico Fluvial de Santiago Vázquez. El estilizado yate deportivo de unos catorce metros de largo, presentaba las líneas de una embarcación deportiva innovadora para su época, algunos dirían "de autor", con un símil mástil en su parte superior donde se ponían dadas las circunstancias las banderas de los países en los que atracara, mayormente por la cercanía la de la Argentina.

Por fin llegaron hasta la embarcación, y luego de ayudar entre los dos a tumbar a Edith en el sillón del living interior de la embarcación, y de descargar los bultos y los bolsos del gomón propiedad de la Prefectura al yate,

Emilio Bermúdez se dedicó con experticia fruto de su vocación por el mar y la clara sensación de que *sus* acciones y de *su* pericia náutica dependía la vida de sus hijos, a encender los motores General Motors 371 en línea para que calentaran, a seguir con las instrucciones de los detectives del próximo paso a seguir, o, más precisamente, de Stéfano, ya que la detective había sucumbido nuevamente al letargo de las drogas.

- ¿Hacia dónde nos dirigimos? –preguntó al sexagenario padre de la paciente.

- A Buenos Aires.

- ¡¿A Buenos Aires?! –Exclamó el escritor-. ¿Y *tenemos* combustible suficiente?

- La Prefectura de Santiago Vázquez nos debe haber llenado los tanques, por lo que tengo entendido.

Emilio verificó los medidores de los repositorios de la embarcación.

- Tanques llenos –confirmó-. ¿Cartas náuticas tiene el barco, no?

- En esa gaveta deben estar –señaló Stéfano, y se dedicó a su rol de mantener a su hija con vida y recuperándose hasta llegar a su destino.

El escritor y nauta por vocación se dedicó a seleccionar las cartas náuticas adecuadas y a obtener de las gavetas repartidas en el living interior de la embarcación los materiales necesarios para trazar una ruta de salida del Río Santa Lucía, para luego, cambiando cartas náuticas, a trazar una ruta segura, esquivando bancos de arena y aprovechando los canales dragados en el río ancho como mar para la circulación de barcos mercantes de gran porte río abajo, que traían productos agrícolas desde sus dos afluentes principales, el Río Uruguay y el Paraná, provenientes del interior mismo del Uruguay y la Argentina, hasta la Ciudad de Buenos Aires.

- ¿A qué punto de Buenos Aires tenemos que llegar? –consultó Bermúdez.

- Lo más cerca posible del Aeropuerto Internacional de Ezeiza.

- Entendido – y luego de un momento, revisó sus trazados a lápiz sobre los mapas, y consideró que estaba satisfecho con su trabajo-. Calculo unas doce horas de travesía.

Stéfano consultó su reloj pulsera.

- Supongo que estará bien. Dígame si necesita algo de mí.

Emilio le explicó a Stéfano cómo ir dándole las indicaciones del caso, qué representaba cada ícono en el mapa, y cuando pareció que todo estaba dispuesto, soltó las amarras de la boya e impulsó los motores General Motors, dirigiéndose a través primero del delta del Río Santa Lucía, y luego hacia el Río de la Plata, con rumbo a la sucursal del Yacht Club Argentino en San Fernando.

Al llegar a aguas internacionales, las primeras luces del alba (valga la redundancia) podían verse sobre la embarcación llamada "Horizonte".

CAPÍTULO 14: SU ÚLTIMA CENA

¿Lo encarás vos o lo encaro yo? –preguntó la menor de los Hermanos.

- Dejame a mí. Es un negocio y él es un negociante, ¿no? Vamos a negociar el precio y listo –sonrió confiado Sebastián, aunque por dentro estaba hecho una bola de nervios.

- 'Tá, pero vamos juntos.

- Dale.

Fueron sonriendo y socializando entre la multitud hasta que llegaron junto al padre del homenajeado.

- Buenas, no sé si se acuerda de Clara y de mí. Yo soy Sebastián, iba con su hijo al Liceo Francés.

- Ah, sí. Sí, *claro* que me acuerdo de ustedes. ¿Cómo les va, tanto tiempo?

- Bien-bien, lo más bien.

- ¿Están pasando bien, chicos? –era todo cordialidad el dueño de casa.

- ¡Está todo perfecto, gracias! –sonrió a su vez Clara-. Su hijo *sí* que sabe armar una buena fiesta.

- Es un crac, el Nico –dijo con auténtico orgullo paternal Ernesto Umpiérrez-, y además es el único que tengo.

- ¿Pero Nicolás no tenía un hermano mayor –preguntó intrigado Sebastián-, uno que era dos o tres años más grande que él? El Corcho, era su apoyo, por eso a Nico le decimos el Corchito, con cariño.

- Tenía, sí –fue parco en principio el dueño de casa.

- Ah, yo lo siento...

- No, no es lo que piensan. Cuando nos divorciamos con mi mujer y ella se volvió a Canadá les dimos a los chicos que ya eran grandes, Nico tenía doce y Ernesto capaz que catorce o quince, la posibilidad de elegir con quién querían vivir, si con su madre en Canadá o conmigo en Uruguay. Ernesto no lo dudó ni un instante y eligió a su madre. Nico se quiso quedar conmigo.

- Lo debe querer mucho, ¿no? –preguntó Sebastián.

- Es la luz de mis ojos.

Los tres sonrieron. Sebastián decidió que quizás ya era suficiente de "pequeña charla" y decidió pasar al tema principal.

- Ernesto, necesitamos un favor de usted. No es plata, le voy anticipando.

- Sí, claro, díganme.

- Necesitamos que nos haga tres pasaportes de buena calidad –lanzó la bomba-. No de esos que puedan levantar sospechas en el aeropuerto. Necesitamos irnos de este país, Ernesto. Nos estamos ahogando en deudas. Nuestro padre no puede más. Estamos vedados de salir del territorio nacional por el Gobierno. No es que hayamos hecho nada malo, ni nada por el estilo. No les gustamos, eso es todo. *Necesitamos* irnos de este país, y recomenzar en algún otro, y para eso usted parece ser la persona indicada. ¡Podemos pagarle! Sólo díganos cuánto cobra –finalizó el joven de 17 años.

- Creo que les informaron mal. No... Yo ni siquiera *sé* con quién me están confundiendo, pero: ¿fabricar pasaportes, yo? Me parece que les indicaron a la persona equivocada.

- Ernesto, se lo estamos pidiendo por favor –intervino Clara, suplicante-. Entiendo que quiera mantener su habilidad en privado, pero nada más alejado de nuestras intenciones que irle a nadie con la información, créame.

- ¡De eso nada! –confirmó Sebastián-. No le vamos a decir a nadie, pero no tenemos dudas de que es usted el que nos indicaron. Preguntamos a un contacto nuestro, que nos mandó con otro, y luego con otro más y esta última persona nos describió con lujo de detalles su comercio, a usted, ¡hasta su bastón! Podemos pagarle por los documentos.

- Jóvenes, les vuelvo a reiterar: yo *no soy* la persona que buscan –dijo muy serio, y se retiró a su escritorio.

Momentos más tarde, Clara y Sebastián se despedían del cumpleañero y volvían en la moto para su casa cuando se quedaron sin nafta a escasos metros de la estación ANCAP de Arocena y Otero. ¿Suerte, verdad? Lo hubiera sido para jóvenes cuya economía familiar fuera normal, pero se habían confiado que tenían suficiente combustible para ir y volver y no cargaron más por si acaso. No llevaban dinero con ellos. Decidieron no empujar el birrodado las treinta calles que les separaban de su hogar, y pidieron a los pisteros de la estación para dejarla allí por la noche. Ya mañana volverían a buscarla.

Cuando llegaron su padre aún estaba despierto, leyendo lo que había escrito durante el día y haciendo anotaciones. Les ofreció si les calentaba algo de comer, pues había quedado guiso de lentejas guardado en la heladera que había sobrado del mediodía. En la concentración de la corrección, Emilio había olvidado que sus hijos tenían un cumpleaños hoy, y casi por extensión y obviedad, ya venían cenados. De todas formas eran tales los nervios del motivo de peso que les había llevado esa noche a la casa del "Corchito", que casi no habían probado la comida del cumpleaños, así pues aceptaron la oferta de su padre.

Esa fue la última noche que Clara y Sebastián Bermúdez cenarían *jamás* en esa casa.

Edith despertó sin ubicarse demasiado al principio dónde estaba. Por las dimensiones del camarote y el movimiento, sumado al golpeteo de las olas mientras la embarcación surcaba el Río Ancho como Mar, la detective pudo finalmente entender que su plan había seguido su curso, aún sin estar ella consciente. Se sentía descansada. Tanteó su herida. Probó la flexibilidad y los movimientos antes de intentar bajarse de la cama de plaza y media. *Maravillas de la medicina moderna*, pudo apreciar, *y mi padre cada día se supera*, sintió orgullo de hija a la vez que profesional. Llegó yendo hacia la popa y subiendo una corta escalera al living principal del yate deportivo. Stéfano se había dormido sentado, con su cabeza apoyada sobre la mesa y su brazo oficiando de almohada. Le despertó con cariño.

- ¿Eh? ¿Qué? –tardó en reaccionar-. Creo que me dormí. ¿Cómo te encuentras?

- ¡De maravillas! Eres un genio de los cuidados de batalla.

- ¿Qué va? Ahora las medicinas lo hacen todo. Mira si íbamos a tener instrumental como con el que contamos ahora en la Segunda Guerra. ¡Hubiéramos expulsado a los condenados Nazis de Francia! –sonrió-. En mi época una herida como la tuya se tapaba con un trapo mugriento por quién sabe cuánto tiempo. Si no te mataba la infección hasta llegar a un lugar seguro, te mataría la falta de antiséptico, de material de sutura... Lo mejor que teníamos para parar el sangrado era calentar al fuego una hoja de cuchillo, llevarla al rojo vivo en el fuego para cerrar las salidas, y si era demasiado el sangrado, se cortaba la culata de algunos cartuchos de escopeta, se metía la pólvora con cuidado dentro de la herida y se prendía fuego. Ahora tenemos equipo esterilizado de sutura, suero, antibióticos y antisépticos, ¡coagulantes tenemos, para mejorar el proceso de cierre de las venitas y las arterias cortadas por el paso de la bala!

- Estamos mejor equipados, eso es verdad.

- Fíjate lo siguiente: la penicilina se había descubierto no hacía mucho cuando estalló la guerra, y tenerla en nuestra patrulla maquis ocurría de tanto en tanto, cuando asaltábamos una ambulancia o un puesto de salud Nazis.

- No te quites mérito, papá: ¡eres el mejor! –le besó en la mejilla con afecto-. ¿Dónde está Bermúdez? –observó que en la timonera en uno de los extremos del living de la embarcación deportiva no había nadie al timón, y sin embargo la embarcación se desplazaba a casi su máxima velocidad de crucero, a juzgar por el rugido de los motores bajo sus pies.

- Debe estar arriba timoneando.

- Vale. Iré a relevarle. Tú duerme, papá. La cama en el dormitorio principal no es la del Sheraton, pero para un yate deportivo está bastante bien.

- Creo que seguiré tu consejo.

Una vez al exterior Edith pudo observar al escritor de espaldas a ella, muy compenetrado en seguir el rumbo trazado.

- Lindo día para navegar, ¿no es así? –le sorprendió Edith.

- ¿Se levantó? ¡Qué alegría! ¿Se siente usted mejor?

- De maravillas –observó que en el horizonte, coincidente con el rumbo que llevaban, se podía divisar apenas la silueta de unos altos rascacielos-. ¿Aquello ya es Buenos Aires?

- Sí, los edificios de La Plata. *Falta* todavía.

- ¿Cuánto estima usted, a esta velocidad?

- Hasta San Fernando quizás unas cuatro horas, aproximadamente.

- ¡Mejor imposible! Le relevo al timón, Emilio. Vaya y descanse hasta que lleguemos. Seguro anoche no pudo usted dormir y hoy nos espera una noche agitada.

- ¿Pero sabrá usted llegar?

- Descuide. Sólo dígame dónde nos encontramos aproximadamente en la carta náutica, el rumbo a seguir, dónde virar, y yo me haré cargo del resto.

El escritor fue aminorando la velocidad gradualmente hasta dejar los motores en neutro. Ambos descendieron y en minutos la ex fusilera naval absorbió y memorizó la información que le fue transmitida y volvió a la timonera exterior con una botella de agua. Era *esencial* que recuperara los líquidos perdidos. Fue acelerando hasta sentir por el rugir de los motores que la velocidad máxima de crucero había sido alcanzada. No la velocidad máxima total de la embarcación, pero sí la mayor que podía sostenerse por un largo período de tiempo.

Con el pasar de los minutos, y luego de las horas, una mayor parte del territorio argentino y un mejor detalle de las siluetas de la ciudad que superaba los diez millones de habitantes sólo en su casco urbano, se iba haciendo visible.

El heterogéneo grupo de extranjeros había arribado sin problemas al Aeropuerto de Ezeiza. Salvo que eran todos hombres, no había *un solo* rasgo en común entre uno y otro. Había un afrodescendiente, uno de rasgos musulmanes, y los demás lucían europeos. Algunos llevaban barba, en diferentes estilos y estados de manutención o libertad y otros iban rasurados, había algunos atléticos y fornidos, y otros enjutos y de gafas... uno incluso lucía un prominente abdomen fruto del buen comer, sus estaturas iban del metro sesenta y cinco al metro noventa.

Eran resabios de otra época, donde no se buscaba un solo tipo de soldado, el atlético y fornido, alto de preferencia... en la época de su enlistamiento se aceptaba a quien fuera que viniera a servir a su patria dentro del territorio nacional o en cualquier lugar del mundo donde les enviaran. Aceleraron sus pasos con algarabía cuando localizaron a Edith que les estaba esperando. Un hermoso momento tardaron en dejar de saludarle con abrazos apretados y sentidos.

- ¡No puedo creer que hayan podido venir todos y en tan corto tiempo! –expresó emocionada y en francés la detective cuando por fin le dejaron libre de tanta expresión de afecto los veteranos de guerra del 47° Batallón de Infantería Blindada.

- ¿Qué te puedo decir? Era un plan de fin de semana, con todos los gastos pagos –bromeó Pipin-, allá en casa nos estábamos *cagando* de frío y aquí es Verano. ¿Cómo *no* íbamos a aceptar?

- Guillaume, *sí* les has comunicado a qué han venido, ¿cierto? Miren que no vamos a un spa, precisamente.

- Lo sabemos –intervino el más corpulento en materia de abdomen, y el de la barba más larga y desordenada con seriedad-. Lo sabemos y queremos estar ahí para ti, como en su momento *tú* estuviste para nosotros.

Edith por fin soltó las lágrimas de emoción contenidas. No tardó mucho en controlarse, consolada y animada por los recién llegados.

- Bueno, andando pues, os pondré al tanto de los detalles en el camino. Stéfano ya debe haber alquilado la camioneta que nos llevará.

Minutos más tarde y entre bromas los camaradas de armas vieron con estupor que tras haber circulado toda la extensión del aeropuerto y sus hangares en la camioneta, ésta se salió de la avenida hacia la entrada de un destacamento militar de aviación.

- No entiendo nada –soltó Pipin lo que en apariencia era el pensamiento de todos.

- Shh, cállate –le reconvino el alto y fornido Guillaume-. De seguro Edith *tiene* un plan -y rezó para sus adentros que así fuera.

Edith le dio al soldado en la puerta el salvo conducto que le había hecho conseguir al Comandante Alberdi como parte de la preparación de sus planes en el territorio argentino. El soldado hizo señas a otro para que levantara la barrera y le dio las indicaciones a Stéfano de cómo llegar al lugar donde iban. Minutos más tarde se detenían junto a un moderno helicóptero que lucía las insignias de la Fuerza Aérea de Brasil, al costado de una amplia pista de aterrizaje. Marc, el afro descendiente de la partida, tomó un momento para apreciar y hasta acariciar la aeronave que a simple vista uno podía juzgar que tenía un poder de fuego considerable, pero su mayor utilidad era el transporte de tropas.

- ¡Guau! Eurocopter EC 425 Super Cougar. Yo pensé que aún estaban en fase de prototipo.

- Los han empezado a fabricar a fines del año pasado –aclaró Edith.

- Me lleva. ¿Y este será nuestro vehículo de incursión?

- El de escape, de hecho, y ni siquiera el nuestro.

- ¡Rayos! –protestó el corpulento hombretón.

- Aunque... déjame ver si puedo hacerte un lugar en la ruta de escape. Eso sí: de aquí se va para Sao Paulo en vuelo directo, así pues tendrías que cambiar el pasaje de vuelta a Francia una vez llegaras a Brasil.

- ¡¿En *serio* podré volar en uno de estos?!

- Dije que veré que puedo hacer –le sonrió cálidamente Edith, y se dirigió esta vez al piloto que se mantenía en posición de firmes junto a la cabina, pero esta vez habló en inglés, ya que entre los camaradas estaban hablando todo el tiempo en francés. No sabía cuánto le habría participado Fabrizzio de quién era ella ni de qué venía la misión-. Sargento de Primera Edith Bonelli –saludó con la venia.

- Capitán Silvio Asunçao, Señor –devolvió la venia.

Vale, al parecer soy el superior jerárquico aquí, entendió la detective, *al menos por la duración de la misión.*

- Descanse, Capitán. ¿El Brigadier Vargas le ha enviado cargamento para nosotros?

- Es Brigadier Mayor.

- ¿Disculpe?

- Le han ascendido a Brigadier Mayor el mes pasado.

- Vaya. ¡Bien por él!

- Sí, he traído unas cuantas cajas. Están en el compartimento de carga, aunque desconozco su contenido.

Entendido. No tiene ni idea de qué hacemos aquí. Tengo que pensar en una excusa para alejarle de la pista, pensó rápidamente Edith.

- ¿Se ha reabastecido de combustible ya?

- No aún. ¿El plan de vuelo se mantiene? ¿Vuelvo a Sao Paulo?

- En todos sus términos. Vaya pues a organizar el reabastecimiento de su nave con el personal de la base. Necesitamos un momento para descargar las cajas.

- Entendido.

- Ah, y luego descanse un poco. A partir de la medianoche debe estar listo para despegar en cualquier momento.

- A la orden, Señor –saludó con la venia el piloto y fue a paso decidido hacia los hangares.

- ¿*Señor*? –se mofó Pipin-. ¿Hay algo que no nos has contado de tu rango en la milicia del Brasil?

Los compañeros de armas largaron la carcajada.

- ¿Qué rango ni rango? Pero digamos que el superior jerárquico cinco rangos militares por sobre el Capitán me debía una... y una de las grandes.

- Bueno, ¿hacemos el *unboxing* de los "juguetes" que nos ha enviado el contacto que te debe ese gran favor? –propuso el enorme Guillaume, dueño de una empresa de asesoría en seguridad y fanático por oficio y por hobby de las armas.

- Vamos allá. Papá: voy a necesitar que coloques la camioneta en una posición que lo que vayamos cargando no se vea desde la base.

- ¡Seguro, Señor! –Stéfano siguió la broma de Pipin.

- Ja. Ja. –sólo dijo Edith, y se dispuso con Guillaume y con Bruto a descargar las múltiples y pesadas cajas al piso. Los demás las fueron abriendo, en cuanto se aseguraron que la enorme camioneta tapaba el contenido.

Había de todo allí, desde uniformes tácticos, chalecos antibalas de Kevlar, pistolas automáticas y de aire comprimido, municiones, granadas de fragmentación y de aturdir, ¡hasta una bazooka con media docena de ojivas había! A Guillaume le brillaban los ojos con cada nuevo descubrimiento. Así como le había pasado a Marc con el helicóptero de guerra un momento antes, ahora le pasaba al fanático de las armas: las acariciaba, hacía comentarios de elogio de la calidad de cada una de las piezas... Estaba *todo* bien, *todo* era perfecto... hasta que llegó a los fusiles semiautomáticos.

- Edith, esto debe ser una broma, ¿no? ¡¿*FAL*?! ¿En *serio* llevaremos FAL? ¿Qué tienen que ver el Fusil de Asalto Ligero fabricado en Argentina con todo lo demás? –escalaba de ánimo del desconcierto total, pasando por la tristeza, hasta un razonable cantidad de ira.

- Guillaume, *chéri*. Tranquilízate, por favor, que pareces un niño de diez que se entera cuando su madre trae su torta de cumpleaños que ésta es de licor de menta con pasas de uva –los demás festejaron la broma de Edith. Guillaume *no* lo hizo.

- ¿Has leído la *mierda* que son estos FAL? -Tomó uno y lo agitó con desprecio ante Edith-. Disparan cuando quieren, se encasquillan seguido, por no mencionar que no es poco frecuente que la bala explote en la recámara, en vez de salir disparada. Me *niego* a usar esta porquería.

- Estos *no son* FAL estándar –guiñó un ojo Edith-, pero nadie lo distinguiría de uno. Verás: han sido modificados de su diseño original para que todo eso que me cuentas *no* ocurra –dejó que el experto en armas lo viera en detalle-. Estos *sí* funcionarán cuando los necesitemos. Bueno, *si es* que los necesitamos, debí decir. Es necesario que los portemos en el asalto, por si acaso... bueno: tú sabes.

Hubo un momento tenso de miradas de entendimiento entre los exsoldados franceses. Fue el gigantesco Bruto, que tenía bien puesto su apodo desde Vietnam, quien se adelantó hacia Edith, y le dio una palmada en el hombro que le dolería a la ex fusilera naval durante un buen rato.

- ¡Que volveremos todos, mujer!

- ¡Hurra por eso! –propuso Pipin.

- ¡¡¡HIP-HIP-HURRA!!! –corearon todos, y siguieron cargando el pequeño arsenal sobre el minibús.

José Gervasio Estévez quitó rápidamente la ceniza del armado de tabaco que estaba fumando apenas cayó sobre el expediente. Por automatismo golpeó el cigarro sobre el cenicero, pero ya las cenizas que se habían consumido y estaban prontas para caer lo habían hecho sobre el expediente.

Se dio cuenta que estaba distraído. No era para menos. Tenía que tomar una decisión y no le encontraba ni pies ni cabeza a esos dos expedientes.

- Estos dos no hicieron nada –razonaba consigo mismo en voz alta-. ¿Por qué *mierda* los trajeron para acá?

El fornido casi cincuentón morocho, de rasgos duros y más cercanos a los indios que a los europeos de sus antecesores, ni siquiera había nacido en la Argentina. Eso vino después. Acariciaba despacio su espeso mostachón mientras juntaba la voluntad, o encontraba la justificación, para lo que sabía que tenía que hacer. Después de todo era su trabajo, pero él lo hacía por vocación también... y por venganza, por supuesto.

Ya de chico había pegado el estirón y se había vuelto fibroso y atlético a la temprana edad de catorce años. A veces sus padres, descendiente de charrúas él y de italianos ella, le contaban la anécdota de que él había sido uno de los tantos "hijos del mundial" del treinta. Primera copa del mundo de fútbol, con sede en Uruguay, y el país anfitrión había sido coronado como el primer campeón mundial de este deporte. Era inevitable que por algunos meses luego del torneo la sensación de algarabía perdurara en una población apasionada por el fútbol, y que el uruguayo en general se sintiera optimista, incluso invencible. En ese ambiente, era inevitable que la decisión de procrear sonara razonable, no importando nada. Después de todo: eran los campeones mundiales, ¡podían con todo!

Cuando su padre lo llevó para hablar con el capataz de turno del Frigorífico Anglo donde él trabajaba en Fray Bentos, José Gervasio, a quien sus amigos llamaban el "Pepe", ya había tomado la decisión de que no iba a seguir en el liceo, y sus padres habían coincidido en que quizás no fuera por el lado del estudio que se forjaría un futuro, sino como trabajador. El capataz lo aceptó apenas vio la altura y lo atlético del joven de catorce años. Una firma del padre por aquí, una tarjeta de cartón con el nombre del joven por allá, y ya lo acompañó a tomar un delantal de faena y un par de botas de goma para no resbalar en el piso usualmente enchacado por sangre vacuna, y lo entregó al encargado para que le mostrara lo que tenía que hacer. Era época de gran actividad para el Frigorífico Anglo, especializado en la producción y enlatado del Corned Beef, tan apreciado y necesitado en una Europa en plena guerra y destrucción donde los sistemas productivos habían caído y la hambruna y la falta hasta de lo más básico era el día a día de los millones atrapados en los diferentes frentes de batalla. A grandes rasgos, podría decirse que cada ciudadano de Fray Bentos de principios de los cuarenta que fuera apto para el trabajo físico, tenía un puesto asegurado en la enorme planta industrial, y con salarios por arriba de la media.

Ya estaba claro que la mente del veterano en uniforme militar en que se había convertido con el paso de las décadas ese joven enérgico y optimista que fue aceptado a tan temprana edad en el frigorífico, iba y volvía de lo que tenía que hacer. Se quemó con el cigarro y lo apagó en el cenicero, para dedicarse a armar y prender uno nuevo. *Qué épocas aquellas, cuando conocí a mi Clara*, se perdió en la ensoñación. No le pasó desapercibido, mientras daba una buena calada a su nuevo armado de tabaco, que el nombre en uno de los expedientes sobre su escritorio coincidía con el de *su* Clara, pero una vez más dejó su mente divagar por los recuerdos de una época mejor.

Fue amor a primera vista, al menos para él. A ella pudo conquistarle luego de un extenso cortejo. Clara era vivaz, enérgica, y extremadamente hermosa. ¿Qué chances podía tener un cara de indio como él con esa belleza? Además ella *sí* iba al liceo. Tuvo que planear todo con cuidado, cada palabra, cada gesto, cada encuentro en apariencia "casual", pero finalmente había logrado entrar en su corazón.

Los padres de ella sí fueron huesos duros de roer, para empezar para que le dejaran cortejarle, y luego pasar por unos cuantos meses de salidas supervisadas al cine o a cenar, pero el joven logró finalmente conquistarles a ellos también. Después de todo, lucía varonil y protector con su hija, y por otro lado cobraba un sueldo que le permitía pagar una salida al cine o a cenar a la semana, y las perspectivas de que ascendiera en el frigorífico era claras, también.

- Ay, Clara. Y pensar que por lo que te hicieron a vos es que los tengo que matar –suspiró resignado.

Por la puerta que daba a la salida del calabozo clandestino entraron dos de sus compañeros, trayendo la "cena" para los reclusos. Uno llevaba una olla con el caldo frío de lo que había sobrado de la comida del personal militar, básicamente agua con algún nutriente que se hubiera desprendido del guiso (o rancho, como se llama en la jerga militar). Otro traía platos de metal y un cucharón para servir.

- Buenas –saludó parco el que llevaba la olla.

- Buenas noches –respondió el saludo Estévez, fingiendo estar más concentrado en su trabajo de lo que realmente estaba-. Escuchen: ¿sobró algo del rancho que comimos hoy?

- Creo que sí. Casi *seguro* que sí. Hoy que no vino a trabajar el Gordo Luis, debe haber quedado *bastante* en la heladera. ¿Se quedó con hambre, Sargento?

- No, no es para mí –descartó con un gesto el curtido del mostachón, y dio otra pitada a su cigarro-. Es para los uruguayos de la 1 y la 2. Quiero que les calienten un buen plato de guiso a cada uno y se los sirvan, ¿entendido?

- Sí, claro, Pepe. Vos mandás –respondió el que llevaba los platos y una bolsa con pedazos de pan mordidos y duros, sobras también de la cena del personal.

Se fueron y José Gervasio volvió a sus recuerdos. Cuando se casaron él ya era encargado de línea. La Segunda Guerra Mundial ya había terminado años atrás, pero la devastada Europa aún estaba recomponiéndose y retomando los sistemas de producción propios, por lo que el preciado Corned Beef seguía exportándose a buen precio y en cantidades industriales. La vida no quiso darles un retoño, y luego del segundo embarazo que perdió su Clara, decidieron dejar de intentar. Quizás pudieran adoptar, pero los trámites parecían *eternos*. Mientras tanto, la pareja que mediaba los treinta años, se tenían el uno al otro, y para ser sinceros, eran felices, se sentían completos.

Pero el mundo necesitaba de las guerras, y cuanto más seguidas, mejor.

Hacia mediados de los sesenta el Frigorífico Anglo empezó un lento proceso de caída en sus exportaciones. Ya Europa se había repuesto y las exportaciones del producto estrella, más una comida de emergencia que de elegir en las góndolas de los supermercados, eran cada vez menores. Empezaron con la reducción de personal paulatinamente, adaptándose como podían a su nueva realidad, y Estévez fue uno de los que quedó fuera, poco más de dos décadas después de haber ingresado.

- Claro, el frigorífico dio quiebra, el Estado lo nacionalizó, y ahora parecía que los nuevos encargados estatales les parecía *horrible* que uno anduviera chupando alcohol mientras trabajaba –protestaba ahora en voz alta José Gervasio-. ¿Y cómo *puta* querían que uno aguantara las entradas y salidas constantes de las cámaras frigoríficas si no era a base de tomar vino y grapa mientras se laburaba?

La primera sesión de tortura de los jóvenes Bermúdez había sido la única en las Automotoras Orletti, alejada del casco urbano de Buenos Aires. Estévez no había necesitado más para saber que lo que sabían o podían decirles los jóvenes Bermúdez era lo mismo exactamente que decía en el expediente.

- ¡No tiene sentido! ¿Por qué mandarlos para acá, la *puta* que me parió? ¿Qué *mierda* hicieron estos dos borregos? –golpeó sobre la mesa.

Pero las órdenes eran claras y de arriba: si le mandaban subversivos uruguayos a Orletti, era para que les sacaran lo que se pudiera de información bajo tortura, y luego bala a la cabeza, cortar con sierra los cadáveres sobre las mesas de aluminio con inclinación para que la sangre chorreara hacia un recipiente que cada tanto se tiraba por el drenaje, poner los pedazos en bolsas de nylon y guardarlos en los *freezers* horizontales para que no hedieran hasta que llegara el próximo transporte a llevárselos para enterrarlos o dárselos a los perros (Estévez no sabía ni quería saber), *manguerear* la pieza de azulejos blancos para que no se secara la sangre y quedara pegoteado, y a otra cosa.

La primera y única sesión de tortura con ellos el uruguayo de nacimiento, y cuyos nombres de pila coincidían (y no por casualidad) con el prócer de su patria natal, el Gral. José Gervasio Artigas, fue a por todo. Los instructores norteamericanos les habían enseñado una nueva palabreja que a Estévez le pareció súper-útil para su trabajo: "psicológica". No había entendido demasiado de las explicaciones técnicas de por qué a la mente le dolía más que torturaban o mataran a un ser querido delante de uno, pero la verdad era que resultaba mucho más eficaz que los métodos convencionales de golpear, picanear, cortar y mutilar.

Le había torturado a su hermana delante de los ojos de Sebastián, y luego a Sebastián delante de Clara, y lo que había obtenido como información había sido la nada misma: lo *mismo exacto* que figuraba en sus expedientes, y que no le daba al Sargento de Inteligencia Militar una justificación moral para matarles. Por eso había demorado su ejecución a propósito. En la Dimensión Desconocida que a veces pasaban en la tele, había un episodio que el ahora militar recordaba con claridad: un condenado a muerte alegaba su inocencia cuando le estaban por ejecutar en prisión, y todos estaban pendientes de un teléfono por el que eventualmente el Gobernador del Estado podría detener la ejecución antes de medianoche.

José Gervasio hubiera deseado tener un teléfono así sobre su escritorio.

El lunes llegaban cinco más y lo sabía: tenía sólo una celda disponible. Había que hacer lugar, y Clara y Sebastián Bermúdez eran los candidatos ideales para ser los próximos en ser ejecutados. Miró su reloj pulsera: las once de la noche. Todavía tenía tiempo. Se sumergió nuevamente en sus recuerdos y en por qué, en esencia, estaba en ese puesto y a punto de sesgar la vida de dos jóvenes que ni siquiera ellos mismos tenían una remota idea de por qué estaban siendo torturados.

Perder su trabajo en el Frigorífico los obligó a mudarse más cerca de la capital. Eran optimistas, pues se tenían el uno al otro con Clara, y ya algo encontrarían. Terminó trabajando de peón rural en una estancia a las afueras de Pando, y después de unos meses, el patrón lo ascendió a capataz. Eso le permitió traerse a su esposa a vivir con él, y nuevamente fueron felices estando juntos, en el campo, complementándose, su Clara con sus estudios y lo que sabía de todos los temas que era *muchísimo*, y él con su temple y su pasión por su esposa, hasta aquel fatídico 9 de Octubre de 1969. José Gervasio no entendía cómo unos días antes estaba haciendo el amor con su esposa, y ahora ella yacía tiesa dentro de un cajón de la funeraria Forestier y Pose. ¿Qué había pasado? ¿Por qué a él?

La respuesta le llegó apenas hizo algunas preguntas: los Tupamaros, esa guerrilla urbana de izquierda que había provocado algunos atentados esporádicos hacia fines de los sesenta en Uruguay, habían tomado la ciudad de Pando, provocando disparos cruzados con las fuerzas del orden. *Su* Clara, que justo había ido a comprar algunas cosas al centro poblado, había sido una de las pocas que perdieron la vida en el intercambio. Un daño colateral.

Vagó como un espectro por la estancia durante un tiempo, pero era claro tanto para él como para su patrón, que ya no podría mantenerse en su puesto. A duras penas, ahogando su dolor en el alcohol, podía mantenerse en pie. El estanciero le dio un despido generoso y le dejó libre. Ya en la capital, los montevideanos parecían querer hablar hasta por los codos de lo que fuera, y de a poco, mientras se encontraba acodado a la barra de estaño tomando una grapa, escuchaba fragmentos de conversaciones y fue armándose una idea de por qué *su* Clara, había encontrado una muerte temprana: había una Guerra Fría entre un este básicamente comunista y un oeste capitalista. Había agentes de uno y otro bando incidiendo en los devenires de todos los países del globo sin excepción, enviando armas y dinero a los que parecían responder a sus intereses... Pero la guerrilla uruguaya, los Tupamaros, no tenían entrenamiento de Rusia ni de Cuba, sino de alguien mucho más cercano, más al *alcance* de lo único que le quedaba a Estévez, que era la venganza: Los Tupamaros eran entrenados y patrocinados por sus pares argentinos, los Montoneros.

Viajó a Buenos Aires y se presentó en el primer cuartel militar que encontró. Le aceptaron de inmediato. Como dos décadas y media atrás en el Frigorífico Anglo en Fray Bentos, era el candidato ideal para las tramas golpistas que ya se estaban urdiendo entre bambalinas en los cuarteles: no sólo tenía las condiciones físicas, sino también las mentales para la tarea, y por si esto fuera poco: tenía más de dos décadas de experiencia en matar (vacas), trozar, separar la piel de la carne, procesar los cadáveres...

- ¿Qué mierda? –se dijo-. No habrán hecho nada, capaz, pero los jefes piensan que saben algo y hay que matarlos. Ellos sabrán por qué lo hacen, pero son los garantes de que no nos hayamos convertido en la Cuba del Sur, o la China de mierda de occidente. Que cenen tranquilos y después a degüello –se convenció a sí mismo que lo que estaba haciendo era moralmente correcto e irreprochable.

En ese momento llegaron sus subordinados con dos platos humeantes con las cucharas y los panes para dárselos a Clara y Sebastián Bermúdez. Los hermanos festejaron desde sus propias celdas a los gritos, apenas entendieron que sus captores se habían ido.

- ¿A vos *también* te trajeron comida caliente, y *guiso-guiso*, no sólo el caldo frío que traen siempre?

- Sí, Cla, ¡no me lo puedo creer! ¿Vos decís que eso quiere decir que nos van a soltar?

- No sé –se le escuchó a penas a Clara, que comía el primer alimento sólido que había recibido en más de un mes y medio con fruición, saboreándolo como si de un banquete se tratara, cuando sólo consistía en guiso de lentejas sobrante de lo que cenaran sus captores-. Pero me da igual: ¡Fá! ¡Qué bueno está esto, la *puta madre*!

En la celda contigua, Claudio García, Montonero él, guerrillero por la libertad de su país por vocación, sabedor de que de ahí no iba a salir, y que le restaban días o tal vez sólo *horas* de vida, apretaba sus dientes con fuerza, al punto mismo de hacérselos astillas. Se golpeaba con fuerza los muslos en silencio, escuchando la conversación entre los adolescentes uruguayos. El duro guerrillero tenía la garganta hecha un nudo y lloraba lágrimas de impotencia en silencio. Se autoinfligía daño pues no quería comunicarles lo que esa comida caliente significaba. Era a todas luces: Su Última Cena.

CAPÍTULO 15: ¡MEJOR MUERTO!

Los corredores llegaron al puesto de avanzada del pelotón con apenas algo de sudor en sus remeras. Edith tenía que admitir que Marc, el inmigrante Marfileño y nacionalizado Francés luego de pelear su guerra colonial en Vietnam, tenía un estado atlético impresionante a sus cuarenta y pocos años, a la altura del suyo propio. Los cinco kilómetros que habían simulado estar corriendo alrededor del impresionante predio de ocho hectáreas, cuyo perímetro se hallaba cerrado por tejido de alambre de las Automotoras Orletti más algún desvío adicional para no llamar la atención, era pan comido para los dos, aunque a Edith aún le dolía a cada zancada horriblemente la herida reciente de bala que no había cicatrizado del todo.

- Bien, es casi exactamente como me lo han descrito –informó a los demás, que ya estaban equipados y armados para el asalto, mientras ella comenzaba a hacer lo propio, colocándose el chaleco antibalas, ajustando las armas-. El tejido de alambre y las casetas de vigilancia en las esquinas deben haberlas agregado recientemente, pero lo demás es tal cual, así que podemos inferir que dentro de la planta industrial será igual –extendió el mapa que había hecho basada en las descripciones que el sobreviviente argentino de Orletti le había transmitido por teléfono desde París-. Este es el plan. Estad muy atentos porque no podemos fallar en *nada*, ¿soy clara?

- Sí señor –contestaron todos al unísono.

- Mantened las comunicaciones al mínimo, al menos hasta haber concluido la primera fase –y pasó a explicarles al detalle la estrategia a seguir, y los movimientos de cada uno en cada momento.

- ¿Así que yo me quedo fuera de la acción porque quizás he comido algo de más en los últimos años? –se ofendió Ralph al finalizar la detective.

- Por eso, sí, pero sobre todo porque de los aquí reunidos eres el que mejor puntería tiene.

- Bueno, no sé cómo andará de puntería Guillaume, por ejemplo...

- No tan bien como tú, amigo.

- Vale. Les cubro, pero tendré que acercarme de todas formas si vais a pretender que le acierte a algo con las porquerías estas de aire comprimido.

- La consigna es la misma que en Poitiers, Ralph: si podemos evitar matarles, lo haremos –fue firme la líder del heterogéneo pelotón de asalto-. Quién sabe qué tan involucrados estén con las torturas que se llevan a cabo aquí, y no olvidemos que en sus mentes militares ellos le están haciendo un servicio a su país y a sus compatriotas librándoles de la amenaza comunista.

- ¡Maldita guerra fría! –protestó Pipin-. Nos está volviendo a todos *tarados* con las ópticas de cada bando que aplicamos a todo.

Hubo un momento de silencio y de reflexión que Edith aprovechó para pasarse el maquillaje camuflado por el rostro.

- ¿Todos estamos claros de dónde debemos ubicarnos y qué debemos hacer en cada fase? –vio que todos asentían.

- A mí me preocupa desconocer el número de efectivos que hay dentro –pensó en voz alta Guillaume, que se ganaba la vida asesorando en seguridad tanto a empresas como a transportadoras de valores, o ricachones de pasada por Francia que necesitaban un servicio profesional de guardaespaldas.

- Por eso lo crítico de que la Fase tres salga lo mejor posible, para reducir el número de los que queden dentro.

- Vale.

- Chicos, aún estáis a tiempo de arrepentiros. No pensaré, y creo hablar por todos al decirlo, que ninguno de ustedes que decida quedarse al margen ahora sea un cobarde ni mucho menos. Mi plan va hasta lo mejor que un plan pueda ser diseñado, pero todo puede darse vuelta en un segundo, y tenéis familias allí en casa, tenéis hijos...

- Aburres, Bonelli –le cortó el gigantesco Bruto, pero luego le sonrió, marcando que su apoyo, como el de todos, venía desde la gratitud hacia quien les había salvado la vida en Vietnam, y que venía desde el corazón.

- Bueno, no estaba de más, ¿qué se yo? –se excusó la detective-. Iniciamos la fase uno ahora. Informad cuando estéis en posición.

Uno a uno fueron avanzando en la espesura de la noche hasta estar flanqueando cada caseta exterior de los guardias a una distancia de cincuenta pasos. Cuando el último confirmó que estaba listo, Edith dio la orden de disparar. Casi en simultáneo ocho dardos portadores de un potente narcótico salieron despedidos de sendos rifles de aire comprimido. Pipin vio por la mira telescópica que el suyo había errado el blanco por varios palmos, pero por fortuna el de Ralph a su lado había dado en el blanco.

- 3... 4... 5 –contó Edith los segundos que su dardo tomaba en noquear al guardia de seguridad de una empresa civil privada. Informó a su equipo-. Para la fase 4 los dardos quedan descartados. Usaremos munición real de ahí en más. Posiciónense para la Fase 2.

Con cautela y agilidad los ocho franceses cortaron brechas en el alambrado exterior y fueron avanzando y desplegándose entre los cientos de autos aparcados en la amplia explanada del concesionario autorizado Renault y Lada, que además se dedicarse al negocio secundario (legal), de la venta de autos usados. Ralph trepó como pudo hasta la caseta del guardia que había abatido, y cuando estuvo junto al cuerpo inanimado le tomó el pulso, ya que la inmovilidad parecía total. Aún tenía. Sólo estaba dormido.

- Ay, Dios, si hubiéramos tenido estos narcóticos en Vietnam, y no la maldita heroína esa...

No era mucha la altura que ganaba: tan sólo unos dos metros y medios sobre el nivel del piso, pero eran suficientes para ver todo el panorama sobre los techos de los coches. Empezaron a llegar novedades a través de la radio.

- Marc aquí. Veo dos fumando y conversando en el ala norte.

- ¿Y eso dónde queda? –preguntó Benoit, Contador Público de profesión.

- Si ves la nave principal desde el frente, es el costado derecho.

- Ah, lo tengo –confirmó Benoit. Nada por aquí –ahogó una carcajada al ver la mole humana que significaba Bruto intentando esconderse tras un Mini Morris, junto a su posición-. Hubieras elegido un escondite más grande –le susurró.

Por toda respuesta recibió un gruñido del grandullón.

- Ala Oeste despejada –informó Edith.

- Aquí tengo dos, también –aportó Guillaume-. En el ala Sur hay dos.

- Ala Este despeja... No, esperad. Salen dos ahora por la puerta pequeña de la derecha... Y vienen hacia nuestra posición –puso urgencia a su voz Marc-. ¿Instrucciones, Jefa?

- Tengo en la mira al de la derecha de los que van hacia vosotros, Marc –informó Ralph, pero no podré recargar otro dardo tan rápido como para no darle tiempo al otro de abrir fuego.

- Saldremos y dispararemos cuando estén cerca –sugirió el Marfileño de la pequeña tropa de asalto-. ¿Edith?

- Ralph, tú tienes la mejor perspectiva general. A tu señal disparamos.

- Vale –se serenó para poner toda la atención a la precisión en un disparo a ciento diez metros de distancia, cuando todos sabían luego de lo de Poitiers que esos rifles de aire comprimido perdían eficacia pasados los 80 metros. Por su actitud, los que habían salido por la entrada principal del lado Este no parecían estar buscando a nadie, sino sólo patrullando mientras fumaban, pero se acercaban peligrosamente a la posición de Marc y Michel-. Prontos a mi señal. Disparamos en tres, dos, uno... Ahora-. Su dardo dio en el cuello del militar argentino, mientras Marc y Michel salían de sus escondites y disparaban sus dardos también-. ¿En el cuello, Ralph? –se felicitó-. Ja. ¡Todavía lo tienes!

- Ala Este libre.

- Oeste libre.

- Igual Norte.

- Sur listo.

- Bien –comunicó Edith-. Fase 3 en marcha. Nos vemos frente a la entrada del galpón, Guillaume.

El aludido se colocó con la bazooka a veinte metros de la entrada principal del galpón de la automotora. En su plan, Edith estaba junto a él para recargar los misiles. Colocó el primero por la parte trasera del tubo y lo cerró.

- Cuando gustes –informó al dueño de la empresa asesora de seguridad Araña, con sucursales en Paris y Poitiers, verificando que los demás estaban en posición. Confirmaron con un gesto que su parte en la Fase 3 ya estaba pronta.

- Y... fuego –disparó el barbudo y alto francés-. El misil salió disparado e hizo explosión en el portón principal, abriendo un hueco-. Recarga –Edith recargó otro misil en el tubo cilíndrico-. Fuego dos –la nueva explosión terminó de destruir el gran portón de tres metros de alto por ocho de ancho de la Automotora Orletti.

Los seis que aguardaban junto al portón y a la salida lateral tiraron hacia dentro dos granadas de humo cada uno. Guillaume se deshizo de la bazooka y apuntó hacia las salidas ahora humeantes, igual que Edith. Ralph hacía lo propio desde la caseta de vigilancia. Los atacados comenzaron por fin a salir, sus ojos vidriosos por el humo, no sabiendo quién les atacaba ni por qué, pero dispuestos a responder el fuego de quienquiera fuera el agresor.

Desde sus espaldas, pegados a la pared, desde el frente en el caso de Edith y Guillaume, y a la distancia en el caso de Ralph, dos docenas de soldados argentinos se vieron de repente sorprendidos por un piquete como el de una abeja en alguna parte de su piel descubierta, o con poca tela cubriéndola, para segundos más tarde perder el conocimiento y caer al suelo. Edith contó hasta sesenta segundos internamente para asegurarse de que ya no saldría nadie más.

- Pasamos a Fase 4. Armas convencionales. Con cuidado.

Las parejas las había organizado Edith con el criterio de "un menudo con un grandote", es decir: ella y Pipin (ella era la "grandota" comparada con Pipin), Bruto y Benoit, Marc y Michel, Guillaume con Oscar, comenzaron a recorrer la edificación de dos mil metros cuadrados edificados que contaba con salas de exposición, un gran taller mecánico, depósito de repuestos, muchas oficinas, escaleras hacia un entrepiso en los costados solamente de la nave central... y unas mazmorras que albergaban a prisioneros clandestinos de la dictadura militar, construida en un subsuelo al que se accedía por una estrecha escalera por la que podían pasar dos personas a la vez, si uno podía fiarse de lo que recordaba el sobreviviente argentino de Orletti amigo de François, el experto heráldico de cabecera y gran amigo de Edith que enseñaba en la Sorbonne.

La líder de la misión les había dejado esgrimir la estrategia con la que se sintieran más a gusto para la Fase 4, que consistía en recorrer cada planta y cada habitación lo más rápidamente posible para librarse de la posible oposición enemiga que quedara, antes de congregarse en la escalera que bajaba hacia las mazmorras clandestinas, a la que se accedía por una de las fosas en el taller donde de día los mecánicos de la automotora reparaban los autos desde abajo, y a todas horas, aunque menos durante el día, veían pasar uniformados del ejército con los que no cruzaban palabra, y desviaban la vista mientras les dejaban pasar, para luego volver al cambio de aceite y filtros, o la reparación de un caño de escape.

Bruto había optado por su fortaleza física para esta fase. En el pequeño gimnasio que había montado al aire libre en el patio de su casa, levantaba hasta 150 kilos de pecho. Lanzar con violencia un cuerpo de 70 u 80 kilos contra la pared hasta aturdirle no parecía un desafío. Guillaume optó por sus habilidades como cinturón negro de judo para inmovilizar y narcotizar a sus oponentes. Marc *algo* de tae kwon do sabía, pero prefirió avanzar con el rifle de dardos apuntando. Sabía de la demora de hasta 5 segundos en caer, pero su estrategia consistía en narcotizar y cubrirse hasta que su oponente cayera, y en caso de emergencia, siempre tenía la pistola automática. Edith hizo lo mismo que el Marfileño. El siempre optimista Pipin, valiéndose de una razonable ambidiestría que tenía, avanzaba con el rifle de dardos en la derecha (su mejor mano), y la automática en la izquierda (su mano con casi la misma motricidad). Benoit, Michel y Oscar optaron directamente por ir con sus automáticas por delante. Luego de las protestas de Guillaume en la base aérea, y pese a las garantías que Edith les había dado en cuanto a las modificaciones, ni uno sólo de ellos optó por portar los Fusiles de Asalto Ligeros argentinos, que llevaban colgando al hombro.

José Gervasio Estévez sintió las explosiones desde su despacho mal iluminado, luego los sonidos amortiguados de lucha, los disparos, las ráfagas de ametralladoras. Con una paz espiritual fruto de quien ha perdido a quien más le importaba en el mundo, *su* Clara, y ya nada ni nadie le importaba, ni siquiera él mismo, armó un nuevo tabaco y se lo encendió.

- Parece que se armó linda la fiesta ahí arriba —se dijo a sí mismo dando la primer calada a su cigarro, y apuntó con su revólver hacia quienquiera fuera que cruzara la puerta de acceso a las mazmorras clandestinas.

Fue una visión que se salía de lo que hubiera esperado lo que apareció por la puerta de acceso: Una mujer por sus formas, su cara cubierta por maquillaje militar de camuflaje, le apuntaba con su automática. A pesar de la tenue luz y las circunstancias, el Sargento de Inteligencia Militar argentina no pudo sino asombrarse por cómo destellaban ira y urgencia los ojos azules de quien le estaba apuntando. Tras ella entró un enjuto hombrecito apuntando con un rifle de aire comprimido en su derecha, y una automática en su izquierda.

- Deponga su arma y ríndase ahora —ordenó la operativo invasora.

- No, todavía no —dio una nueva calada a su cigarrillo muy tranquilo quien en sus años mozos fuera empleado de un Frigorífico Anglo cuya especificidad de productos le había hecho cerrar a fines de los sesenta—. Primero necesito que me confirme si son guerrilleros bolcheviques, ustedes.

- ¡¿Qué?! –se asombró Edith, no esperándose esa respuesta-. No, bolcheviques no, ni "subversivos", como creo que llaman por aquí a los opositores.

- Ah, bien –el argentino puso su arma sobre el escritorio-. Siendo así, entonces, me rindo –y puso las manos tras la nuca.

- ¿Y si hubiéramos sido? –quiso saber Edith, procediendo a esposarle las manos a la espalda.

- Me hubiera pegado un balazo antes que permitir que me llevaran –fue muy sincero el soldado-. ¡Mejor *muerto*!

Guillaume y Oscar aparecieron en ese momento por la entrada. La charla continuó en francés.

- Los prisioneros, ¡pronto! –urgió Edith a Guillaume, pero antes quiso saber lo esencial-. ¿Hay heridos?

- Bruto recibió una bala junto al hombro, pero dice que está bien para continuar. De los hostiles hay una baja que lamentar, y tres heridos, quienes calculo que podrán soportar hasta que lleguen las ambulancias. Michel es nuestro médico de pelotón, y les está emparchando mientras hablamos.

- Bien, llamaremos una ambulancia de salida –y se dirigió a su prisionero de rasgos indígenas y espeso mostachón en español-. ¿El número de la emergencia médica en este país, cuál es?

- ¡¿Qué?! –ahora el que no salía de su asombro era el viudo de *su* Clarita, muerta en la toma de Pando por el fuego cruzado generado por los Tupamaros uruguayos-. ¿Nos disparan y después nos llaman una ambulancia? ¿Quién mierda son ustedes?

- Gente con poco tiempo y una agenda complicada que cubrir –fue cáustica Edith, siempre apuntándole.

- El 104. Desde cualquier teléfono que encuentren marcan el 104.

Bruto y Benoit entraron en ese momento. Fue Benoit quien informó:

- Marc y Michel montan guardia fuera. Nos quedan tres minutos –afirmó luego de consultar su reloj, ya que era el encargado en el pelotón de controlar el tiempo que había establecido Edith en su planificación como el seguro para irse antes de que los refuerzos, o incluso la policía local, alertada por algún vecino de la zona al oír las explosiones y los disparos, se hicieran presentes en el lugar.

- Entendido. Incautad las llaves a este oficial y abrid todas las celdas. Lleváoslos de aquí. ¡Rápido, rápido, rápido! Tú no, Bruto, espera —detuvo al más gigantesco de la partida. Este tipo aquí debe ser el jefe de la inteligencia militar por sus insignias, el responsable de las torturas y las ejecuciones clandestinas que aquí se llevan a cabo. Dejo a tu libre albedrío lo que quieras hacer con él, pero si puedes déjale con vida.

- Será un placer —afirmó el coloso, haciendo crujir sus nudillos.

Edith apenas pudo reconocer a Clara y Sebastián Bermúdez cuando emergieron de la puerta que daba a los calabozos, ayudados por Guillaume. Poco o nada quedaba de los jóvenes de las fotos que recibió de su cliente, Emilio Bermúdez, en la entrevista inicial en la casa de este en Punta Gorda. Por un fugaz momento los jóvenes uruguayos pudieron ver quien parecía ser una mujer, sin dudas una soldado de algún tipo, su rostro cubierto por maquillaje de camuflaje, con unos ojos muy azules, muy claros, y muy tristes, viéndoles pasar mientras le brotaban lágrimas que corrían mejillas abajo. No podían saber si se trataba de tristeza o de alegría, mas la detective francesa *sí* lo sabía en su interior, y podría traducirse en lo que pensaba en ese preciso instante: *Llegué a tiempo, no como en el caso de las hermanas Araújo en Chile. ¡Llegué a tiempo, la puta que me recontra mil parió!*

Stéfano estaba hecho una bola de nervios en la salida de servicio más próxima a la sede central de Automotoras Orletti, fuera del casco urbano de Buenos Aires. La tensión le estaba matando. Oyó a la distancia los sonidos amortiguados de las explosiones, los disparos... No tenía forma de saber en su rol de "hombre en la camioneta de escape" si la operación había sido un éxito... o todo lo contrario.

Decidió que era momento de encender uno de los dos cigarrillos *Gitanes* que llevaba siempre encima, para casos de emergencia. ¡Y vaya si esta lo era! Había dejado de fumar hacía más de tres décadas, pero así como un boy scout es *siempre* un boy scout, de acuerdo con el lema base establecido por el fundador de la sub-rama del Ejército Británico devenido en centro de formación del carácter y las aptitudes para la convivencia pacífica por Sir Baden Powell, el detective asistente nacido en Milán sabía que "una vez fumador, *siempre* fumador" aplicaba a esta situación. Se encontraban en territorio hostil, incursionando en un centro de detención y tortura clandestinas, con *cero* garantías de éxito o de que los Derechos Humanos aplicaran en caso de ser capturados, y una de las incursionantes era su hija, *la luz de sus ojos*, Edith.

Primero sintió movimientos entre la maleza, y luego el rostro de su hija, *viva*, acercándose a su posición. Fueron emergiendo un variopinto grupo de veteranos franceses de la guerra colonialista de Vietnam y prisioneros de consciencia, evidentemente, en condiciones subhumanas, delgados hasta los huesos, todos sucios, sus espíritus y sus cuerpos quebrados, apenas pudiendo mantenerse en pie, ayudados por los operativos franceses.

- Te fumaste uno de los Gitanes de emergencia –confirmó Edith a su padre-. ¡Lo bien que hiciste! Enciende el motor, papá.

- Como si hubiera sido razonable apagarlo –le sonrió el italiano.

Una vez estuvieron todos dentro del minibús rentado, Stéfano creyó que era razonable hablar con su hija del elefante en la sala. Lo hizo en francés, y en voz baja.

- Estos cuatro adicionales que rescataron junto con los muchachos por los que veníamos, ¿cuál es el plan con ellos?

Edith estuvo un buen momento para responder. Iban dirigiéndose hacia la base aérea donde les esperaba el helicóptero de la Fuerza Aérea Brasileña, pero faltaba al menos una hora por la Panamericana para llegar hasta allí. Tiempo de sobra para alguien que en situaciones de estrés y de necesidad podía razonar y trazar planes con considerables posibilidades de éxito a una velocidad increíble. El choque emocional de haber llegado a tiempo con los jóvenes Bermúdez, algo que por momentos creía imposible, había dejado a Edith en blanco y fuera de foco de momento.

- ¿Podrás creer que no estaba preparada para esta contingencia? –sonrió.

- ¡¿En serio?! Sería la primera vez en años.

- Sí, por lo general lo estoy, es decir: que podía haber otros en el calabozo, me lo imaginaba, y no iba a dejarles ahí, tampoco. Pero consideré dejarles libres y ya, pero luego viéndoles en el estado en que se encuentran, no sé... Me sentí de repente responsable por lo que les pase de ahora en más.

- Edith... -comenzó a rezongarle su padre, una charla que tenían a menudo.

- Sí, lo sé: ibas a decir que no puedo salvar a todos, pero... ¿*les has* visto?

- A mí también me da pena el estado en el que se encuentran, pero... lo de los chicos que vinimos a rescatar llevó *días* de planificación, nos hicimos con los documentos para el escape, esto... ¿qué hacemos con un adulto y tres jóvenes de quienes nada conocemos?

- ¿Y si mejor les preguntamos? –se le ocurrió a Edith.

- Parece un razonable primer paso –estuvo de acuerdo el conductor del minibús.

Apenas habían subido todo, Edith había pasado paquetes de toallitas húmedas para que los comandos se quitaran el maquillaje de guerra, y ella había hecho lo propio mientras conversaba con Stéfano desde el asiento del acompañante del conductor. Ya sin el maquillaje y sus pelos lacios y rubios liberados de la gorra con visera táctica, no lucía tan temible ante los ojos de los rescatados.

- Hola, no hemos tenido tiempo de presentarnos durante el escape, así pues, ¿qué mejor que hacerlo ahora que tenemos una hora de viaje hasta nuestro destino? Mi nombre es Edith Bonelli. Soy detective privada y he sido contratada para hallar con vida a dos de vosotros, perdón, de ustedes, como se dice en el Río de la Plata. Clara, Sebastián –se dirigió a ellos-, es a *ustedes* a quienes he venido a buscar.

- Pero... -inició Sebastián.

- Ya habrá tiempo para informaros de los detalles. Nos espera un largo viaje por delante, así que les pediré que seáis pacientes. Quienes nos acompañan son mi padre y socio, el detective Stéfano Bonelli, al volante.

- Hola, gente –saludó el aludido con una mano.

- Y los demás son ex – soldados amigos míos que se han venido desde Francia para darme una mano con esta incursión, dado que jamás podría haberla completado sola, como entenderéis. A ellos, no sólo a mí, debéis hoy estar vivos y en libertad.

Fue necesario, consideró, dejar que con las pocas energías que les quedaban, los seis rescatados aplaudieran y vitorearan a sus héroes, y hasta incluso abrazaran al que tenían más cercano, incluso a ella.

- Vale, vale. Ya –esperó a que la euforia se calmara-. La misión ha sido casi un éxito total, lo que me recuerda –y cambión al francés-. ¿Michel, cómo vas con la herida de Bruto? –preguntó a quien se ganaba la vida como cirujano pediátrico, y que parecía el indicado para atender la herida del gigantón haciendo uso del botiquín de "primeros" auxilios, como llamaban los Bonelli al maletín que siempre llevaban en sus misiones, y que contaba desde gasas y alcohol hasta instrumentos quirúrgicos y suero.

- Te podrás imaginar que como cirujano pediátrico en Toulouse no tengo que extraer balas de fusil en una base regular, pero creo que me daré maña, si sólo el paciente se puede quedar quieto un momento y dejarme trabajar.

- ¡Duele, hombre! –protestó el gigantón, por toda explicación.

- Nadie dice que no, pero no sé administrar anestésico, lo siento. Es mi anestesista la que lo hace en las operaciones, así que sé un hombrecito y no te quejes, ¿vale?

- Haré lo que pueda.

Edith retomó su alocución.

- Una misión casi del todo exitosa, como iba diciendo. Uno de los nuestros ha sido herido, pero está en buenas manos ahora, y no parece revestir gravedad su herida. Por otro lado, en el bando contrario debemos lamentar una baja y tres heridos, para los que llamamos una ambulancia antes de retirarnos del lugar.

- ¡¿Lamentar?! –no podía creer el veterano Montonero que estaba entre los rescatados-. ¡¿Lamentar?! –iba montando en cólera-. ¿Por qué no mataron a todos esos hijos de puta?

Edith le reconvino con un gesto a serenarse.

- ¿Cuál es su nombre?

- Eugenio. Eugenio Morales.

- Eugenio, mire: *entiendo* su enojo, *créame* que lo hago, pero... *no es* nuestra lucha. Puede que sea la suya, y es perfectamente respetable. Entiendo que si hubierais estado usted y los vuestros en posesión del equipo táctico con el que contamos y contarais con la experiencia militar y táctica que poseemos en nuestro historial, en Automotoras Orletti ahora no quedaría *ni un solo* efectivo militar con vida. Sin embargo, las implicaciones morales de quitar la vida de un hombre que luego sería llorado por su familia, por sus hijos, su viuda, sus amigos, y que quizás sólo hubiera sido un argentino más de los convencidos desde el Estado y desde la prensa que éste controla de que estaba luchando una "guerra santa" contra el comunismo y lo hacía en defensa de su nación... Nosotros no podríamos con las consecuencias morales. Lo que está sucediendo en la Argentina y en muchos países de América Latina, es sólo un subproducto de un conflicto mucho más grande, la Guerra Fría, y su país,

Eugenio, es uno más de cientos en los que se lucha este conflicto global, a veces en conflictos bélicos declarados, otras veces con propaganda desde uno u otro bando para convencer y distorsionar las voluntades de las personas, ¿me explico adónde voy? Por eso la pérdida aunque sea de *una sola vida*, se lamenta.

- Entiendo su punto –dijo el Montonero luego de pensárselo un rato-. Pero igual... bueno: ya sabe.

- Me alegro que lo entienda. Bueno, tenemos aquí un resultado inesperado de nuestra misión –fue directo al punto Edith-, y sois vosotros cuatro. No esperábamos encontrarles allí. Sabíamos que retenían a Clara y Sebastián y que *podía* haber otras personas. Demás está decir que no les íbamos a dejar allí encerrados, pero ahora –se alzó de hombros-. Ustedes dirán qué es lo que quieren hacer, ahora que retomaron su libertad. En cuanto a mí, les puedo ofrecer cruzarles por mar a Uruguay, pero de ahí en adelante, estoy en blanco. Ustedes dirán. Les recomiendo ser prudentes en lo que decidan, pues si estaban encerrados en Orletti pueden dar por hecho que las autoridades les estarán buscando, saben dónde viven, quiénes son sus familiares y sus amigos cercanos, así que por favor descarten la posibilidad de retornar a sus vidas normales. Se me ocurre, algún pariente lejano, alguien en otra provincia o incluso en otro país que pueda acogerles un tiempo hasta que las autoridades se den por vencidas, o que la dictadura finalice.

- Yo vuelvo con los míos. Mi guerra está *acá* –fue enfático Morales-. No sé ustedes, chicos –asumió su rol de adulto a cargo el Montonero-. Los puedo esconder en alguno de los sitios que tenemos, de hecho –miró por la ventana-. Hay uno cerca de acá, pero la vida de Montonero no es para cualquiera, les voy avisando.

- ¡Yo me voy a la *mierda* de este *puto* país! –lanzó entre lágrimas otro de los jóvenes rescatados-. No sé cómo voy a hacer, pero a mí no me agarran más. Voy a extrañar a mis padres, *obvio*, pero creo que ellos entenderán si los llamo desde el Congo, igual, para avisarles que estoy bien y que por un tiempo voy a tener que estar fuera del país.

- No serías el primero –apoyó la idea una joven de cabellos lacios llovidos y ojos muy grandes-. Yo conozco a varios que rajaron para España. Yo como buena *pelotuda* me quedé, pensando que no me iban a agarrar. ¡*Imbécil* que soy!

- ¿Tienes un pasaporte válido? –preguntó Edith, y luego que la joven asintiera-. Bien. Denme un par de días para chequear que no tengan restricciones para salir del país, y si así fuera el caso, que sean removidas.

- ¡¿Cómo *puta* puede hacer eso?! –se indignó Morales nuevamente, al entender las implicaciones.

- Chantaje. *Así* puedo garantizarles lo que les garantizo. En el curso de este caso me vi obligada a seguir y a hallar los sucios secretos de un alto cargo del Ejército Uruguayo con el fin de chantajearle. Y ese militar de alto rango hará todo cuanto yo le pida que esté dentro de los límites de lo razonable, incluso solicitando la colaboración de sus pares argentinos, para evitar que esos sucios secretos salgan a la luz.

- Ah, perdón. No dije nada.

- Faltas tú, pequeña –se dirigió hacia la joven que aún no había expresado sus intenciones acerca de qué hacer con su libertad reconquistada.

- Tengo una tía que vive en el campo, en Salta, que no veo desde que era chica. Yo me voy para allá. No creo que los milicos vayan a buscarme *tan* lejos. Tampoco es que estuviera ahí por ser la criminal más buscada del mundo. Me agarraron haciendo unas pintadas contra la dictadura, ¿qué también?

- Bien. Todos tenéis vuestros planes. Así pues os recomiendo esto. Papá –se dirigió al conductor-, ¿dónde guardaste los fondos de emergencia?

- Y allá vamos otra vez –protestó por lo bajo el italiano, que había estado atento a la conversación-. En la mochila verde oscura.

- Vale, gracias -Edith extrajo un fajo de billetes de cien dólares y se los entregó a Eugenio-. Esto es lo que os recomiendo. Id con Eugenio por una semana. Que él os oculte de las autoridades por ese tiempo. Haced todo cuanto él os diga mientras aprovecháis ese tiempo para asearos, conseguir ropa limpia, descansar, comer bien y recomponeros. Eugenio: por una semana pones tu guerra de guerrillas en pausa y tu *único* objetivo será velar por el bienestar de estos jóvenes, ¿de acuerdo?

- De acuerdo.

- Luego usad este dinero para comprar los pasajes hacia donde decidáis emigrar o viajar dentro de la Argentina, y lo que sobre os lo repartís para iniciar vuestra nueva vida los primeros días, al menos. ¿Suena a plan?

Todos los cuatro estuvieron de acuerdo. Pocos minutos más tarde les dejaron donde Morales les indicó que conocía un buen lugar donde ocultarse cercano, y entre muestras de agradecimiento, se despidieron de la persona que les había salvado la vida y les había devuelto la libertad.

El salvoconducto que el Comandante del Batallón 14 de Paracaidistas de Toledo les había gestionado con sus pares argentinos nuevamente surtió el efecto deseado, y hacia las dos de la madrugada los militares del control de acceso de la Base Aérea adjunta al Aeropuerto Internacional de Ezeiza les dejaron pasar sin más, sin mirar que llevaban a dos integrantes más que la vez pasada. Llegaron hasta la pista junto al helicóptero de novísima fabricación Eurocopter EC 425 Super Cougar, pero para sorpresa de todos, Edith pidió a los jóvenes Bermúdez que se quedaran en el minibús, y que bajaran todos los demás. Se pusieron en círculo, con rostros de no entender la situación.

- Muchachos. Os habéis venido y habéis peleado a mi lado una vez más, pero entenderéis que hay partes de mi plan que no os he contado.

- Ni te pedimos que nos contaras, Edith –cortó Guillaume.

- Lo sé, pero esta es la situación: Habréis notado que los pasajes de vuelta que os gestionó mi secretaria, Christine, tienen el regreso a Francia sin marcar, están abiertos –Algunos asintieron, otros por sus gestos ni siquiera habían verificado-. Esto es por un buen motivo: no pueden entrar ocho extranjeros al país e irse a las pocas horas, habiendo dejado testigos que pueden describirles con vida. Pensemos en que las autoridades no serían tan estúpidas como para no atar cabos.

- Ja. Que me vengan a buscar a Francia, si les dan los *huevos* –fue desafiante Marc.

- Una vez en casa estaréis a salvo, de eso podéis estar seguros, pero hay tres formas de regresar, y se las planteo desde la que menos recomiendo a la que me parece la mejor, ¿vale? Opción número uno, os quedáis unos días haciendo turismo aquí en Buenos Aires, dejáis rastros de que estuvisteis aquí como turistas, por ejemplo yendo a cenar, asistiendo a una obra de teatro, registrándose en un hotel, y así. Opción dos, podéis veniros a Uruguay conmigo. Tengo un yate esperándome y partiremos apenas podamos por mar. Una vez en Uruguay, os puedo garantizar que tomaros el avión desde allí no será un problema. Opción tres, y la que más recomiendo –miró a Marc con una sonrisa.

- No. No. ¡No me lo puedo creer! –anticipó el Marfileño que horas antes había estado acariciando y apreciando la aeronave de última generación de la Fuerza Aérea Brasileña.

- Sí, en efecto. Este helicóptero parte para Brasil ahora, donde tengo contactos que os harán pasar por la aduana sin problemas, de hecho el mismo contacto que me consiguió este helicóptero, y como me anticipé a cuál podría ser vuestra elección, hay reservas a vuestros nombres en el Club *Mediterranée* de Río de Janeiro para dos días. Si no he acertado, pues perderé las reservas y ya, pero no el dinero. Si he acertado, la casa invita.

- Pues al final sí veníamos a un fin de semana de spa –bromeó Pipin, recordando la broma que había hecho al llegar.

Todos rieron de buena gana, se abrazaron, vitorearon nuevamente a su salvadora, su Juana de Arco, y se despidieron emocionados, luego de cargar sus mochilas y todo el arsenal prestado que volvía en la aeronave con ellos a Brasil. Una vez que el helicóptero despegó, Edith se quedó viendo por unos segundos cómo se alejaba la aeronave. A la llegada a Brasil, Fabrizzio les haría pasar por aduanas así sin más, y haría sellar sus pasaportes como si hubieran llegado por vuelo comercial desde Uruguay. En cambio, y no a efectos de aduanas, sino sólo para aspectos militares, sí daría la entrada a Brasil ficticia a Emilio, Clara y Sebastián Bermúdez, en el marco del plan Cóndor, para que su rastro desapareciera en ese país. Y hasta allí llegaría lo que jamás le podría volver a pedir en la vida al Brigadier Mayor que le debía un favor, y de los grandes. Su deuda estaba saldada.

Retornó al minibús. Los jóvenes Bermúdez se habían dormido en sus asientos, abrazados. *Y sí, no es para menos, luego de lo que han sufrido los pobrecillos.*

- Terminamos aquí –le dijo a Stéfano-. Tienes los ojos cansados, 'pá. Déjame al volante hasta San Isidro y échate una siesta en los asientos.

- De eso nada, monada. Te admito que a estas horas de la madrugada ya veo un poco borroso, así pues te cedo el volante, pero no me dormiré mientras tú conduces. Aprovecharé para ir haciendo números.

- Tranquilo, *hay* de donde recuperar el dinero que llevamos en gastos en este caso.

- ¿Ah, sí? –preguntó incrédulo Stéfano, mientras Edith dirigía el minibús hacia su próximo destino, el Delta del Tigre-. Recuerda que quien lleva el control de los gastos soy yo, y a menos que hagas que el Comandante ese venda su casa, no veo cómo podremos recuperar los... tengo que agregar lo último que gastamos. ¿Sabías que la rentadora nos cobra 150 dólares por dejar este vehículo en otro lugar que no sea el Aeropuerto?

- ¿Y tienes una estimación así, aunque sea aproximada, de cuánto vamos? —se detuvo un instante mientras levantaban la barrera para salir de la Base.

- Yo diría que al menos cuarenta mil dólares, incluso puede ser *bastante* más, incluyendo los diez mil que le diste a los argentinos.

- Tranquilo, gruñón. Como te he dicho: *tenemos* de dónde recuperar ese dinero.

- Y por supuesto no me lo vas a decir hasta que todo esto termine, ¿verdad?

- Nop.

Emilio no hubiera podido dormir aunque se lo hubiera propuesto. ¿Cómo podría? El silencio era total donde estaba fondeado el Horizonte, en el Delta del Tigre, a escasos minutos del Yacht Club Argentino de San Isidro. Los sonidos, en el medio de todo ese silencio, podían significar cualquier cosa: desde lo que más deseaba desde el fondo de su alma, que era el retorno a salvo de sus hijos, hasta lo que más temía, que era el retorno de la detective *sin* ellos. En el medio de las escalas de sus preocupaciones, estaba la posibilidad de que un sonido de motor significara una patrulla de la Prefectura Argentina que le preguntara qué hacía allí y no le pareciera convincente las explicaciones que el escritor les diera, que, dado su oficio, había preparado dos o tres y se las había memorizado en caso de necesitar darlas.

Y *había* sonidos de motores de embarcaciones o de fuera de borda que es escuchaban cada tanto, y podían ser cualquier cosa: gente que tuviera sus casas en la zona, ya sea de fin de semana o permanentes sobre altos postes, por las subidas de las mareas, hasta pescadores, contrabandistas... Por fin ya podía verse el primer intento de claridad sobre el horizonte cuando detectó el sonido de un motor fuera de borda que parecía coincidir con el del gomón de prefectura que se habían traído desde Santiago Vázquez, y el sonido de ese motor se acercaba a la embarcación.

El escritor empezó a llorar por la emoción que no podía contener. Edith estaba volviendo, pero eso no necesariamente quería decir... debía prepararse para lo peor...

- Ahí están —se dijo a sí mismo, distinguiendo apenas la forma difusa del bote de goma, pero aun no divisando las siluetas. Fue el pelo de su hija lo primero que distinguió-. ¡Ahí están, la puta madre! ¡¡Están *vivos*!! —lloraba profusamente el escritor mientras la embarcación auxiliar se acercaba hacia la plataforma en la popa del yate deportivo, donde les esperaba, hecho un desastre de lágrimas y emoción desbordada, que intentó en vano emprolijar con las mangas de su buzo, para que sus hijos no le vieran en ese estado lamentable.

El emotivo abrazo entre el escritor y sus maltrechos hijos duró eternos minutos. Ninguno de los tres podía pronunciar palabra. Sólo podían abrazarse y llorar juntos. Mientras lo hacían, Stéfano aprovechó para descargar los bolsos y el equipo del bote de goma a la embarcación, y atar la embarcación auxiliar, pues iría de tiro en el viaje, tal como había venido. Edith se sintió culpable de cortar tal emotivo reencuentro, pero tuvo que hacerlo. Pretendía estar fuera del alcance de la Prefectura Argentina para cuando amaneciera, y el tiempo apremiaba. Por supuesto los uruguayos lo entendieron y aceptaron, subiendo la escalerilla de la plataforma a la cubierta principal. Emilio iba a subir luego de sus hijos, cuando Edith le tomó por el brazo, y le susurró al oído.

- Emilio, sé lo que este momento significa para usted, pero tengo que pedirle que sea en *extremo cuidadoso* con lo que habla con sus hijos. En estos momentos Clara y Sebastián están *en extremo* vulnerables, así pues no les pregunte *nada* —enfatizó-, de su tiempo en cautiverio, ¿me explico?

- Sí, claro. ¿Cómo iba a hacerlo?

- No sé. Me pareció sensato aclararlo, por si acaso. Ya ellos le contarán cuando vean que es el momento, o quizás nunca lo hagan, pero deje que sea la elección de ellos, ¿vale?

- Por supuesto.

- Perfecto. Ahora por favor vea que coman algo y que se acuesten en el camarote principal. Hay agua dulce y jabón en el baño, y podéis tomar ropa limpia de mi bolso o del de Stéfano, si queréis. Yo tomaré el timón. Sólo déjeme las cartas náuticas a mano, por si tengo dudas, y luego acuéstese usted también. Necesitaré que me releve hacia el mediodía. ¿Cuento con eso?

El escritor le abrazó con fuerza.

- Gracias. Gracias, Edith –lo dijo desde el fondo del alma-. Le relevo hacia el mediodía, pierda cuidado, confirmó -y fue con sus hijos.

El través por el Puerto de Buenos Aires, el más importante del país, una hora y media más tarde, encontró a todos durmiendo salvo a la ex Fusilera Naval, que poniendo cuidado a no salirse de los canales dragados, siguiendo la ruta trazada en el mapa por el escritor, ponía a su popa el territorio argentino, sola con sus pensamientos.

CAPÍTULO 16: ESA FOTO VALE UN MURAL

Llegaron hacia las cinco de la tarde al puerto fluvial de yates deportivos de Santiago Vázquez. Edith dio por radio el parte de llegada a la prefectura local como si su plan de navegación se hubiera adherido al anunciado (navegar por el Santa Lucía), y sabiendo que si el Prefecto Nacional Naval les había autorizado el uso del bote auxiliar de esa Prefectura, los subalternos locales no harían más preguntas. Luego de amarrar el Baader de 14 metros de eslora correctamente a la boya, cargaron todo sobre el gomón y atracaron donde lo habían tomado. En todo el camino los jóvenes Bermúdez no habían emitido palabra, y los adultos allí presentes no serían quienes les forzaran a hablar, si no lo querían.

- Bien –inició Edith, una vez en el muelle, dirigiéndose a Stéfano y a Emilio-. Partimos apenas podamos. Papá, necesito que te quedes aquí y cuides que algunos de los cientos de personas que se ven en la vuelta no aproveche para robarnos nada.

- Sí, Jefa –sonrió el aludido.

- Emilio. Necesito que tome nuestro coche, Stéfano le dará las llaves, y consiga en el pueblo todo lo necesario para hacer un asado, incluyendo la leña, y otras cosas ricas que pueda encontrar. Tenemos provisiones de sobra en el bote, pero son muy básicas, como de campamento. Por favor no escatime en gastos, y apresúrese. Stéfano le dará el dinero –y el italiano así lo hizo, entregándole las llaves del Peugeot 504 y todo el efectivo en moneda uruguaya que portaba en la billetera-. Yo pediré usar el teléfono en la caseta de la Prefectura y nos encontraremos aquí, ¿vale?

Emilio y Edith partieron a cumplir con sus tareas, y Stéfano se quedó a cargo de los jóvenes. Como había sospechado, los funcionarios de la Prefectura de Santiago Vázquez le recibieron con una alfombra roja, pero fue una de las oficiales la que tuvo que hacer la pregunta de rigor:

- ¿Ya nos van a dejar el bote?

- Aún no, oficial. Lo necesitamos por unos días más.

- Ah, perfecto. No hay problema. Igual ya pedimos uno que nos trajeran de reemplazo desde la Prefectura de Trouville.

- Gracias por su comprensión. ¿Tiene un teléfono que pueda utilizar?

- Sí, claro. Use el de ese despacho –le indicó-, y si necesita algo más de nosotros, no dude en pedirlo.

- Gracias, Oficial. Cuando puedan, si fueran tan amables, completen los tanques de combustible del Horizonte aquí amarrado.

- Así lo haremos.

Edith se dirigió hacia el despacho y tomó asiento. La primera llamada era de rigor. Telefoneó al dueño del Horizonte, Alberto Pujol, para informarle que su embarcación se hallaba amarrada a la boya en las mismas condiciones en que la encontró, que las anotaciones en las cartas náuticas hechas en lápiz habían sido borradas, y que le agradecía infinitamente habérselo alquilado con tan poca anticipación.

La segunda llamada, la detective francesa lo sabía, le iba a costar una gran cantidad de paz espiritual y de tragarse furia contenida, pero era necesario hacerla.

- Hola –respondió una voz adormilada del otro lado de la línea.

- Hola, Bertrand, soy yo, Edith –le hizo saber, manteniendo el diálogo en el francés materno de ambos.

- ¡¿Edith?! Pensé que nunca más ibas a hablar conmigo.

- Pues la necesidad prima a veces, Bertrand.

- ¿Y qué te hace despertarme de la siesta un domingo por la tarde?

- Pensé que tu salario de Interpol incluía una prima por estar a la orden 24/7, incluso fuera de tu horario habitual de oficina.

- Sí, claro, entonces, ¿es por un asunto oficial?

- Así es. ¿Tienes para tomar nota?

- Ya casi –hubo ruido al otro lado-. Listo, dime.

- Ficha 2247/74, necesito cobrarla este miércoles, en efectivo. ¿Puedo contar con ello?

- Sí, claro. No veo que haya inconveniente.

- ¿Resultó de utilidad el dato que te pasé a través de Stéfano?

- Atrapados con las manos en la masa, podríamos decir.

- ¡Excelente! Ahora anota esta, por favor. Ficha 3379/78.

- ¿Y ese quién es? No tengo los registros conmigo.

- Ernest Gutfraind, falsificador, conocido por el apodo de...

- ¡El Escriba! —no salía de su asombro el oficial francés de la Interpol, destacado temporalmente en Montevideo-. ¿Le atrapaste? ¡No me lo puedo creer! Esa ficha vale como... no me acuerdo ahora, pero sacando las de narcotraficantes y terroristas, creo que es la que tiene la recompensa más abultada.

- Tanto como atraparle... En fin. Tenía la indicación de "debe considerarse armado y peligroso", que entre tú y yo sabemos que es lo que pone la Interpol en las fichas de recompensa para decir que les da igual si se les entrega vivos o muertos. Este se "resistió al arresto", por llamarlo de alguna manera.

- Entiendo. ¿Dónde está el cadáver?

- En la joyería y tienda de empeño de alhajas en la intersección de Uruguay y Río Branco. Es fin de semana y dejé la llave cerrada y rota en la cerradura, así que si te apresuras serás el primero en llegar a la escena del crimen. Apresúrate, porque lleva muerto desde el viernes por la noche.

- Entendido. Lo que va a oler esa escena, por Dios.

- Sin dudas. Y debo enfatizar en que te *apresures*, porque Gutfraind integraba una mafia con gente del Gobierno para falsificar y poner a la venta Bonos del Tesoro falsos. Es decir: no *falsos*, pero ya lo descubrirás por ti mismo cuando estés allí. Es un puzzle de ocho piezas, a lo sumo. Confío en que lo harás bien, si llegas *antes* que las autoridades locales.

- Me ducho y salgo. ¿Hay algo más que precises de mí? ¿La ficha de Gutfraind también la necesitarás en efectivo el miércoles?

- No, esa puedes transferírmela a la cuenta registrada de nuestra agencia con la Interpol.

- Entendido. Edith... -no sabía cómo plantearlo el Agente-. ¡¿Dos fichas de Interpol en *una semana*?! ¿Cómo *rayos* has hecho? Esto no creo que exista en los anales de la agencia, es decir... ¿*Cómo* lo haces?

- Si te refieres a mi metodología, creo habértelo dicho en Madagascar: Observo. Retengo. Busco patrones. Ahora, si me preguntas cómo llegué a lograr en una semana dar con criminales internacionalmente buscados, te diré que estaba más atenta que de costumbre a las fichas de Interpol, porque en el caso que me trajo aquí no había remuneración, y los gastos, que probaron *no ser* pocos, iban por cuenta y orden de nuestra agencia, por lo que era menester que diera con al menos *uno* de los más buscados. Y fíjate: di con dos. Te diría que esta vez ha tenido que ver un 10% un poco de astucia y planificación, solamente.

- ¿Y el restante 90%?

- Pura suerte, Bertrand, pura suerte.

- Esto está... -no encontraba las palabras Sebastián Bermúdez, saboreando la tira de asado que iba comiendo con las manos, como todos los demás "comensales" junto a la fogata, en una de las islas del Canal del Medio, en el Río Santa Lucía.

Los tres adultos presentes quisieron pasar como "natural" las primeras palabras que había emitido el joven desde que fuera rescatado de la tortura y el cautiverio en Automotoras Orletti, tan sólo 24 horas antes.

- ¿Me pasé con la sal? –rompió el silencio Edith, tratando de naturalizar el pasaje del mutismo al habla del joven rescatado.

- ¡Esto está *buenísimo*! –terminó el joven de 17 años.

- Está mucho mejor que cómo lo hace papá –completó Clara, con un pedazo de carne a medio masticar-. Sin ofender, papá, pero esto está –y marcó con su mano por sobre su cabeza-, *top level*.

- No hay ofensa, Clarita –reconoció su progenitor, sabedor de que a veces cuando hacía un asado en la casa familiar en Punta Gorda, las pocas veces que se lo podía permitir dada su condición de padre de familia viudo y sin trabajo, a veces se distraía en sus propios pensamientos, "escribiendo" en su mente alguna escena o un diálogo para el libro que estuviera escribiendo, dejaba de prestar atención a la parrilla, y el resultado era carnes pasadas de cocción, por no decir suelas de zapato.

- Entonces, ¿la *franchuta* aprendió o no aprendió a hacer un asado decente? –bromeó Edith.

- ¡Un aplauso para el asador! –propuso Clara.

Todos hicieron caso y aplaudieron a la cocinera de la carne a la parrilla en tan pintoresco y natural lugar en los humedales del Santa Lucía. Edith hizo las reverencias del caso, mientras saboreaba su propia porción. Siguieron sólo comiendo por un momento, hasta que a Sebastián el surgió la pregunta de rigor que su cerebro racional y planificador le indicaba que no podía esperar.

- ¿Cuánto vamos a tener que estar acá? Ojo, no es que me incomode, pero supongo que esto es transitorio, y que después vamos a ir a otro lado, ¿no? Si el plan es que estemos acampando por un tiempo indeterminado, igual por mí está bien.

- ¿Cómo te llamás? –preguntó Clara, siempre directa, a la detective-. ¿O el nombre que nos diste en el ómnibus en Argentina es tu verdadero nombre?

- Era el verdadero: Edith Bonelli –sonrió la ex fusilera naval-. Este es mi padre Stéfano Bonelli. Somos detectives privados. Su padre nos contrató para buscarles, y aquí estamos, comiendo un asado en un lugar *increíble* que planeo revisitar cuando pueda. Y a tu pregunta, Sebastián, necesitamos escondernos un par de días nada más, hasta que las piezas se acomoden en su lugar, y después ya pasamos a la parte donde ustedes se van a París, a vivir con su padre.

- ¡¿A París?! –exclamaron al unísono los tres Bermúdez.

- *Surprise, Surprise* –fue enigmática la detective-. Ahora coman, chicos, pues se enfría, y no tenemos conservadora para guardar las sobras.

Bertrand no podía creer lo que sus ojos estaban viendo. Era Edith Bonelli *en persona* quien se presentaba en el mostrador de recepción de la sede de Interpol dentro de la Jefatura de Policía de Montevideo. No su padre, no un télex recibido, sino Edith Bonelli, *in the flesh*.

- Hola Edith –le recibió a modo de saludo, bajando la vista.

- Hola Bernard, tanto tiempo –fue seca más formal la detective-. ¿Tienes lo que pedí el domingo de tarde?

- Sí. Sí, claro. *Ya* te lo traigo.

- Espera. Bertrand. Lo de Madagascar, lo entiendo, ¿vale? Tú cumplías con las directrices de tu puesto, y yo con la necesidad de las vidas inocentes que había que rescatar de ese *hijo de puta*. ¿Ambas necesidades no coincidían? Lo pillo. Pero no te guardo rencor por ello. Ya no.

El cuarentón agente de la Interpol tuvo que rodear el mostrador para abrazar a quien le acababa de excusar y de perdonar por dejar escapar a un tratante de personas de una captura segura años atrás, sólo por seguir los protocolos y las leyes locales.

- No sabes *cuánto* significa esto para mí, Edith. ¡No tienes ni una *puta idea*!

- Lo sé, Bertrand, lo sé. Pasado pisado, ¿vale?

El agente intentó recomponerse, a la vez que lanzaba una mirada intimidatoria a la audiencia del momento emotivo, como reprochándoles: ¿No tienen algo mejor que hacer que estar viéndonos?

- El informe de la ficha de Gutfraind, ¿lo has podido enviar? –Edith quiso encaminar el emotivo momento hacia aspectos más prácticos.

- Por supuesto. Copias de los Bonos, los pasaportes falsos y las fotos de la escena de captura con resistencia de la Persona de Interés han sido enviadas a París. Descuida: no hay forma posible ya de que el Gobierno Uruguayo pueda tapar esto.

- Vale. Ahora pasemos a los aspectos monetarios.

- Por supuesto. Ya regreso –Bertrand regresó un momento más tarde con el bolso que contenía en efectivo la recompensa por la captura de los hermanos Fischetti-. Lo de Gutfraind te ha sido transferido a tu cuenta registrada, como lo pediste. Debería acreditarse el viernes a última hora, como muy tarde.

- Lo has hecho bien, Bertrand. Muchas gracias... y estamos al habla.

Edith entró al bar en la esquina de San José y Yí, frente a Jefatura Central, con un hombrecito de gafas, gran nariz y pelos desordenados. Stéfano estaba terminando su Cappuccino.

- Papá, te presento a Efraín Gutiérrez, Detective de Personas Desaparecidas. Efra, este es mi padre, Stéfano Bonelli.

- Es un placer –dijeron ambos a la vez, estrechando las manos.

- 'Pá, ¿viste cuando te dije que *teníamos* de donde recuperar los gastos? –puso el bolso con el efectivo sobre la mesa-. Te voy a pedir que discretamente vayas y pidas una bolsa de basura en la barra, luego te dirijas al baño, y pongas en la bolsa de basura lo que hayas calculado que gastamos, más... no sé... ¿veinte mil de honorarios?

- A tarifa mínima, así es.

- Bien. El resto queda en el bolso. Ya tiene destinatario. Luego ve y busca a los Bermúdez y espérame frente a la explanada de la Intendencia, aquí a dos calles.

- Entendido, Jefa. Ha sido un gusto, Efraín –los caballeros estrecharon las manos.

- Pará, pará –no salía de su asombro el enjuto Detective-. ¡¿Encontraron a los Bermúdez?! –preguntó en el mismo tono que hubiera preguntado: ¡¿Encontraron la mítica ciudad de El Dorado?!

- Sanos y salvos, por obra y gracia del Señor –sonrió Edith.

- Algo me dice que el "Señor" al que te refieres tiene menos que ver con el Dios Todopoderoso católico y más que ver con una detective Superstar que tengo frente a mí.

El mozo les interrumpió para tomar sus pedidos. Ambos iban por el café doble.

- Mitad y mitad, si consideramos que la fortuna viene de parte de los designios divinos, pero por unas horas ya no les encontrábamos con vida.

- ¡Mierda carajo que sos buena!

- La mejor, o eso indican los honorarios que cobro.

- Creída.

- Realista.

Ambos sonrieron.

- ¿Y dónde están?

El mozo trajo sus cafés.

- No puedo decírtelo, Efra, y por tu bien es mejor así. En los papeles, extraoficialmente, fueron enviados a Brasil, donde hay una constancia de traslado (militar, claro está), que si te mueves bien y sabes a quién preguntar, podrás dar con ella y cerrar el caso. Fuera del Uruguay, caso cerrado, ¿no?

- Más o menos, sí –aceptó el Detective-. Pero igual me importa poco y nada el expediente y que siga abierto o que se cierre. Contáme, dale, ¿están bien los gurises?

- Gozan de buena salud, pero han sufrido lo *inimaginable*. Desde que fueron llevados a la fuerza de su casa, les han torturado, humillado, muy probablemente violado varias veces, han hecho de su psiquis un ñoqui... Efra, les llevará *años* recuperarse, quizás toda su vida, pero al menos respiran y tienen la posibilidad de sanar. Hay *cientos* o *miles* que no la tienen.

- ¡Gobierno de mierda, la puta que me parió! –golpeó el Detective la mesa con su puño. Luego intentó serenarse, al ver que había atraído las miradas de los clientes del bar, aunque dudaba que fuera por sus palabras, sino más bien por el golpe de puño en la mesa.

Edith tomó el puño del Detective de Personas Desaparecidas con su mano, consolándole.

- Esto, como otras tantas calamidades, Efraín, *también* pasará. Sólo hay que ser pacientes, y hacer lo mejor dentro de lo que nos tocó vivir, mientras tanto.

- Cuánta sabiduría, Edith. Sos buena, 'ta madre –la atención del Detective se desvió hacia alguien que había entrado por la calle Yí al bar-. ¿Qué hacés, Julito, todo bien?

- Efra, viejo y querido –saludó el compañero de trabajo que había entrado recién, con un abrazo.

Edith sonrió al Detective Gutiérrez cuando el otro pasó y estaba a su espalda.

- Supongo que ahora me está mirando el culo y haciéndote señas de "qué hembra te levantaste, Efraín, bien ahí".

- 'Ta madre. Vos tenés ojos en la nuca, boluda.

- Nah, ¿qué va? Las personas somos más básicas y predecibles de lo que nos gustaría admitir, y los hombres son *más básicos* aún, pero una duda me asalta: ¿por qué no se lo decís?

- ¿Decirle qué a quién? –fingió demencia el enjuto hombre.

- Decirle a Julito que te morís por estar con él, por salir y ver qué pasa.

- Ssshhhh, callate, boluda, que te pueden escuchar.

- ¿Y qué con eso? ¿Desde cuándo es delito que te guste alguien del mismo sexo?

- Desde que vivís en Uruguay y no en Europa Occidental, donde capaz que los criterios son diferentes. Llegan a saber en el laburo que a mí capaz que no me gustan tanto las mujeres y un poco más me atraen los hombres, y soy boleta. Sumariado y mis cositas las junto en una caja de hojas A4 y a casita a disfrutar del desempleo. Aparte, ¿cómo *mierda* te diste cuenta?

- Por cómo lo mirabas, Efra. *No llevo* dos días en mi profesión, y además uno de mis mejores amigos, por no decir el mejor en el mundo mundial, es gay. Se llama François y enseña Heráldica comparativa en la Sorbona. Voy a ser su madrina de bodas el 26 de abril próximo, en Ámsterdam. Jean-Julien es un tipazo, y absolutamente *adoro* la química que tienen juntos, y cuánto se aman –le brillaban los ojos a la detective privada francesa.

- Algún día, Edith, capaz, los uruguayos seamos tan abiertos de mente, pero por ahora: es lo que hay, valor —se alzó de hombros.

- Todo llega, Efra. Sólo hay que tener paciencia.

- Si tú lo dices...

Edith apretó la mano en torno al puño del oficial de la Policía Nacional que había sido clave en su investigación, y por el que había logrado desarrollar genuino afecto y admiración profesional.

- Hablando de nada que ver: ¿qué pasó con el Oso? ¿Sirvió de algo que pidiera por él para lo del operativo del Lloyds TSB, cuando di el dato a mi contacto de la Interpol local?

- ¿Vos sabés que sí? Le levantaron la sanción y ya está de vuelta en su puesto, con un aumento de sueldo. Él y su compañero, Juan Martín Marquez. ¡Te luciste ahí! ¿Cómo sabías que había sido el Oso el que me avisó que tenían orden de seguimiento, vos y tu padre?

- De hecho no lo sabía. Fue una casualidad, supongo. Pero después de dejarles en ridículo en el intento de seguirnos cuando salimos del Hotel Concorde hace dos viernes, pensé que era lo menos que podía hacer para restaurar su reputación ante sus superiores: darles la captura de los ladrones de bancos más buscados del siglo a su nombre.

- Eres *única*, Edith, ¡Única! —no había sino admiración hacia su ídola y modelo a seguir en la materia del cumplimiento de las leyes en los ojos del enjuto hombre.

- Gracias, recibo eso a menudo.

- Y modesta, se me olvidó.

- Ah, no, de eso nada, monada —ambos rieron-. Efraín, necesito algo más de ti, y luego debo partir: ¿qué lugar me recomiendas en tu país para pasar unos días tranquilos... no sé... disfrutar de la naturaleza del Uruguay pero a la vez hacer algo de playa? Necesito algo de relax luego del cimbronazo emocional que significó este caso.

- A ver: Punta del Este sería lo que todos te recomendarían si preguntaras, pero ese es nuestro principal y más conocido balneario, y está infestado de porteños y música y ruido de motores hasta altas horas de la madrugada, así que no te lo recomiendo. Las termas del litoral del Río Uruguay capaz que te las recomendaría, pero meterte en piscinas a 40 grados centígrados cuando afuera hay 45 grados a la sombra... tampoco. Dejame pensar —el Detective de pronto se le ocurrió una idea-. ¿No te importa que las instalaciones no estén a la altura del estándar de los Sheraton o los Hilton, no?

- Para nada. De hecho es eso *precisamente* lo que busco.

- 'Tá, listo. Cabo Polonio, entonces.

- ¿Cabo Polonio?

- Sí, es un lugar híper-rústico. El punto más al este de la costa atlántica uruguaya. Mucha playa, mucha naturaleza en estado puro, y capaz que algún lugar podrás encontrar donde haya agua caliente en los baños y no esté lleno de arena el piso.

- ¡Me encanta! ¡Gracias por la recomendación!

El Peugeot 504 se detuvo frente a una humilde morada en el barrio de Carrasco Norte. Aún mediaba la tarde de una cálida pero soportable tarde de verano del enero montevideano. La conductora del vehículo giró para encarar a los Bermúdez en el asiento trasero.

- Tengo que hacer una parada aquí. Escuchadme: tocaré el timbre de esa casa —señalo-, y de allí saldrá una niña de doce años de piel muy pálida, que muy probablemente corra hacia mí y me abrace al verme, y quiero que registréis *muy bien* su rostro, pues en base al sacrificio que esa pequeña ha tenido que hacer, es que vosotros dos estáis hoy con vida, y en breve os podréis fugar los tres de este país, ¿me seguís?

- ¿Podemos agradecerle, al menos? –preguntó Clara.

- No, lamentablemente no podéis –fue categórica Edith-. Disculpad, sé que os gustaría agradecerle en persona, pero no sé si existe un término jurídico en la actualidad, pero quizás en un futuro próximo se defina. Agradecerle por su sacrificio sería como... -Edith intentaba encontrar la palabra exacta-. Sería como revictimizarle, ¿me explico? Es decir: abrazarle y agradecerle por el sacrificio irrecuperable que ha tenido que vivenciar para que vosotros estéis hoy con vida, sería como traerle a la memoria el horror que ha tenido que pasar. ¿Soy clara?

- Como el agua del deshielo que baja de la montaña —sentenció el escritor, hablando por todos los Bermúdez en el asiento trasero.

Como Edith había pronosticado, Claudia corrió a abrazarle apenas le vio sonar las palmas en la puerta de su modesta vivienda en Carrasco Norte. Su padre y su madre siguieron, no entendiendo del todo el apego de su única hija por la extraña que acababa de llegar.

- Omar —se presentó la extraña, estrechando la mano del recientemente liberado del Batallón 5-, mi nombre es Edith Bonelli y vengo a entregarle una parte de la reparación que le debe el Estado Uruguayo por su arresto y su condena injustificados.

- Pero si ya me entregaron diez mil dólares —no entendía nada el obrero metalúrgico.

- Eso era una entrega a cuenta de más. Aquí tiene el resto —apoyó el bolso sobre el buzón de correos de la casa, y mostró su contenido.

- Pero esto... -no podía creer el sindicalista del UNTMRA-, aquí debe haber...

- Cien mil dólares y cambio —completó Edith-. Son suyos, para lo que entiendan necesario gastarlos: una casa en un mejor barrio, educación privada para Claudia, ¡lo que ustedes decidan!

- ¿Quién es usted? —preguntó suspicaz la madre de la niña que miraba con ojos chispeantes a su salvadora.

- Piensen en mí como su Papá Noel personal, si quieren —guiñó un ojo a su "ahijada" por voluntad propia de la niña-, o una *igualizadora*. No sé si existe el término en español o me lo acabo de inventar.

- Creo que te lo acabás de inventar, madrina —sonrió Claudia.

- Como sea. No sé si les contó ella dónde estuvo esos días que estuvo ausente, pero le tomé bajo mi protección. Se hallaba en peligro y no podía regresar con vosotros por algunos días. Conmigo estaba a salvo.

- ¿Entonces usted sería... -seguía intentando atar cabos la mamá de la niña-, una especie de guardia privada o algo así?

- Ex militar y detective privada —les dio una tarjeta de presentación-. Ese es el número de mi oficina en Paris. Cualquier cosa que necesiten, y me refiero a *lo que sea*, llamen a ese número. Si no estoy porque me hallo en algún caso, mi secretaria Christine tomará el mensaje y me lo entregará la siguiente vez que hablemos.

- Estuvo ahí para nuestra chiquita cuando nosotros no pudimos estar —dijo emocionado el padre-. Es todo lo que tenemos que saber de usted —le abrazó emocionado el hombre que había recuperado su libertad hacía sólo unos días, luego de siete años de injustificado encierro.

- Le agradecemos todo lo que ha hecho por nuestra familia, Edith —fue el turno de la mamá de la niña de abrazar a la detective.

- Y vos —Edith se arrodilló para estar a la altura de la que sentía su protegida-. No es lo último que vas a saber de mí, podés estar segura.

- Apalalá —sonrió Claudia-. Aprendiste a hablar de "vos". Tomá 'pa vos, la *franchuta* —y se lanzó a darle un abrazo apretado-. Te quiero, madrina.

Minutos más tarde, un emocionado Emilio tuvo que soltar lo que aquella escena le había dejado.

- Se hace usted querer, Edith —pero la aludida nada contestó, sólo sonrió.

- ¿Mi hija? —Stéfano devolvió el cumplido por ella-. Créanme: no les gustaría estar del otro lado de su enojo, pero si no es ese el caso, suele ser adorable.

- ¿Yo, adorable? ¡Por favor, papá! Mira las tonterías que dices.

El coche siguió rodando por Camino Carrasco, hasta que Edith encontró lo que necesitaba y paró junto a una peluquería. Giró para informar a su cliente.

- Emilio, lamento informarle que vamos a tener que hacer un cambio drástico en su estética.

- La barba, no —suplicó como un chiquillo el escritor.

- La barba, *sí*, Emilio. Me temo que es usted una figura pública muy reconocida, y si bien tenemos arreglado el paso de los tres por la aduana, muchos en el aeropuerto podrían reconocerle si no se quita la barba y si corta el pelo.

- ¿Es en *serio*, papá? —le reconvino su hijo.

- Vale, que así sea —se resignó el padre de los jóvenes, y media hora más tarde un Emilio que lucía *completamente* diferente subió al coche.

No hubo problemas para acceder a la sala VIP con un Comandante Alberdi más que dispuesto a colaborar con quien le tenía por los huevos, y por otro lado, era quien más estaría agradecido de que tanto los Bermúdez, como la detective y su padre, dejaran el país de una buena vez. Sentados en confortables sillones, tomando refrescos de cortesía para quienes usaban la sala, por lo general hombres de negocios y familias pudientes, Edith creyó que era momento de ayudar a la familia que tanto había sufrido a cerrar algunos círculos.

- Bien. Esto es lo que haremos. Vosotros os iréis de aquí mostrando los pasaportes falsos que os hemos dado.

- Somos los García, chicos, no se olviden –bromeó Claudia-. ¿Pero Ema, Edith? ¿No podía haber tenido otro nombre, yo?

- En todo caso el responsable fui yo –asumió Stéfano-. Tenía que ser un apellido común y corriente en Uruguay, para no llamar la atención, pero admito que en los nombres no le puse mucho empeño.

- Igual te estaba jodiendo, Stéfano –sonrió Clara.

- Estos pasaportes –sacó tres de su bolsillo-, sí son los verdaderos, emitidos por la Embajada Francesa aquí en Uruguay. Estos son los que mostraréis al llegar a Paris. Les harán algunas preguntas, claro está, de por qué llegan con un documento distinto al que han usado para embarcar, pero quedaos tranquilos que cuando expongáis ante las autoridades quienes sois y que huis de la dictadura, y más siendo ciudadanos franceses legales, os abrirán las puertas de par en par. Estamos acostumbrados en Europa a recibir refugiados de consciencia estos años.

- No sé cómo agradecerle, Edith.

- Bueno, *sí* sabe. Esta el tema del libro ese que prometió escribir. Ya tengo el caso que quiero que narre, uno muy... removedor en lo personal, y de hecho fue el caso justo anterior a este, pero cuando coincidamos en Paris me juntaré con usted y podré narrarle los detalles.

- Será un honor para mí escribir ese libro.

- Bien. Pasando a otros temas, como verán llevan ustedes sólo una mochila liviana cada uno con alguna muda de ropa y doscientos dólares que os hemos entregado, y os preguntaréis: ¿y de qué vamos a vivir? ¿Dónde vamos a quedarnos? –vio que aunque ninguno de los tres había osado preguntarlo, sí se lo habían cuestionado internamente-. Este es el número de nuestra oficina en París. Ya he telefoneado y mi secretaria os ha rentado un pequeño departamento no tan alejado de la capital. No es la gran cosa, pero será un inicio. Christine también os acompañará a un banco para ayudaros a abrir una cuenta en la que depositará 300 mil dólares de una recompensa que cobré aquí... y que está *directamente* vinculada al caso.

- No entiendo nada –tuvo que admitir Sebastián.

- Lo sé, y por eso creí preciso participaros de algunos detalles de cómo llegué a vosotros. No sé de quién fue la idea, muchachos, pero fue una *muy mala* idea, la de salir a buscar falsificadores que os hicieran pasaportes para huir del país.

- De los dos, supongo –admitió a su pesar Clara.

- La cuestión es que disteis con un pez *muy gordo*, un artista de la falsificación internacionalmente buscado y con fuertes lazos y negocios con el gobierno dictatorial uruguayo, a quien aquí conocíais como...

- ¡Ernesto Umpiérrez! –no salía de su asombro Clara, y se le hizo un nudo en la garganta.

- ¿El padre del Corchito, mi amigo?

- El mismo, Sebastián. No es de extrañar pues que cuando lo confrontarais la noche del cumpleaños de su hijo, Nicolás, quien dicho sea de paso os tiene en *muy* alta estima a ambos, avisara a las autoridades y esa misma noche os raptaran de vuestro hogar.

- ¡Madre mía! –no salía ahora de su asombro el escritor-. Y yo todo el tiempo echándome la culpa –se le nublaron los ojos de lágrimas.

- Y un poco sí la tiene, Emilio. Ser quien es usted sirvió de excusa a los militares para tapar lo que *realmente* querían que no se supiera, y era que había dos jóvenes imprudentes –miró con severidad a los menores-, que habían dado con información que no deberían tener... Que *nadie* podía saber.

- La puta madre –sólo pudo expresar su desazón y su sentimiento de culpa el joven de diecisiete años-. Todo lo que pasamos, todo lo que... -un nudo en la garganta le impidió seguir.

- La culpa *no es* vuestra, chicos. *No* lo es. ¿Fuisteis imprudentes? Lo fuisteis. De seguro en vuestras mentes queríais mejorar el estado calamitoso en que os encontrabais por culpa de la dictadura, pero son *ellos* –enfatizó-, y nadie más, los culpables de lo que han hecho, y tarde o temprano de seguro lo pagarán. Es más: quien pidió a los militares vuestra captura, el padre del Corchito... *ya* lo pagó –en este punto era Edith la que sentía vergüenza de sí misma-. No fue con la intención de hacerlo, pero cuando di con su paradero y fui a confrontarle, sin querer... le maté. Es decir: él disparó primero, me hirió y me iba a rematar, pero yo no tenía la intención de disparar a matar. Sólo quería dejarle inhabilitado y evitar que me matara, pero... bueno. Supongo que hay situaciones donde la puntería pierde precisión.

- Edith –intentó consolarle el padre de los jóvenes-. Lo hizo usted en defensa propia. ¿Quién podría culparle?

- Yo, Emilio, pero supongo que tendré que superarlo. La recompensa, los 300 mil dólares con los que contaréis para iniciar vuestra nueva vida, es por su captura, vivo o muerto, así que juzgué que sería justo que vaya enteramente para vosotros. No os mentiré: *tardaréis* en sanar las heridas –miró alternadamente a los críos-. Pero quizás ayude saber que quien os mandó a desaparecer, sea quien os financie este nuevo comienzo.

- ¡Hijo de puta! –golpeó el puño contra la mesa Clara.

- ¡Sorete de mierda! –completó Sebastián.

La voz por el altoparlante anunció que el vuelo que tomarían los Bermúdez estaba listo para embarcar.

- Como dije: tardará en sanar este mal trago, pero os tenéis los unos a los otros, y si necesitáis hablar con alguien que haya pasado por lo mismo, tenéis mi número, chicos –en ese punto Clara se paró y le abrazó con efusividad-. Ya, ya, pequeña –le acariciaba la cabellera-. El monstruo se ha ido. Ya nadie te va a hacer daño... ¡Nunca más!

- Me... me... -intentó articular la joven, entre lágrimas.

- Lo sé. No necesitas decírmelo –le susurró al oído-. Yo *también* fui capturada y torturada. La primera vez fue por el Viet Cong. *Dos semanas* me retuvieron, antes que mi Brigada pudiera rescatarme, y yo no había dado con el dato de un falsificador aliado del Gobierno. Tenía en mi poder disposición de tropas, estrategias, número de efectivos –le miró frente a frente-. Por eso te decía: *sé* por lo que pasaste. Y luego en mis investigaciones, pppffff, ¿para qué contarte? Cada tanto me atrapan y me someten a tortura. Pero créeme: se supera. Y si eres la mitad de lo que describe tu padre en sus libros que eres, no sólo lo superarás, sino que esta experiencia te hará una mujer el *doble* de fuerte.

Clara Bermúdez estrechó una vez más con fuerza a la detective, que correspondió el abrazo.

Edith no era muy afín a las demostraciones de afecto tan prolongadas como el abrazo fuerte y larguísimo que le daba la joven uruguaya, pero por otro lado –el de la empatía-, entendía que Clara necesitara irse aferrando a alguien o algo que fuera diferente al infierno por el que había pasado, y devolvió el abrazo.

- Le vas a partir la espalda si la seguís apretando así, Clarita –le reconvino su padre.

- ¿Qué va? Es *re*-fuerte ella -sonrió la joven, pero había entendido el mensaje, y le dejó ir.

- Veamos, ¿qué detalles nos quedan? -inició Stéfano, tratando de encaminar la conversación hacia otros derroteros, sabedor de cuánto le incomodaban las demostraciones de afecto de sus clientes a Edith, ya que ella consideraba que simplemente estaba haciendo su trabajo-. Está el tema de la casa y sus pertenencias. Ya habíamos hablado en los humedales del Santa Lucía que no era sensato que volvieran ustedes allí, pues debemos dar por descontado que la tienen vigilada.

- Pero podríamos darnos una vuelta para levantar vuestras pertenencias y enviároslas por avión a París... -ofreció Edith, pero el escritor le cortó con un gesto.

- Edith, ¿no le parece que ya hecho suficiente por nuestra familia? Me ha devuelto a mis hijos *vivos* –trataba de no emocionarse hasta las lágrimas el escritor, pero con poco o ningún éxito-. Y nos ha devuelto a los tres la libertad de hacer lo que nos propongamos con nuestras vidas. No sólo eso, sino que nos ha regalado un capital inicial de trescientos mil dólares para iniciar nuestra nueva vida en París. Ya cuando estemos instalados llamaré a algún amigo para que lo haga, y cuando firme con alguna editorial que me quiera publicar, le pediré a alguien que se encargue de mantener la casa en orden, porque en algún momento esta dictadura de *mierda* tiene que terminarse, ¿no? Y yo planeo volver al Uruguay.

Consultó a sus hijos, que estuvieron de acuerdo con un gesto. Después de todo, y a pesar de los malos años y de los malos tragos que les había causado el gobierno fascista, era allí donde tenían sus recuerdos, allí donde tenían su vida y sus amigos, era ese país al que consideraban su hogar.

- No creo que le sea difícil encontrar una editorial, Emilio -aseguró Stéfano-. Los autores latinoamericanos, y más los exiliados, están muy en boga ahora en Europa. Se cuentan por *millones* ya quienes han tenido que huir al viejo continente y provienen de aquí, de Argentina, de Chile... Y están deseosos de volver a leer los libros y los autores que se les ha prohibido en sus países de origen.

- Y ya sabe cómo somos los europeos –estuvo de acuerdo Edith-. Vemos que se está gestando una movida cultural y vamos como las polillas a la luz, a ver de qué se trata –le sonrió.

- Quien les dice que no venda mucho más que acá, ¿no? -fue optimista el escritor.

Momentos más tarde, y luego de más emotivos abrazos, e infinitos agradecimientos de los Bermúdez hacia Edith y Stéfano, les veían desaparecer de la vista camino a las aduanas. Ambos Bonelli estuvieron de acuerdo que su labor en el caso no terminaría hasta que vieran despegar ese avión rumbo a Francia, y encontraron que la cafetería y restaurante del Aeropuerto con una terraza con vistas a la pista, que ya desde el menú exhibido a la entrada anunciaba precios *demenciales*, sería el lugar adecuado para tomarse un café y esperar.

Cuando la moza fue a tomarles la orden, sin embargo, notaron que algo andaba mal. Los grandes ojos verdes de la muchacha se abrieron muchísimo al ver a Stéfano, y luego a Edith, para volver a Stéfano.

- Ustedes... Ustedes son... -no podía articular la joven-. ¡Ay, me viene algo!

- ¿Nos.... conoce? -no podía a su vez dar crédito el sexagenario italiano.

- ¿Quién *no*? Están en todas las tapas de los diarios. ¡Papá, traéme la cámara, porfa! -pidió a un veterano tras la caja registradora-. Traéme la cámara que esta va para el muro de las celebridades *de cajón* -se mostraba emocionada la chica-. Si ustedes consienten, claro está.

- Creo que usted nos confunde con alguien más -intentó razonar Edith-. Nosotros no somos celebridades, como actores de cine o músicos...

- Ay, no, *ya sé* que no. Aunque capaz que me confundo, tiene razón, porque las fotos están en blanco y negro en las portadas de los diarios, y es como si las hubieran tomado desde una cámara de seguridad o algo así. ¿Ustedes no son los Bonelli, los franceses que ayudaron a atrapar a los hermanos Fischetti?

Padre e hija cruzaron miradas de alerta. ¿Cómo era posible que la noticia se hubiera divulgado? Si sólo le habían pasado el dato a Bertrand, el agente francés de la Interpol con quien tenían un largo y a veces tortuoso historial de colaboración. ¿Bertrand habría sido tan boquiflojo de revelar de quién venía la información? Pero Edith decidió no cortarle la ilusión a su *fan*, y aceptó dejarse tomar una foto con ella y el padre de la joven, a todas luces el dueño o encargado del restaurante.

- Ahora sonrían para la cámara -pidió otro de los mozos, y tomó un par de fotos, para asegurarse de que alguna, tras el revelado, saliera bien.

- Perdón por la incomodidad –dijo la moza-. No los molestamos más. Cuando le cuente a mis amigas que serví la mesa de los cazarrecompensas más famosos de toda Francia, ¡se van a caer de espaldas!

Luego del momento incómodo, la joven cumplió con su palabra de no molestarles más y procedió a tomar la orden. Stéfano le pidió que le trajera los periódicos de los que había hablado.

- ¿Así que ya no somos más detectives privados y nos cambiamos al negocio de cazarrecompensas? -bufó Stéfano, cuando ya estuvieron solos-. A ver qué tenemos aquí -inició la lectura del diario El País, mientras Edith hacía lo propio con El Día.

- ¡Malditos desgraciados! -se mostró visiblemente enfadada Edith, mientras devoraba el avance de la nota en la portada, y luego seguía la nota completa en la página tres-. Y sí. Les jodimos la vida a unos cuantos corruptos en la cúpula de este Gobierno, y por algún lado nos la iban a cobrar.

- Y ahora tenemos una gran diana en la espalda para la Mafia Calabresa –estuvo de acuerdo Stéfano, leyendo la nota. Luego intercambiaron periódicos.

- Bah, una diana más, una diana menos -relativizó finalmente Edith-. ¿Qué le hace una mancha más al tigre?

- Sí, tú búrlate, pero un día alguien no se va a tomar tan amablemente que le hayamos puesto tras las rejas y contratará un sicario que nos meta un balazo o que nos apuñale en algún callejón.

- Gajes del oficio, papá, gajes del oficio.

- Sí, como tú digas.

- ¿Has leído las declaraciones del Ministro del Interior? -sonrió Edith.

- Sí, *hilarantes* –fue irónico Stéfano-. ¡No veo que le ves *tú* de gracioso!

- Escucha, escucha esto: "No puedo creer que en pleno siglo XX la Interpol todavía siga otorgando recompensas por la captura "vivo o muerto" como en el lejano Oeste", y escucha esta "estos inescrupulosos cazarrecompensas franceses vienen a nuestro país y por dar un dato, *un dato* –fue enfático el Ministro-, se lleven medio millón de dólares, y nuestros valientes uniformados, que ponen el pecho a las balas y arriesgan su vida diariamente para mantener el orden, hacen esto todos los días por un salario a fin de mes". Ah, ya, utiliza la noticia para pedir más presupuesto. Típico.

- ¿Me vas a contar cómo fue el asunto con los Fischetti?

- Sí, claro, pero camino a Cabo Polonio. Según averigüé tenemos unas *cuantas* horas de recorrido. Oh, mira, el avión comienza a moverse.

La dupla detectivesca observó por un momento los movimientos lentos de la aeronave comercial hasta enfilarse a la cabecera de la pista, y luego de un rugir previo de las cuatro turbinas, acelerar y remontarse en el aire.

- Bien, ahora sí nos podemos ir. Hemos terminado aquí -decidió Edith.

- Buena suerte, familia Bermúdez -estuvo de acuerdo Stéfano.

Quisieron pagar su cuenta, pero no hubo forma de que su fan y su padre aceptaran cobrarles. Edith memorizó las rutas que debería tomar hasta su destino en el mapa en la guantera y tomó el volante del Peugeot. Aún debían pasar por Toledo a levantar sus maletas y su equipo, y sobre todo, para Edith, a darse un último gusto personal.

Todo estaba guardado en el maletero del Peugeot con la excepción de la cámara con teleobjetivo montada sobre un trípode con la que habían espiado durante días las actividades en el Batallón 14 de Paracaidistas, el dueño de la precaria vivienda había sido avisado que ya se iban, y le dejaban el saldo de los tres mil dólares en el mueble de la cocina bajo los platos, y sólo quedaba hacer una última llamada. Edith marcó el teléfono directo de la oficina del Comandante Alberdi.

- Diga -atendió seco el militar

- Hola Gerardito. ¿Cómo va? No, no responda. No me interesa.

- ¿Qué quiere ahora, Bonelli?

- Agradecerle por su servicio, no a su país, claro está, porque ahí yo pondría una queja en atención al ciudadano como mínimo, sino a *mí*. Porque usted sabe que está y *siempre* estará a *mi* servicio, ¿no es así, babosa arrastrada?

- Sí. Sí lo sé.

- Bien, ha hecho todo bien hasta ahora. Los enlaces con el Prefecto Nacional Naval Lema y con Aduanas: diez puntos. Siga así, perrito faldero, y su sucio secreto permanecerá a salvo. Ahora le voy a pedir una cosa más antes de irme. He enviado a mi padre a buscar ese lingote de oro tan bonito que vi en el cofre de seguridad de su despacho el otro día. Me lo llevo de recuerdo.

Alberdi estuvo unos segundos para responder, seguramente maldiciendo por dentro.

- Así lo haré. ¿Debería estar por llegar, dice?

- En cualquier momento, pero yo si fuera usted iría a la ventana a verificar si no ha llegado ya, pues a mi padre no le gusta esperar, igual que a mí.

Hubo un sonido mientras el Comandante se movía hacia la ventana con el teléfono en una mano y el tubo en la otra. Edith observó cómo Alberdi podía verse oteando hacia la entrada del jardín, *justo* como le quería. Apoyó el aparato y tomó un cigarrillo del bolsillo de su camisa y se lo encendió para aliviar la tensión.

- Qué feo eso de que dejen fumar en las oficinas públicas. Debería estar prohibido.

El militar quedó literalmente congelado donde estaba. Los labios que sostenían el cigarrillo se fueron abriendo a medida que su mandíbula caía. El cigarrillo cayó también. La cara de estupor fue fotografiada varias veces desde la distancia, al entender el militar que todo este tiempo le habían estado vigilando en sus propias narices, y sin que él se enterara.

- Qué foto, Gerardito. ¡Qué foto! Creo que podría hasta hacer un mural con ella. Hasta la próxima, *mierdita*.

Ya llegando a la ruta 8, y tras media hora de hacerse la misteriosa al respecto, juego que jugaban a menudo luego de que un caso había concluido, Edith decidió contarle a su padre la versión reducida de cómo había dado captura a los internacionalmente buscados hermanos Fischetti, que se sabía trabajaban al amparo de, por no decir directamente *para* la Mafia Calabresa.

- No fue tan difícil, después de todo. Había cinco fichas de las que me trajiste de la Interpol, que sobresalían del resto por su alta probabilidad de que estuvieran por dar un atraco en Uruguay. Todas eran de asaltantes de bancos, y con esta ley nueva que impide retirar a los clientes más de quinientos dólares al día...

- Entiendo, las cajas de seguridad estarían a reventar de valores fácilmente canjeables, tanto sea dinero en efectivo, alhajas, bonos al portador...

- ¡Exacto! Lo que *nunca* me hubiera creído, pues si me lo contaran de alguien más creería que me están mintiendo, es que el *primer día* de recorrer el distrito financiero, la Ciudad Vieja, me toparía con Darío Fischetti. Fue...

- ¡Un golpe de suerte irrepetible!

- ¡Ni que lo digas! Luego monté una escenita para llamar su atención, él vino a "socorrer" a la europea que no podía retirar dinero de su cuenta, y me prestó quince mil dólares con unas condiciones algo extrañas, debo admitir.

- ¿Qué condiciones?

- Se hizo pasar por un oportunista prestamista, pero los prestamistas no dan dinero sin cobrar intereses, ¿me explico?

- ¿Y qué te pidió?

- Cinco encuentros, ¿puedes creer? Que en lugar de intereses, le acompañara a cinco lugares.

- ¿Me estás diciendo que quería ligar contigo, hija?

- No sé si ligar, pues fue en todo caballeroso y no intentó nada. Quizás me necesitara para cubrir las apariencias, o para no llamar la atención mientras recababa datos que le faltaban para el atraco y planeaba su ruta de escape. ¿Sabes que una de las citas fue para comprar un yate deportivo? Quizás planeara cargar el dinero del atraco en él y darse a la fuga hacia otro puerto. A la Argentina, quizás, o a Punta del Este, que por lo que entiendo en verano se llena de turistas adinerados y ostentosos, y pasaría por uno más en el montón.

- ¿Y era guapo, este Darío?

- ¡Guapísimo, padre! Si no hubiera sido un criminal... -chasqueó la lengua la detective.

- Ya, pero lo era. ¿Y el día y la hora? ¿Cómo pudiste dar con *ese* dato? A veces me parece que tienes una bola de cristal, tú.

- Ah, bueno, *ese* dato. La última vez que le vi me pidió que le acompañara al subsuelo del Lloyds TSB, donde se encuentra la bóveda de las cajas de seguridad de los clientes, supuestamente a "guardar su Rolex de oro", pues iba a irse de bares el fin de semana y no quería perderlo, y pude percibir, aunque muy apagados, los ruidos de los boqueteros. Él dijo que se trataba de los ruidos de una obra cerca de allí, y yo me hice como si le creyera, pero creo que era a *eso mismo* a lo que iba, a cerciorarse si la excavación llamaba la atención. Luego ya tenía cuál era el banco y por los sonidos estaban cerca de llegar los *tuneleros*, sumado a que los fines de semana la guardia en los bancos es casi exclusivamente por cámaras de seguridad y alarmas, más algún que otro sereno con poca atención a su trabajo... ¡Espera! ¿Ese no es? -Edith se detuvo a un lado de la ruta Interbalnearia, unos cincuenta metros más delante de una pareja de jóvenes mochileros que estaban haciendo auto-stop.

- ¿Quién es?

- ¿Recuerdas el estudiante de actuación que contraté para infiltrarse en el Liceo de los jóvenes Bermúdez, el que nos dio el dato del Corchito Umpiérrez?

- ¡No me lo puedo creer!

- Hola. Gracias por parar -saludó el joven, acercándose a la ventanilla por el lado de Stéfano-, y quedó pálido al ver quién era la conductora-. ¡No me lo puedo creer! ¿Edith?

- ¿Cómo andas, Héctor? -respondió el saludo la detective-. ¿Hacia dónde se dirigen?

- Vamos a pasar unos días a la Paloma. Ah, perdón. Les presento a Lucía, la mejor amiga de Clara Bermúdez. Lucía, ellos son Edith y... -se dio cuenta que no conocía el nombre de quien iba en el asiento del acompañante.

- Stéfano, un placer.

- El placer es mío -sonrió la joven.

- ¿La Paloma queda de camino a Cabo Polonio? -preguntó la conductora.

- ¡Seguro! Nos deja en la puerta, por así decirlo.

- Vale, pues -sonrió Edith-. Les abriré la cajuela para que coloquéis vuestras mochilas.

Momentos más tarde volvían a circular a la velocidad máxima permitida, 90 kilómetros por hora, aunque algunos coches, sobre todo con chapa argentina, parecía poco importarles y pasaban haciendo rugir los motores.

- Qué chico es el mundo, ¿no? -inició prudente Edith, no sabiendo qué tanto sabía la muchacha de su relación con el joven aspirante a actor.

- Un pañuelo, tal cual, Edith. Yo... quería disculparme con usted por... Mil disculpas. Le puedo reintegrar los ciento cincuenta dólares del miércoles al viernes. Es que yo... ese martes cuando la llamé estaba con Lucía y otros chicos del liceo disfrutando... usted sabe, y perdí la tarjeta que me había dado con el código de su buscapersonas.

- Para nada. Lo que te adelanté era por los primeros cinco días y tú en *dos* solamente diste con el dato clave que necesitaba. *Nunca* se me ocurriría penalizar la eficiencia, *jamás* haría algo así.

- ¿Entonces le sirvió lo que averigüé?

Edith observó por el espejo retrovisor central cómo la agraciada joven que le había sido introducida como Lucía, la mejor amiga de Clara Bermúdez, seguía con atención la conversación, intrigadísima.

- Con tu permiso, Héctor, voy a poner en antecedentes a Lucía. Creo que merece saber toda la historia. ¿Te parece bien?

- Ay, pensé que nunca lo iba a sugerir –dijo aliviado el joven aspirante a actor.

- Lucía, verás: hay cosas que por la naturaleza del encargo que le he hecho, él no te ha contado, o te ha contado de una manera *diferente,* se podría decir.

- Como que su nombre *no es* Joaquín, como me dijo, y lo más probable es que *tampoco* su apellido sea Bermúdez, ¿no?

- Exacto -confirmó la conductora-. Un momento: tu edad real *sí* se la has dicho, ¿no, Héctor?

- Ah, sí, eso sí.

- Vale, porque ella tiene 15 o 16 a lo sumo, no sé si me explico -sonrió la veterana blonda-, y si habéis intimado ya o vais a hacerlo, es un dato *no menor* para compartir.

- Sí, a ella sí se lo dije cuando entramos en confianza que tengo 20, pero me inventé que estaba haciendo unas materias que me faltaban para revalidar mi bachillerato argentino en Uruguay.

- Y tu acento porteño *también* se fue -parecía estarse enfadando gradualmente la bonita liceal.

- Soy más uruguayo que el dulce de leche -sonrió él.

- OK. Por ahora... las cosas vienen raritas, pero capaz tienen una explicación -fue abierta de criterio la chica.

- Nosotros somos detectives privados, y contratamos a Héctor, que es estudiante de actuación, arte que le apasiona, para infiltrarse en el Liceo 14.

- ¡¿Qué?!

- Como has escuchado. Necesitábamos datos de dos jóvenes desaparecidos por las Fuerzas Armadas, y ¿quién mejor que sus pares, sus *colegas,* como dicen en España, sus amigos, para brindarla?

- Espere. Alto ahí: *¿qué* jóvenes? -tensó la voz Lucía, aunque era evidente que sabía la respuesta.

- Creo que ya lo intuyes, pequeña: Clara y Sebastián Bermúdez *no estaban* de vacaciones en Canadá, como les contó su padre, sino presos de los militares.

- ¡No lo puedo ni creer! ¿Y qué... por qué? ¿Dónde están ahora?

- Tranquila, Lucía -le reconfortó Edith-. Ellos están bien. *Ahora* lo están, y gran parte del mérito se lo debemos a la labor de Héctor. Fuimos nosotros que le pedimos que se inventara un personaje, y sugerimos que dijera que era un primo lejano de los chicos Bermúdez, pero le dejamos... libertad creativa de cuál sería esa historia, y qué les diría para entrar en confianza.

- ¡A la pucha! -Lucía no podía creer lo chocante de la información que estaba recibiendo, pero había una urgencia que le nació del cariño que no podía esperar-. Creo que te voy a pedir que me dejes acá, Edith. Me tomo el primer ómnibus que pase para Montevideo. *Tengo* que hablar con Clarita. ¡Tengo que estar ahí para ella!

- Me temo que eso ya no va a ser posible, Lucía. Tu amiga ya está volando para Francia en este momento, pero descuida: eventualmente de seguro te llamará cuando esté instalada.

- ¡Madre mía! ¿Entonces *están* bien? -se quiso asegurar nuevamente.

- ¿Qué te puedo decir? El encierro en tiempos de dictadura es bravo, pero de algún modo han logrado mantenerse coherentes todo este tiempo, y gozan de buena salud. El tiempo les sanará por completo, estoy segura. Son jóvenes aún.

Héctor tuvo que consolarle, pero finalmente la chica aceptó que aunque quizás no le viera por un largo tiempo, haberse ido era lo mejor para su amiga.

EPÍLOGO: CABO POLONIO

Edith y Stéfano llegaron a la caída del sol al parador en la Ruta 10 que indicaba Cabo Polonio. La vista parecía bastante decepcionante. Sólo había arena y bosque alrededor. Preguntaron por si acaso en el parador, y les indicaron que allí era la entrada *por ruta* a Cabo Polonio, es decir: lo que más podrían acercarse con el auto, a menos que tuvieran una todoterreno. Edith compró pues los pasajes para entrar en el carro de El Francés sin consultarle a Stéfano, ya que la opción gratuita implicaba caminar siete quilómetros por las dunas, y su padre le odiaría por hacerlo.

Aún quedaba media hora para la próxima salida que aprovecharon para comprar agua embotellada y armar un bolso cada uno con lo que pensaron que podrían llegar a necesitar en el par de días que pensaban quedarse. Edith en el suyo hizo espacio para la cámara fotográfica. Cuando llegó el "carro", por fortuna no se trataba de tal, sino de un camión con un armazón de tubos y asientos de madera donde podían caber hasta cuarenta pasajeros.

- Me pregunto por qué le llamarán "carros" -comentó la detective a su padre, una vez sentados.

- Es porque antes *eran* carros –intervino una mujer de mediana edad y ropas hippies, sentada frente a frente a la dupla detectivesca-. O sea: carros tirados por caballos. Hace pocos años que se motorizaron, por así decirlo.

- Muy interesante. Gracias por el dato -sonrió Edith, que ya se iba dando cuenta que los uruguayos tenían propensión a participar de las conversaciones privadas sin ser invitados.

Las últimas horas del atardecer les encontraron ya pasada la parte de las dunas, y acelerando por la playa, con un faro que se veía a la distancia y cada 12 segundos enviaba un haz de luz sobre la playa oceánica.

- Ah, esto ya es otra cosa -respiró profundamente el aire de mar Edith.

- No me estoy quejando por ahora –estuvo de acuerdo Stéfano.

Sólo cuando llegaron a la "plaza principal" de Cabo Polonio, se dieron cuenta que todo allí sería entre comillas: la "calle principal" era de 3 cuadras de arena mezclada con pasto, las "casas" eran por lo general precarias, y muchas de ellas contaban con un aljibe, por lo que era de esperarse que el agua corriente no llegara hasta allí, y demás está decir que no habría saneamiento.

- Como natural, *es* natural -observó Stéfano al bajarse y ver los turistas o pobladores vistiendo como una versión uruguaya de Woodstock, de sandalias y ropas holgadas.

- Te dije que no era para traer el traje aquí.

- Sí, ya. Quiero ver dónde nos vamos a quedar. Ni pienses que voy a dormir en una hamaca paraguaya. De eso *nada*.

- Gruñón.

Buscaron por la calle principal alguna indicación de lugar donde hospedarse, pero no había nada ni remotamente parecido a un hotel, así que entraron a una provisión iluminada a base de farol a mantilla de nombre "El Zorro".

- Buenas noches, jóvenes –les saludó un hombre de mediana edad y barba y cabellos prematuramente canos, su piel curtida por el sol-. ¿Qué se les ofrece?

- Buenas noches. Somos turistas y estamos buscando un lugar donde hospedarnos.

- Uh, ¿a esta hora? No creo que encuentren nada. Las casas que hay para alquilar están todas alquiladas, y después tienen el hostal de Mirta. Ese es fácil de ubicar. Bajan a la playa, doblan a la izquierda, y a las dos o tres cuadras van a encontrar una casa de madera un poco más grande que las demás. Ahí los huéspedes, igual, no creo que les gusten.

- ¿Cómo así?

- Es un hostal de hippies, con cuartos compartidos de a seis u ocho, baños compartidos y mucho olor a porro. *Permanente.*

- Ya. Quizás estemos un poco viejos para esa opción -estuvo de acuerdo Stéfano.

- Lo otro que tienen es La Perla, acá a una cuadra por la principal, nomás, para la derecha. La Perla está bien, pero les advierto que es *carísima*. Pero si pueden pagarla –se alzó de hombros-, por lo menos tiene duchas con agua caliente, camas, y hasta un restorán.

- Vale, probaremos suerte allí. Muchas gracias -saludó Edith.

Una vez instalados en sus habitaciones que sí eran caras para el estándar uruguayo, pero tampoco era el Hilton, fueron a cenar al restaurante del local, iluminado cálidamente y optaron por la terraza sobre la playa, donde una luna creciente se reflejaba sobre la playa norte del cabo.

- *¡Oh, que c'est beau!* -inició la conversación en francés Edith, lo que asombró a Stéfano, pero ya que ella había iniciado, rompiendo su regla de oro de hablar en el idioma local si lo conocían, siguió en francés.

- ¿Qué pasó, hija?

- He estado escuchando los idiomas de los otros comensales, y no parece haber franceses. Hay españoles, alemanes... Quería darte mi conclusión del caso, ya que esta vez no habrá medios para exponer los hechos, y calculo que tendrás alguna que otra interrogante que evacuar.

- ¿Alguna que otra? -se mofó Stéfano-. Para empezar: no entiendo por qué era importante el tal Umpiérrez para las autoridades, como para que el sólo hecho de saber que era un falsificador les valiera a los Bermúdez ser raptados por los militares, y, si no hubieras llegado a tiempo en Orletti... Bien, tú sabes.

- Era un socio de negocios importante de la cúpula militar.

- ¿Cómo así?

- Las copias de los bonos del tesoro uruguayo parecían *legítimos*, ¿me explico? Es muy probable que Gutfraind, pues era su verdadero apellido, Ernest Gutfraind, experto falsificador mundialmente buscado, de ahí la recompensa ofrecida por la Interpol, recibiera un sueldo del Banco Central del Uruguay para la impresión de documentos que fueran difíciles por no decir *imposibles* de falsificar.

- Pero podrían haber conseguido a otro experto en seguridad de documentos, ¿no?

- No con la combinación de *expertise* y espíritu criminal de Gutfraind. Cuando tomé los bonos como prueba, me llamó la atención el número de impresiones hechas: 120. ¿Por qué ese número y no uno más redondo, como cien, o doscientas? *Ahí* entendí la naturaleza del negocio. Si quien firmaba los bonos, por decir algo, el Director del Banco Central, estaba en el negocio fraudulento, pondrían *cien* bonos de diez mil dólares cada uno a la venta *solamente*, los interesados los pagarían, y luego de x tiempo recuperarían el monto inicial *más* los intereses.

- Pero los restantes veinte -entendió Stéfano-, el tesoro uruguayo no recibiría nada, pero sí estaría pagando el monto inicial *más* los intereses —no salía del asombro Stéfano. Llevan siete años en el poder. Esto podría estarle costando a las arcas del Estado Uruguayo, no sé: decenas, *centenas* de millones de dólares al año.

- Que se repartían entre los complotados. Es por eso por lo que Gutfraind era *clave* que se mantuviera en el más absoluto anonimato, y los jóvenes Bermúdez pasaron a representar una amenaza para su "negocio". Es por eso por lo que era vital callarles... de la forma permanente.

- Pobrecitos.

- Y sí. También encontré pasaportes falsos, pero que eran imitaciones indetectables de pasaportes franceses, españoles, italiano o estadounidenses. No sé ni quienes son, pero de seguro era para los miembros de esta mafia amparada *por* el Gobierno, o miembros *del* gobierno uruguayo.

- Para huir al extranjero, en caso de desbaratarse su negocio.

- Sí, y todo lo que encontré se lo enviaré a nuestro buen amigo Maupassant, de France Liberté.

- Algún hueso tenemos que tirarle de tanto en tanto, ¿no? Tanto ha hecho él por nosotros.

- Y sí. Es una relación recíproca, y además me niego a que estas atrocidades queden impunes. Por otro lado, Bertrand sí me aseguró que tomó las mismas pruebas y las envió a la central en París, pero vaya uno a saber qué deciden hacer sus jefes con la información, si guardársela, si medir las consecuencias diplomáticas de exponer de esa manera la corrupción del Estado Uruguayo. Vaya uno a saber...

- Gérard de seguro prenderá los altavoces y lo hará todo lo público que se pueda.

- *Cuento* con eso. A veces, ¿sabes? -se interrumpió mientras la moza traía sus órdenes de platos a base de mariscos-. A veces... siento que muchos de nuestros casos tienen la exposición pública que merecen, como el último, en Poitiers, pero luego hay historias que pasan desapercibidas para el común de la población como en este caso. ¿Quién sabe *toda* la historia, los manejos corruptos en la cúpula militar, las torturas y desapariciones, toda la *mierda* que hemos visto, por no hablar de la impunidad del *monstruo* ese que por portar un uniforme militar y unas insignias se sintió con la potestad de ver una niña en los bañados de Carrasco y violarle?

- Nadie, Edith. Nadie nunca lo sabrá excepto nosotros, y los involucrados.

- ¡Exacto! Por eso me sentí tentada en Poitiers con la propuesta de este escritor, Bermúdez, de escribir y publicar alguno de nuestros casos. Quizás él pueda poner voz a los casos menos sonados, pero que son igual de violentos y de injustos para las víctimas.

- Te sigo, y me gusta la idea, pero dudo que quiera poner en palabras algo tan... *personal* y doloroso como fue este caso.

- Quizás no este, pero sí otros, como el de la desaparición de las Araújo en Chile.

- Insisto: tiene *demasiadas* similitudes con este.

- Bueno, él verá. Ahora a disfrutar de nuestros mariscos, y de la maravillosa vista del océano, ¿te parece?

- ¡No podría estar más de acuerdo!

Emilio Bermúdez, Paris, 1983

Did you love *¿Dónde están Clarita y Sebastián?*? Then you should read *Juguetes en el Ático*[1] by Marcel Pujol!

[2]

Edith Bonelli puede ser todo en la vida, menos una loca.. ¿o sí? Un empresario multi-millonario pasa a ser el objetivo de su intervención como detective privada por cohersión de los poderes económicos de un país en vías de la vuelta a la democracia, pero aún con heridas que sanar y asuntos que conviene mantener ocultos de la opinión pública.Ella se encontraba de vacaciones, junto a su padre adoptivo, el detective-fachada Stéfano, y su hija que retomó a su cargo luego de los primeros 14 años de la joven en los que se consideró la persona menos apta en el planeta para criarle, mas la empiria demostró que era la que más podía aconsejarle y guiarle.Don Darío Suárez ha desaparecido en circunstancias misteriosas, y muchas cosas dependen de que aparezca con vida, o al menos se sepa qué fue de su él. Para Edith este es un caso de fácil resolución desde el primer momento...al menos hasta que se vea enfrentada con la virulencia de la venganza de los seres que "ya no están",

---

1. https://books2read.com/u/47WPY8

2. https://books2read.com/u/47WPY8

de quienes dejaron cuentas pendientes en este mundo antes de pasar a la región del olvido, alimentados pura y exclusivamente por su sed de venganza y de Justicia.Marcel Pujol en su segunda novela (y primera publicada) de su personaje favorito, la Detective PrivadA Edith Bonelli, nos lleva a los límites de la insanidad mental en este thriller inquietante que remueve tanto como puede ser removido los límites de la aceptación de la privacidad... y dónde es necesario y hasta humánamente correcto trazar los límites.

About the Author

Marcel Pujol escribió entre 2005 y 2007 doce obras de los más variados temas y en diferentes géneros: thrillers, fantasía épica, compilados de cuentos, y también ensayos sobre temas tan serios como la histeria en la paternidad o el sistema carcelario uruguayo. En 2023 vuelve a tomar la pluma creativa y ya lleva escritas dos nuevas novelas... ¡Y va por más!

A este autor no se le puede identificar con género ninguno, pero sí tiene un estilo muy marcado que atraviesa su obra: - Las tramas son atrapantes - Los diálogos entre los personajes tienen una agilidad y una adrenalina propias del cine de acción - Los personajes principales progresan a través de la obra, y el ser que emerge de la novela puede tener escasos puntos de contacto con quien era al inicio - No hay personajes perfectos. Incluso los principales, van de los antihéroes a personajes con cualidades destacables, quizás, pero imperfectas. Un poco como cada uno de nosotros, ¿no es así?

Read more at https://www.linkedin.com/in/stephen-h-grey-escritor-p%C3%A1gina-de-autor-5b8b585a/recent-activity/all/.

Milton Keynes UK
Ingram Content Group UK Ltd.
UKHW020702310723
426074UK00017B/1120